패딩턴발 4시 50분

4:50 from Paddington

애거서 크리스티 추리 문학 63

패딩턴발 4시 50분

심윤옥 옮김

AGATHA CHRISTIE MYSTERY AGATHA CHRISTIE MYSTERY AGATHA CHRISTIE MYSTERY

해문

■ 옮긴이 심윤옥

이화여자대학교 불문과 졸업

`

패딩턴발 4시 50분

초판 발행일	1988년 10월 20일
중판 발행일	2009년 08월 24일
지은이	애거서 크리스티
옮긴이	심 윤 옥
펴낸이	이 경 선
펴낸곳	해문출판사
주 소	서울시 마포구 합정동 392-2 써니힐 202호
TEL/FAX	325-4721~2 / 325-4725
출판등록	1978년 1월 28일 (제3-82호)
가격	6,000원
ISBN	978-89-382-0263-5 04840
	978-89-382-0200-0(세트)

• 등 장 인 물 •

제인 마플 양— 살인 장면을 목격했다는 친구 맥길리커디 부인의 말을 듣고 시체를 찾기 위해 사람을 고용한다.

엘스퍼스 맥길리커디 부인— 패딩턴발 4시 50분 기차를 타고 가다 반대 선로로 달리는 기차에서 벌어지는 살인사건을 우연히 목격한다.

더못 크래독— 런던경시청의 경감.

루시 아일리스배로— 마플 양의 사건 조사를 도와주러 러더퍼드 저택으로 들어간 가사일 전문가.

루서 크래켄소프— 러더퍼드 저택의 주인. 아들들을 못마땅해하는 구두쇠.

에마 크래켄소프— 루서 크래켄소프의 딸. 러더퍼드 저택에서 아버지와 둘이 산다. 아버지에게 무척 헌신적임.

세드릭 크래켄소프— 루서 크래켄소프의 둘째 아들. 자유분방한 성격의 화가.

해롤드 크래켄소프— 루서 크래켄소프의 셋째 아들. 런던 금융가에서 일하는 회사 중역.

앨프리드 크래켄소프— 루서 크래켄소프의 넷째 아들. 직업을 알 수 없는, 사기꾼 기질이 다분한 남자.

브라이언 이스틀리— 루서 크래켄소프의 사위. 전직 공군 장교.

알렉산더 이스틀리— 브라이언의 아들.

제임스 스타더트웨스트— 알렉산더의 친구.

큄퍼— 루서 크래켄소프의 주치의.

웜번— 크래켄소프 일가의 법적 문제를 담당하는 변호사.

차 례

차 례

맥길리커디 부인은 자기 가방을 나르고 있는 짐꾼을 따라 헐떡거리며 플랫폼으로 갔다. 맥길리커디 부인은 키가 작고 뚱뚱했으며, 짐꾼은 키가 커서 성큼성큼 걸었다. 게다가 맥길리커디 부인은 성탄절을 위해 쇼핑을 했기 때문에 여러 꾸러미의 짐을 들고 있었다. 따라서 이 시합은 공평한 것이 못 되었다.

짐꾼이 플랫폼 끝에 이르러 모퉁이를 돌아설 때에도 맥길리커디 부인은 여전히 곧장 걸을 수밖에 없었다.

기차 한 대가 막 출발한 뒤였으므로 1번 플랫폼은 그다지 붐비지 않았다. 그러나 한산한 플랫폼 저편에는 빽빽한 인파가 동시에 사방으로 술렁거렸다. 지하철에서, 수하물 예치소에서, 다방과 안내소에서, 표지판 아래에서, 들어오는 곳과 나가는 곳 등에서 말이다.

맥길리커디 부인과 그녀의 짐은 앞뒤로 시달림을 받았지만, 마침내 3번 플랫폼으로 들어가는 입구에 이르렀다. 그녀는 자기의 발밑에 짐을 하나 내려놓고 가방을 열고서는 엄격한 제복의 검표원이 통과시켜 줄 차표를 찾았다.

바로 그때 약간 쉰 듯한, 그러나 세련된 음성이 갑자기 그녀의 머리 위에서 터져 나왔다.

"3번 플랫폼에 정차하고 있는 열차는……."

그것은 스피커에서 울려 나오는 안내방송이었다.

"블랙햄프턴, 밀체스터, 웨버턴, 카빌, 정션, 록세터, 체드머스행 4시 50분발 열차입니다. 블랙햄프턴과 밀체스터 방향으로 가실 승객께서는 열차 뒤편으로 승차해 주십시오. 그리고 밴퀘이로 가시는 승객께서는 록세터에서 열차를 갈아타 주시기 바랍니다."

방송은 딸깍 하는 소리를 내며 끝났다가, 버밍햄과 울버햄프턴발 4시 35분 열차의 9번 플랫폼 도착을 알리면서 재개되었다.

맥길리커디 부인은 표를 찾아내어 내밀었다.

검표원은 개찰을 하고서 낮은 목소리로 말했다.

"오른쪽 끝자리입니다."

맥길리커디 부인은 플랫폼 위쪽으로 걸어가서, 3등차 문밖에서 싫증난 듯이 허공을 응시하고 있는 짐꾼을 찾아내었다.

"여기 있습니다, 부인."

"나는 일등차로 여행할 건데요." 맥길리커디 부인이 말했다.

"그렇게 말하지 않으셨잖아요."

짐꾼은 투덜거렸다. 그는 그녀의 남자 옷 같은 흑백 트위트 외투를 경멸하는 듯이 훑어보았다.

맥길리커디 부인은 사실 그랬기에 그 문제로 더 이상 논쟁하지 않고 길게 한숨을 내쉬었다.

짐꾼은 다시 가방을 들고서 맥길리커디 부인이 혼자 광채를 받으며 자리 잡고 있는 열차 쪽으로 걸어갔다. 일등실 승객들은 더 빠른 아침 급행이나, 식당차가 달린 6시 40분 기차를 더 좋아하기 때문에 4시 50분 열차는 승객이 많지 않았다. 맥길리커디 부인이 짐꾼에게 팁을 건네주자, 그는 그것이 일등 승객보다는 삼등 승객에게나 어울린다는 듯이 실망하며 받았다.

맥길리커디 부인은 북부에서부터 내려온 야간 여행과 하루 동안의 열광적인 쇼핑을 마치고도 계속 편안히 여행할 수 있는 돈은 가지고 있었지만, 흥청망청 팁을 줄 사람은 아니었다.

그녀는 한숨을 내쉬며 푹신한 쿠션에 등을 기대고 잡지를 폈다. 5분 뒤에 호루라기 소리가 나고 기차가 출발했다. 그녀의 손에서 잡지가 미끄러지고 머리가 비스듬히 숙여지더니, 3분 뒤에 그녀는 잠들고 말았다. 그녀는 35분 동안 잔 뒤에 깨어 정신을 차렸다. 그러고는 비스듬히 미끄러진 모자를 고쳐 쓰고 앉아서 창 밖으로 스쳐가는 시골 풍경을 바라보았다.

밖은 어둑어둑하고 안개가 끼어 음산한 12월의 전형적인 날씨를 말해 주고 있었다—성탄절이 단지 닷새밖에 남지 않았다. 런던은 이미 어둡고 음산했었는데, 시골이라고 조금도 덜하지 않았다. 비록 가끔 기차가 마을과 역에 빛을 비출 때면 상쾌하게 보이기도 했지만.

"이제 마지막 차(茶)입니다."

열차 보이가 마치 회교의 신령처럼 문을 열어젖히며 말했다.

맥길리커디 부인은 이미 큰 백화점에서 차를 조금 마셨었다. 그녀는 그것으로 충분했다. 보이는 계속 통로로 걸어가면서 그 단조로운 소리를 외쳤다. 맥길리커디 부인은 즐거운 표정으로 자신의 꾸러미들이 올려진 선반을 쳐다보았다. 세수수건은 가장 좋은 것으로서 바로 마가렛이 원하던 것이었다. 로비에게 줄 우주 권총, 잔에게 줄 토끼는 정말 마음에 들었다. 밤에 입을 짧은 윗도리는 바로 자기 자신에게 필요한, 따뜻하고 멋진 것이었다. 헥터에게 줄 스웨터도 역시……. 그녀의 마음은 자기가 구입한 물건들이 적절하다는 찬사로 가득 찼다.

그녀의 만족한 시선이 창으로 되돌아왔을 때, 열차 한 대가 날카로운 소리를 내며 반대 방향으로 치닫고 있었다. 그로 인해 창문이 덜컹거리고 그녀도 흔들렸다. 그 열차는 전철기 너머에서 덜컹거리며 역을 통과하여 지나갔다.

그때 갑자기 부인이 탄 기차의 속력이 늦어졌다. 아마 무슨 신호를 받은 모양이었다. 몇 분 동안 느릿느릿 가다가 결국 멈추더니, 곧 다시 앞으로 움직이기 시작했다. 또 한 대의 상향 열차가 먼저 열차보다는 덜 격렬하게 부인의 기차 옆으로 지나갔다. 기차는 다시 속력을 내었다. 그 순간, 이번에는 같은 하향선의 한 열차가 선로를 바꾸어 부인의 기차 쪽으로 들어왔다. 거의 위험할 뻔한 순간이었다. 잠시 동안 두 기차는 평행을 유지하며 달렸다.

맥길리커디 부인은 평행하게 달리고 있는 열차의 객실들의 창문 속을 들여다보았다. 대부분의 차양은 내려져 있었으나, 가끔 객실 안에 있는 손님들이 보였다. 두 열차가 마치 정지한 듯한 착각 속에 빠져 있는 순간, 객실 중 한 차양이 딸깍하는 소리를 내며 올려졌다. 맥길리커디 부인은 단지 2~3피트밖에 떨어지지 않은 불 켜진 일등 객실 속을 들여다보았다.

그녀는 숨을 헐떡이며 발끝을 디디면서 반쯤 일어섰다.

창문과 자기 쪽으로 등을 대고 한 남자가 서 있었다. 그의 손은 그를 쳐다보고 있는 한 여자의 목을 쥐고 있었는데 그는 천천히, 무자비하게 그녀를 목 졸라 죽이고 있었던 것이다. 그녀의 눈은 공포에 질려 있었고, 얼굴은 붉게 물들어 있었다. 맥길리커디 부인이 꼼짝 못하고 지켜보는 동안 그 일은 끝이 났다. 몸이 축 늘어지더니, 남자의 손에서 떨어져 털썩 넘어지는 것이었다.

그와 동시에 맥길리커디 부인이 탄 기차는 다시 느려지고 옆의 기차는 속력을 내었다. 그 기차는 앞으로 달려가 잠시 뒤엔 시야에서 사라졌다.

맥길리커디 부인의 손은 거의 자동적으로 비상신호줄로 갔으나, 이내 동작을 멈추고 잠시 망설였다. 자기가 타고 있는 기차의 벨을 울린다는 것이 도대체 무슨 소용이 있겠는가? 그렇게 가까운 곳에서 자기가 본 것에 대한 두려움과 묘한 상황이 그녀를 무력하게 만들었다. '어떤' 즉각적인 행동이 필요한 시점이다—그러나 무엇을 어떻게 해야 한단 말인가?

그녀가 타고 있는 칸의 문이 열리고 차장이 말했다.

"차표 좀 보여 주시겠습니까?"

맥길리커디 부인은 격렬하게 그에게로 몸을 돌렸다.

"어떤 여자가 목이 졸려 죽었어요." 그녀가 말했다.

"방금 지나간 기차에서요. 내가 그것을 보았어요."

차장은 의심스러운 듯이 그녀를 쳐다보았다.

"죄송하지만 다시 한 번 말씀해 주시겠습니까, 부인?"

"어떤 남자가 여자를 죽였어요! 기차 안에서요. 내가 그 장면을 보았어요. 여기로 말이에요."

그녀는 손가락으로 창문을 가리켰다.

차장은 도대체 믿을 수 없는 모양이었다.

"목 졸려 죽었다고요?" 그는 의심스러운 듯이 물었다.

"예, '목 졸려 죽었어요!' 내가 그것을 보았다니까요. 즉시 무슨 조치라도 취해야 해요!"

차장은 변명하는 듯이 헛기침을 했다.

"부인, 혹시 주무시거나, 저어, 그러지 않으셨습니까?"

그는 약삭빠르게 잘라 말했다.

"잠을 자긴 잤어요. 그러나 만일 그것을 꿈이라고 생각한다면 그건 잘못된 거예요. 내가 그것을 직접 '보았단' 말이에요."

차장의 눈은 의자 위에 펼쳐진 잡지로 향했다. 펼쳐진 면에는 목 졸려지는 한 처녀가 있었으며, 한쪽에는 자동권총을 든 사내가 열린 출입문에서 그녀의 애인을 협박하고 있었다.

그는 설득력 있게 말했다.

"자, 부인, 부인께서는 흥미진진한 소설을 읽으시다가 잡지를 떨어뜨리고서 약간 혼란스런 상태에서 깨어난 것이……."

맥길리커디 부인이 그의 말을 가로챘다.

"내가 보았다니까요. 나는 당신이 지금 깨어 있는 것처럼 완전히 잠이 깬 상태였어요. 그리고 나는 이 창을 통해서 평행하게 달리는 기차 안에서 어떤 남자가 여자의 목을 조르는 것을 보았단 말이에요. 내가 알고 싶은 건 당신이 이 일을 어떻게 처리하느냐예요."

"저, 부인—."

"내가 보기엔 당신은 무슨 조치라도 취할 수 있을 것 같은데요?"

차장은 마지못해 한숨을 쉬고는 자신의 손목시계를 흘끗 쳐다보았다.

"우리는 정확히 7분 뒤에 블랙햄프턴에 도착할 겁니다. 그때 부인께서 제게 하신 말씀을 보고하겠습니다. 그 기차는 어느 방향으로 가고 있었지요?"

"물론 우리 기차와 같은 방향이었어요. 당신은 기차가 반대 방향으로 달려 갔는데도 불구하고 내가 그런 것을 볼 수 있었다고는 생각지 않겠지요?"

차장에게는 맥길리커디 부인이 환상에 사로잡히면 어디서나 무엇이든 잘 볼 수 있는 여자라는 생각이 들었다. 그러나 그는 끝까지 예의를 지켰다.

"저에게 맡겨주십시오, 부인. 부인의 말씀을 보고하겠습니다. 혹시 만일의 경우를 생각해서 부인의 이름과 주소를 알려주시면……."

맥길리커디 부인이 그에게 자기가 앞으로 며칠 간 머무를 곳과 스코틀랜드에 있는 그녀의 영구적인 거주지를 알려주자 그는 그것을 적어 내려갔다. 그리고 나서 그는 의무를 다했다는 느낌과 귀찮은 여행객을 성공적으로 따돌렸다는 기분으로 물러갔다.

맥길리커디 부인은 혼자 남게 되자 불쾌하고 뭔가 불만스러웠다.

차장이 정말로 자기의 말을 보고할까? 아니면 자기의 기분만 맞추어준 건 아닐까? 그녀는 희미하게 두루 여행하고 다니는 나이 든 많은 여자들이 떠올랐다. 그런 여자들은 자신이 공산주의자들의 음모에 관련되어 살해될 위험이 있으며, 비행접시와 비밀 우주선을 보았고, 지금까지 일어난 적이 없는 끔찍한 살인의 목격자로 보도되리라고 진심으로 확신하고 있는 사람들이다. 만일 그가 자기를 그런 종류의 여자로 생각했다면……

기차는 이제 느려져서, 전철기를 지나 대도시의 밝은 빛을 통과하며 달리고 있었다.

맥길리커디 부인은 핸드백을 열어서 영수증을 한 장 꺼냈다. 그것이 그녀가 찾아낼 수 있는 전부였다. 그녀는 그 뒷장에 볼펜으로 재빨리 메모를 한 뒤, 다행히 갖고 있던 봉투에 넣고 봉투에도 몇 자 적었다.

열차는 천천히 군중이 운집해 있는 플랫폼으로 미끄러져 들어갔다. 평범하게 어디서나 들을 수 있는 음성의 방송이 들려왔다.

"방금 1번 플랫폼에 도착한 열차는 밀체스터, 웨버턴, 정션, 록세터, 체드머스행 5시 38분 열차입니다. 마켓 베이징으로 가실 승객께서는 기다리셨다가 3번 플랫폼에서 승차해 주시기 바랍니다. 1번 차선은 카베리행 열차의 정차를 위한 측선입니다."

맥길리커디 부인은 걱정스런 눈으로 플랫폼을 훑어보았다. 너무나 많은 승객에 비해 짐꾼은 조금밖에 없었다. 아, 저기 한 명 있군!

그녀는 명령하는 투로 소리를 쳐서 그를 불렀다.

"이봐요! 이걸 즉시 역장 사무실로 갖다 줘요."

그녀는 그에게 1실링과 함께 그 봉투를 건네주었다.

그러고 나서 그녀는 한숨을 쉬며 의자에 등을 기댔다. 자, 이제 그녀는 자신이 할 수 있는 일은 다한 것이다. 그녀의 마음은 1실링을 준 것에 대해 즉각적으로 후회하는 마음이 들어 편치 못했다. 6펜스만 주어도 충분했을 텐데……

그녀의 마음은 자신이 목격한 장면으로 되돌아왔다. 끔찍해, 너무도 끔찍

해······. 그녀는 강한 신경의 소유자인데도 몸이 덜덜 떨렸다. 그녀에게, 엘스
퍼스 맥길리커디에게 그런 일이 일어나다니 얼마나 이상하고 믿기지 않는 일
인가! 만일 그 객실의 차양이 위로 올라가지 않았다면······. 그러나 그것은 하
나님의 섭리였다.

하나님의 섭리는 그녀, 엘스퍼스 맥길리커디가 범행 장면을 목격하도록 되
어 있었던 것이다. 그녀의 입술은 기분 나쁜 표정으로 조금 실룩거렸다.

방송이 들려오고 호루라기 소리가 들리더니 문이 쾅 하고 닫혔다. 5시 38분
열차는 서서히 블랙햄프턴 역을 빠져나갔다. 한 시간 5분 뒤에 그 열차는 밀
체스터 역에 정차했다.

맥길리커디 부인은 꾸러미들과 옷가방을 들고 내렸다. 그녀는 플랫폼을 아
래위로 자세히 살펴보았다. 그녀의 판단은 지난번의 판단과 똑같았다.

짐꾼이 충분치 않군. 눈에 띄는 짐꾼들은 모두 우편물과 화물차에 속해 있
는 것 같았다. 요즘의 승객들은 자기 짐을 항상 혼자서 운반하리라고 생각하
는 모양이지. 그러나 그녀는 옷가방과 우산과 여러 꾸러미들을 혼자서는 운반
할 수 없었다. 그녀는 기다려야만 했다.

한참을 기다린 뒤에 그녀는 겨우 짐꾼을 한 명 잡을 수 있었다.

"택시를 잡아 드릴까요?"

"나를 마중하러 누군가가 나와 있을 것 같은데요."

밀체스터 역 밖에서 출구를 지켜보던 한 택시 운전사가 앞으로 다가왔다.
그는 약간 사투리가 섞인 음성으로 말했다.

"맥길리커디 부인이십니까? 세인트 메리 미드로 가시죠?"

맥길리커디 부인은 그렇다고 했다. 짐꾼은 후하게는 아니지만 그런대로 괜
찮은 팁을 받았다. 맥길리커디 부인과 옷가방과 꾸러미들을 실은 자동차는 밤
거리를 달려갔다. 9마일 정도의 거리였다. 차 안에 똑바로 앉은 맥길리커디 부
인은 마음을 진정시킬 수가 없었다. 그녀는 누군가에게 얘기하고 싶은 충동을
느꼈다. 마침내 택시는 익숙한 마을 거리를 달려서 목적지에 도착했다.

맥길리커디 부인은 차에서 내려 한 계단을 밟고 문으로 다가갔다. 운전사는
늙은 하녀가 문을 열자 짐을 안으로 들여놓았다. 맥길리커디 부인은 홀을 지

나 그녀의 친구가 기다리고 있는 열린 응접실로 똑바로 걸어갔다. 그곳엔 연약한 노부인이 앉아 있었다.

"엘스퍼스!"

"제인!"

그들은 입을 맞추고 나서 인사말이나 부드러운 표현 같은 것도 없이 맥길리커디 부인이 곧바로 말문을 터뜨렸다.

"오, 제인!" 그녀는 울부짖었다.

"나는 방금 살인을 목격했어요."

제2장

1

　그녀의 어머니와 할머니에 의해서 전수된 교훈에 따라(즉, 진짜 숙녀는 충격받지도 놀라지도 않는다는) 마플 양은 이렇게 말하면서 눈썹을 올리고 머리를 흔들 뿐이었다.

　"무척 놀랐겠네, 엘스퍼스. 아주 특이한 일이니까. 어서 내게 얘기해 봐요."

　그것은 바로 맥길리커디 부인이 원하던 바였다. 친구가 난롯가로 가까이 끌어당기자, 그녀는 앉아서 장갑을 벗고는 그 생생한 이야기 속으로 빠져들었다.

　마플 양은 세심한 주의를 기울이며 들었다. 맥길리커디 부인이 숨을 쉬려고 잠시 멈춘 사이에 마플 양이 말했다.

　"이봐요, 엘스퍼스, 2층으로 올라가서 모자를 벗고 세수를 하는 것이 좋겠어. 그러고 나서 우리 저녁을 먹고—그러는 동안엔 이 일에 대해서는 아무 얘기도 하지 않는 게 좋아요. 저녁식사 뒤에 우리 철저하게 그 문제를 파고 들어가 모든 면에서 따져보기로 해요."

　맥길리커디 부인은 이 말에 따랐다. 두 노부인은 저녁식사를 하면서 세인트 메리 미드의 각종 사람들에 대해 이야기를 나누었다.

　마플 양은 새로 온 오르간 연주자에 대한 마을 사람들의 불신, 약제사 아내에 대한 최근의 추문, 여교장과 관공서의 적대감에 대한 얘기도 입에 올렸다. 그러고 나서 그들은 정원에 대한 얘기로 들어갔다.

　마플 양이 탁자에서 일어서면서 말했다.

　"작약은 가장 알 수 없는 꽃이라니까. 잘 피거나 아예 안 피거나 둘 중 하나예요. 일단 자리만 잘 잡으면 일평생 꽃이 필 텐데. 요즘은 아름다운 종류가 참 많아졌어요."

　그들은 다시 난로 옆에 자리를 잡았다. 마플 양은 모서리에 있는 찬장에서 오래된 워터포드 유리잔 두 개를, 다른 한 찬장에서는 술병을 하나 꺼내왔다.

"오늘 저녁에는 커피를 마시지 않는 게 좋겠어요, 엘스퍼스 당신은 가뜩이나 흥분해 있어서(그럴 수밖에 없지!), 아마 잠을 못 이룰 거예요. 내가 구륜앵초 포도주 한잔과 노란 양국차 한잔을 만들어 줄게요."

맥길리커디 부인이 이런 얘기에 묵묵히 따르자 마플 양은 포도주를 따랐다.

"제안ㅡ." 맥길리커디 부인이 맛을 보느라 한 모금 마시면서 말했다.

"당신도 내가 꿈을 꾸었거나 상상해 냈다고 생각하는 건 아니지요, 그렇죠?"

"그야 물론이지." 마플 양이 따뜻하게 말했다.

맥길리커디 부인은 안도의 한숨을 내쉬었다.

"그 차장은, 그 사람은 그렇게 생각하더군요. 아주 예의 바르기는 했지만, 그래도……."

"엘스퍼스, 나는 그런 상황에서는 그럴 수밖에 없다고 생각해요. 그것은 정말 이상한 소설같이만 들리고, 또 사실 그렇잖아요? 그러니 당신은 그 사람이 보기엔 정말 이상한 사람이었겠지. 아니, 당신이 보았다고 내게 말한 것을 실제로 당신이 보았다는 걸 난 조금도 의심치 않아요. 참으로 이상한 얘기긴 해. 하지만 불가능한 것은 아니지. 내 경우에도, 어떤 열차가 내가 타고 있는 열차와 평행으로 달릴 때, 한두 칸의 객실 안에서 일어나고 있는 광경을 좀 생생하고 자세하게 볼 수 있을까 하고 관심을 가져본 적이 있었으니까. 한번은 꼬마 여자아이가 곰 인형을 가지고 놀다가, 갑자기 귀퉁이에서 자고 있는 뚱뚱한 남자에게 던져 버리는 거였어. 그 남자는 벌떡 일어나더니 굉장히 화를 내는 것 같더군요. 함께 탄 승객들은 굉장히 재미있어했었지. 나는 그런 장면을 아주 생생하게 봤어요. 나중에라도 그 사람들의 모습과 옷을 정확하게 얘기할 수 있었을 거야."

맥길리커디 부인은 고마워하며 고개를 끄덕였다.

"정말 그랬어요."

"그 남자는 당신 쪽으로 등을 돌리고 있었다고 했는데, 그러면 그 사람 얼굴은 못 보았겠네?"

"보지 못했어요."

"그럼 여자는? 그녀는 설명할 수 있겠어요? 젊었는지, 혹은 늙었는지?"

"젊은 편이었어요. 내 생각엔 서른에서 서른다섯 사이였을 것 같아요. 그보다 더 자세히는 생각이 안 나요."

"미인이었나?"

"그것도 말하기 어려운데요. 그녀의 얼굴은 뭐랄까, 잔뜩 일그러져 있어서."

마플 양이 재빨리 말했다.

"그래, 그래요, 무슨 말인지 알겠어요. 옷은 어떻게 입고 있었는데요?"

"무슨 종류인지는 모르지만 털 코트를 입고 있었어요. 흰색 털 코트 말이에요. 모자는 쓰지 않았고, 머리는 금발이었어요."

"그 남자에 관해서 정확하게 기억하고 있는 것이 없을까?"

맥길리커디 부인은 대답하기 전에 곰곰이 생각해 보았다.

"키는 좀 컸고, 그리고 짙은 머리였던 것 같아요. 두꺼운 외투를 걸치고 있어서 그 사람 체격은 잘 판단할 수가 없었어요." 그녀는 힘없이 덧붙였다.

"그러고는 얘기할 만한 게 별로 없네요."

"그것만으로도 됐어요." 마플 양이 말했다. 그녀는 잠시 멈췄다가 말했다.

"당신이 보기에 그 여자가 죽은 것이 확실해요, 엘스퍼스?"

"그녀는 죽었어요, 틀림없어요. 혀가 밖으로 튀어나오고, 그리고……, 다음은 말하지 않는 게 낫겠어요."

"물론 그럴 테지, 아무렴." 마플 양이 재빨리 말했다.

"아침이 되면 잘 알게 될 거예요."

"아침?"

"그 사건이 조간신문에 실리게 될 테니까. 그 남자는 그녀를 공격해서 죽였으니 시체가 남게 되지 않겠어요? 그가 어떻게 했을 것 같아요? 아마 첫 번째 역에서 재빨리 열차를 떠났겠지. 그런데 혹시 복도가 있는 열차였는지 아닌지 기억할 수 있겠어요?"

"아니, 복도는 없었어요."

"그 점으로 보면 멀리까지는 가지 않는 열차였겠는데, 그 기차는 틀림없이 블랙햄프턴에 정차했을 거예요. 그 사람은 시체를 귀퉁이에 앉혀놓고서, 늦게 발견되도록 하기 위해 얼굴을 털 코트의 칼라로 가리고 블랙햄프턴에서 내렸을 수도 있지. 그래, 내 생각엔 그렇게 했을 것 같아요. 물론 오래지 않아 시체가 발견되겠지. 그리고 열차에서 여인이 살해되었다는 소식이 틀림없이 조간신문에 실리게 될 거예요. 우리도 내일 아침이면 보게 되겠지."

2

그러나 그 사실은 조간신문에 실리지 않았다. 마플 양과 맥길리커디 부인은 그 사실을 확인한 뒤 말없이 아침식사를 마쳤다. 둘 다 곰곰이 생각에 잠겼다.

아침식사 뒤에 그들은 정원을 한 바퀴 돌았다. 평소에는 그것이 즐겁게 기분 전환을 할 수 있는 일이었는데 오늘은 다소 마음이 내키지 않는 일이 되어 버렸다. 마플 양은 바위로 쌓아 올려 만든 자신의 정원에 새로이 심은 희귀종에 대해 언급하기는 했으나, 거의 정신을 다른 데 쏟고 있는 사람처럼 말했다. 맥길리커디 부인도 평소와는 달리 자신이 최근에 사들인 것들을 들어가며 대꾸하지 않았다.

"정원이 제대로 되어 있지 않아."

마플 양은 여전히 정신을 딴 데다 팔고서 말했다.

"헤이독 의사는 내게 등도 굽히지 말고 무릎도 구부리지 말라고 했다오. 그런데 정말로 등이나 무릎을 구부리지 않고 무엇을 할 수 있겠어요? 물론 에드워즈 영감이 있긴 하지. 그렇지만 너무 고집이 세요. 게다가 이런 일들은 그 영감에게 나쁜 버릇만 들이게 한단 말이야. 차만 여러 잔 마시고, 어슬렁거리기나 하고—실제로는 아무 일도 하지 않으면서 말이에요."

"오, 알아요." 맥길리커디 부인이 말했다.

"나도 등을 굽히지 말라는 경고를 받았지만 아무런 문제도 없어요. 하지만 정말로 식사 후에는 몸이 무거워져서."

그녀는 자신의 풍만한 가슴을 내려다보았다. 그러고는 덧붙여 말했다.

"그 때문에 가슴앓이를 하게 됐지 뭐예요."

잠시 침묵이 흐른 뒤에 맥길리커디 부인은 기운차게 정원으로 들어가서는 똑바로 선 채로 친구에게 몸을 돌렸다.

"괜찮을까요?" 그녀가 말했다.

그것은 작고 무심한 말이었지만, 맥길리커디 부인의 억양에는 완전한 의미가 담겨 있었다. 마플 양은 그 의미를 제대로 이해했다.

"알겠어요." 그녀가 말했다.

두 부인은 서로를 쳐다보았다. 마플 양이 말했다.

"내 생각엔 경찰서로 내려가서 코니시 경감에게 얘기하는 게 좋겠어요. 그 사람은 똑똑하고 인내심이 있어요. 나도 그 사람을 잘 알고, 그 사람 또한 나를 잘 알고 있지. 그는 잘 들어줄 거예요. 그리고 적절한 얘기를 해주겠지."

이렇게 해서 약 45분 뒤에 마플 양과 맥길리커디 부인은 30세에서 40세 사이의, 생동감 넘치는 얼굴의 차분한 남자와 이야기하게 되었다.

그는 조심스럽게 그녀들의 말을 듣고 있었다. 코니시 경감은 진심으로 마플 양을 맞이했고, 심지어 경의를 표하기까지 했다. 그는 두 노부인에게 의자를 권하면서 말했다.

"자, 무슨 도움이 필요하신지요, 마플 양?"

마플 양이 말했다.

"경감님이 내 친구 맥길리커디 부인의 이야기를 좀 들어주었으면 해요."

코니시 경감은 주의 깊게 들었다.

그는 이야기가 끝난 뒤 잠시 침묵을 지켰다. 그러고 나서 말했다.

"그것참 이상한 이야기로군요."

그녀가 말하는 동안, 그의 눈은 내색은 하지 않았지만 은연중에 그녀를 평가해 보고 있었다.

전체적으로 그는 맥길리커디 부인으로부터 좋은 인상을 받았다. 예민하고, 이야기를 명확하게 할 수 있는 여자—그가 판단한 바로는 과대망상적이거나 신경성 증세가 있는 여자는 아니었다. 게다가 마플 양은 자기 친구의 이야기가 정확하다고 믿고 있었고, 또한 그는 마플 양에 관한 모든 것을 알고 있었다.

세인트 메리 미드에 사는 모든 사람들이 마플 양을 알고 있었다. 겉으로는 부드럽고 연약해 보이지만 그녀의 내면은 어느 누구보다도 날카롭고 빈틈이 없는 것이다.

그는 목소리를 가다듬고 말했다.

"물론, 부인께서 잘못 보셨을지도 모릅니다. 저는 '잘못 보았다'고 말씀드리는 것이 아니라, 기분 나쁘실지 모르겠지만, '잘못 보셨을 수도 있다'고 말씀드리는 겁니다. 가끔 열차 안에서 싸움이 벌어지니까요. 그 광경은 심각하거나 생명에 지장을 주는 것이 아니었을 수도 있거든요."

"난 내가 본 게 어떤 상황인지 잘 알아요."

맥길리커디 부인은 좀 기분이 상해서 말했다.

'조금도 물러서지 않겠군.' 프랭크 코니시는 속으로 생각했다.

'그렇다면 그 생각이 맞는 것 같기도 하고, 그렇지 않은 것 같기도 하다고 말해 줘야지.'

그는 소리를 내어 말했다.

"부인께서는 그 사실을 철도 사무실에 알리셨고, 또 제게 와서도 말씀하셨습니다. 그것은 매우 적절한 조치였습니다. 이제는 제게 맡겨주십시오."

그는 말을 멈추었다. 마플 양은 만족하여 고개를 끄덕였다. 맥길리커디 부인은 그렇게 만족한 것은 아니나 아무 말도 하지 않았다.

코니시 경감은 마플 양에게 말을 걸었다. 그것은 그녀의 생각을 듣고 싶어서가 아니라, 그녀가 뭐라고 말할지가 궁금해서였다.

"그 사실은 이제 보도될 것이라고 치고, 시체가 어떻게 되었다고 생각하십니까?"

"두 가지 가능성이 있을 것 같군요." 마플 양은 주저 없이 말했다.

"물론 제일 유력한 것은 시체가 기차에 남겨지는 것인데, 지금으로서는 그렇지 않아 보여요. 그랬다면 다른 승객이나 철도 종사원에 의해 어젯밤에 발견되었어야 하니까요."

프랭크 코니시는 고개를 끄덕였다.

"범인이 할 수 있었던 유일한 길은 시체를 열차 밖의 철로 위로 밀어내는 것이었을 거예요. 시체는 아직도 발견되지 않은 채 철로 어딘가에 있을 것 같군요—좀 불가능한 일 같기도 하지만, 그러나 내가 아는 한 다른 방법은 없어요."

"시체를 트렁크 속에 넣는다는 것을 책에서 읽어보긴 했지만, 요즈음에는 아무도 트렁크를 갖고 여행하지 않는걸요. 옷가방 정도만 들고 다니지요. 옷가방에 시체를 넣을 수는 없었을 거예요." 맥길리커디 부인이 말했다.

"그렇습니다. 두 분 의견에 동의합니다. 시체는, 만일 시체가 있다면, 발견되었거나 이제 발견되겠지요. 조사에 진전이 있으면 알려드리도록 하겠습니다—비록 신문에서 읽어보시게 되더라도 말입니다. 물론 그녀가 잔인하게 공격을 받았지만 실제로는 죽지 않았을 가능성도 있습니다. 그녀는 자기 발로 걸어서 열차에서 내렸을지도 모르지요."

"부축해 주는 사람이 없이는 어려웠을 거예요. 만일 그랬다면 누군가에게 목격되었을 테지. 아픈 여자를 부축하고 가는 남자." 마플 양이 말했다.

"예, 누군가가 목격했을 겁니다." 코니시가 말했다.

"그렇지 않고 한 여자가 의식을 잃고 쓰러진 채로 열차 객실에서 발견되어 병원으로 실려갔다고 하더라도 그것 역시 기록에 남아 있을 겁니다. 제가 보기엔 두 분은 짧은 시간 안에 그 일에 관한 모든 것을 들으시리라 믿고, 좀 쉬시는 게 좋겠습니다."

그러나 그날이 지나고 그 다음 날도 지나갔다. 그리고 저녁이 되어서 마플 양은 코니시 경감으로부터 메모를 한 장 받았다.

부인께서 제게 의뢰하신 문제에 대해 철저히 조사해 보았습니다만 허사였습니다. 어떤 여자의 시체도 발견된 일이 없었습니다. 어떤 병원도 부인께서 묘사하신 여인에게 치료해 준 적이 없었고, 충격을 받았거나 몸이 불편해서 힘들어 하며 남자의 부축을 받고서 열차에서 내린 여자도 없었습니다. 아주 철저한 조사가 행해졌다고 믿으셔도 됩니다. 아마 부인의 친구분께서 목격하신 것은 말씀하신 그대로이겠지만 생각보다 덜 심각했던 것 같습니다.

제3장

1

"덜 심각하다고? 엉터리 같으니라고!" 맥길리커디 부인이 흥분해서 말했다. "분명히 살인이었어요!"

그녀는 마플 양을 도전적으로 쳐다보았다. 마플 양은 뒤로 돌아 그녀를 바라보았다.

"제인, 계속해 봐요." 맥길리커디 부인이 말했다.

"그것이 몽땅 잘못된 거라고, 전부 내가 상상해낸 거라고 말해 봐요! 지금 그렇게 생각하고 있는 거죠, 그렇죠?"

"누구나 잘못 생각할 수 있는 거예요." 마플 양은 부드럽게 말해 주었다.

"누구나 말이에요, 엘스퍼스─심지어 당신도. 우리는 그 점을 명심해야 한다고 생각해요. 하지만 나는 여전히 당신이 잘못 본 것이 아니라고 여기고 있어요. 당신은 비록 책을 읽을 때는 안경을 쓰지만, 먼 곳은 잘 보잖아요. 그리고 당신이 본 것에 대해 그렇게 강한 인상을 받은 것을 보면…… 집에 도착했을 때만 해도 당신은 그 충격에서 헤어나오지 못하고 있었어요."

"그건 정말 잊히지 않는 일이에요."

맥길리커디 부인은 몸서리를 치며 말했다.

"문제는 내가 그 일에 대해 어떻게 해야 좋을지 모른다는 거예요!"

"내 생각은 달라요." 마플 양은 생각에 잠겨 말했다.

"당신이 할 수 있는 일이 뭔가 더 있을 거예요."(만일 맥길리커디 부인이 친구의 말투를 유의해서 들었다면, 그녀는 '당신'이라는 말이 매우 희미하게 강조되었다는 것을 알아차렸을 것이다.)

"당신은 자신이 본 것을 신고했어요─철도 종사원과 경찰서에. 그러니 당신이 할 수 있는 일은 더 이상 없는 게지."

"다소 안심이 되네요." 맥길리커디 부인이 말했다.

"당신도 알겠지만 나는 성탄절이 지나면 곧 실론 섬(인도 남쪽의 섬. 현재의 스리랑카)에 갈 생각이에요. 로더릭과 함께 지내려고요. 정말로 그 일만은 미루고 싶지 않아요. 내가 그걸 굉장히 고대해 왔었잖아요. 하지만 그것을 연기하는 것이 내 의무라고 생각되면 연기하겠어요." 그녀는 의식적으로 덧붙였다.

"나는 당신이 그러리라는 것을 확신해요, 엘스퍼스. 하지만 아까 말했듯이, 당신은 당신이 할 수 있는 일을 다했어요."

"경찰과 비슷한 생각이군요." 맥길리커디 부인이 말했다.

"만일 경찰의 판단이 어리석은 것이라면……."

마플 양은 단호하게 고개를 저으며 말했다.

"오, 아니에요. 경찰은 어리석지 않아요. 그 점이 사건을 흥미롭게 해주고 있지, 그렇지 않나요?"

맥길리커디 부인은 영문을 모른 채 그녀를 바라보았고, 마플 양은 자신의 친구가 철저한 원칙주의자이긴 하나 상상력이 좀 모자란다는 판단을 재확인했다. 마플 양이 말했다.

"사람들이 알고 싶어 하는 건 정말로 무슨 일이 일어났느냐 하는 거예요."

"그녀는 살해되었어요."

"그래요, 하지만 '누가', '왜' 그녀를 죽였을까요? 그녀의 시체는 어떻게 되었고? 그것은 지금 어디 있지요?"

"그것은 경찰이 알아낼 일이잖아요."

"틀림없이 그래요. 그런데 그 사람들은 발견을 못했어요. 그것은 그 남자가 똑똑하다는, 매우 똑똑하다는 것을 의미하지. 도대체 나는 상상할 수가 없다니까." 마플 양은 눈살을 찌푸리면서 말했다.

"그 시체를 어떻게 처리했을까……. 당신은 흥분해서 그 여자가 죽었다고 생각한 거예요. 그 사건은 틀림없이 사전에 계획된 것은 아니었어요. 만일 당신이라 해도 큰 역에 도착하기 몇 분 전인 그런 상황에서 여자를 살해하려고는 하지 않을 테니까. 그래, 그것은 틀림없이 다툰 거였을 거예요. 질투라든가, 그런 종류의 것 말이에요. 만일 당신이 여자를 목 졸라 죽였다면, 그리고 당신 손에는 그녀의 시체가 있고, 기차는 막 역에 도착하는 중이고. 그렇다면 당신은 내가 저번에 말한 것, 자는 것처럼 시체를 귀퉁이에 앉혀놓고 얼굴을 가리고는 가능한 한 빨리 기차를 떠나는 것 밖에 무슨 일을 할 수 있겠어요? 나는 다른 가능성은 모르겠어요. 그렇지만 틀림없이 한 가지는 있을 텐데……."

마플 양은 깊은 생각에 잠겼다.

맥길리커디 부인이 두 번 부를 때에야 비로소 마플 양이 대답했다.

"귀머거리가 되었군요, 제인."

"조금은 그래요. 사람들이 하는 말이 전처럼 확실하게 들리질 않아요. 하지만 당신 말을 못 들었다는 건 아니에요. 그냥 주의를 기울이지 않고 있었던 것뿐이지."

"내일 런던으로 가는 열차에 대해 물어봤잖아요. 오후가 좋겠죠? 마가렛네 집에 가려고 하는데, 그녀는 차 마시는 시간 전에 내가 가리라고는 생각지도 않을 거예요."

"엘스퍼스, 12시 15분 열차로 올라가는 것이 어때요? 점심을 일찍 먹고서."

마플 양은 친구의 말을 가로막고 계속했다.

"물론, 저, 당신이 차 마시는 시간엔 늦더라도 대략 7시쯤에만 도착한다면 마가렛이 기분 나빠 하지는 않겠죠?"

맥길리커디 부인은 친구를 의아하게 쳐다보았다.

"무슨 생각을 하고 있는 거예요, 제인?"

"엘스퍼스, 내가 당신과 함께 런던으로 올라갔다가, 지난번에 당신이 탔던 열차로 다시 블랙햄프턴까지 내려오면 어떻겠어요? 그러고 나서 당신은 블랙햄프턴에서 다시 런던으로 올라가고, 나는 이곳으로 내려오고 말이에요. 물론 '차비'는 내가 내겠어요." 마플 양은 이 점을 확실히 강조했다.

맥길리커디 부인은 경제적인 면은 무시했다.

"제인, 뭘 기대하는 거예요?" 그녀가 물었다.

"또 다른 살인인가요?"

"아니, 아니지." 마플 양은 충격을 받은 듯이 말했다.

"솔직히 말하면, 당신과 함께 내가 직접 그, 그(적당한 말을 찾기가 정말 어려운데), 그 범행이 일어난 곳의 '지세(地勢)'를 좀 보고 싶어서 그래요."

그리하여 다음 날 마플 양과 맥길리커디 부인은 속력을 더하면서 런던을 벗어나고 있는 패딩턴발 4시 50분 일등 열차 안에서 마주 보고 앉아 있게 되었다. 패딩턴(런던 시내 서쪽의 역으로, 이곳에서 영국 서부로 가는 열차를 타게 된다)은 지난 금요일보다 더 많은 군중으로 붐볐다. 성탄절이 이제 이틀밖에 남지 않았기 때문이다. 그런데도 4시 50분 열차는 비교적 한산했다—적어도 끝쪽에 붙어 있는 객차는 그랬다.

이번에는 아무 열차도 그들이 탄 열차와 나란히 달리지 않았다. 이따금 그들을 지나 런던 쪽으로 가는 기차가 있을 뿐이었다. 그리고 두 번이나 빠른 속력의 기차가 옆의 선로로 그들을 앞질러갔다. 가끔씩 맥길리커디 부인은 미심쩍은 듯이 자기 시계를 들여다보았다.

"정확히 언제라고 말하기는 곤란해요. 어떤 역을 막 지난 다음이었는데……."

그러나 그들은 계속해서 여러 역을 통과하고 있었다.

"이제 5분 있으면 블랙햄프턴에 도착하게 될 거예요." 마플 양이 말했다.

차장이 문간에 나타났다. 마플 양은 묻듯이 눈을 치켜떴다. 맥길리커디 부인은 고개를 저었다. 똑같은 차장이 아니었다.

그는 차표를 검사하고는, 기차가 크게 회전하자 약간 비틀거리면서 나갔다. 그 때문에 기차의 속력이 느려졌다.

"곧 블랙햄프턴에 도착하려나 봐요." 맥길리커디 부인이 말했다.

"벌써 외곽지역으로 접어드는 것 같은데." 마플 양이 말했다.

번쩍이는 불빛과 건물들이 밖으로 지나쳤으며, 가끔 거리와 전차도 흘긋흘긋 보였다. 그들이 탄 기차의 속력이 상당히 느려졌다. 그들의 생각이 엇갈리기 시작했다.

"1분 뒤에는 도착하겠어." 맥길리커디 부인이 말했다.

"그런데 이번 여행에 무슨 이득이 있는지 '정말로' 알 수가 없네요. 당신한테는 뭐 좀 느껴지는 게 있었어요, 제인?"

"유감스럽지만 없는데." 마플 양은 다소 미심쩍게 말했다.

"아까운 돈만 낭비했구먼." 맥길리커디 부인이 말했다.

만일 그녀가 낸 돈이었다면 더 불만스러워했을 것이다. 마플 양은 그 점만은 확실하게 알고 있었다.

"그거야 그렇지만, 사람들은 사건이 일어난 곳을 자기 눈으로 직접 보고 싶어 하잖아요. 이 기차는 몇 분 늦었는데. 금요일에 당신이 탔던 기차는 정각에 도착했나요?"

"그런 것 같아요. 실은 난 별로 신경 쓰질 않았지만."

기차는 블랙햄프턴 역 안으로 천천히 미끄러져 들어갔다. 스피커에서는 귀에 거슬리는 큰소리로 방송이 흘러나오고, 문들은 열렸다가 닫히고, 사람들은 기차에서 내리기도 하고 타기도 하고, 플랫폼을 따라 내려가기도 하고 올라가기도 하고…… 정말 바쁘고 혼잡한 광경이었다.

범인은 쉽게 군중 속으로 들어가서 사람들에게 밀려 역을 떠났거나, 아니면 다른 열차로 갈아타 목적지와는 상관없이 타고 갔을 것이라고 마플 양은 생각했다. 많은 사람들 중 한 남자 승객이 되기는 쉬웠을 것이다. 그러나 시체를 감쪽같이 감추는 건 쉽지 않았을 텐데. 어딘가에 시체가 있는 것이 틀림없다.

맥길리커디 부인은 기차에서 내렸다. 그리고 플랫폼에 서서 창문을 통해 이야기했다.

"제인, 몸조심해요. 춥지 않게 하고요. 이젠 믿을 수 없는 나이예요. 당신은 옛날처럼 젊지 않아요."

"알았어요." 마플 양이 말했다.

"이번 일에 대해서는 더 이상 신경 쓰지 말아요. 우린 할 수 있는 일은 다 했잖아요."

마플 양은 고개를 끄덕이며 말했다.

"엘스퍼스, 추운 곳에 그렇게 서 있지 말아요. 오래 서 있으면 오한이 날 거야. 식당에 가서 따뜻하고 맛있는 차를 한잔 들도록 해요. 당신이 탈 기차가 오려면 12분은 있어야 하니까."

"그러죠. 잘 가요, 제인."

"잘 가요, 엘스퍼스 크리스마스 즐겁게 보내고 마가렛과 잘 만나요. 실론에서도 즐겁게 지내고, 로더릭에게 안부 전해 줘요—그가 조금이라도 나를 기억하고 있다면 말이에요."

"기억하고말고요. 아주 잘 기억하죠. 그 애가 학교에 다닐 때 당신이 여러모로 도와주었잖아요—금고에서 없어진 돈에 관련된 일도 있었고 그 애는 그 일을 잊지 못하고 있어요."

"오, 그 일!" 마플 양이 말했다.

맥길리커디 부인은 돌아서서 앞으로 나아갔다. 곧 호루라기가 울리고 기차가 움직이기 시작했다. 마플 양은 건장하고 풍퉁한 친구의 뒷모습을 지켜보았다. 엘스퍼스는 맑은 생각으로 실론에 갈 수 있을 것이다—그녀는 자신의 의무를 다했고, 책임으로부터 자유로워졌으니까.

마플 양은 기차가 속력을 내기 시작해도 의자에 등을 기대지 않았다. 그 대신 똑바로 앉아서 생각에 몰두했다. 마플 양은 말로는 명확하지 못하고 산만했지만, 생각만은 정확하고 날카로웠다. 그녀에게는 풀어야 할 문제, 앞으로 어떻게 행동해야 하느냐는 문제가 남겨진 것이다. 그리고 이상하게도 맥길리커디 부인처럼 그녀에게도 자신의 의무라는 생각이 떠올랐다.

맥길리커디 부인은 그들이 둘 다 할 수 있는 일은 다했다고 말했다. 맥길리커디 부인의 경우엔 맞겠지만, 마플 양 자신에 대해서는 그렇다고 느껴지지 않았다.

그것은 간혹 있는 개인의 특별한 재능을 사용해야 하는 그런 문제였다. 그러나 그것은 자만인지도 모른다. 도대체 그녀가 무엇을 할 수 있단 말인가? 그녀의 친구가, "당신은 옛날처럼 젊지 않아요."라고 말한 것이 기억났다.

전쟁을 계획하는 장군같이, 사업을 결산하는 회계사처럼 마플 양은 감정에 흔들리지 않고 깊이 생각한 뒤에, 앞으로 벌어질 모험에 유리하고 불리한 사실들을 마음속으로 나열해 보았다. 다음 사항들은 유리한 면이다.

1. 인생과 인간성에 대한 나의 오랜 경험.
2. 헨리 클리더링 경과 그의 대자(代子)(현재 런던경시청에서 근무한다고 생각됨), 그는 패독스 꼬마 사건을 해결할 때 매우 훌륭했음.
3. 철도국에 근무하는, 조카 레이먼드의 둘째 아들 데이비드.

4. 지도에 매우 정통한, 글리셀다의 아들 레너드.

마플 양은 이 네 가지 사항을 다시 생각해 보고는 그대로 인정했다. 이 내용은 모두 앞에 나열된 약함, 특히 그녀의 육체적인 약함을 보완하는 데 필요한 사람들이었다.

마플 양은 생각했다.

'내가 여기까지 온 것같이 여기저기 돌아다니며 묻고 찾고 할 수는 없지.'

그렇다, 그녀의 나이와 약함이 가장 큰 문제였다. 나이에 비해서 그녀는 건강한 편이었지만, 그래도 꽤 늙은 편이다. 게다가 정원일 하는 것도 엄격히 금지시킨 헤이독 의사가 그녀로 하여금 살인범을 추적하라고 내버려두지는 않을 것이다. 바로 그 일을 이제부터 그녀가 착수하려는 것이다—따라서 그녀는 그 일을 피할 수도 있다. 다시 말해서, 지금까지는 살인사건이 그녀에게 떠맡겨졌으나, 이번에는 그녀가 직접 조심스럽게 그것을 찾으러 가는 것이다.

하지만 사실 그녀는 자기가 정말 그렇게 하고 싶은지도 확신할 수 없었다……. 그녀는 늙었다—늙고 지쳤다. 지금 이 순간, 그녀는 피로해서 아무런 새로운 계획도 시작하고 싶지 않다고 느꼈다. 그녀는 그냥 집으로 가서 난로 옆에서 저녁식사를 한 뒤에 자고 싶었다. 그리고 다음 날에는 어슬렁거리며 나무의 가지를 좀 쳐주고, 허리를 굽히거나 힘들이지 않고 가볍게 집안 정돈을 하고 싶었다……

"이 이상 모험을 하기엔 난 너무 늙었어."

마플 양은 창 밖으로 둑 위의 커브 길을 멍하니 바라보면서 혼자 중얼거렸다. 커브……. 매우 희미한 무엇인가가 그녀의 마음을 휘저었다.

조금 전 차장이 표를 검사하고 나갈 때…….

한 가지 생각이 떠올랐다. 단지 한 가지 생각이 지금까지와는 전혀 다른 생각이…….

마플 양의 얼굴에 약간 붉은 빛이 돌았다. 그녀는 갑자기 조금도 피곤이 느껴지지 않았다!

"내일 아침 데이비드에게 편지를 써야겠어."

그녀는 중얼거렸다. 그리고 그와 동시에 또 하나의 귀중한 협력자가 그녀의 마음에 번개처럼 떠올랐다.

"그래, 나의 충실한 플로렌스가 있었지!"

2

마플 양은 크리스마스라는 시기가 일을 지연시키리라는 것을 계산에 넣으면서 일에 대한 계획을 체계적으로 세웠다.

그녀는 증손자인 데이비드 웨스트에게 크리스마스 인사를 곁들여서 급하게 정보를 요하는 내용의 편지를 썼다. 다행스럽게도 그녀는 지난해와 같이 목사관에서 있었던 크리스마스 만찬에 초대되었으므로, 귀향해 있는 레너드에게 지도에 관해 말해 볼 수 있었다.

레너드는 모든 종류의 지도를 다 좋아했다. 그는 이 노부인이 왜 한 지역의 자세한 지도를 물어보는지에 대해서는 별로 궁금히 여기지 않았다. 그는 일반적인 지도에 대해 거리낌 없이 말해 주었으며, 그녀의 목적에 가장 잘 맞는 지도를 적어주었다. 게다가 그 이상을 해주었다.

그는 자기의 전집 중에서 그런 지도를 찾아 그녀에게 빌려주었던 것이다. 마플 양은 그것을 잘 보고서 곧 돌려주기로 약속하였다.

3

"지도라고?" 그의 어머니인 글리셀다가 말했다.

그녀는 다 자란 아들이 있는 나이인데도 여전히 젊어 보여서, 그 낡고 초라한 목사관에 신선함을 감돌게 하는 장본인이었다.

"지도로 무엇을 하시려고? 무엇 때문에 그게 필요하시대?"

"잘 모르겠어요." 레너드 청년이 말했다.

"자세히 말씀하시지는 않았어요."

"그것참 이상하구나……." 글리셀다가 말했다.

"난 알 수가 없구나. 그분 나이쯤 되면 그런 일은 포기하게 될 텐데……"

레너드는 그런 일이 어떤 거냐고 물었다.

글리셀다는 피하듯이 대답했다.

"오, 이 일 저 일에 참견하는 것 말이야. 왜 지도가 필요했을까? 이상하지?"

얼마 뒤에 마플 양은 증손자뻘인 데이비드 웨스트에게서 편지 한 통을 받았다. 매우 다정스럽게 쓰여 있었다.

제인 할머니께

요즈음 무슨 일을 하고 계세요? 저는 할머니가 원하시는 정보를 얻었습니다. 가능한 열차가 두 개 있더군요—4시 33분 열차와 5시 열차입니다. 앞의 열차는 완행이며 헤일링 브로드웨이, 바웰 히스, 블랙햄프턴과 마켓 베이징 방향의 역에 정차합니다. 5시 열차는 카디프, 뉴포트, 스원시로 향하는 웨일스 급행열차입니다. 4시 33분 열차는 어디에선가 4시 50분 열차에 추월당하도록 되어 있습니다. 하지만 블랙햄프턴 역에는 4시 50분 열차보다 5분 먼저 도착하지요. 또 나중 열차는 블랙햄프턴 전에서 4시 50분 열차를 지나게 됩니다.

이런 것들에서 그 마을의 달콤한 추문 냄새가 나는데요? 쇼핑을 잔뜩 하신 뒤에 4시 50분 열차로 돌아가시다가 지나치는 열차에서 위생검사관에게 안겨 있는 시장 부인이라도 보셨나요? 하지만 그것이 어느 기차였는지가 왜 문제가 되는지요? 혹시 포스콜에서 주말을 보내실 겁니까? 풀오버(머리부터 입는 소매 달린 스웨터)는 감사히 받았습니다. 바로 제가 갖고 싶어 하던 것이었어요. 정원은 어떻습니까? 지금은 한창일 때는 아니겠군요.

늘 사랑하는 데이비드 올림

마플 양은 약간 미소를 짓고는, 이렇게 해서 자기에게 들어온 정보를 음미해 보았다. 맥길리커디 부인은 그 열차가 복도가 없는 것이었다고 확실하게 말했다. 그렇다면 스원시 행 급행은 아니다. 4시 33분 열차라는 말이 된다.

좀더 여행하는 것을 피할 수 없을 것 같다.

마플 양은 한숨을 쉬었으나, 계획 세우는 일을 게을리하지 않았다. 그녀는 지난번처럼 12시 15분 열차로 런던에 갔다. 그러나 이번에는 4시 50분 열차로 돌아오지 않고 블랙햄프턴까지 4시 33분 열차로 되돌아왔다.

그 여행은 평범한 것이기는 했지만, 몇 가지 사소한 소득이 있었다. 4시 33분은 저녁 러시아워 전이었으므로 기차는 별로 붐비지 않았다. 일등 객실들 중 딱 한 칸에 단 한 사람의 승객이 있을 뿐이었다—매우 늙은 신사였는데 '뉴 스테이츠먼(새 정치가)'이라는 잡지를 읽고 있었다. 마플 양은 빈 칸에 혼자 타고 여행했으며, 헤일링 브로드웨이와 바웰 히스에서는 타고 내리는 승객들을 보기 위해 창 밖으로 몸을 내밀었다.

몇몇 삼등 열차 승객들이 헤일링 브로드웨이에서 승차했다. 바웰 히스에서는 삼등 열차 승객들 몇 명이 하차했다. '뉴 스테이츠먼'을 들고 있는 노신사를 제외하고는 아무도 일등차 칸엔 타지도 않고 내리지도 않았다.

기차가 블랙햄프턴 가까이에 이르러 커브 길에서 속력이 늦어지자, 마플 양은 두 발을 딛고 일어서서 차양이 내려진 창문 쪽으로 등을 대고 실험적으로 서보았다.

그렇다. 그녀는 결론을 내렸다. 갑작스런 회전과 가속이 서 있는 사람의 균형을 잃게 하여 창문을 건드려서, 그 결과 차양이 쉽게 올라갈 수 있는 것이다. 그녀는 차창으로 밖을 내다보았다. 맥길리커디 부인이 여행했을 때보다는 밝았다—이제 막 어두워진 것이다. 하지만 거의 알아볼 수는 없었다. 밖을 살펴보려면 낮에 여행해야만 했다.

다음 날 그녀는 이른 아침 열차로 올라가서 린넨 베갯잇 네 장을 샀다(쳇! 그 값이라니!). 이렇게 조사도 하고 필수품도 사고서 12시 15분에 패딩턴을 떠나는 열차로 돌아왔다. 그녀는 다시 일등 객실 안에 혼자 있게 되었다.

마플 양은 생각했다.

'차비 때문에, 그것이 문제야. 러시아워에 다니는 사업가를 제외하고는 아무도 일등차를 탈 여유가 없을 거야. 그런 사람들은 출장비로 경비를 충당할 수 있을 테니까.'

기차가 블랙햄프턴에 도착하기 약 15분 전에 마플 양은 레너드가 준 지도를 펴고서 그 지방을 살펴보기 시작했다. 그녀는 미리 지도를 매우 상세하게 보아두었었다. 그래서 기차가 통과한 역 이름을 알게 되자 그녀는 회전 때문에 속력이 느려졌을 때 자신이 있는 곳을 확인할 수 있었다.

그것은 정말 굉장한 급커브였다. 마플 양은 코를 창문에 갖다 대고서 아래쪽 땅을 매우 주의 깊게 살펴보았다(기차는 매우 높은 둑 위를 달리고 있었다). 그녀는 기차가 블랙햄프턴에 도착하기까지 바깥 시골 풍경과 지도를 번갈아 살펴보았다.

그날 밤 그녀는 블랙햄프턴 메디슨 가(街) 4번지에 사는 플로렌스 힐 양에게 편지를 써서 부쳤다. 다음 날 아침 그녀는 지방 도서관에 가서 블랙햄프턴의 인명록, 지명록, 지방사(地方史) 등을 찾아보았다. 지금까지는 그녀에게 떠오른 매우 희미하고 피상적인 생각을 부정할 만한 것이 하나도 없었다. 그녀가 상상한 것은 가능한 것이었다. 그러나 그녀는 더 이상 진전시킬 수가 없었다.

그다음은 어떻게 활동하느냐에 달려 있었다—많은 활동에, 그녀가 직접 하기에는 육체적으로 감당치 못할 행동에. 만일 자신의 이론이 맞는지 틀린 지를 증명하려면 그녀는 이제 다른 사람으로부터 도움을 받아야만 한다. 문제는, 그게 누구냐는 것이다.

마플 양은 여러 사람의 이름과 가능성을 떠올려보고는, 짜증스럽게 머리를 흔들면서 그들 모두를 거부했다. 그녀가 일을 맡길 수 있는 똑똑한 사람들은 모두 너무 바빴다. 그들은 모두 다양하고도 중요한 직업을 갖고 있을 뿐만 아니라, 휴가도 오래전부터 할당받기 때문이다. 도와줄 만하고 시간이 있는 좀 덜 똑똑한 사람들은 쉽게 구할 수 있겠지만, 마플 양은 적당치 않다고 결정을 내렸다. 그녀는 답답하고 짜증이 났지만 다시 한 번 곰곰이 생각해 보았다.

갑자기 그녀의 머리가 맑아졌다. 그녀는 큰소리로 한 이름을 불렀다.

"그래 맞아! 루시 아일리스배로야!"

제4장

1

　루시 아일리스배로라는 이름은 일정 사람들에게는 이미 확실히 알려져 있었다. 루시 아일리스배로는 서른두 살이었다. 그녀는 옥스퍼드 대학에 다닐 때 수학에서 일등을 했으며, 우수한 두뇌로 유명했다. 그래서 누구나 그녀가 뛰어난 학문적인 인생을 살아갈 것이라고 생각했었다.

　그러나 루시 아일리스배로는 학문적인 탁월함과 더불어, 마음속에는 훌륭하고도 건전한, 그러면서도 평범한 감각을 소유하고 있었다. 그녀는 학문적으로 뛰어난 삶이 이상하게도 대가가 적다는 것을 놓치지 않았다. 그녀는 학생들을 가르치고 싶은 생각은 없었으며, 자기보다 덜 똑똑한 사람들과 마음으로 접하는 것을 좋아했다. 간단히 말해서 그녀는 사람들을, 모든 종류의 사람들에게 흥미를 느꼈다―그러나 모든 시간을 똑같은 사람과 보내는 것은 싫어했다. 그녀는 또한, 아주 솔직히 말하면 돈을 좋아했다. 돈을 벌기 위해서는 일손이 부족한 분야를 개척해야 한다.

　루시 아일리스배로는 곧 매우 일손이 부족한 분야를 생각해 냈다―숙련된 가사 노동자의 부족이었다. 친구들과 동료 학자들에게는 놀랍게도, 그녀는 가사노동 분야로 뛰어든 것이다. 그녀는 즉각적으로, 그리고 확실히 성공했다.

　몇 년이 지난 지금에 와서는 그녀의 이름이 온 영국에 알려져 있었다. 부인들이 남편에게 이렇게 말하는 것이 관습이 되었다.

　"괜찮아요. 난 당신과 함께 미국에 갈 수 있어요. 루시 아일리스배로가 있으니까요!"

　루시 아일리스배로의 장점은, 그녀가 일단 집 안에만 들어가면 그 집의 모든 근심, 걱정, 어려운 일들을 싹 몰아낸다는 데 있었다. 루시 아일리스배로는 무엇이든지 했으며, 무엇이든지 처리하고 정돈했다. 그녀는 가능한 영역에서 믿을 수 없을 만큼 유능했다.

그녀는 노인들을 보살폈고, 어린아이들의 관심을 받아 주었으며, 병자를 간호했다. 또, 요리도 매우 훌륭하게 했고, 간혹(이런 일은 별로 없었지만) 늙고 고지식한 하인들과도 잘 지냈으며, 참을 수 없을 정도의 사람들에게도 재치있게 대했고, 습관적인 술고래들을 달래 주었으며, 망나니들과도 놀랄 만큼 잘 지냈다. 무엇보다도 그녀는 일하는 것을 결코 꺼리지 않았다. 그녀는 부엌 바닥을 닦았으며, 정원을 팠고, 개의 오물을 청소하고 석탄을 날랐다!

그녀의 규칙 중 하나는 오랜 기간 동안의 일은 받아들이지 않는다는 것이었다. 2주일이 보통이었다—특별한 상황에서는 최대로 한 달간 하기도 했지만. 그리고 그 2주에 대한 보수는 아주 비싸게 받았다. 하지만 그 2주 동안 고용주는 천국처럼 생활할 수 있었다. 완벽하게 쉴 수 있었고, 해외에 나가거나 집에 있거나 간에 루시 아일리스배로의 능력 있는 손 안에서 모든 집안일이 잘 되어간다고 확신하면서 자기가 하고 싶은 일을 할 수 있었다.

당연히 그녀에게 일해 달라는 요청이 쇄도했다. 그녀는 마음만 먹는다면 약 3년 동안의 일은 예약해 놓을 수 있었다. 또한 영구적인 일자리를 받아들였다면 굉장한 보수를 받았을 것이다. 그러나 루시는 영구적인 일자리를 받아들이거나, 6주 이후의 일자리를 예약해 둘 생각이 없었다. 그녀는 그 사이에, 아우성치는 고객들에게는 알리지 않고 호화스러운 휴가를 갖거나(그녀는 그 이외에는 돈 쓸 일이 없었으므로 후하게 지불하며 지냈다), '사람들을 좋아하는' 성격 때문에 우연히 반하게 된 일자리를 급히 받아들이거나 하는 특별 자유기간을 가졌다. 그녀는 이젠 자유롭게 일자리를 고르고 선택할 수 있었으므로, 자신의 개인적인 취향에 의해 매우 광범위하게 나갔다. 부자들만이 루시 아일리스배로를 고용할 수 있는 것은 아니었다. 그녀는 고르고 선택할 수 있었으며, 실제로 그렇게 했다. 그녀는 정말로 자신의 인생을 즐겼으며, 그 안에서 계속적인 즐거움의 근원을 찾아냈다.

루시 아일리스배로는 마플 양에게서 온 편지를 읽고 또 읽었다. 그녀는 2년 전, 소설가인 레이먼드 웨스트에게 고용되어서 폐렴에서 차차 나아지고 있는 그의 늙은 아주머니를 돌보아달라는 부탁을 받았을 때 마플 양을 알게 되었다. 루시는 그 일을 받아들이고 세인트 메리 미드까지 내려갔다.

그녀는 마플 양을 매우 좋아했었다. 마플 양으로 말하자면, 한번은 찌푸린 눈으로 침대에서 창 밖을 내다보다가 루시 아일리스배로가 적절한 방법으로 스위트피를 심는 것을 보고는 안도의 한숨을 내쉬며 쿠션에 등을 기댔고, 루시 아일리스배로가 날라다 준 맛있고 간단한 식사를 했다. 또한 그녀의 나이 많고 성미 급한 하녀가, "아일리스배로 양이 들어보지도 못한 크로켓 만드는 법을 가르쳐 줬어요! 그녀가 얼마나 고마운지 몰라요."라고 하는 말을 놀라면서도 기분 좋게 들었었다. 그리고 의사는 그녀가 급속도로 회복되어 가는 것을 보고 놀라워했다.

마플 양은 아일리스배로 양이 자기를 위하여 특별한—다소 '이상한' 일을 맡아줄 수 있는지의 여부를 묻는 편지를 썼다. 그들이 그 문제를 의논할 시간과 장소는 아일리스배로 양의 형편에 따라 정하게 했다.

루시 아일리스배로는 잠시 동안 눈살을 찌푸리고 생각했다. 지금 그녀는 예약되어 있었다. 그러나 '이상하다'는 말과 마플 양의 개성에 대한 회상이 승리를 거두었다. 그녀는 마플 양에게 직통 장거리전화를 걸어, 자신이 일하는 중이라 세인트 메리 미드로 내려갈 수는 없지만, 다음 날 오후 2시부터 4시까지는 시간이 있으므로 런던에서라면 어디에서든지 마플 양을 만날 수 있겠다고 했다. 그녀는 특징 없는 시설이지만 보통은 비어 있는, 작고 어두운 편집실이 몇 개 딸린 자신의 클럽이 어떻겠냐고 물어왔다. 마플 양은 그러자고 해서 다음 날 만남이 이루어졌다.

그들은 서로 인사를 했다.

루시 아일리스배로는 손님을 가장 어두운 편집실로 안내하고는 이렇게 말했다.

"죄송합니다만 현재는 거의 다 예약이 되어 있습니다. 그런데 혹시 제게 맡기시려는 일이 무엇인지 말씀해 주시겠어요?"

"아주 간단한 거라오, 정말로." 마플 양이 말했다.

"이상하긴 하지만 간단한 일이에요. 실은 시체를 하나 찾고 있어요."

마플 양이 정신이상이 아닌가 하는 의심이 순간적으로 루시의 마음을 스쳐

갔다. 그러나 그녀는 그 생각을 부정했다.

마플 양은 완벽하게 정상이었다. 그녀는 틀림없이 진심으로 말한 것이리라.

"어떤 종류의 시체인데요?"

루시 아일리스배로가 매우 침착하게 물었다.

"어떤 여자의 시체예요." 마플 양이 말했다.

"살해된 여자의 시체지요—목이 졸려서. 기차 안에서 죽었죠"

루시의 눈썹이 약간 추켜세워졌다.

"저런, 그것 정말 이상한 일이군요. 그 일에 대해 말씀해 주시지요."

마플 양은 그녀에게 설명해 주었다. 루시 아일리스배로는 방해하지 않고 주의 깊게 들었다. 이야기가 다 끝나자 그녀가 말했다.

"그것을 부인의 친구분이 정말로 본 건가요, 아니면 보았다고 생각하는 ……?"

그녀는 의문을 표시하면서 문장을 완결 짓지 않은 채로 남겨두었다.

"엘스퍼스 맥길리커디는 일을 상상해 내지 않아요." 마플 양이 말했다.

"그것이 바로 내가 그녀의 말을 믿는 이유요. 만일 도로시 카트라이트가 그런 말을 했다면, 그건 전혀 다른 문제가 되었을 거예요. 도로시는 항상 멋진 이야기를 만들어내서는, 또 곧잘 그것을 믿곤 한답니다. 기본적인 것은 사실이지만 그 이상은 그렇지 않은 종류의 이야기 말이에요. 하지만 엘스퍼스는 조금 색다르거나 원칙에서 벗어난 일도 일어날 수 있다는 것을 믿게 하기가 어려운 종류의 여자지요. 그녀는 암시에는 잘 걸려들지 않는, 아주 돌같이 고지식한 여자예요."

"알겠습니다." 루시는 생각에 잠겨 말했다.

"그럼, 그 일을 받아들인다면 저는 어디로 들어가야 하는 거지요?"

"나는, 루시 양, 당신에게 깊은 인상을 받았어요." 마플 양이 말했다.

"알겠지만, 난 이젠 이리저리 돌아다니며 여러 가지 일을 할 만큼 신체적으로 건강하지가 못해요."

"부인은 제게 일종의 조사를 시키시려는 건가요? 그런 종류의 일인가요? 하지만 그런 일이라면 경찰이 해줄 것 아니겠어요? 혹시 그 사람들이 너무 꾸물

거린다고 생각하시는 건 아니세요?"

"오, 아니에요." 마플 양이 말했다.

"그 사람들이 꾸물거린 것이 아니라, 다만 내게 어떤 여인의 시체에 대해 어떤 생각이 들기 때문이에요. 그것은 '어딘가에' 틀림없이 있어야 해요. 그것이 기차에서 발견되지 않았다면, 기차 밖으로 떨어졌거나 던져진 것이 확실해요. 하지만 철로 위에서는 아무 곳에서도 시체가 발견되지 않았어요. 그래서 나는 같은 길로 여행하면서 시체가 기차 밖으로 던져지더라도 철로 위에서 발견되지 않을 만한 곳이 있는지 알아보았지요. 그랬더니 정말 그럴 만한 곳이 있더군요. 블랙햄프턴에 들어가기 전에 철로는 높은 둑의 가장자리에서 급회전을 해요. 시체가 만일 거기서 기차가 일정한 각도로 기울어져 있을 때 던져졌다면, 둑 아래로 똑바로 떨어졌으리라고 생각해요."

"하지만 그 시체가 아직도 거기서 발견될 수 있을까요?"

"오, 그렇죠. 이미 치워졌겠죠……. 하지만 우린 곧 그 장소를 찾아낼 수 있을 거예요. 여기 그 장소가 있어요―이 지도 위에."

루시는 몸을 굽혀 마플 양의 손가락이 가리키는 곳을 살펴보았다.

"이곳은 블랙햄프턴 교외예요." 마플 양이 말했다.

"이곳은 원래는 넓은 정원과 땅이 딸려 있는 저택이었답니다. 아직도 그대로 있지요―손대지 않은 채로. 지금은 여러 건물과 작고 촌스런 집들이 주위를 둘러싸고 있어요. 이곳을 러더퍼드 저택이라고 한답니다. 크래켄소프라는 매우 부유한 공장주가 1884년에 지었지요. 내가 알기로는 이 크래켄소프의 아들인 노인이 딸과 함께 지금도 이곳에서 살고 있어요. 그 소유지의 거의 반이 철도로 둘러싸여 있지요."

"그런데 부인은 제게, 무엇을 원하시는지요?"

마플 양은 즉각 대답했다.

"난 당신이 거기서 일자리를 얻었으면 해요. 누구나 유능하게 가사일을 도울 사람을 얻으려고 아우성치고 있으니까 어렵진 않을 거예요."

"그래요, 저도 어려우리라고는 생각지 않아요."

"크래켄소프 씨는 꽤 구두쇠라고 알려져 있어요. 적은 봉급을 받아들인다면,

내가 당신이 현재 받고 있는 것보다 좀더 높게 보충해 주겠어요."

"일이 어려워서 그런가요?"

"어려움보다는 위험이 클 거예요. 알아둬요, 루시, 이 일은 위험할지도 몰라요. 그 점을 경고해 두는 것이 옳겠군요."

"위험하다는 생각이……." 루시는 생각에 잠겨 말했다.

"저로 하여금 단념하게 할지도 모르겠는데요."

"나는 그렇게 생각지 않았어요." 마플 양이 말했다.

"당신은 그런 종류의 사람이 아니니까."

"그런 일이 오히려 저를 끌 수도 있다고 생각하셨군요? 저는 제 평생에 거의 위험에 직면해 본 적이 없답니다. 하지만 부인은 정말로 그 일이 위험하다고 생각하시나요?"

"누군가가 매우 성공적인 범죄를 저질렀어요." 마플 양이 지적했다.

"게다가 아무런 추적도 의심도 없지요. 노부인 둘이 어딘지 비현실적인 이야기를 하자 경찰은 조사는 했지만 아무것도 발견하지 못했어요. 모든 것이 그렇게 감쪽같고 조용했지요. 나는 그 누군가가, 그가 누구이든지 간에 그 문제가 밝혀지지 않을까 하고 염려하고 있다고는 생각지 않아요. 특별히 당신이 성공한다 하더라도 말이에요."

"제가 찾아야 할 것은 정확히 무엇인가요?"

"둑을 따라가면서 아무것이나 찾아보세요. 옷 조각이라든가, 꺾인 나무—뭐 그런 종류 말이에요."

루시는 고개를 끄덕였다.

"그리고 그다음에는요?"

"나는 아주 가까운 곳에 가 있을 거예요." 마플 양이 말했다.

"내게 충실한 늙은 하녀 플로렌스가 블랙햄프턴에 살고 있지요. 그녀는 몇 년 동안 늙으신 부모님을 모셔왔어요. 지금은 두 분 다 돌아가시고 그녀는 하숙을 치고 있답니다—모두 좋은 사람들이지요. 그녀는 내가 자기와 함께 지낼수 있게 해주겠다고 약속했어요. 그녀는 나를 정말 헌신적으로 돌봐줄 거예요. 그래서 나는 가까운 곳에 가서 있어야겠다고 생각했답니다. 그리고, 루시, 그 저택에 가서는 근처에 늙은 아주머니가 살고 있어서, 그 아주머니에게 가기 쉬운 곳에 일자리를 얻으려 한다고 해요. 그리고 얼마간의 시간이 지난 뒤에 그 아주머니를 보러 갈 수 있도록 여가 시간을 좀 달라고 해보면 어떻겠어요?"

루시는 다시 끄덕거렸다.

"저는 내일 모레 타오르미나에 갈 예정이었어요." 그녀가 말했다.

"휴가는 미룰 수도 있지만, 저는 3주밖에는 약속 드릴 수가 없습니다. 그 뒤에는 예약이 되어 있거든요."

"3주면 넉넉할 거예요." 마플 양이 말했다.

"만일 우리가 3주 안에 아무것도 발견하지 못한다면, 이번 일은 아무것도 아니었다고 믿고 포기하는 편이 낫겠지요."

마플 양이 떠나자 루시는 잠시 생각한 뒤에 자기가 잘 아는 여자가 경영하는, 블랙햄프턴에 있는 직업소개소에 전화를 걸었다. 그녀는 '아주머니'를 돌볼 수 있도록 그 이웃에 일자리를 얻고 싶다고 했다. 다소 힘들긴 했지만, 매우 재치 있게 좀 괜찮은 자리 몇 개를 거절한 뒤에 러더퍼드 저택이 언급되었다.

"그곳이 제가 원하는 자리 같군요." 루시가 확고하게 말했다.

직업소개소에서 크래켄소프 양에게 전화를 건 뒤에, 크래켄소프 양이 루시에게 전화를 걸어왔다.

이틀 뒤에 루시는 런던을 떠나 러더퍼드 저택으로 향했다.

2

루시 아일리스배로는 자신의 작은 차로 위압적이며 커다란 철 대문을 지나 안으로 들어갔다. 그 바로 안에는 전쟁에 의한 파괴 때문인지, 아니면 단순히 돌보지 않아서인지 확실히 알 순 없지만 원래는 작은 오두막이었다가 이제는 거의 버려진 집이 하나 있었다. 크고 침침한 철쭉나무 숲을 지나 한참 고불고불 차를 몰아 그 저택 앞에 이르렀다.

루시는 마치 축소된 윈저성인 듯한 그 건물을 보고는 순간 숨이 멎었다. 현관 앞의 돌계단은 주의를 기울여야만 볼 수 있었고, 자갈 더미는 아무렇게나 내버려두어 잡초로 녹색이 되어 있었다.

그녀가 구식의 벨 끈을 잡아당기자, 그 시끄러운 소리가 집 안 멀리까지 메아리쳐 갔다. 단정치 못한 여자가 앞치마에 손을 닦으면서 문을 열고는 의심스러운 눈초리로 그녀를 쳐다보았다.

"오기로 되어 있는 분이시죠, 그렇죠?" 그녀가 말했다.

"무슨 배로 양이라고 말씀하시던데."

"맞아요." 루시가 말했다.

그 집은 지독하게 추웠다. 그녀는 어두운 홀을 따라 루시를 안내해서는 오른쪽 문을 열어주었다. 루시에게는 좀 놀랍게도 그곳은 책과 친츠(사라사 무명) 덮개를 한 의자들이 있는, 매우 호감이 가는 거실이었다.

"오셨다고 말씀드리지요."

여자는 이렇게 말하고는 루시에게 매우 마음에 들지 않는다는 듯한 시선을 보낸 뒤에 문을 닫고 들어갔다.

몇 분 뒤에 다시 문이 열렸다. 처음부터 루시는 자기가 에마 크래켄소프를 좋아하게 되리라고 느껴졌다. 그녀는 별 특징 없는 외모를 지닌, 잘생기지도 못생기지도 않은 중년의 여자였다. 트위드 윗도리와 풀오버를 알맞게 입고 있었고, 검은 머리를 앞이마에서 뒤로 빗어 넘겼으며, 침착한 담갈색 눈과 매우 호감이 가는 음성을 갖고 있었다.

그녀가 말했다.

"아일리스배로 양이시죠?" 그리고 그녀는 손을 내밀었다.

그러고 나서 그녀는 미심쩍은 듯이 쳐다보았다.

"정말 궁금하군요." 그녀가 말했다.

"이 일자리가 정말 당신이 찾고 있던 겁니까? 나는 여러 일을 감독할 가정부를 원하는 것이 아니라는 점을 알아두었으면 해요. 나는 일을 할 사람을 구하고 있었어요."

루시는 그것이 바로 대부분의 사람들이 필요로 하는 사람이라고 말했다.

에마 크래켄소프는 변명하듯이 말했다.

"알겠지만 너무나 많은 사람들이 얼마 안 되는 아주 가벼운 청소를 일이라고 생각하는 것 같아서요. 하지만 가벼운 청소 정도는 내가 다 할 수 있거든요."

"잘 알겠어요." 루시가 말했다.

"당신은 요리도 하고, 설거지도 하고, 집안일도 하고, 보일러에 불도 피우기를 원하시는 거죠? 좋아요, 그것이 내가 하는 일이에요. 나는 일을 두려워하지 않아요."

"집이 커서 불편하고 걱정스러워요. 물론 우리는 일부분에서 살 뿐이지만— 우리란 나와 아버지예요. 아버지는 환자세요. 우리는 아주 조용하게 살고 있지요. 그리고 애거(취사용 큰 스토브) 난로가 하나 있어요. 내게는 오빠들이 몇 명 있어요. 하지만 오빠들은 여기에는 별로 자주 오지 않아요. 집에 오는 여자가 둘 있는데, 아침에 오는 키더 부인과, 놋그릇 같은 것들을 닦으러 일주일에 세 번 오는 하트 부인이지요. 당신은 차를 갖고 있나요?"

"예. 세워둘 곳이 없으면 밖에 세워둬도 돼요. 그런 것엔 익숙하니까."

"오, 낡은 가축우리가 얼마든지 있으니까 그런 건 염려하지 말아요."

그녀는 잠시 인상을 찌푸린 뒤에 말했다.

"아일리스배로라, 좀 평범치 않은 이름이군요. 내 친구 중 몇몇이 내게 루시 아일리스배로에 대해 얘기해 준 적이 있어요. 케네디 가문이던가?"

"맞아요. 나는 케네디 부인이 임신했을 때 북부 데븐에 있는 그 집에서 일한 적이 있어요."

에마 크래켄소프는 미소 지었다.

"당신이 모든 것을 돌볼 때만큼 즐거웠던 때는 없었다고 그들이 말했던 것이 기억나는군요. 하지만 내 기억에는 당신은 굉장한 보수를 요구하는 것 같던데. 내가 언급한 금액은……."

"그건 괜찮아요." 루시가 말했다.

"난 특별히 블랙햄프턴 가까이에 있고 싶어서 그래요. 내게는 건강이 아주 안 좋으신 늙은 아주머니가 한 분 계신데, 그분께 쉽게 갈 수 있는 곳에 있고 싶었거든요. 그래서 봉급은 2차적으로 생각하게 되었지요. 그럴 수밖에 없어요. 매일 조금씩 시간을 내주실 수는 있으신가요?"

"오, 물론이에요. 매일 오후로 하지요. 6시까지가 어떻겠어요?"

"더할 나위 없이 좋은데요"

크래켄소프 양은 잠시 망설이더니 이렇게 말했다.

"아버지는 늙으셨어요. 그래서 약간, 가끔 어려울 거예요. 그분은 경제적인 것에 아주 예민하셔서, 가끔 다른 사람들을 당황하게 하는 말씀을 하세요. 난 그러고 싶지 않지만……."

루시는 재빨리 말을 가로챘다.

"나는 노인들에게 매우 익숙해요. 모든 노인에게요. 나는 언제나 그분들과는 아주 잘 지내게 되더군요."

에마 크래켄소프는 안심한 듯이 보였다.

"아버지에 대한 염려라!" 루시는 진단을 내렸다.

"그는 성질 사나운 노인일 거야"

그녀는 넓고 어두운 침실을 배당 받았다. 그 방에는 작은 전기난로가 하나 있었는데 그것으로는 충분치 않았다. 그녀는 거대하고 불편한 그 저택을 이리 저리 안내 받았다.

그들이 홀에 있는 문을 지날 때 한 음성이 소리쳤다.

"에마냐? 새로 온 처녀도 거기 있느냐? 그녀를 데리고 들어오너라. 그녀를 보고 싶구나."

에마는 얼굴이 붉어져서 변명하듯이 루시를 흘끗 쳐다보았다.

두 여자는 방으로 들어갔다. 그 방은 화려하게도 검은 벨벳으로 치장되어 있었고, 좁은 창문으로는 약한 빛이 들어왔으며, 무거운 빅토리아풍의 마호가니 재(材)가구로 꽉 차 있었다.

늙은 크래켄소프 씨는 환자용 의자 위에 길게 누워 있었으며, 그 옆에는 윗 부분이 은으로 된 지팡이가 세워져 있었다. 그는 키가 크고 마른, 주름살이 많은 노인이었다. 어딘지 불도그 같은 얼굴과, 싸움하기 좋아할 것 같은 턱을 가지고 있었다. 그는 드문드문 회색인 굵고 검은 머리와 작고 의심 많은 눈을 가지고 있었다.

"좀 봅시다, 젊은 처녀."

루시는 앞으로 나아가서 태도를 부드럽게 하고 미소를 지었다.

"아가씨가 똑바로 잘 알아두어야 할 것이 딱 한 가지 있소. 우리가 큰 집에서 살고 있다고 해서 부유하다는 것은 아니오. 우리는 부유하지 '않아.' 우리는 소박하게 살고 있소. 듣고 있소? '소박하게 말이오!' 과분한 생각을 많이 갖고 있으면 여기서는 아무 소득도 없을 게요. 대구는 가자미만큼 훌륭한 생선이요. 그걸 잊지 말도록 하시오. 나는 낭비에는 찬성하지 않아. 내 아버님께서 이 집을 지으셨고, 나도 이 집을 좋아하기 때문에 여기 살고 있소. 내가 죽은 뒤에는 애들이 원한다면 이 집을 팔 수도 있겠지—아마 애들은 그러고 싶어 할 게요. 도무지 가족관념이 없으니까. 이 집은 잘 지어졌어요. 견고하고, 또한 주위에 우리의 소유지가 있지. 그것이 우리의 사생활을 지켜주고 있소. 건물을 짓도록 땅을 팔아버린다면 소득은 많겠지만, 내가 살아 있는 동안은 안 돼. 나를 끌어내지만 않는다면 자진해서 이곳을 나가지는 않을 게요."

그는 루시를 노려보았다.

"당신의 집은 당신의 성입니다." 루시가 말했다.

"날 비웃는 게요?"

"그게 아닙니다. 저는 작은 마을이 주위에 있는 진짜 시골 땅을 갖는 것은 매우 신나는 일이라고 생각해요."

"정말 그렇소. 여기서 다른 집을 볼 수 없지 않소, 음? 그 속에서는 암소들이 노닐고 있지. 그러면서도 블랙햄프턴의 한가운데 있고 말이오. 바람이 불면 차 다니는 소리도 약간 들리긴 하지만, 그것 외에는 여전히 시골이오."

그는 잠시 쉬지도 않고, 또 목소리도 바꾸지 않은 채 자기 딸에게 덧붙였다.

"그 지독히 바보 같은 의사에게 전화하거라. 그에게 지난번에 준 약이 전혀 효과가 없다고 해."

루시와 에마는 물러나왔다. 그들 뒤에다 대고 그가 소리쳤다.

"그리고 코를 쿵쿵거리는 그 지긋지긋한 여자가 이곳을 청소하지 못하게 해라. 그 여자는 내 책을 온통 엉망으로 해놓는다니까."

루시가 물었다.

"크래켄소프 씨는 오랫동안 아프셨나요?"

에마는 다소 피하는 듯이 말했다.

"오, 이제 몇 년이 되어가지요……. 여기가 부엌이에요."

부엌은 매우 컸다. 커다란 부엌용 레인지가 차갑게 방치된 채 놓여 있었다. 그 옆에는 애거 난로가 자리를 차지하고 있었다.

루시는 식사시간을 물어보았으며, 그 뒤에는 식품저장실을 살펴보았다. 그러고 나서 그녀는 에마 크래켄소프에게 신이 나서 말했다.

"이제 모든 것을 알았어요. 걱정하지 말아요. 내게 모든 것을 맡겨두세요."

에마 크래켄소프는 그날 저녁 잠자리에 들면서 안도의 한숨을 내쉬었다.

"케네디 집안사람들 말이 정말 맞아." 그녀는 중얼거렸다.

"그녀는 훌륭해!"

다음 날 루시는 6시에 일어났다. 그녀는 집 안을 청소하고, 채소를 마련하여 요리한 다음 아침을 차렸다. 키더 부인과 함께 침대를 정리한 뒤 11시에는 부엌에서 진한 차와 과자를 들게 되었다.

루시가 '잘난 체하지 않는다'는 사실과, 진하고 달콤한 차 맛으로 인해 마음이 놓인 키더 부인은 한가하게 잡담을 늘어놓았다. 그녀는 날카로운 눈과 야무진 입술을 가진 작고 야윈 여자였다.

"주인님은 정말 늙은 구두쇠예요. 그 딸이 얼마나 참는다고요! 하지만 억눌려 지내지는 않아요. 필요하다면 자신의 모든 권리를 찾을 수도 있지요. 신사분들이 내려올 때면 그녀는 음식도 상당히 마련한답니다."

"신사분들이라고요?"

"예, 이 집은 대가족이에요. 장남 에드먼드 씨, 그분은 전쟁 중에 죽었지요. 그다음이 세드릭 씨인데, 그분은 어딘가 해외에서 살고 있는데 아직 결혼하지 않았어요. 외국에 사는 화가예요. 해롤드 씨는 시티(런던의 금융, 상업 중심지)에 있지요. 런던에서 살고 있어요—백작의 따님과 결혼했답니다. 그다음이 앨프리드 씨예요. 그분은 잘해 나가고 있긴 하지만 한두 번 문제를 일으킨 적이 있는 말썽꾸러기지요. 그리고 에디스 양의 남편인 브라이언 씨가 있지요. 그분은 얼마나 좋은 사람이라고요. 부인이 죽은 지도 여러 해가 되었지만 그분은 항상 가족의 일원으로 남아 있답니다. 그리고 에디스 양의 아들인 알렉산더 도련님이 있지요. 그는 학교에 다니고 있는데, 휴일이면 항상 여기에 와요. 에마 양이 그를 극진히 보살펴주지요."

루시는 자료제공자에게 계속 차를 부어주면서 그 모든 정보를 정리해 두었다. 마침내 키더 부인은 아쉬운 듯이 일어섰다.

"오늘 아침엔 정말 뜻하지 않게 재미있었던 것 같군요."

그녀는 신이 나서 말했다.

"내가 감자 깎는 것을 도와드릴까요, 루시 양?"

"다 깎아놓았어요."

"그래요? 당신은 많은 일을 처리하기 위해 있는 사람 같군요! 그 밖엔 할 일이 없는 것 같으니 나는 돌아가는 것이 좋겠어요."

키더 부인이 떠나고 시간이 생기자 루시는 식탁을 닦았다. 루시는 이 일을 어서 하고 싶었으나 키더 부인의 마음을 상하게 하지 않으려고 미뤄두었었다. 그리고 나서 은그릇들을 반짝 반짝 빛날 때까지 닦았다. 그녀는 점심을 차리고, 그것을 치우고, 설거지를 했으며, 2시 30분이 되자 조사를 위해 출발할 준비를 했다. 그녀는 쟁반 위에 여러 가지 차를 준비해 놓았으며, 샌드위치와 버터 바른 빵을 촉촉하도록 물기 있는 냅킨으로 덮어놓았다.

그녀는 일상적으로 하는 것처럼 정원을 이리저리 거닐었다. 채소밭에는 두세 가지 채소가 아무렇게나 자라고 있었으며 온실들은 허물어진 채였다. 어디를 가나 길가에는 잡초가 무성해 있었다. 집 근처에 초록색 풀로 만든 경계만이 잡초가 없고 좋은 상태였는데, 루시는 에마가 그것을 손질했을 거라고 생각했다. 정원사는 약간 귀먹고 매우 늙은 남자였는데, 그는 단지 일하는 척만 하고 있을 뿐이었다. 루시는 즐겁게 그에게 말을 걸었다. 그는 커다란 마구간 뜰에 인접한 오두막에 살고 있었다.

마구간 뜰에서부터 양쪽으로 울타리가 쳐진 정원까진 자동차가 다닐 수 있는 뒷길이 있었으며, 둥글게 구부러진 철길 아래에는 작은 오솔길이 있었다.

2~3분 간격으로 기차가 구부러진 철길을 요란한 소리를 내며 지나갔다. 루시는 기차가 크래켄소프 집안의 소유지를 둘러싸면서 심한 커브를 그리느라 속력이 늦어지는 것을 지켜보았다. 그녀는 둥그런 철길 아래를 지나 오솔길로

들어갔다. 그곳은 약간 사용했던 흔적이 있는 것 같았다. 한쪽으로는 철길 둑이 있었고, 다른 쪽에는 몇 개의 높은 공장 건물을 둘러싸고 있는 높다란 벽이 있었다.

루시가 그 오솔길을 따라가 보자 작은 집들이 있는 거리가 나타났다. 그녀는 멀지 않은 곳에서 나는, 혼잡한 차 소리를 들을 수 있었다. 그녀는 시계를 흘끗 보았다. 가까이에 있는 집에서 한 여자가 나오는 것을 보고 루시는 그녀를 불러 세웠다.

"실례합니다. 이 근처에 공중전화가 있는지요?"

"길모퉁이를 돌면 바로 우체국이 있어요."

루시는 그녀에게 고맙다는 인사를 하고 길을 따라 걸어갔다. 잠시 뒤 그녀는 속옷 가게와 우체국이 있는 건물에 이르렀다. 한쪽에 전화박스가 있었다.

그녀는 그 안에 들어가서 전화를 했다. 그녀는 마플 양과 통화하게 해달라고 부탁했다. 그러자 어떤 여자가 날카롭게 소리지르듯이 말했다.

"그분은 지금 쉬고 계세요. 그래서 방해하고 싶지 않아요. 그분에게는 휴식이 필요하다고요—나이가 드셨거든요. 제가 누구시라고 전해 드릴까요?"

"아일리스배로라고 합니다. 그분을 방해할 필요는 없어요. 다만 그분에게 제가 잘 도착했으며, 모든 일이 잘 되어가고 있다고, 새로운 소식이 있으면 알려 드리겠다고 전해 주세요."

그녀는 수화기를 제자리에 놓고 러더퍼드 저택으로 발길을 돌렸다.

제5장

1

"제가 뜰에서 골프 연습을 해도 괜찮겠어요?" 루시가 물었다.

"아, 그래요. 물론이지요. 골프를 좋아하나요?"

"잘하지는 못하지만 연습하는 것은 좋아해요. 그냥 걷기만 하는 것보다는 더 마음에 드는 운동이지요."

"여긴 걸어 다닐 만한 곳이 아무 데도 없소"

크래켄소프 씨는 성을 내며 말했다.

"포장도로와 초라하고 작은 판자 상자 같은 집들뿐이지. 내 땅을 가져다가 집을 더 크게 짓고 싶겠지만, 내가 죽을 때까지는 안 돼. 난 다른 사람에게 은혜를 베풀면서 죽지는 않을 거야. 나는 아가씨에게도 그 점을 밝혀 두고 싶소! '누구에게도' 은혜를 베풀지는 않을 거요!"

"저, 아버지." 에마 크래켄소프가 부드럽게 말했다.

"난 그 애들이 무슨 생각을 하는지 다 알고 있다. 그리고 그 애들이 무엇을 해주길 기다리고 있는지도 알고 있지. 세드릭을 비롯해 말쑥한 얼굴을 한 교활한 여우 같은 해롤드, 앨프리드로 말하자면, 그 애가 총을 겨누고 나를 직접 죽이지 않는 것이 이상하다니까. 크리스마스 시즌이라고 해서 그가 그러지 않으리라는 보장은 없다. 그것이 내게 닥친 이상한 상황이야. 큄퍼 박사도 이상해. 그는 내게 여러 가지 조심스런 질문을 했어."

"아버지, 누구나 때때로 소화에 이상이 있게 마련이에요."

"좋아, 좋아, 차라리 내가 너무 많이 먹는다고 솔직히 말하거라. 네 말은 그거야. '왜' 내가 많이 먹었느냐! 식탁 위에 너무 많은 음식이 있기 때문이지. 너무나 많이 낭비하고 있고, 함부로 쓰고 있어. 그리고 보니, 당신, 젊은 아가씨 생각이 나는군. 아가씨가 점심때 감자 다섯 개를 내놓았었지—그것도 큰

것으로 말이야. 누구에게나 두 개면 충분해요. 그러니 다음에는 네 개 이상은 내놓지 말도록. 오늘 남은 것은 낭비였어."

"그것은 낭비되지 않았습니다, 크래켄소프 씨. 저는 그것을 오늘 저녁에 스페인식 오므라이스에 넣으려고 하거든요."

"흠!" 루시는 커피 쟁반을 들고 방을 나가면서 그가 하는 말을 들었다.

"항상 대답을 척척 하는 것을 보면 말솜씨가 좋은 처녀야. 게다가 요리도 잘하고—멋진 아가씨로군."

루시는 미리 생각해서 가져온 골프 장비에서 가벼운 채를 하나 꺼내들고는 울짱을 넘어 뜰 안을 산책했다.

그녀는 연달아 공을 날리기 시작했다. 5분쯤 지난 뒤에 공 하나가 정확히 슬라이스가 되어 철길 둑 쪽으로 날아갔다. 루시는 위로 올라가서 이리저리 찾기 시작했다. 그녀는 집 쪽을 돌아다보았다. 집은 멀리 떨어져 있었고, 아무도 그녀가 하는 일에 관심이 없었다. 그녀는 계속 공을 찾았다. 가끔 그녀는 둑 아래에서 잔디 쪽으로 공을 날렸다. 오후 내내 그녀는 둑의 약 3분의 1을 탐색했다. 아무것도 없었다. 그녀는 공을 집 쪽으로 날리며 되돌아왔다.

다음 날 그녀는 우연히 무엇인가를 발견했다. 둑의 중간쯤에서 자라고 있는 가시 있는 관목이 뚝 부러져 있었던 것이다. 부러진 가지 몇 개가 여기저기 흩어져 있었다. 루시는 그 나무를 살펴보았다. 찢긴 모피 조각이 가시에 걸려 있었다. 그것은 거의 나무와 비슷한 색인 연한 갈색이었다.

루시는 잠시 동안 그것을 살펴본 뒤에 주머니에서 가위를 꺼내어 조심스럽게 반으로 잘랐다. 그녀는 잘라낸 조각을 주머니에 있는 봉투에 집어넣었다. 그러고는 그 밖의 다른 것들을 이리저리 찾으면서 가파른 비탈길을 내려왔다. 그녀는 들판의 거친 잔디를 주의 깊게 살펴보았다. 그녀는 누군가가 키 큰 풀밭 사이를 지나가면서 남겨놓은 발자국을 알아볼 수 있었다. 그러나 사실은 매우 희미했다—그녀의 발자국처럼 확실하진 않았다. 그것은 너무 불분명해서 그것이 단순한 상상이 아니라고 확신할 수도 없었다.

그녀는 부러진 가시나무 바로 아래 부분의 둑 밑 풀밭을 조심스럽게 뒤지기 시작했다. 마침내 탐색한 보람이 있었다. 그녀는 콤팩트를 하나 찾아냈는데,

그것은 유약을 바른 작고 값싼 물건이었다. 그녀는 그것을 손수건으로 싸서 주머니에 넣었다. 그러고는 계속 탐색해 보았지만 더 이상은 아무것도 없었다.

다음 날 오후 그녀는 차로 몸이 불편하신 아주머니를 만나러 갔다.

에마 크래켄소프는 친절하게 말해 주었다.

"서둘러 돌아오지 않아도 돼요. 저녁때나 당신이 필요할 테니까."

"고마워요. 하지만 늦어도 6시까지는 돌아오겠어요."

메디슨 가(街) 4번지는 좁고 지저분한 거리에 있는 작고 어두침침한 집이었다. 그 집에는 노팅검 레이스가 달린 깨끗한 커튼, 하얗게 빛나는 현관 계단, 잘 닦인 청동 문손잡이 등이 있었다.

키가 크고 엄격해 보이는 여자가 문을 열어 주었는데, 그녀는 검은 옷을 입고 있었으며 짙은 회색 머리를 틀어 올리고 있었다. 그녀는 루시를 의심스러운 눈초리로 바라보면서 그녀를 마플 양에게로 안내했다.

마플 양은 작지만 잘 정돈되어 있는, 네모난 정원이 보이는 뒤쪽 방을 차지하고 있었다. 그곳은 도전적일 정도로 깨끗했으며, 많은 받침과 탁자보, 여러 개의 중국식 장식품들, 다소 큰 듯한 제임스 1세 때의 가구 한 벌, 그리고 화분 두 개에 심겨진 양치식물 등이 있었다. 마플 양은 난로 옆에 있는 큰 의자에 앉아서 바쁘게 뜨개질을 하고 있었다.

루시는 안으로 들어가서 문을 닫았다. 그녀는 마플 양을 마주 보며 의자에 앉았다. 그녀가 말했다.

"글쎄요! 부인께서 옳은 것 같아요."

그녀는 자신이 발견한 것들을 꺼내면서, 찾게 된 자세한 이야기를 해주었다.

마플 양의 양볼은 성취감으로 약간 붉어졌다.

"누구나가 그렇게까지 생각진 않겠지만, 그래도 가설을 세우고, 그것이 옳았다는 증거를 얻으니 정말 기쁘군요!"

그녀는 손가락으로 작은 모피 조각을 잡아보았다.

"엘스퍼스는 그 여자가 밝은 색의 털외투를 입고 있었다고 했지요. 그 콤팩트는 외투 주머니 속에 있다가 시체가 비탈을 굴러 내려갈 때 밖으로 떨어져 나왔다고 생각되는군요. 크게 중요한 것 같지는 않지만, 그래도 도움이 될지도 모르겠군요. 모피 조각을 모두 가져왔나요?"

"아뇨, 그 가시나무 위에 반은 남겨두었어요."

마플 양은 찬탄하면서 고개를 끄덕였다.

"아주 잘했어요. 아주 지혜롭군요. 경찰은 정확히 대조해 보려고 할 테니까."

"부인은 경찰에 가실 건가요, 이것들을 가지고서요?"

"그래요, 아직은 아니지만……." 마플 양은 생각에 잠겼다.

"내 생각에는 시체를 먼저 찾는 것이 좋을 것 같군요, 그렇지 않나요?"

"그렇죠. 하지만 좀 터무니없는 순서가 아닐까요? 부인의 의견이 옳다고는 생각하지만. 범인은 아마 시체를 기차 밖으로 밀어내고는 블랙햄프턴에서 내렸을 거예요. 그런 뒤에 적당한 시간에(아마 그날 밤이겠지요) 그곳에 가서 시체를 치웠을 거예요. 하지만 그 뒤에는 어떤 일이 있었겠어요? 그 사람은 그것을 '어디로든지' 가져갈 수 있었잖겠어요?"

"'어디로든지'가 아니에요. 아일리스배로 양, 내 생각에 당신은 논리적으로 따지지 않았기 때문에 그런 결론이 나온 것 같군요."

"루시라고 불러주세요. 왜 어디로든지가 아니란 말이지요?"

"만일에 그렇다면 그 사람은 한적한 곳에서 좀더 쉽게 그녀를 살해하고 시체를 먼 곳으로 실어갔을 거예요. 생각하지 못했겠지만……."

루시가 가로막았다.

"그러니까, 부인은 그것이 계획된 범행이었다고 말씀하시는 건가요?"

"처음엔 그렇게 생각하지 않았어요." 마플 양이 말했다.

"누구나 그렇게는 생각하지 못할 거예요―당연하죠. 마치 다투다가 남자가 자제력을 잃고 여자를 목 졸라 죽이게 되어 몇 분 안에 처리해야 하는 문제에 부딪친 듯이 보이니까요. 남자는 흥분을 참지 못하고 여자를 죽였다. 그리고 나서 창 밖을 내다보니 시체를 내버리기에 알맞게 기차가 커브를 틀고 있는 것이었다. 그는 나중에 다시 시체를 찾을 수 있는 곳이라 확신하면서 밖으로 내던진다. 사실이 이렇다면 우연의 일치가 너무 심해요. 만일 그가 우연히 시체를 그곳에 던졌다면, 그는 시체를 더 이상은 어떻게 하지는 못했을 테고, 따라서 오래전에 발견되었어야만 해요."

그녀는 잠시 멈추었다. 루시는 그녀를 뚫어지게 바라보았다.

마플 양이 생각에 잠긴 채 말했다.

"알겠지만, 그것은 정말로 매우 교묘하게 계획된 범죄예요. 아주 주도면밀하게 계획되었다고 생각되는군요. 기차를 이용한 것은 신분을 감출 수 있기 때문이지요. 만일 그가 그녀가 사는 곳이나 숙박하고 있는 곳에서 그녀를 죽였다면, 누군가가 그가 오고 가는 것을 볼 수 있었을 테니까요. 아니면 그가 시골 어딘가로 그녀를 데리고 간다고 해도 누군가가 그 차와 차량번호와 모양을 알아볼 수도 있겠지요. 하지만 기차는 오고 가는 낯선 사람들로 가득 차 있어요. 복도가 없는 객실에서 그녀와 단 둘이 있었으니, 그것은 매우 쉬웠겠죠— 게다가 그는 다음에 자기가 할 일을 정확히 알고 있었으니 말이죠. 그는 러더퍼드 저택에 대해 모두 알고 있었어요—틀림없이 말이에요. 지리적으로 이상하게 고립되어 있다는 것을 말이에요. 철로로 둘러싸인 섬이지요."

"틀림없이 그래요." 루시가 말했다.

"그곳은 시대에 뒤떨어진, 아직도 과거인 곳이에요. 주위에서는 도시생활로 온통 떠들썩하지만 그곳은 접촉이 없어요. 상인들이 아침에 물건을 실어다 주면 그게 전부죠."

"그러니 우리는 당신 말처럼 범인이 그날 밤에 러더퍼드 저택에 갔었다고 가정합시다. 시체가 던져질 때 이미 어두워졌으니, 다음 날까지는 발견되기 어려웠을 거예요."

"정말 그랬을 거예요."

"범인은 어떻게 그 저택에 갔을까? 차를 타고? 어느 길로 갔을까요?"

루시는 생각해 보았다.

"공장 벽을 따라서 거친 오솔길이 하나 있어요. 범인은 아마 그 길로 해서 철길 아래쪽을 빙 돌아 뒤쪽의 도로를 따라갔을 거예요. 그러고 나서 울짱을 넘어 둑의 다리를 따라가다가 시체를 찾아선 차에 싣고 되돌아갔을 거예요."

"그러고 난 다음에는……." 마플 양이 계속했다.

"그가 미리 정해 놓은 어떤 장소로 가져갔겠지. 알다시피 여기까지는 짐작이 가요. 나는 그가 시체를 러더퍼드 저택 밖으로 가져갔다고는 생각되지 않는군요. 만일 그랬다고 하더라도 그리 멀지 않은 곳으로 가져갔을 거예요. 한 가지 명백한 것은, 그것을 어딘가에 묻은 건 아닐까요?"

그녀는 루시를 쳐다보면서 물었다.

"저도 그렇게 생각해요." 루시는 생각에 잠겨 대답했다.

"하지만 그것은 말처럼 쉽지는 않을 거예요."

마플 양이 동의했다.

"시체를 뜰에 묻을 수는 없었을 거예요. 그건 너무 어려운 일이고, 또 눈에 띄기도 쉬우니까. 혹시 땅이 파헤쳐진 곳은 없었나요?"

"채소밭이 그랬던 것 같아요. 하지만 그곳은 정원사의 오두막에서 아주 가까워요. 그는 늙고 귀가 먹긴 했지만, 그래도 위험하죠."

"개는 있던가요?"

"아뇨."

"그러면 혹시 창고나 헛간은?"

"그것이 더 쉽고 빠르겠군요. 사용하지 않는 낡은 건물이 많이 있거든요. 내려앉을 것 같은 허름한 집이라든가 마구(馬具)를 넣어두는 곳, 아무도 가까이 가지 않는 작업장 등등이죠. 또는 철쭉나무나 관목 덤불 속으로 집어넣었을 수도 있겠네요."

마플 양은 고개를 끄덕였다.

"그래요, 그것이 한층 더 그럴 듯하다고 생각되는군요."

문을 두드리는 소리가 나더니 엄격한 플로렌스가 쟁반을 들고 들어왔다.

"손님이 오셔서 좋으시겠군요." 그녀가 마플 양에게 말했다.

"부인이 좋아하시는 특별 스콘을 만들었어요."

"플로렌스는 항상 제일 맛있는 차 케이크를 만든단 말이야."

마플 양이 말했다.

플로렌스는 기뻐서, 정말 예상치 않던 미소를 짓느라 표정을 일그러뜨리며 방을 나갔다.

"이봐요—." 마플 양이 말했다.

"차를 마시는 동안은 살인에 관한 얘기는 더 이상 하지 않는 것이 좋겠어요. 그런 '불쾌한' 주제는!"

2

차를 마신 뒤에 루시는 일어섰다.

"돌아가야겠어요." 그녀가 말했다.

"제가 이미 말씀드렸듯이, 러더퍼드 저택에는 우리가 찾는 남자는 살고 있지 않아요. 나이 든 할아버지와 중년 여자, 늙고 귀먹은 정원사뿐이지요."

"나는 그가 거기에 '살고 있다'고는 하지 않았어요." 마플 양이 말했다.

"내 말은, 그는 러더퍼드 저택을 매우 잘 아는 사람이란 거지요. 하지만 일단은 시체를 찾아야 그 문제로 들어갈 수 있어요."

"부인은 제가 시체를 찾게 되리라고 확신하고 있는 것 같군요. 저는 그렇게 낙관하고 있진 않은데."

"나는 당신이 성공하리라고 확신해요, 루시 양. 당신은 그만큼 유능한 사람이에요."

"여러모로 노력해 보겠지만, 전 시체를 찾아 본 경험이 없어서요."

"그런 일을 하는 데 필요한 것은 약간의 상식적인 감각이면 돼요."

마플 양은 격려하면서 말했다.

루시는 그녀를 쳐다보며 웃었다. 마플 양도 그녀에게 미소를 지어 보였다.

루시는 다음 날 오후 조직적으로 일하기 시작했다. 그녀는 헛간을 이곳저곳 들여다보았고, 낡고 허름한 집들을 휘감고 있는 철쭉나무 속을 찔러도 보았다. 온실 아래에 있는 보일러실을 자세히 살펴보고 있을 때 마른기침 소리가 들려서 돌아다보니, 정원사인 힐먼 노인이 그녀를 불만스럽게 쳐다보고 있었다.

"운 나쁘게 떨어지지 않도록 조심해요, 아가씨." 그는 그녀에게 경고했다.

"그 계단은 안전한 것이 못 돼요. 아가씨는 방금 전에 다락에 있었는데, 그 마루도 안전하지 않지."

루시는 조금도 당황하지 않고 조심스럽게 미소 지었다.

"할아버지는 제가 매우 법석을 떤다고 생각하셨을 것 같군요."

그녀는 명랑하게 말했다.

"이 장소를 이용해서 뭘 좀 만들 수 없을까 생각하던 참이에요—시장에 내다팔 버섯을 기른다든가 뭐 그런 종류 말이에요. 모든 것이 다 지독한 상태로군요."

"그게 다 주인님 때문이라오. 1페니도 쓰려 하지 않으니까. 장정 둘에 사내아이 하나 정도는 있어야 하는데, 나 혼자서 여기를 훌륭히 가꾸어 나가라는 거요. 아마 그런 말은 듣지도 않을 겝니다. 귀도 기울이지 않을 게요. 내가 할 수 있는 일이라고는 그분에게 자동 잔디깎기를 사달라고 하는 것인데, 이 앞의 모든 잔디를 손으로 깎으라고 하더군요. 그분이 말이오."

"하지만 이 땅이 돈을 벌 수 있게 된다면요—약간 손을 봐서 말이에요."

"이런 땅이 돈벌이가 되지는 않을 게요—너무 힘들어. 어쨌든 그분은 그런 것에는 관심이 없어. 단지 저축에만 관심이 있을 뿐이지. 그분이 돌아가신 뒤엔 무슨 일이 일어날지 확실히 알고 있지. 젊은 양반들은 가능한 한 빨리 팔려고 할 게요. 그분이 돌아가시기만을 기다리고 있지요. 그들 모두가 말이오. 그분이 돌아가시면 상당히 많은 돈이 들어오게 된다고 하더군요."

"그분은 굉장한 부자일 것 같은데요?" 루시가 말했다.

"'크래켄소프 케이크' 덕분이지요. 그 노인이 시작하셨어요. 크래켄소프 씨의 아버님 말이오. 누구에게 물어봐도 꽤 수완이 좋은 분이었던 모양이오. 재산을 모아서 이 집을 지었지요. 강건한 분이라 한번 받은 모욕은 결코 잊은 적이 없다고들 하더군요. 하지만 그런 것들에도 불구하고 '그분'은 꽤 후하셨지요. 구두쇠 같았다는 말은 못 들어봤으니까. 소문을 듣자니 두 아들에게 모두 실망을 하셨다더군요. 교육을 시켜서 신사로 만들었는데도 말이오—옥스퍼드 대학인가 어딘가를 나왔다던데. 지나치게 신사가 돼버려서 장사를 하고 싶어 하지 않으신 모양이오. 둘째 아들은 어떤 여배우와 결혼했다가 술을 마시고 차를 몰다가 자동차 사고로 몸을 날려버렸지요. 큰 아들이 여기 계신 주인님인데, 아버님이 별로 탐탁하게 여기지 않으셨지요. 주로 외국에 많이 나가 있어서 이교도의 동상 같은 것들을 사모아 집으로 보내곤 했으니까. 젊었을 때는 돈에 그렇게 철저하지는 않았던 모양이오—중년에 들어서면서 그렇게 되었지. 주인님과 돌아가신 크래켄소프 씨와는 뜻이 맞지 않았다고들 하더군요."

루시는 이 정보를 적당히 예의를 지켜가면서 흥미 있게 마음속으로 간추렸다. 그 노인은 벽에 등을 기대고 집안 내력을 계속 이야기할 태세를 갖추고 있었다. 그는 무슨 일을 하기보다는 이야기하는 것을 더 좋아하는 듯싶었다.

"그 아버님은 전쟁 전에 돌아가셨다오. 좀 사나운 기질이 있으신 분이었지. 누가 건방진 말을 할라치면, 그걸 견디지 못하셨다더군요."

"그럼 그분이 돌아가신 뒤에 크래켄소프 씨가 이곳에서 살게 되신 거군요?"

"주인님과 그 가족들이지요. 그때엔 거의 다 성장한 뒤였소"

"하지만 분명히⋯⋯. 오, 알겠어요. 1914년의 전쟁을 말씀하시는 거로군요."

"아, 아니오. 1928년에 돌아가셨다고 말한 게요."

1928년을 '전쟁 전'이라고 말을 하다니 그녀라면 그런 식으로는 말하지 않았으리라고 루시는 생각했다. 그녀가 말했다.

"자, 할아버지, 할아버진 일을 계속하셔야겠지요? 제가 마냥 붙잡고 있을 순 없잖아요?"

"아—." 힐먼 노인이 풀이 죽어 말했다.

"이런 시간엔 아가씨가 할 일이 그리 많지 않소. 대낮의 햇볕은 몸에 그다지 좋지 않아요."

루시는 저택으로 돌아가는 길에 잠시 멈추어 서서 그럴듯해 보이는 자작나무와 철쭉나무 숲을 살펴보았다.

그녀는 홀에서 편지를 읽고 서 있는 에마 크래켄소프를 발견했다. 오후의 우편물들이 막 배달된 것이었다.

"내 조카가 내일 이곳에 온다는군요. 학교 친구 한 명을 데리고 말이에요. 알렉산더의 방은 현관 위에 있어요. 다음 방을 제임스 스토더트웨스트에게 주도록 하세요. 반대편에 있는 욕실을 쓰게 될 거예요."

"알겠어요, 크래켄소프 양. 방들이 제대로 준비되었는지 가보겠어요."

"점심식사 전인 오전에 도착할 거랍니다." 그녀가 머뭇거렸다.

"내 생각엔 그 애들이 배고파 할 것 같은데⋯⋯."

"분명히 그렇겠지요. 쇠고기 불고기가 좋을까요? 아니면, 당밀을 넣은 과일 파이는 어떨지?"

"알렉산더는 당밀 파이를 무척 좋아한답니다."

두 소년은 다음 날 아침에 도착했다. 두 소년 모두 잘 빗어 넘긴 머리에 믿기지 않을 만큼 천진스런 얼굴, 완벽한 예의를 갖추고 있었다.

알렉산더 이스틀리는 금발에 푸른 눈을 하고 있었고, 스토더트웨스트는 검은 머리에 안경을 끼고 있었다. 그들은 점심식사를 하면서 최근의 우주소설에 관해 이따금씩 이야기를 곁들여가며, 스포츠계의 사건들에 관해 진지하게 이야기를 나누었다. 그들의 태도는 구석기 시대의 농기구를 가지고 토론하는 나이 든 교수들 같았다. 그들과 비교하면 자신은 매우 어린 것 같다는 생각이 루시에게 들었다.

설로인 스테이크(소의 허리부분의 살로 만든 요리)는 순식간에 다 없어졌고, 당밀 파이도 부스러기도 남기지 않고 다 먹어 치웠다.

크래켄소프 씨가 불만스럽게 말했다.

"너희 둘은 이 집에 먹을 게 떨어지면 나까지 먹으려 들겠구나."

알렉산더가 그 푸른 눈으로 불만스러운 듯한 시선을 던졌다.

"고기를 사주실 형편이 못 되면 빵을 먹으면 되잖아요, 할아버지."

"형편이 못 된다고? '그런 정도의 여유는 있다.' 단지 나는 낭비를 하고 싶지 않을 뿐이다."

"아무것도 낭비한 것은 없습니다." 스토더트웨스트가 그 사실을 명백히 입증해 주는 자신의 접시를 내려다보며 말했다.

"너희들은 둘 다 내 두 배나 먹었다."

"저희들은 한창 자라나는 시기잖아요. 많은 양의 단백질 섭취가 필요하단 말입니다." 알렉산더가 설명했다.

노인은 투덜거렸다.

두 소년이 식탁을 떠날 때, 루시는 알렉산더가 친구에게 변명하는 투로 이야기하는 소리를 들었다.

"우리 할아버지한테 신경 쓸 필요 없어. 식이요법인지 뭔지를 하고 계셔서 그런지 좀 이상해지셨어. 게다가 끔찍이도 인색하시거든. 내 생각엔 그것도 일종의 콤플렉스일 거야."

스토더트웨스트가 이해한다는 듯이 말했다.

"내게도 늘 파산할 거라고 생각하며 사시는 아주머니가 한 분 계시거든. 사실은 산더미같이 돈을 쌓아 놓고 있으면서 말이야. 의사 선생님은 병적이라고 하더라. 축구공 있니, 알렉스?"

식탁을 치우고 점심 설거지를 마친 뒤에 루시는 밖으로 나갔다.

그녀는 멀리 잔디밭에서 두 소년이 서로 소리를 지르며 놀고 있는 모습을 볼 수 있었다. 그녀는 정반대의 방향으로 앞쪽 차도를 향해 군데군데 무리지어 피어 있는 철쭉나무 숲 사이를 헤쳐나갔다. 잎사귀들을 뒤로 젖히고 안쪽을 살펴보면서, 그녀는 조심스럽게 조사를 시작했다. 기계적인 동작으로 이 수풀에서 저 수풀 사이를 움직이고 다니면서 골프채를 가지고 안쪽을 뒤지고 있는데, 알렉산더 이스틀리의 예의 바른 목소리가 그녀를 깜짝 놀라게 했다.

"무엇을 찾고 계십니까, 아일리스배로 양?"

"골프공을 찾고 있어요." 루시가 재빨리 말했다.

"사실은 여러 개예요. 오후의 대부분을 골프 샷을 연습하며 보냈는데, 많은 공을 잃어버렸지 뭐예요. 오늘은 정말 몇 개는 찾아야겠다는 생각이 들었거든요."

"저희들이 도와드리지요." 알렉산더가 친절하게 말했다.

"매우 친절하네요. 하지만 축구를 하고 있었던 것 같던데."

"축구만 계속하고 있을 수는 없잖아요." 스토더트웨스트가 말했다.

"너무 열이 나서요. 골프를 자주 하시나요?"

"아주 좋아해요. 하지만 별로 칠 기회는 없어요."

"그랬겠군요. 이곳에서 요리를 하고 계시죠?"

"그래요."

"오늘 점심식사도 직접 준비하셨나요?"

"그래요. 괜찮았나요?"

"완전히 전문가의 솜씨던데요." 알렉산더가 말했다.

"학교에서는 정말 끔찍한 고기만 먹었거든요. 바짝 타버린 고기 말이에요. 전 속이 윤기 있고 분홍빛이 도는 고기를 좋아한답니다. 그 당밀 파이도 정말 맛이 좋더군요."

"무슨 음식을 제일 좋아하는지 말해 봐요."

"언제 사과 머랭(설탕과 달걀 흰자위 등을 섞어 구워서 파이 따위에 입힌 것)를 먹어볼 수 있을까요? 제가 무척 좋아하는 음식이거든요."

"물론이에요."

알렉산더가 만족스러운 듯이 숨을 크게 내쉬었다.

"층계 아래쪽에 시계 골프 세트가 있습니다. 잔디 위에 설치해 놓고 경타 연습을 할 수 있지요. 어떻게 생각해, 스토더?"

"좋고말고!" 스토더트웨스트가 말했다.

"이 친구는 사실 오스트레일리아 사람이 아니랍니다."

알렉산더가 예의 바른 태도로 말했다.

"하지만 내년에 있는 국제 시합에 가족들이 이 애를 데려갈 경우에는 그렇게 말하려고 연습하고 있지요."

루시가 부추기자, 그들은 시계 골프 세트를 가지러 갔다. 나중에 그녀가 저택으로 돌아와 보니, 그들은 잔디 위에 시계 골프 세트를 설치해 놓고 숫자의 위치를 가지고 실랑이를 벌이고 있었다.

"시계처럼 해놓고 하고 싶지는 않아서요." 스토더트웨스트가 말했다.

"시시한 어린애 장난 같잖아요. 제대로 골프 코스를 만들어 치고 싶어요. 긴 홀과 짧은 홀 말입니다. 유감스럽게도 숫자들이 녹이 슬었군요. 거의 보이지 않는데요."

"흰색 페인트가 좀 있어야겠군요. 내일 찾아보고 칠하면 되겠네."

루시가 말했다.

"좋은 생각입니다." 알렉산더의 표정이 밝아졌다.

"그 긴 창고에 오래된 페인트 통이 몇 개 있는 걸로 알고 있는데—지난가을에 페인트공이 남기고 간 것 말이야. 가볼까?"

"긴 창고가 있나요?" 루시가 물었다.

알렉산더가 뒤쪽 차도 가까이에 있는 저택에서 약간 떨어진 곳에 있는 돌로 된 건물을 가리키고는 말했다.

"굉장히 오래된 건물이죠. 할아버지는 저걸 '비 새는 창고'라고 부르신답니다. 엘리자베스 왕조 시대의 것이라고 하시지만 허풍일 거예요. 원래는 농장이었던 이곳에 속해 있던 건물이지요. 그러다가 제 증조부님이 그것을 저리로 밀어버리고는 대신에 이 굉장한 저택을 지으셨답니다. 저 창고 안에는 할아버지의 수집품들이 많아요. 대부분이 소름 끼치는 것들이지요. 저 긴 창고는 이따금 트럼프 모임인가를 하는 장소로 사용되기도 한답니다. 자질구레한 부인회 같은 모임 때도요. 수예품 바겐세일 때 쓰이기도 하고요. 가보시겠어요?"

루시는 기꺼이 그들을 따라 나섰다. 창고에는 못을 빽빽이 박은 오크나무로 된 큰 문이 있었다.

알렉산더는 손을 올려서 문 꼭대기 오른편에 덮여 있는 담쟁이덩굴 바로 밑의 못으로부터 열쇠를 벗겨냈다. 그가 자물쇠에 그것을 넣고 돌려 문을 밀어 열고서 그들은 안으로 들어갔다.

처음 그곳을 둘러보았을 때 루시는 마치 자신이 이상스럽게도 불길한 느낌이 드는 박물관에 들어온 듯한 인상을 받았다. 대리석으로 만들어진 두 명의 로마제국 황제 두상(頭像)이 튀어나온 눈으로 그녀를 노려보고 있었고, 퇴폐기의 그리스, 로마풍의 거대한 석관이 놓여 있었으며, 늘어진 옷자락을 움켜쥐고 선웃음을 치면서 받침대 위에 서 있는 비너스도 있었다. 이러한 미술품들 옆에는 한 쌍의 가대(架臺) 식탁과 쌓아 올려진 의자들, 녹슨 수동식 제초기, 두 개의 양동이, 한 쌍의 벌레 먹은 자동차 시트, 그리고 다리 하나가 없어진 녹색의 쇠로 된 정원용 의자 같은 잡다한 물건들이 쌓여 있었다.

"바로 저기서 페인트를 본 것 같은데……."

알렉산더가 이상하다는 듯이 말했다. 그는 구석으로 가서 그곳을 가리고 있는 낡은 커튼을 걷어치웠다. 그들은 거기서 두 개의 페인트 통과 말라서 뻣뻣해진 페인트용 솔을 찾아냈다.

"테레빈유가 있어야겠어요." 루시가 말했다.

하지만 그들은 어디에서도 테레빈유를 찾아내지 못했다. 소년들은 자전거를 타고 나가 좀 얻어오자고 제안을 했고, 루시는 그렇게 하도록 권했다. 시계 골프의 숫자를 칠하느라 얼마 동안은 그들을 따돌릴 수 있으리라고 그녀는 생각했던 것이다.

소년들이 그녀를 창고에 남겨놓고 떠나려던 참이었다.

"정리할 필요가 있겠네." 그녀가 중얼거렸다.

"저라면 신경 쓰지 않겠습니다." 알렉산더가 충고했다.

"무슨 일에라도 쓰인다면 깨끗이 청소할 필요가 있겠지만, 실제로 이런 시기에는 사용되는 일이 없거든요"

"열쇠는 문 바깥에 다시 걸어두면 되겠죠? 언제나 그 장소에 걸려 있나요?"

"그렇습니다. 보시다시피 여기에는 훔쳐갈 만한 게 아무것도 없으니까요. 아무도 저런 끔찍한 대리석 조각들을 원하지는 않을 테니까 말입니다. 게다가 무게도 1톤은 나갈걸요"

루시가 그의 말에 동의했다. 그녀는 크래켄소프 씨의 예술에 대한 취향을 사실 존중할 수가 없었다. 아마도 그 시대의 최악의 표본을 선택하는 데 있어서는 정확한 감각을 갖고 있는 듯싶었다.

소년들이 떠난 뒤 그녀는 주위를 둘러보며 서 있었다.

그녀의 눈길이 커다란 석관에 이르러서는 멎었다. 저 석관은······.

창고 안의 공기는 오랫동안 통풍이 되지 않은 듯 희미하게 곰팡이 냄새가 풍겼다. 그녀는 그 석관 쪽으로 다가갔다. 그것은 꼭 맞는 육중한 뚜껑으로 덮여 있었다. 루시는 의심스러운 듯이 관을 쳐다보았다. 그러고 나서 그녀는 창고에서 나와 부엌으로 가서는 무거운 쇠지레를 가지고 돌아왔다.

쉬운 작업은 아니었으나 루시는 끈질기게 해냈다.

천천히 뚜껑이 올려지기 시작했다. 마침내 그것은 쇠지레에 의해 젖혀졌다. 루시가 안에 무엇이 있는지를 볼 수 있을 만큼 충분히······.

제6장

1

몇 분 뒤에 루시는 다소 창백한 얼굴로 창고를 나와 문을 잠그고는 열쇠를 못 위에 걸어두었다.

그녀는 재빨리 마구간으로 가서 차를 가지고 나와 뒤쪽 도로로 차를 몰고 내려갔다. 그러고는 길 끝에 있는 우체국에 차를 세웠다. 전화박스에 들어간 그녀는 동전을 넣고 번호를 돌렸다.

"마플 양과 통화를 했으면 하는데요"

"지금은 쉬고 계신데요, 아가씨. 아일리스배로 양이시죠?"

"그렇습니다."

"그분을 방해할 생각은 없어요. 더 이상 드릴 말씀이 없군요, 아가씨. 그분은 나이가 드셔서 휴식이 필요해요."

"꼭 깨워주셔야 해요. 급한 일이에요."

"하지만 그럴 수는……."

"즉시 제 말씀대로 해주세요."

그녀가 어떻게 할까 망설이고 있는 반면 루시의 목소리는 강철처럼 날카로웠다. 그녀의 목소리를 듣는 순간, 플로렌스는 일종의 위압감을 느꼈다.

곧 이어 마플 양의 목소리가 들려왔다.

"예, 루시!"

루시가 긴 한숨을 토해냈다.

"부인 말씀이 옳았어요. 찾아냈어요."

"여자의 시체를 말인가요?"

"예, 모피코트를 입은 여자였어요. 저택 근처에 있는 박물관 같은 창고 안의 석관 속에서요. 제가 어떻게 했으면 좋겠어요, 부인? 제 생각엔 경찰에 알려야 할 것 같은데."

"그래요. 경찰에 알려야겠지요. 지금 곧바로."

"하지만 나머지 얘기는 어떻게 하지요? 부인 얘기는요? 그들이 제일 먼저 알고 싶어 할 것은 이렇다 할 이유도 없이 왜 몇 톤은 족히 될 무거운 관 뚜껑을 들어 올렸는가 하는 것일 텐데. 제가 그럴 듯한 이유를 만들어낼까요? 할 수는 있는데."

"아니에요. 당신도 알리라 생각하지만, 당신이 해야 할 유일한 일은 정확한 진실을 말하는 거예요."

마플 양이 부드러우면서도 진지한 목소리로 말했다.

"부인에 대해서도요?"

"모든 것에 대해서 말이에요."

갑자기 떠오른 미소가 그녀의 얼굴에서 창백함을 거두어갔다.

"그 편이 저로서는 훨씬 간단하겠군요. 하지만 그 사람들은 거의 믿으려 하지 않을 거라고 생각해요!"

그녀는 전화를 끊고 잠시 동안 기다렸다가 다시 경찰서에 전화를 걸었다.

"러더퍼드 저택에 있는 긴 창고 안의 석관 속에서 시체를 발견했어요."

"뭐라고요?"

루시는 자신의 말을 다시 되풀이하고는, 다음 질문에 미리 앞질러서 자신의 이름을 대주었다.

그녀는 다시 차를 몰고 돌아와서 자동차를 집어넣고는, 저택 안으로 들어갔다. 그녀는 생각에 잠긴 채로 잠시 동안 홀에서 기다렸다. 그러고 나서 짧게 고개를 한번 끄덕이고는, 크래켄소프 양이 아버지를 도와 '타임스'의 낱말 맞추기 게임을 풀고 있는 서재로 들어섰다.

"잠깐 드릴 말씀이 있는데요, 크래켄소프 양."

고개를 든 에마의 얼굴 표정에는 염려스러운 듯한 기색이 역력했다. 그 걱정스러움은 단순이 가정적인 일 때문이라고 루시는 생각했다. 이를테면, 유능한 가정부가 당장 집을 나가겠노라고 말하지나 않을까 하는 것 때문이리라.

"말해 봐요, 아가씨. 말해 보라니까."

크래켄소프 노인이 성마른 목소리로 말했다.

루시가 에마에게 말했다.

"당신에게만 얘기하고 싶은데요."

"말도 안 되는 소리. 해야 할 말이 있으면, 여기서 터놓고 하시오."

"잠깐만요, 아버지." 에마가 일어나 문 쪽으로 갔다.

"모두 돼먹지가 않았어. 기다릴 수도 있는 일 아니야."

노인이 성난 목소리로 말했다.

"기다릴 성질의 일이 아니라고 생각하기 때문이에요." 루시가 말했다.

"저렇게 무례할 수가!" 크래켄소프 씨가 말했다.

에마가 홀로 나가자, 루시도 그녀의 뒤를 따라 나서며 등 뒤로 문을 닫았다.

"그래서요?" 에마가 말했다.

"무슨 일이죠? 여기 온 남자아이들 때문에 할 일이 너무 많은 것 같으면 내가 도와줄 수도 있고, 또……."

"전혀 그런 일이 아니에요." 루시가 말했다.

"내가 당신 아버님 앞에서 말씀드리고 싶지 않았던 이유는 그분이 환자이신지라 충격이라도 받지 않으실까 해서였어요. 실은 방금 전에 그 긴 창고 안의 커다란 석관 속에서 어떤 살해된 여자의 시체를 발견했어요."

에마 크래켄소프가 뚫어져라 그녀를 응시했다.

"석관 속에서? 살해된 여자라고요? 오, 그럴 리가 없어요!"

"틀림없는 사실이에요. 내가 경찰에 전화를 걸었어요. 곧 이리로 올 거예요."

엷은 홍조가 에마의 볼에 떠올랐다.

"내게 먼저 말해 주었어야 하잖아요. 경찰에 알리기 전에 말이에요."

"죄송합니다." 루시가 말했다.

"전화 거는 소리를 듣지 못했는데."

에마의 시선이 홀의 탁자 위에 놓여 있는 전화기로 옮겨졌다.

"길 바로 아래에 있는 우체국에서 걸었어요."

"정말 이상하군요. 왜 여기서 걸지 않고?"

루시가 재빨리 둘러댔다.

"근처에 남자 아이들이 있는 것 같아서요. 여기 홀에서 전화를 걸면 혹시 그 소리를 듣지나 않을까 해서 말이에요."

"알겠어요. 그랬군요. 오고 있군요—경찰이 말이에요. 그렇죠?"

"예, 저기 왔네요."

루시의 말과 동시에 자동차 한 대가 현관문 앞에 끽 하는 소리를 내며 미끄러져 멈췄고, 현관문의 벨 소리가 집 안에 울려 퍼졌다.

2

"죄송합니다. 이런 일을 부탁드린 데 대해 정말 대단히 죄송스럽게 생각합니다." 베이컨 경감이 말했다.

그는 손을 에마 크래켄소프의 팔 밑으로 넣어 부축하고 창고에서 나왔다.

에마의 얼굴은 매우 창백해서 아픈 사람처럼 보였으나, 걸음걸이만큼은 똑바로 선 채로 하나도 흐트러짐이 없었다.

"분명히 말씀드리건대, 이 세상에 태어나서 저 여자를 본 적은 한 번도 없어요."

"매우 감사드립니다, 크래켄소프 양. 내가 알고 싶었던 것은 그게 전부입니다. 누워서 좀 쉬고 싶으시겠지요?"

"아버지께 가봐야 해요. 이 얘기를 듣자마자 큄퍼 박사님께 전화를 드렸기 때문에 지금 아버지와 함께 계실 거예요."

큄퍼 박사는 그들이 홀을 가로지를 때 서재에서 나왔다. 그는 키가 크고 상냥한 남자였는데, 편안하게 아무렇게나 비꼬는 듯한 태도가 환자를 매우 자극시킬 것 같았다. 그와 경감은 서로에게 고개를 숙여 인사했다.

"크래켄소프 양이 그리 유쾌하지 못한 일을 용감히 해주셨습니다."

베이컨 경감이 말했다.

"잘했소, 에마." 의사가 그녀의 어깨를 두드리며 말했다.

"당신은 사물을 잘 받아들일 줄 알지. 난 그걸 알고 있었소. 당신 아버님은 괜찮아요. 그냥 안에 들어가서 몇 마디 얘기나 거들어 드리고, 주방에 가서 브랜디를 한잔 마시도록 해요. 그러면 마음이 좀 가라앉을 거요."

에마가 고맙다는 듯이 그에게 미소를 짓고는 서재로 들어갔다.

"저 여자는 세상의 소금입니다."

의사가 그녀의 뒷모습을 바라보며 말했다.

"결혼을 하지 못했다는 게 정말로 유감이오. 남자들만 사는 집안의 유일한 여자라는 불리한 점이 작용했을 겝니다. 여자 동생이 한 명 있었는데, 열일곱 살에 결혼해서 집을 떠난 걸로 알고 있습니다. 정말로 대단한 미인이었지요. 에마는 아내로서, 그리고 어머니로서 제 몫을 다했을 여잡니다."

"지나칠 정도로 아버지께 헌신적인 것 같던데요."

베이컨 경감이 말했다.

"사실은 그만큼 헌신적인 건 아닙니다. 하지만 그녀는 천성적으로 남자들을 행복하게 해줄 수 있는 재능을 가지고 있지요. 그녀는 자신의 아버지가 환자 처럼 취급받는 걸 좋아한다는 사실을 알고 있습니다. 따라서 그녀는 아버지가 환자인 것처럼 모시는 거지요. 오빠들에 대해서도 마찬가지입니다. 세드릭은 자신이 훌륭한 화가라고 여기고 있고, 이름이 뭐더라, 아, 해롤드―그는 자신의 견실한 통찰력에 그녀가 상당히 의존하고 있다고 생각하지요. 그뿐이 아닙니다. 앨프리드가 자신의 뛰어난 계획에 대한 이야기를 하면 그것에 대해 감탄해 주는 겁니다. 예, 그렇지요. 그녀는 똑똑한 여잡니다―바보가 아니지요. 무언가 내가 도와드릴 일은 없을까요? 존스톤이 막 조사를 끝낸 시체를 한번 볼까요?(존스톤은 경찰의(警察醫)다) 혹시 내가 진료한 적이 있는 환자일지도 모르잖겠소?"

"예, 한번 봐주시지요, 박사님. 신원을 확인하고 싶으니까요. 아마도 크래켄소프 노인에게는 무리한 일이겠지요? 지나치게 신경이 날카로워지지 않을까요?"

"신경이 날카로워진다고? 당치도 않소. 오히려 보여 주지 않는다면 당신이든 나든 절대로 용서하지 않을 겝니다. 완전히 안절부절못하고 있어요. 약 15년쯤 되는 세월 동안 그분에게는 가장 흥분이 되는 일일 테니까. 게다가 금상 첨화로 돈이 전혀 들지 않는 일이잖소!"

"그렇다면 정말 아무 일도 없을까요?"

"지금 72세 입니다." 의사가 말했다.

"그뿐이오. 그밖에는 정말로 문제될 게 없습니다. 가끔 류머티즘으로 통증이 있기는 하지만—사실 그렇지 않은 사람이 어디 있습니까? 그런데 그분은 그걸 관절염이라고 하더군요. 식사를 하고 나면 가슴이 심하게 두근거린다고 하는데(실제로 그럴지도 모릅니다만), 그걸 심장이 나쁜 탓이라고 하지 뭡니까. 하지만 실상은 하고 싶은 일이라면 뭐든지 할 수 있습니다. 그런 환자들을 수없이 많이 봐왔지요. 정말로 몸이 아픈 환자들은 대개가 아무 문제도 없노라고 우겨댑니다. 자, 이제 가서 시체를 봅시다. 썩 유쾌하진 않겠지요?"

"존스톤은 그 여자가 2주 내지 3주 전에 죽은 걸로 추정하고 있습니다."

"그렇다면 정말 지독한 상태겠군."

그 커다란 석관 옆에 서서 호기심으로 안을 내려다보고 있던 의사는 직업이 직업이니만큼 자신이 지독함이라고 이름 붙인 모습을 보고도 전혀 충격을 받지 않았다.

"전에 한 번도 본 적이 없습니다. 내 환자는 아니군요. 블랙햄프턴 근처에서는 본 기억이 없어요. 한때 꽤 미인이었겠군요. 흠, 누군가가 이 여자에게 원한을 품었던 게 틀림없겠는데."

그들은 다시 밖으로 나왔다.

큄퍼 박사가 건물을 아래위로 한번 훑어보았다.

"여길 뭐라고 부르더라—아, 그렇지, 긴 창고라고 했던가. 긴 창고의 석관 속에서 발견된 시체라……. 멋지군, 그렇지 않습니까? 그런데 이 시체를 누가 발견했지요?"

"루시 아일리스배로 양입니다."

"오, 최근에 들어온 가정부 말이로군. 도대체 '그 여자는' 석관을 들쑤시면서 무엇을 하고 있었답니까?"

"바로 그것이……." 베이컨 경감이 무뚝뚝하게 말했다.

"지금 내가 그녀에게 물어보려는 것입니다. 자, 이제 크래켄소프 씨 차례입니다. 죄송합니다만 직접 가서서……."

"내가 가서 모셔오지요."

목에 머플러를 두른 크래켄소프 노인이 옆에 의사를 동반하고 활기찬 걸음걸이로 다가왔다.

"수치스러운 일이야." 그가 말했다.

"정말 수치스러운 일이야! 저 석관을 플로렌스에서 가져왔는데—가만있자, 그때가 언제였더라……, 1908년이 틀림없어. 아니, 그게 1909년이었던가?"

"마음을 단단히 먹으십시오." 의사가 그에게 경고했다.

"아시겠지만 유쾌한 일이 못 될 테니까요."

"난 아무리 몸이 아파도 내가 해야 할 의무는 다하오. 그러니 너무 신경 쓰지 마시오."

긴 창고 안에 머무른 시간이 매우 짧았는데도, 모두들 꽤 길었던 것처럼 느껴졌다. 크래켄소프 노인은 놀랄 만큼 빠른 걸음으로 다시 밖으로 나왔다.

"내 생전에 저런 여자는 본 적이 없어!" 그가 말했다.

"도대체 이게 무슨 일이오? 정말 창피스러워서, 원. 저건 플로렌스에서 가져온 게 아니었어. 그래, 이제 생각이 나는군—나폴리였어. 매우 훌륭한 견본이었지. 그런데 어떤 바보 같은 여자가 와서는 그 안에서 살해가 되다니!"

그가 오버코트 왼쪽의 주름을 움켜쥐었다.

"내가 너무 무리를 했나 보군. 심장이……, 에마는 어디 있소? 박사……."

큄퍼 박사가 그의 팔을 부축했다.

"곧 괜찮아지실 겁니다." 그가 말했다.

"알코올성 음료를 좀 드시는 게 좋겠습니다. 브랜디를 드시지요."

그들은 함께 저택으로 돌아갔다.

"경감님, 잠깐만요."

베이컨 경감이 뒤를 돌아보았다. 두 소년이 자전거를 타고 가다 숨을 헐떡이며 멈추어 섰다.

그들의 얼굴에는 간절히 탄원하는 듯한 표정이 가득했다.

"부탁입니다, 경감님. 시체를 볼 수 있을까요?

"아니, 안 된다." 베이컨 경감이 잘라 말했다.

"오, 경감님, 제발 부탁드립니다. 그 여자가 누군지 우리가 알지도 모르잖습니까. 제발 부탁드리는데, 공평하게 해주세요. 이건 불공평합니다. 다신 없을지도 모르는 기회잖아요. 볼 수 있게 해주세요, 경감님."

"너희들은 누구냐?"

"저는 '알렉산더 이스틀리'라고 하고요, 이 애는 제 친구 '제임스 스토더트 웨스트'입니다."

"이 근처 어디에선가 밝게 염색한 다람쥐 털가죽 코트를 입은 금발의 여자를 본 적이 있니?"

"글쎄요, 정확히 기억이 나질 않는데요." 알렉산더가 재치 있게 말했다.

"일단 한번 보기만 하면……."

"이 애들을 들여보내게, 샌더스."

베이컨 경감이 창고 문 옆에 지켜서 있는 경관에게 말했다.

"젊음이란 한 번뿐이니까!"

"아, 경감님, 감사합니다." 두 소년이 큰소리로 외쳤다.

"정말 친절하시네요."

베이컨은 저택을 향해서 몸을 돌렸다. 그가 표정 없이 혼자 중얼거렸다.

"자, 이제, 루시 아일리스배로 양이로군!"

3

경찰을 긴 창고로 인도하고 자신의 행동에 대해 간략한 진술을 한 뒤에 루시는 일단 뒤로 물러난 상태였으나, 경찰과의 일이 완전히 끝났다고는 생각지 않았다.

베이컨 경감으로부터 만나야겠다는 쪽지를 받은 것은 저녁 식사에 내놓을 감자튀김 준비를 막 끝낸 뒤였다. 튀김 재료가 담긴 커다란 소금물 그릇을 옆에다 밀어두고 루시는 경감이 기다리고 있는 곳으로 경관을 따라갔다.

그녀는 자리에서 앉아 침착하게 질문을 기다렸다. 그녀는 이름과 런던에 있는 주소를 말하고는 자발적으로 이렇게 덧붙였다.

"저에 대한 모든 것들을 알고 싶으시다면 조회해 볼만한 이름과 주소들을 몇 군데 알려 드리겠어요."

그 이름들이란 매우 훌륭한 것들이었다. 해군 원수, 옥스퍼드 대학의 학장, 대영제국의 데임(남자의 기사(Knight) 작위와 같은 여성의 작위) 작위를 받은 귀부인 등등. 거기에서는 자신도 모르는 사이에 베이컨 경감도 움츠러드는 듯한 기분이 들지 않을 수 없었다.

"다시 말해서, 아일리스배로 양, 그 긴 창고에는 페인트를 찾으러 들어갔다고 했죠? 맞습니까? 그런데 페인트를 찾고 난 뒤에 지렛대를 가져와서 이 석관의 뚜껑을 억지로 뜯어 열고는 시체를 발견한 거로군요. 도대체 그 석관 안에서는 무엇을 찾고 있었습니까?"

"시체를 찾고 있었어요." 루시가 말했다.

"시체를 찾고 있었다—그러고는 정말 시체를 찾아냈다는 거로군! 매우 기묘한 이야기라고 생각지 않습니까?"

"오, 물론 그래요. 저 역시 이상한 이야기라고 생각해요. 아마도 제게 설명할 기회는 주시겠지요?"

"그러는 편이 좋으리라 생각합니다."

루시는 어떻게 해서 그토록 경이적인 발견을 하게 되었는지, 그때까지의 상황에 대해 정확히 설명을 해주었다.

경감은 그 말을 듣고 난 뒤에 화가 난 듯한 목소리로 결론을 지었다.

"그러니까 어떤 나이 많은 노부인에게 고용이 되어 이곳에 일자리를 얻고는, '시체'를 찾아서 저택과 뜰을 여기저기 뒤지고 다녔다는 말이로군요. 그렇습니까?"

"그래요."

"그 나이 든 노부인은 누굽니까?"

"제인 마플 양이에요. 지금 메디슨 가 4번지에 머물고 계세요."

경감은 그것을 받아 적었다.

"내가 그 이야기를 믿으리라고 생각합니까?"

루시가 부드럽게 말했다.

"아마도 믿지 않으시겠지요. 경감님이 마플 양을 직접 만나보시고 확인해 보실 때까지는 말이에요."

"분명히 만나볼 생각입니다. 틀림없이 머리가 돈 여자일 겁니다."

루시는 마플 양의 생각이 옳았다고 판명된 이상 그녀를 정신이상자로 볼 수는 없지 않느냐고 말하려다 꾹 참았다. 그 대신에 그녀는 이렇게 말했다.

"크래켄소프 양에게는 뭐라고 말씀하실 생각이세요? 저에 대해서 말이에요."

"그건 왜 물으십니까?"

"마플 양의 입장에서 본다면 전 제 일을 다한 셈이에요. 찾고자 하던 시체를 찾아냈으니까요. 하지만 전 아직 크래켄소프 양에게 고용되어 있는 상태인데다가, 저택에는 한창 먹어야 할 두 소년이 있지요. 그리고 가족들 가운데 몇 명이 이 모든 혼란스러운 일 때문에 곧 내려올 것이 틀림없고요. 여기엔 가정부가 필요해요. 만일 경감님이 가셔서 그분께 제가 단지 시체를 찾아내기 위해서 이 자리를 얻은 거라고 말씀하신다면, 틀림없이 그분은 저를 내보낼 거예요. 하지만 말씀하지 않으신다면 저는 제 일을 계속해 나갈 수 있을 것이고, 또 도움이 될 거예요."

경감이 그녀를 뚫어지게 쳐다보았다.

"지금으로서는 누구에게도 아무 말도 할 생각이 없습니다. 아직까지는 아가씨가 한 말을 확인조차 하지 못했습니다. 내가 생각하는 바로는, 오히려 이 모든 것들이 아가씨가 꾸며낸 일일지도 모르니까요."

루시가 일어났다.

"감사합니다. 그러면 저는 부엌으로 돌아가서 하던 일을 계속하겠어요."

제7장

1

"런던경시청을 개입시키는 편이 좋겠네. 자네도 그 생각을 하고 있는 게 아닌가, 베이컨?"

경찰서장이 의향을 묻듯이 베이컨 경감을 바라보았다.

경감은 몸집이 크고 단단한 체격의 남자로서, 그의 얼굴에는 인간성 같은 것에는 완전히 질린 사람 같은 표정이 어려 있었다.

"그 여자는 이 지방 사람이 아닌 것 같았습니다. 그렇게 생각할 만한 이유가 있습니다. 속옷으로 미루어보아서도 말입니다. 어쩌면 외국인일지도 모릅니다만." 그러고 나서 베이컨 경감은 재빨리 덧붙여 말했다.

"물론 아직 공표하지는 않을 겁니다. 검시 재판이 끝날 때까지는 무슨 일이 있어도 비밀로 할 생각입니다."

경찰서장이 고개를 끄덕였다.

"검시 재판은 순전히 형식적인 것이 될 것 같은데?"

"그렇습니다, 서장님. 검시관은 이미 만나보았습니다."

"날짜는 언제로 정해졌나?"

"내일입니다. 제 생각에는 그 때문에 크래켄소프 가족 가운데 몇 명이 이리로 올 것 같습니다. 그들 중에서 누군가가 그녀의 신원을 확인해 줄지도 모르지요. 가족들 모두가 대부분 내려올 겁니다."

그는 손에 들고 있던 명단을 훑어 내려갔다.

"해롤드 크래켄소프, 이 사람은 런던의 금융가에서 한몫을 단단히 하고 있는 사람입니다. 꽤 중요한 인사인 것 같습니다. 앨프리드, 이 사람은 무슨 일을 하는 사람인지 잘 알지 못합니다. 세드릭, 이 사람은 외국에 나가 살고 있습니다. 그림을 그린다던가 뭐 그러더군요!"

경감은 그 말에 불길한 의미를 담아 말했다.

경찰서장은 콧수염 아래로 빙긋이 웃음을 지었다.

"어느 면에서든 그 크래켄소프 일가가 이 범죄와 관련되어 있다고 믿을 만한 근거는 없나?"

"시체가 그 집 안에서 발견되었다는 사실을 제외하고는 없습니다. 물론 그 가족들 중에 화가라는 사람이 그녀의 신원을 확인해 줄지도 모른다는 가능성만큼은 배제할 수 없습니다만. 저를 당황하게 만든 건 그 기차에 대한 이상하고 횡설수설한 이야기입니다."

"아, 그렇지. 그 노부인을 만나보았나, 그 뭐라던가……"

그는 책상 위에 놓여 있는 메모를 흘끗 보았다.

"마플 양이라고 했나?"

"그렇습니다, 서장님. 그런데 그 노부인은 모든 일들에 꽤 단호하고 결정적인 태도를 취하는 타입의 여자였습니다. 그녀가 정신이 나간 건지 아닌지 모르겠습니다만, 자신이 하는 이야기를 조금도 굽히려 하지 않더군요—그녀의 친구가 본 일이나 그 밖의 것들 모두에 대해서 말입니다. 그 모든 것들로 미루어보건대, 꾸며진 이야기인 것 같다고 말씀드리고 싶습니다. 정원의 우묵하게 패인 곳에서 비행접시를 보았다는 둥, 대출 도서관에 러시아의 스파이가 있다는 등등 노부인들이 꾸며내기 쉬운 그런 것들이지요. 하지만 그 노부인이 그 젊은 여자를(가정부 말입니다) 고용해서 시체를 찾도록 한 것만큼은 분명한 사실인 듯합니다. 그녀가 그렇게 했으니까요."

"그리고 찾아냈단 말일세."

경찰서장이 날카롭게 말을 받았다.

"글쎄, 그 모두가 주목할 만한 이야기네. 마플, 제인 마플 양이라—그 이름이 어쩐지 귀에 익단 말이야……. 어쨌든 나는 런던경시청에 연락을 취하겠네. 이 사건이 이 지방 사건이 아닌 것 같다는 자네 생각이 옳은 것 같아. 아직 그 사실을 세상에 공표할 단계는 아닌 듯싶네만. 지금 당장으로서는 신문에 될 수 있는 대로 적은 사실만을 알리도록 하게."

2

검시 재판은 순전히 형식적인 절차에 불과했다. 아무도 죽은 여자의 신원을 확인하겠다고 나선 사람이 없었다. 루시는 시체를 발견하게 된 경위에 대해서 증언하기 위해 소환되었고, 사망 원인에 대한 의학적인 검시증언이 행해졌다 —교살이었다. 그러고 나서 검시 재판의 절차는 끝을 맺었다.

크래켄소프 가족이 검시 재판이 행해진 홀에서 나온 것은 춥고 을씨년스러운 바람이 부는 날이었다. 거기에는 이미 언급되었던 다섯 사람—에마, 세드릭, 해롤드, 앨프리드, 그리고 세상을 떠난 딸 에디스의 남편인 브라이언 이스틀리가 있었다. 뿐만 아니라 크래켄소프 일가의 법적 문제를 담당하는 법률사무소의 수석 공동경영자인 웜번 씨도 끼어 있었다. 그는 이 검시에 참석하기 위해 모든 불편함을 무릅쓰고 런던에서 내려왔다.

그들은 모두 잠시 보도 위에 떨면서 서 있었다. 꽤 많은 군중이 모여 있었다. '석관 속의 시체'에 관한 스릴 넘치는 기사가 런던과 지방신문에 모두 상세하게 보도되었기 때문이다.

"바로 저 사람들이야……." 웅얼거리는 소리가 주위에서 들려왔다.

"자, 가요." 에마가 날카롭게 말했다.

커다란 임대 자동차 다임러가 보도의 가장자리로 미끄러져 다가왔다. 에마는 안으로 들어가 루시를 향해 손짓을 했다. 웜번 씨와 세드릭, 그리고 해롤드가 따라서 탔다.

브라이언 이스틀리가 말했다.

"나는 앨프리드와 함께 내 소형 자동차로 가겠습니다."

운전사가 문을 닫고 다임러는 서서히 차체를 움직일 준비를 하고 있었다.

"잠깐 멈춰요! 저기 아이들이 있어요!" 에마가 소리쳤다.

그렇게 타일렀는데도 러더퍼드 저택에 남겨두고 온 아이들이 입을 크게 벌리고 싱글거리며 나타난 것이다.

"우리는 자전거를 타고 왔어요." 스토더트웨스트가 말했다.

"경찰관 아저씨가 매우 친절해서 홀 뒤쪽으로 우리를 들여보내 줬거든요.

그리 기분이 상하시지 않았다면 좋겠습니다, 크래켄소프 이모님."

그가 겸손하게 덧붙였다.

"기분이 상한 게 아니란다." 세드릭이 여동생을 대신해서 대답했다.

"젊음이란 한 번뿐이잖느냐. 검시 재판은 처음이겠지?"

"그런데 조금 실망했어요. 너무 빨리 끝나버렸거든요." 알렉산더가 말했다.

"여기 서서 얘기하고 있을 때가 아니야. 사람들이 많이 모여 있잖아. 게다가 저 사람들 대부분이 사진기를 들고 있어."

해롤드가 성난 목소리로 말했다. 그가 손짓을 하자 운전사는 차도 가장자리로부터 차를 움직이기 시작했다. 소년들은 즐거운 듯이 손을 흔들었다.

"모두가 너무 빨리 끝나버렸다고! 그게 '저 애들'이 생각하는 방식이지. 순진한 젊은 애들이야. 단지 시작일 뿐인데도." 세드릭이 말했다.

"모두 운이 나빴어. '지독히' 운이 나빴던 거라고." 해롤드가 말했다.

"내 생각에는……."

그는 얇은 입술을 다물고 불쾌한 표정으로 고개를 젓고 있는 윔번 씨를 바라보았다. 윔번 씨가 딱딱한 어조로 말했다.

"바라건대, 모든 문제가 조속히 만족스럽게 해결되었으면 합니다. 경찰은 매우 유능합니다. 그러나 해롤드 씨가 말씀하셨듯이 모든 일들이 운이 나빠서 생긴 겁니다."

그는 말을 하면서 루시를 쳐다보았다. 그의 눈길에는 희미하게나마 불만의 뜻이 담겨 있었다.

"이 여자가 아무 상관도 없는 일을 들쑤시고 다니지만 않았어도 이런 일이 일어나지는 않았을 텐데."

그의 눈은 이렇게 말하는 듯했다. 이런 감정이, 혹은 이와 비슷한 어떤 느낌이 해롤드 크래켄소프에 의해 말이 되어 나왔다.

"그런데 저, 아일리스배로 양, 도대체 무엇 때문에 그 석관 속을 들여다보았습니까?"

루시는 가족들 가운데 어느 한 사람이 언제쯤이나 이런 생각을 하게 될까 진작부터 궁금하게 생각하고 있었다. 그녀는 경찰이 제일 먼저 그것을 물어보리라는 것쯤은 각오하고 있었다. 그러나 그녀가 놀란 것은 지금 이 시간까지 이 식구 중에선 아무도 그 생각을 하지 못한 것 같다는 사실이다.

세드릭, 에마, 해롤드, 그리고 웜번 씨가 모두 그녀를 쳐다보았다. 사실이든 아니든 관계없이 루시는 이때를 대비해서 대답을 준비해 놓고 있었다.

"정말로……." 그녀가 머뭇거리며 말했다.

"저도 잘 모르겠어요. 그곳을 전체적으로 정돈하고 청소할 필요가 있다는 느낌이 들었거든요. 그리고……." 그녀가 다시 머뭇거렸다.

"매우 기묘하고 불쾌한 냄새가 났었어요……."

그녀는 이러한 불쾌한 생각으로 그들이 곧 움츠러드는 듯한 느낌이 들리라는 것을 정확히 계산하고 있었다.

웜번 씨가 중얼거렸다.

"예, 예, 물론 그랬겠지요. 경찰의가 약 3주일쯤 되었을 거라고 말했으니까……. 아시겠지만 내 생각에는 우리 모두가 이 일을 깊이 생각하지 않도록 노력해야 할 것 같습니다."

그는 매우 창백해진 에마를 향해 격려하듯이 미소를 짓고는 말했다.

"기억하십시오. 그 가련한 여인은 우리들 가운데 어느 누구와도 아무 관련이 없다는 사실을 말입니다."

"아, 하지만 꼭 그렇다고 확신할 수만은 없지 않습니까?" 세드릭이 말했다.

루시 아일리스배로는 약간 흥미를 느끼며 그를 바라보았다. 그녀는 이 세 형제가 놀랍게도 성격이 각기 다르다는 사실에 이미 흥미를 느끼고 있었다.

세드릭은 햇볕에 그을린 소박한 얼굴을 한 키가 큰 남자로서, 흐트러진 머리칼에 쾌활한 태도를 지니고 있었다. 그는 면도도 하지 않은 채로 공항에 도착해서 검시에 참석할 때를 대비하여 대강 면도를 했으나, 옷은 도착했을 때 입었던 것을 그대로 입고 있었다.

아마도 그가 가진 유일한 외출복인 듯싶었다. 낡은 회색 빛 플란넬 바지, 그리고 해어져서 올이 보이는 기워진 헐렁한 윗도리를 입고 있었다. 그래서 마치 연극에 나오는 방랑자 같아 보였으며, 또한 그것을 자랑스럽게 여기고 있었다. 그와는 정반대로 동생인 해롤드는 커다란 회사의 중역으로서, 완벽한 런던의 신사 모습 그대로였다. 그는 말쑥하고 꼿꼿한 몸가짐을 한 키가 큰 사나이로서, 관자놀이가 약간 벗어진 검은 머리에 작고 검은 콧수염, 나무랄 데 없이 디자인이 잘된 짙은 색 윗도리에 은회색 넥타이를 매고 있었다. 그 모습은 그가 어떤 사람인지를 그대로 보여 주고 있었는데, 빈틈없는 성격에 성공적인 사업가의 인상을 풍기고 있었다.

"그건 불필요한 말인 것 같군요, 형님." 그가 딱딱한 어조로 말했다.

"내가 왜 그 말을 했는지 모르겠니? 그 여자는 우리 집 창고에 있었어. 그 여자가 무엇 때문에 거기엘 갔을까?"

웜번 씨가 헛기침을 한 번 하고 나서 말했다.

"아마도, 뭐랄까, 음……, 밀회의 약속이라도 있었던 게지요. 그곳의 열쇠가 바깥 문 위의 못에 언제나 걸려 있다는 것쯤은 이 부근에선 다 아는 사실인 것 같으니 말입니다."

그의 말투에는 그러한 부주의함을 힐난하는 듯한 기색이 담겨 있었다. 그러한 의도가 너무나 노골적으로 드러났으므로 에마가 사과하듯이 말했다.

"전쟁 동안에 생겨난 습관이에요. 방공감시원들 때문이지요. 거기에 작은 알코올 난로가 하나 있어서 말이죠. 그 사람들이 직접 코코아를 데워 마시곤 했거든요. 그리고 그 이후로도 사실 그곳에는 아무도 가져가고 싶어 하지 않을 그런 물건밖에는 없었기 때문에, 우리는 그 열쇠를 거기에 계속 걸어두었던 거예요. 그 편이 부인회 모임에 사용되기도 편했고요. 우리가 그 열쇠를 집 안에 두었다면 난처한 일이 생겼을 거예요. 그 사람들이 미리 장소를 준비해 두고자 했을 때 집 안에 아무도 그걸 가져다줄 사람이 없거나 하면 말이에요. 매일 출근하는 가정부 밖에는 상주하는 하인이 없어서……."

그녀가 말꼬리를 흐렸다. 그녀는 정신이 다른 곳에 가 있는 듯, 아무런 관심도 없이 무의미하게 기계적인 설명만을 잇고 있었다.

세드릭이 재빨리 의아한 시선을 그녀에게 던졌다.

"뭔가 걱정되는 일이 있는 게로구나, 에마, 무슨 일이지?"

해롤드가 발끈해서 말했다.

"아니, 형님, 정말 그걸 질문이라고 하시는 겁니까?"

"물론이지. 어떤 이상한 여자가 우리 집의 헛간에서 살해가 되었고—마치 빅토리아 왕조 시대의 멜로드라마처럼 말이야. 그 때문에 그 순간 에마가 충격을 받았다고 하더라도(에마는 언제나 이성적인 아이란 말이야) 난 왜, 에마, 네가 지금까지 걱정에 싸여 있는지 알 수가 없구나. 모두 떨쳐버려라. 사람이란 모든 일에 익숙해지기 마련이니까."

"살인이란 건 어떤 사람에게는 형님의 경우처럼 쉽게 익숙해질 수 없는 겁니다." 해롤드가 날카롭게 대꾸했다.

"마조르카에서는 살인이란 게 하잘것없는 것이겠지만."

"마조르카가 아니라 이비사야."

"마찬가지지요."

"천만에, 완전히 다른 섬이다."

"내가 말하고자 하는 요점은, 살인이란 게 혈기 넘치는 라틴 사람들 틈에 섞여 사는 형님께는 일상적인 일일지 몰라도, 영국에 사는 우리들에게는 심각한 일이라 그 말입니다." 그가 치밀어 오르는 화를 억누르며 덧붙였다.

"그리고 형님, 공식적인 검시 재판에 그런 옷차림을 하고 오시다니……."

"내 옷차림이 뭐가 잘못됐느냐? 내겐 아주 무척 편안한 옷이야."

"장소에 어울리지 않는단 말입니다."

"글쎄, 하지만 이게 내게 있는 유일한 옷인 걸 어쩌겠니. 이 문제 때문에 너희들을 도우러 황급히 내려오느라 옷가방을 챙길 틈도 없었어. 화가들이란 입어서 편한 옷을 좋아하는 법이야. 나도 화가이질 않느냐."

"그럼, 아직도 형님은 그림을 그릴 생각입니까?"

"이봐, 해롤드, 그림을 그릴 생각이냐고?"

윔번 씨가 권위를 나타내려는 듯한 몸짓으로 헛기침을 했다.

"이런 토론은 무의미합니다." 그가 질책하듯이 말했다.

"에마, 내가 런던으로 돌아가기 전에 뭔가 도울 일이 있으면 말해 주겠소?"

그의 꾸지람은 효과를 발생했다.

에마 크래켄소프가 재빨리 대답했다.

"여기까지 내려와 주셔서 정말 감사해요."

"천만에요. 가족들을 위해서 누군가가 절차를 지켜보기 위해 검시 재판에 참석해야 하는 건 당연한 일이지요. 난 경감과 저택에서 만나보기로 되어 있어요. 이 모든 일들이 지금까지 우리를 괴롭혀 왔지만, 곧 상황이 명백해지리라는 걸 믿어 의심치 않습니다. 내 나름대로 생각에 대해 얘기하자면, 무슨 일이 일어났었는지 거의 알 것 같습니다. 에마가 말했듯이, 그 긴 창고의 열쇠가 문밖에 걸려 있다는 건 이 부근 사람들에게 잘 알려져 있습니다. 그 장소가 겨울철에는 이 지역 연인들의 밀회 장소로 사용되리라는 것은 상당히 가능성이 높은 일이지요. 말다툼이 있었고, 젊은 남자가 그만 자제심을 잃어버렸던 게 틀림없습니다. 그는 자신이 저지른 일에 겁을 먹고 있던 참에, 그의 눈길이 석관에 가 멎습니다. 그러자 시체를 감추기에 안성맞춤인 장소가 될지도 모른다는 생각이 든 겁니다."

루시는 속으로 생각했다.

'그래요. 아주 그럴 듯하게 들리는군요. 하지만 모든 사람들이 생각할 법한 그런 얘기예요.'

"이 지역의 연인들이라고 하셨죠. 하지만 이 근처에선 그녀의 신원을 알아보는 사람이 없었습니다." 세드릭이 말했다.

"아직 초기잖습니까? 틀림없이 머지않아 그녀의 신원을 파악하게 될 겁니다. 그리고 물론 문제의 그 남자는 이 지역 사람이지만, 여자는 어딘가 외부에서 온 사람일 가능성도 있지요. 블랙햄프턴의 어떤 다른 고장에서 말입니다. 블랙햄프턴은 넓은 곳이니까요―최근 20년 동안에 엄청나게 성장했지요."

"만일 내가 연인을 만나러 온 여자라면 도심에서 몇 마일이나 외떨어진, 꽁꽁 얼어붙을 것같이 추운 창고로 데려가겠다는 말엔 따르지 않을 겁니다."

세드릭이 반대하고 나섰다.

"극장에서 포옹하는 편을 택하겠어요. 그렇지 않습니까, 아일리스배로 양?"

"그렇게까지 깊숙이 파고들어야 할 필요가 있을까요?"

해롤드가 불평하듯이 물었다. 이 물음과 동시에 자동차는 러더퍼드 저택의 현관 앞에 멈추어 섰고, 모두들 차에서 내렸다.

제8장

1

서재로 들어서면서 웜번 씨는 이미 만난 적이 있는 베이컨 경감의 뒤에 금발의 미남이 서 있는 것을 보고는 늙고 빈틈없는 눈을 조금 깜박거렸다.

베이컨 경감이 소개를 했다.

"이분은 런던경시청의 크래독 경감입니다."

"런던경시청이라, 예." 웜번 씨의 눈썹이 추켜세워졌다.

더못 크래독은 유쾌한 태도를 가진 사람인지라 쉽게 말을 하기 시작했다.

"우리가 이번 사건에 개입하게 됐습니다, 웜번 씨. 당신이 크래켄소프 가족을 대리하고 있으시다니, 은밀한 정보를 당신께는 알려 드려야 공정하리라는 생각이 드는군요."

진실의 지극히 작은 부분을 드러내 보이면서, 그것이 모든 전체의 진실인 양 쇼를 연출하는 데 있어서는 아무도 크래독 경감을 따를 수 없을 것이다.

"베이컨 경감도 동의하리라 믿습니다만."

그의 동료를 흘끗 쳐다보며 덧붙였다.

베이컨 경감은 그런 것들이 미리 서로 타협이 된 것인데도 시치미를 뚝 떼고 그럴 듯한 위엄을 나타내며 동료의 의견에 동의했다.

"그 정보란 이런 것입니다." 크래독 경감이 말했다.

"우리 손안에 들어온 정보에 의하면, 살해된 여자가 이 지방 출신이 아니라 런던에서 이곳으로 내려왔으며, 최근에 외국에서 건너왔다고 생각할 만한 근거가 있습니다. 아마도(확신할 수는 없습니다만) 프랑스에서 온 것 같습니다."

웜번 씨의 눈썹이 다시 한 번 추켜세워졌다.

"아, 그렇습니까? 그것이 정말입니까?"

"사정이 그러하므로 경찰서장께서는 이 사건을 런던경시청이 맡는 편이 더 나으리라고 생각한 겁니다." 베이컨 경감이 말했다.

"단지 내가 바라는 것은……." 윔번 씨가 말했다.

"이 사건이 조속히 해결되었으면 하는 겁니다. 경감님도 충분히 감지하셨다시피, 이 문제가 이 가족들에게는 꽤 큰 고통의 근원이 되어 있습니다. 개인적으로는 비록 아무 관계가 없다고 하더라도 그들은……."

그는 아주 잠깐 말을 끊었는데, 크래독 경감이 재빨리 그 틈을 메워버렸다.

"물론 자신의 소유지에서 살해된 여자의 시체가 발견된다는 것이 유쾌한 일은 아니겠지요. 우리 역시 동감하고 있습니다. 이젠 가족 여러분들과 따로 만나 간단한 얘기를 나눠봤으면 합니다만."

"나는 정말 이해할 수가 없는데요."

"그분들이 우리에게 무슨 말을 하겠습니까? 아마도 흥미를 끌 만한 것은 없을 테지요—하지만 그걸 누가 알겠습니까. 내가 생각하건대 얻을 만한 정보의 대부분은, 윔번 씨, 당신에게서 얻을 수 있으리라 보는데요. 이 저택과 가족에 대한 정보 말입니다."

"그런데 그것이 외국에서 와서 이곳에서 살해된, 알지도 못하는 젊은 여자와 무슨 상관이 있단 말입니까?"

"글쎄요, 그게 바로 문제점이겠지요." 크래독이 말했다.

"그 여자가 왜 이곳에 왔을까요? 한때 그녀가 이 집과 관계가 있었던 것은 아닐까요? 다시 말하면, 예를 들어 언젠가 이곳에서 하녀로 일한 적이 있었던 건 아닐까요? 가정부 말입니다. 아니면 이 러더퍼드 저택에서 이전에 살았던 사람들 가운데 누군가를 만나러 왔을지도 모르고요."

윔번 씨는 러더퍼드 저택이 조시아 크래켄소프가 1884년에 지은 이래로 죽 크래켄소프 가문만이 살아왔다고 차갑게 대답했다.

"그 사실 자체만으로도 흥미롭군요." 크래독 경감이 말했다.

"이 집안의 간단한 내력만이라도 대충 알려주신다면……."

윔번 씨는 어깨를 으쓱했다.

"말씀드릴 만한 것이 거의 없습니다. 조시아 크래켄소프는 달콤하고 향기 나는 비스킷이며 조미료, 피클 등을 만드는 공장의 사장이었지요. 그 사업으로 막대한 재산을 모은 걸로 알고 있습니다. 그분이 이 집을 지었지요. 그리고 지금은 그분의 장남인 루서 크래켄소프 씨가 살고 있습니다."

"그밖에 다른 아들은 없습니까?"

"아들이 하나 더 있었지요. 헨리라고 하는데, 1911년 자동차 사고로 죽었답니다."

"그러면 현재의 크래켄소프 씨는 집을 팔 생각을 한 적은 없습니까?"

"그분은 그럴 수가 없습니다." 변호사가 무미건조한 목소리로 말했다.

"그분 아버님의 유서조항에 의해서 말입니다."

"그 유서의 내용에 대해서 말씀해 주실 수 있으시겠지요?"

"왜 그래야 하지요?"

크래독 경감이 빙긋이 웃었다.

"우리가 그렇게 할 마음만 먹으면 서머셋 하우스(런던의 등기소, 세무서 등이 있는 건물)에 가서 직접 조사해 볼 수도 있으니까요."

어이가 없는 듯 윔번 씨는 이상야릇한 미소를 지었다.

"분명히 그렇겠군요. 나는 단지 당신이 요구하는 그 정보가 아무런 관련성이 없는 사실이라는 점을 말했을 뿐입니다. 조시아 크래켄소프 씨의 유언장에 대해서 말씀드리자면 아무런 숨길 만한 것이 없습니다. 그분은 상당한 액수의 재산을 신탁 형식으로 남겼고, 그것으로부터 들어오는 수입은 그분의 아들 루서에게 평생토록 지급되도록 해놓았습니다. 그리고 루서가 죽은 뒤에는 재산이 루서의 자식들──즉, 에드먼드, 세드릭, 해롤드, 앨프리드, 에마, 에디스에게 공평하게 분배되도록 되어 있지요. 에드먼드는 전쟁에서 죽었고, 에디스는 4년 전에 세상을 떠났으므로, 루서 크래켄소프가 죽은 뒤엔 세드릭, 해롤드, 앨프리드, 에마, 그리고 에디스의 아들 알렉산더 이스틀리에게 재산이 분배될 겁니다."

"그럼 이 저택은?"

"그것은 루서 크래켄소프의 생존해 있는 가장 큰 아들이거나, 그 자식의 소유가 될 겁니다."

"에드먼드 크래켄소프는 결혼했었습니까?"

"아니오."

"그렇다면 이 소유지는 분명히……."

"다음 아들에게로 가지요—세드릭 말입니다."

"루서 크래켄소프는 이 집을 처분할 수 없습니까?"

"예, 그럴 수 없습니다."

"그렇다면 재산도 마음대로 할 수 없겠군요."

"그렇습니다."

"좀 이상하지 않습니까? 내 생각에는 그분 아버님이 그분을 별로 좋아하지 않았던 것 같군요." 크래독 경감이 날카롭게 말했다.

"제대로 보셨습니다." 윔번 씨가 말했다.

"조시아 노인은 장남이 자기의 사업에 별 관심을 보여 주지 않은 데 대해 실망을 느꼈지요. 그 밖의 다른 종류의 사업에 대해서도 말입니다. 루서 씨는 대부분의 시간을 외국에서 소위 '예술품'을 수집하면서 보냈지요. 조시아 노인은 그런 종류의 일에는 그리 호의적이질 못했습니다. 그래서 그분은 그다음 세대를 위해서 자신의 재산을 신탁 형식으로 남긴 거지요."

"그러니까 그동안 다음 세대들은 자기들이 버는 돈이나 아버지가 허락한 돈을 제외하면 수입이 없으며, 그들의 아버지는 상당한 수입이 있지만 재산의 처분권은 없단 말이로군요."

"바로 그렇습니다. 그런데 난 이런 것들이 정체 모를 외국 태생의 젊은 여자 살인사건과 도대체 무슨 관계가 있는 건지 짐작할 수조차 없습니다!"

"아무런 관계가 없는 것 같군요." 크래독 경감이 재빨리 동의했다.

"단지 모든 사실들을 확실히 해두고 싶었을 뿐입니다."

윔번 씨는 날카롭게 그를 바라보고는 겉으로 보기에 자신이 따지고 든 것이 성과를 거둔 것 같아 만족해하며 몸을 일으켰다.

"이제는 런던으로 돌아가려고 합니다. 더 이상 알고 싶으신 게 없다면 말입니다."

그가 한 사람의 얼굴에서 다른 사람으로 시선을 옮겼다.

"아니, 없습니다. 감사합니다."

요란스러운 종소리가 홀 바깥으로부터 점점 더 크게 울려왔다.

"세상에—, 아이들이 치고 있는 것 같군요." 윔번 씨가 말했다.

크래독 경감은 그 소음 아래에서 자신의 목소리를 들리게 하려고 애쓰며 소리를 더욱 높였다.

"가족들이 조용히 점심식사를 할 수 있도록 우리는 잠시 물러나겠습니다. 하지만 나중에 베이컨 경감과 함께 다시 돌아오지요. 2시 15분쯤 말입니다. 그리고 가족들 한 명 한 명과 간단히 만나볼 생각입니다."

"그게 필요하리라 생각하십니까?"

"글쎄요……." 크래독이 어깨를 으쓱했다.

"가능성이 적을 따름이겠지요. 누군가가 여자의 신원을 밝히는데 실마리를 던져줄 만한 사실을 기억하고 있을지도 모르잖습니까."

"과연 그럴까요, 경감님? 난 매우 회의적이라고 여겨지는데요. 하지만 행운을 빕니다. 방금 말씀드렸듯이, 이 불쾌한 사건이 빨리 해결되면 될수록 모든 사람에게 좋겠지요."

그는 고개를 저으면서 천천히 홀 밖으로 나갔다.

2

루시는 검시에서 돌아오자마자 곧바로 부엌으로 갔고, 브라이언 이스틀리가 안으로 고개를 내밀었을 때는 한창 점심 준비를 하느라 분주해 있던 터였다.

"뭐 좀 도와드릴 일이 있을까요?" 그가 말했다.

"집안일에 대해서라면 여러모로 쓸모가 있는 사람입니다."

루시는 약간 건성으로 재빨리 흘끗 쳐다보았다.

브라이언은 자신의 소형 승용차 MG로 직접 검시 재판에 왔기 때문에 루시로서는 그를 눈여겨볼 시간이 거의 없었다. 겉으로 보기에 그는 꽤나 좋은 인상을 주는 사람이었다. 이스틀리는 상냥해 보이는 30대의 젊은 남자로서, 갈색 머리에 다소 우울해 보이는 푸른 눈을 가지고 있었으며, 크고 멋진 콧수염을 기르고 있었다.

"아이들은 아직 돌아오지 않았습니다."

그가 안으로 들어와 식탁의 한쪽 끝에 앉으며 말했다.

"자전거로 돌아오려면 앞으로 20분쯤은 더 걸릴 겁니다."

루시가 미소를 지었다.

"어떤 일 하나라도 놓치지 않으려고 마음을 단단히 먹은 것 같아요."

"그 애들을 탓할 수는 없지요. 즉, 내 말은 이 세상에 태어난 이후로 처음 보는 검시 재판일 테니까요. 게다가 온 가족들이 개입되어 있잖습니까."

"잠깐 식탁에서 비켜주시겠어요, 이스틀리 씨? 거기에 접시들을 늘어놓을까 하는데요."

브라이언이 그 말에 순순히 응했다.

"아주 잘 구워졌군요. 안에 무엇을 넣을 겁니까?"

"요크셔 푸딩(밀가루, 달걀, 우유를 혼합하여 반죽하고, 로스트비프를 만들고 난 뒤 흘러내린 육즙을 부어 구워낸 푸딩)이요."

"훌륭한 그 옛날의 요크셔. 옛 영국의 로스트비프, 이것이 오늘의 식단이로군요."

"예, 그래요."

"사실은 장례식용 구운 고기라 이거군. 냄새가 좋은데요."

그가 냄새를 음미하듯이 코를 킁킁거렸다.

"내가 잡담을 좀 해도 괜찮겠습니까?"

"절 도와주러 들어오셨다면 그렇게 하시는 편이 좋겠어요."

그녀가 오븐에서 접시를 하나 더 꺼냈다.

"여기, 이 감자들이 노릇노릇해지도록 반대쪽으로 뒤집어 주세요……."

브라이언은 민첩하게 그녀가 시키는 대로 해냈다.

"검시 재판이 진행되는 동안 이것들이 전부 이 안에서 내내 구워지고 있었단 말입니까? 모두 눌어붙었겠군요."

"그런 일은 일어나지 않아요. 오븐에는 조절기가 달려 있는걸요."

"아, 그 전기 두뇌인가 뭔가 하는 걸 말하는 거로군요, 맞습니까?"

루시가 그쪽을 한번 흘끗 쳐다보았다.

"예, 그래요. 자, 이제 접시를 오븐에 넣어 주세요. 여기 행주가 있어요. 두 번째 단에다가 넣으세요. 윗단에는 요크셔 푸딩을 넣을 거니까."

브라이언은 그대로 했으나 이내 날카로운 비명을 질렀다.

"손을 데셨나요?"

"약간. 괜찮습니다. 꽤 자주 해봤지요. 하지만 이런 종류의 음식은 해본 적이 없습니다. 달걀을 삶을 줄은 압니다. 시계를 보는 걸 잊어버리지만 않으면 말이죠. 그리고 달걀과 베이컨 요리도 합니다. 석쇠 안에 스테이크를 넣거나 통조림으로 된 수프를 데워먹기도 하지요. 우리 아파트에도 이런 조그만 요리 기구가 하나 있거든요."

"런던에 살고 계신가요?"

"그걸 살고 있다고 말한다면, 그렇지요."

그의 어조에는 기운이 하나도 없었다. 그는 루시가 요크셔 푸딩을 갠 것을 접시에 쏟아놓는 걸 보고 있었다.

"정말 재미있군요." 그가 말을 하고는 한숨을 쉬었다.

그녀는 당장 급한 일은 대충 끝냈으므로 좀더 주의를 기울여 그를 바라보았다.

"뭐가……, 이 부엌 말인가요?"

"예, 우리 집 부엌이 생각나서요. 내가 어렸을 때 말입니다."

브라이언 이스틀리에게 이상하게도 쓸쓸한 무엇인가가 감돌고 있다는 사실에 루시는 충격을 받았다. 가까이서 그를 바라보니, 그녀가 처음에 생각했던 것보다 훨씬 나이가 들었다는 걸 깨달았다. 틀림없이 40세에 가까울 것이다.

그가 알렉산더의 아버지라고 생각하기는 어려울 것 같았다. 그는 그녀의 나이 14세, 한창 감수성이 예민하던 시기의 전쟁 중에 보았던 수많은 젊은 조종사들을 연상케 했다. 그녀는 전쟁을 거치면서 지금까지 성장을 계속해 왔다. 그러나 브라이언은 그 이후로 세월의 흐름을 잊어버리고 그냥 지나쳐온 것 같다는 느낌을 그녀는 받았다. 그의 다음 말이 그 사실을 확인시켜 주었다.

그는 다시 식탁에 걸터앉았다.

"세상은 참 살기 힘든 곳입니다. 그렇지 않습니까? 각각의 환경에 익숙해진다는 게 말입니다. 사람들은 좀처럼 그런 훈련을 받아본 적이 없으니까요."

루시는 에마에게서 들은 이야기를 생각해냈다.

"공군 조종사셨다지요? 공군 수훈십자훈장을 받으신 걸로 알고 있는데요."

"바로 그런 것들 때문에 제자리를 못 잡는 겁니다. 훈장 같은걸 하나 받았다 하면 사람들은 여러 가지로 편의를 봐주려고 애쓰지요. 일자리나 뭐 그런 것들을 주는 겁니다. 정말 친절하기도 하지. 하지만 일이라는 게 모두 사무적인 것들뿐인데다가, 우린 그런 종류의 일은 전혀 알지 못하잖습니까? 온통 숫자들로 뒤엉켜 있고, 책상 앞에 앉아 있는 일 따위는 말입니다. 그래서 내 나름대로 생각이 있어서 한두 가지 시험 삼아 해보았지만 뒤를 밀어줄 사람이 없었지요. 함부로 여기저기에 돈을 대달라고 부탁할 수도 없고 말입니다. 만일 약간의 자본만 있다면……"

그는 깊은 생각에 빠져들었다.

"당신은 에디를 모르지요? 내 아내 말입니다. 아니, 당연히 모르겠군요. 그녀는 이 집안식구들과는 완전히 달랐습니다. 무엇보다도 그녀는 젊었지요. 공군 여자보조부대에 있었으니까요. 그녀는 자기 아버지의 머리가 돌았다고 언제나 말하곤 했습니다. 당신도 알다시피 그분은 정말 그렇습니다. 돈에 대해서라면 지나치게 인색하거든요. 하지만 죽을 때 함께 가져갈 수 있는 것도 아니잖습니까? 세상을 뜬 뒤엔 어차피 다 분배가 되어야 될 돈인데 말입니다. 에디의 몫은 물론 알렉산더에게로 가겠지요. 그 애가 스물한 살이 될 때까지는 그 돈에 손대지 못할 테지만."

"죄송하지만 다시 한 번 비켜 주시겠어요? 접시에 담고 그레이비소스(육류를 철판에 구울 때 생기는 국물에 후추, 소금, 캐러멜 따위를 넣어 조미한 소스)를 만들어야겠어요."

그때 알렉산더와 스토더트웨스트가 붉게 상기된 얼굴로 숨을 크게 헐떡이며 들어왔다.

"안녕하세요, 아버지." 알렉산더가 자기 아버지에게 반갑게 인사했다.

"여기 계실 줄 알았어요. 오, 정말 굉장한 고기군요. 요크셔 푸딩도 있나요?"

"그래요, 있어요."

"학교엔 정말 끔찍한 요크셔 푸딩밖에 없었어요. 죄다 물기가 흐르는데다가 누글누글하거든요."

"길을 좀 비켜주겠어요. 그레이비소스를 좀 만들어야겠어요."

"많이 만드세요. 소스 접시로 두 개 정도는 가득히 먹을 수 있겠지요?"

"그럼."

"와, 정말 좋군요." 스토더트웨스트가 발음을 조심스럽게 고르며 말했다.

"전, 묽은 걸 싫어하는데요." 알렉산더가 근심스러운 듯이 말했다.

"묽어지지 않을 거예요."

"이분은 뛰어난 요리사랍니다, 아버지." 알렉산더가 아버지한테 말했다.

루시는 그들의 역할이 바뀌었다는 인상을 순간적으로 받았다. 알렉산더는 아들에게 자상하게 이야기하는 아버지같이 말하고 있었던 것이다.

"뭘 좀 도와드릴까요, 아일리스배로 양?"

스토더트웨스트가 예의 바르게 물었다.

"그렇게 해요. 알렉산더, 가서 종을 좀 울려줘요. 제임스는 이 쟁반을 식당으로 좀 가져다주고 이스틀리 씨, 이 고기를 안으로 들여가 주시겠어요? 저는 감자와 요크셔 푸딩을 가지고 갈게요."

"런던경시청에서 온 사람이 있던데요." 알렉산더가 말했다.

"그 사람이 우리들과 함께 점심식사를 할 건가요?"

"그건 네 이모가 알아서 할 일이다."

"에마 이모가 거절할 것 같지는 않아요. 굉장히 너그러우시니까요. 하지만 해롤드 외삼촌은 좋아하지 않을 거예요. 이 살인사건 때문에 몹시 기분이 상하셨으니까요."

알렉산더는 쟁반을 들고 문을 빠져나가면서 어깨너머로 약간의 보충 설명을 덧붙여 말했다.

"윔번 아저씨는 지금 런던경시청에서 온 사람과 함께 서재에 계세요. 하지만 점심식사를 함께 하시진 않을 거래요. 런던으로 돌아가야 한다고 말씀하셨거든요. 어서 와, 스토더, 어, 종을 치러 가버렸네."

그 순간 종이 울리기 시작했다. 스토더트웨스트는 예술가였다. 종을 치는 데 온 힘을 기울인 바람에 더 이상의 대화는 할 수가 없었다.

브라이언은 고기를 들고 안으로 들어갔고, 루시는 요크셔 푸딩을 가지고 그 뒤를 따랐다. 그리고 그레이비소스를 찰랑찰랑 넘치도록 담은 두 개의 접시를 가지러 부엌으로 돌아갔다.

워번 씨는 홀에서 장갑을 끼며 서 있었다.

그때 에마가 재빨리 아래층으로 내려왔다.

"정말 점심식사를 하지 않으시겠어요, 워번 씨? 모두 준비가 됐는데요."

"아니, 괜찮습니다. 런던에 중요한 약속이 있어서요. 식당차도 있잖습니까."

"이곳에 내려와 주셔서 정말 감사합니다."

에마가 감사의 뜻을 담뿍 담아 말했다.

두 경감이 서재에서 나왔다.

워번 씨는 에마의 손을 잡고 말했다.

"아무것도 걱정할 필요 없어요. 이분은 런던경시청에서 오신 크래독 경감입니다. 이번 사건을 담당하게 되었지요. 2시 15분쯤 뭔가 조사에 도움이 될 만한 사실들이 있을까 해서 당신한테 몇 가지 질문을 하러 오실 겁니다. 하지만 방금도 말했듯이 아무 걱정 말아요."

그가 크래독을 쳐다보았다.

"내게 얘기한 걸 크래켄소프 양에게 말해도 될까요?"

"물론입니다."

"이번 사건은 이 지방의 범죄가 아닌 게 거의 확실시된다고 크래독 경감님이 내게 말해 주었어요. 살해된 여자는 런던에서 왔으며, 아마도 외국인일 가능성이 높다는군요."

"외국인이라고요? 프랑스인인가요?" 에마 크래켄소프가 날카롭게 말했다.

워번 씨는 틀림없이 위로의 뜻으로 한 말이었다. 그는 흘끗 그녀를 다시 쳐다보았다. 더못 크래독의 시선이 재빨리 그로부터 에마의 얼굴로 옮겨갔다.

이 여자는 어째서 살해된 여자가 프랑스인이라는 결론을 내렸을까, 그리고 그 생각이 왜 그녀를 그렇게 당혹스럽게 만드는 것일까.

크래독 경감은 몹시 의아했다.

제9장

1

　루시의 근사한 점심식사에 대해 올바른 평가를 내린 유일한 사람들은 두 소년과, 자신을 영국으로 돌아오게 만든 상황에 전혀 영향을 받지 않는 것처럼 보이는 세드릭 크래켄소프 뿐이었다. 그는 오히려 이번 사건을 소름끼치는 성질을 지닌 일종의 유쾌한 일로 여기고 있는 듯싶었다.

　이런 태도를 그의 동생인 해롤드는 무척 탐탁지 않게 여기고 있다는 것을 루시는 알아차릴 수 있었다. 해롤드는 이 살인사건을 크래켄소프 가문에 대한 모욕으로 여기는 것 같았으며, 그러한 굴욕감이 너무 커서 점심도 제대로 먹지 못하는 것 같았다. 에마도 얼굴에 걱정스럽고 불쾌한 표정이 어려 있었고, 그녀 역시 거의 먹지를 않았다. 앨프리드는 자기 나름대로 생각을 좇고 있는 듯, 거의 말을 하지 않았다. 그는 마르고 거무스름한 얼굴에 미간이 좁은 남자였는데, 그런대로 괜찮은 외모였다.

　점심식사가 끝난 뒤에 경감들이 다시 돌아와서는 세드릭 크래켄소프와 몇 마디 얘기를 나눌 수 있는지를 물었다.

　크래독 경감은 매우 유쾌하고 호의적이었다.

　"앉으십시오, 크래켄소프 씨. 발리아릭(지중해 서부의 군도로 스페인의 주. 마조르카 섬 외에 열다섯 개의 섬이 포함되어 있음)에서 방금 돌아오셨다고 들었는데? 그곳에 나가 살고 있습니까?"

　"지난 6년 간 살았습니다. 이비사에서요. 이 따분한 나라보다는 내게 더 어울립니다."

　"우리들보다는 확실히 햇볕을 더 많이 받겠군요." 크래독 경감이 동의했다.

　"최근에도 이곳에 오셨다던데―정확히 크리스마스 때였던 걸로 압니다만. 무엇 때문에 이렇게 빨리 이곳에 다시 돌아오신 겁니까?"

세드릭이 빙긋 웃었다.

"내 동생 에마에게서 전보를 받았습니다. 전에는 이 저택에서 살인사건이 일어난 적이 한 번도 없었거든요. 이 좋은 기회를 놓치고 싶지 않아서 곧바로 달려온 거지요."

"범죄학에 관심을 가지고 계십니까?"

"아, 아니, 그렇게 지적인 단어로 표현할 성질의 것은 아닙니다! 난 단지 살인사건을 좋아할 따름이지요. 추리소설이나 추리극 같은 그런 것들 말입니다! 그런데 바로 우리 집 안에서 그런 일이 일어나다니, 일생일대의 기회가 아니겠습니까? 게다가 가엾은 에마가 얼마큼의 도움이라도 필요로 할 것 같기도 했고요. 아버님도 보살펴드려야 하고, 경찰도 상대해야 할 것 같아서 말입니다."

"알았습니다. 이번 사건이 모험을 좋아하는 당신의 본능과 가족적인 애정을 자극한 모양이군요. 여동생이 당신에게 매우 고마워하리라는 사실을 의심치 않습니다. 다른 두 오빠들도 또한 여동생을 도와주러 왔겠지만 말입니다."

"하지만 위로를 하거나 안심시키려고 온 건 아닙니다. 해롤드는 굉장히 귀찮게 여기고 있지요. 수상한 여자의 살인사건에 휘말려 든다는 건 런던 금융가의 인물에게는 썩 마음에 드는 일이 아닐 테니까 말입니다."

크래독의 눈썹이 조심스럽게 추켜세워졌다.

"그녀가, 수상한 여자였습니까?"

"글쎄요, 그런 점에 대해서는 당신이 전문가 아닙니까? 여러 가지 사실들로 미루어보아 어쩐지 나는 그런 생각이 드는군요."

"나는 어쩌면 당신이 그 여자가 누군지 추측하실 수 있을지도 모른다고 생각했는데요?"

"보십시오, 경감님. 이미 아실 텐데요. 아니면, 당신의 동료들한테서 내가 그 여자를 알아보지 못했다는 얘기를 들으셨으리라 생각되는데요."

"난 단지 짐작하실 수 있지 않느냐고 말씀드렸을 뿐입니다, 크래켄소프 씨. 그전에 그 여자를 본 적이 없었을지는 모르지요. 하지만 그저 어떤 여자인지 짐작이 가거나, 아니면 누구누구일지도 모른다는 생각이 들거나 하진 않았느냐는 겁니다."

세드릭이 고개를 저었다.

"완전히 잘못 짚으셨습니다. 나로선 전혀 알 수가 없습니다. 그 여자가 우리들 중 누구와 만날 약속이 있어서 그 긴 창고에 왔을지도 모른다고 짐작하시는 모양이죠? 하지만 우리는 아무도 이곳에 살고 있지 않습니다. 이 집에는 한 여자와 노인이 살고 있을 뿐이니까요. 설마 정말로 그 여자가 우리의 존경하는 아버지를 만나러 여기에 왔다고 생각하시는 건 아니겠지요?"

"우리가 생각하는 건(베이컨 경감도 이 의견과 마찬가지입니다만), 그 여자가 한때 이 저택과 무슨 관계가 있었던 게 아닐까 하는 점입니다. 아주 몇 년 전의 일일지도 모르지요. 기억을 되살려보십시오, 크래켄소프 씨."

세드릭은 잠깐 생각을 해보았으나 기억이 나지 않는다는 듯 고개를 저었다.

"대개의 사람들이 그렇듯 우리도 가끔 외국인 하녀를 둔 적이 있었지요. 하지만 가능성이 있을 것 같은 사람이 떠오르질 않는군요. 다른 가족들에게 물어보시는 편이 나을 겁니다, 경감님. 그들이 나보다는 많이 알고 있을 테니까."

"물론 그럴 생각입니다." 크래독이 의자에 몸을 기대고 말을 이었다.

"검시 재판에서 들으셨겠지만 의학적인 증거로는 정확한 사망 시기를 결정할 수가 없었습니다. 2주일에서 4주일 이내라고 하니까, 크리스마스를 전후한 시기가 되는 셈이지요. 크리스마스를 보내러 이곳에 왔었다고 말씀하셨죠? 언제 영국에 도착하셨고, 언제 이곳을 떠나셨습니까?"

세드릭은 곰곰이 생각했다.

"어디 보자……, 예, 비행기로 왔었습니다. 크리스마스 전의 토요일에 이곳에 도착했지요. 아마 21일일 겁니다."

"마조르카에서 곧바로 오신 겁니까?"

"그렇습니다. 새벽 5시에 출발해서 점심때쯤 여기에 도착했습니다."

"그리고 떠난 건 언제지요?"

"그 다음 주 금요일, 그러니까 27일에 비행기로 돌아갔습니다."

"감사합니다."

세드릭이 빙긋 웃었다.

"불행히도 그 기간 안에 꼭 들어맞는군요. 하지만 정말로 여자를 목 졸라 죽이는 일은 크리스마스 오락을 위한 내 취미가 아닙니다."

"우리도 그렇기를 바랍니다, 크래켄소프 씨."

베이컨 경감은 단지 불만스러운 표정을 지어 보였을 뿐이다.

"그런 행동은 제정신에서 저지를 수 있는 일이라고는 볼 수 없는데다가 좋은 의도로 저지르는 일도 아니잖습니까?"

세드릭은 뭔가 불평 같은 말을 웅얼거리고 있는 베이컨 경감에게 질문을 던졌다. 크래독 경감이 정중하게 말했다.

"자, 고맙습니다, 크래켄소프 씨. 이젠 다 됐습니다."

세드릭이 문을 닫고 나가자 크래독이 물었다.

"저 사람을 어떻게 생각하나?"

베이컨이 다시 한 번 투덜거렸다.

"무슨 일에든 잘난 체하는 사람이군그래. 나는 도무지 저런 타입은 좋아할 수가 없어. 저런 예술가들이란 행실이 좋지 못하잖은가. 게다가 평판이 좋지 못한 부류의 여자들과 종종 말썽을 일으키기도 하고 말일세."

크래독이 웃었다.

"옷 입는 것도 마음에 들지 않아." 베이컨이 말을 계속했다.

"도무지 예의라는 게 없단 말이야—그런 차림을 하고 검시 재판에 나오다니. 그렇게 더러운 바지는 정말 근래에 와서 처음 보네. 그리고 그 넥타이를 봤나? 색깔 있는 끈으로 만들어진 것 같지 않던가? 자네가 물어보니 말인데, 여자를 손쉽게 목 졸라 죽이고도 아무런 가책도 받지 않을 그런 종류의 남자일 거라는 생각이 드네."

"하지만 이번에는 그가 죽이지 않았네. 21일까지 마조르카를 떠나지 않았다면 말일세. 그런 정도의 일이야 우리가 충분히 확인해 볼 수 있는 일이지."

베이컨이 그에게 날카로운 시선을 던졌다.

"정확한 범행일자는 아직 밝혀지지 않았다고 들었는데."

"아니, 지금으로는 그대로 묻어두기로 하세. 나는 언제나 초반에는 뭔가를 소매 밑에 감춰두는 걸 좋아하지."

베이컨이 완전히 수긍한다는 듯이 고개를 끄덕였다.

"정확한 때가 오면 이거다 하고 불쑥 내놓겠다 이거로군. 그게 최상의 방법이지."

"자, 이젠, 우리의 말쑥한 런던 신사가 이 일에 대해서 무슨 얘기를 하는지 들어볼까?"

입술을 꽉 다문 해롤드 크래켄소프는 이 사건에 대해서 거의 말을 하지 않았다. 그것은 매우 불쾌한 일이었다—매우 불운한 사건이다. 아마도 신문마다……, 어쩌면 신문기자들이 벌써 인터뷰를 요청해 왔을지도 모른다. 그런 모든 상황들로 미루어보아……, 매우 유감스러운 일이 아닐 수 없다……

해롤드의 토막토막 짧게 끊어지는 문장은 제대로 끝을 맺지 못하고 있었다.

그는 매우 심한 악취를 맡은 사람 같은 얼굴 표정을 하고 의자에 기대어 앉아 있었다. 경감의 탐문도 아무런 성과를 거두지 못했다. 그는 그 여자가 누군지, 혹은 누구일지도 모른다는 짐작조차 하지 못했다. 그도 역시 크리스마스 때에는 러더퍼드 저택에 있었다. 크리스마스 이브까지는 내려올 수가 없었으나, 그다음 주말 내내 저택에 머물러 있었다.

"그렇게 된 거로군요."

크래독 경감이 더 이상 질문을 하지 않고 말했다. 그는 이미 해롤드 크래켄소프는 별 도움이 되지 못할 것이라고 단정 짓고 있었다.

다음은 앨프리드로 넘어갔는데, 그는 마치 하찮은 일을 가지고 웬 법석이냐는 듯이 예사로운 태도로 방에 들어섰다.

크래독은 앨프리드 크래켄소프를 보고 희미하게나마 그를 어디선가 본 듯한 인상을 받았다. 이 가족 가운데 특수한 존재인 이 남자를 전에 확실히 본 적이 있는데? 아니면, 신문에 실린 그의 사진을 보았던가? 그의 기억에는 그다지 명예롭지 못한 어떤 것이 연루되어 있었다. 그가 앨프리드에게 직업을 묻자 그의 대답은 모호했다.

"지금은 모험업에 종사하고 있습니다. 최근까지는 시장에 신종의 축음기를 내놓는 일에 관심을 가지고 있었지요. 상당히 혁신적이랍니다. 사실 그 일에서는 꽤 잘해 냈습니다."

크래독 경감은 사물을 제대로 식별할 수 있는 눈을 가지고 있었다. 앨프리드의 옷이 겉보기엔 훌륭해 보이지만, 실상은 값싼 것이라는 걸 그가 알아차렸다는 것은 아무도 눈치 채지 못했으리라.

세드릭의 옷은 베이컨 경감이나 그 밖의 사람들로부터 그렇게 핀잔을 듣고, 여기저기가 해어져 거의 누더기가 되기는 했지만 원래는 고급 옷감과 훌륭한 디자인으로 만들어진 것이었다. 여기저기에 그의 사람 됨됨이를 말해 주는 값싼 번지르르함이 구석구석 나타나 있었다.

크래독은 상투적인 질문을 명쾌한 태도로 진행했다. 앨프리드는 흥미를 갖기 시작한 듯했다. 심지어 다소 즐기는 것 같다는 느낌마저 들었다.

"그 여자가 여기서 한때 일을 했었을지도 모른다는 생각은 분명 타당합니다. 이 집 안주인의 하녀는 아니겠지만요. 내 여동생이 그런 하녀를 두었던 것 같지는 않거든요. 요즘엔 아무도 그런 하녀를 두지 않잖습니까? 아, 물론 여기저기 떠돌아다니며 사는 데가 일정치 않은 외국인 일손들이 많기는 합니다만. 우리 집에도 폴란드인을 둔 적이 있었습니다. 그리고 성미가 까다로운 독일인도 한두 명 있었고요. 에마가 그 여자를 확실히 알아보지 못했다면 그 생각은 버리시는 게 좋을 겁니다, 경감님. 에마는 사람 얼굴에 대해서라면 기억력이 매우 좋거든요. 그런데 그 여자가 런던에서 왔다면……, 무엇 때문에 그녀가 런던에서 왔다고 생각하는 거죠?"

그는 매우 아무렇지도 않게 그 질문을 던졌으나, 그의 눈에는 날카로운 흥미가 떠올라 있었다.

크래독 경감은 미소를 지으며 고개를 저었다.

앨프리드가 그를 진지하게 쳐다보았다.

"말할 수 없다 이거로군요? 그 여자 코트 주머니에서 왕복 기차표라도 나온 거겠지요, 아닙니까?"

"그럴지도 모르지요, 크래켄소프 씨."

"그 여자가 런던에서 온 거라면, 그녀가 만나기로 한 남자는 이 긴 창고가 남에 눈에 띄지 않고 은밀히 살인을 하기에 안성맞춤인 장소라고 생각한 거겠지요. 분명히 그는 이곳 구조를 잘 알고 있음이 틀림없습니다. 내가 경감님이라면 그런 남자를 찾겠습니다."

"찾을 겁니다." 크래독 경감이 말했다.

그 짤막한 두 마디의 말은 조용했으나, 확신에 차 있는 듯했다. 그는 앨프리드에게 고맙다는 인사말을 하고 그를 내보냈다.

"이보게—." 그가 베이컨 경감에게 말했다.

"난 저 사람을 어디선가 본 적이 있네……"

베이컨 경감이 판결을 내렸다.

"아주 약삭빠른 녀석일세. 너무 약삭빨라서, 때로는 자기 자신에게 상처를 입히지."

2

"나를 보자고 할 줄은 몰랐습니다."

브라이언 이스틀리가 문가에서 머뭇거리다 안으로 들어오면서 변명하듯이 말했다.

"엄밀히 말하자면, 난 이 집안사람이 아니니까요."

"자, 그러니까, 5년 전에 세상을 떠난 에디스 크래켄소프 양의 남편 되시는 브라이언 이스틀리 씨 맞습니까?"

"그렇습니다."

"이스틀리 씨, 혹시 어떤 방법으로든 우리를 도울 수 있다고 생각될 만한 것들을 알고 계시진 않습니까? 그럴 수 있다면 정말 좋겠는데요."

"유감스럽지만 아무것도 아는 게 없습니다. 그럴 수 있기를 나도 바랍니다만. 모든 일들이 역겹고 특이한 것같이 여겨지는군요. 그렇지 않습니까? 이 한겨울에 바람이 휘몰아치는 휑하고 낡은 헛간으로 사람을 만나러 오다니. 도무지 내 마음에는 들지 않는 일입니다!"

"정말 매우 복잡한 사건입니다." 크래독 경감이 동의했다.

"그 여자가 외국인이라는 게 사실입니까? 떠도는 말이 그렇던데."

"그 사실이 당신에게 암시하는 거라도 있습니까?"

브라이언은 부드러운 표정을 하고는 있었지만 어딘지 약간 멍해 있는 것 같았다.

"아니오, 사실은 아무것도 없습니다."

"어쩌면 프랑스인일지도 모릅니다." 베이컨 경감이 의심스러운 듯 말했다.

브라이언이 다소 활기를 띠기 시작했다. 흥미를 나타내는 듯한 기운이 그의 푸른 눈에 감돌더니, 그는 크고 멋진 콧수염을 세게 잡아당기는 것이었다.

"정말입니까? 그럼 파리 여자인가요?" 그는 고개를 저었다.

"전체적인 상황으로 보아 그건 오히려 더욱 있을 법한 일이 아니잖습니까? 헛간에서 옥신각신했다는 것 말입니다. '석관 안의 살인'이라는 걸 다뤄 본 적이 있습니까? 충동적인 기질이나 뭐 콤플렉스 같은 걸 가진 녀석들 가운데 하나가 아닐까요? 마치 칼리굴라(로마 황제, 37~41년, 극악무도한 사람으로 알려짐)같은 녀석인 것 같군요."

크래독 경감은 일부러 그 추측을 반대하려 하지 않았다. 그 대신 그는 아무렇지도 않게 물었다.

"이 집안사람들 가운데 어느 누구도 프랑스인과 관련이 있는 사람은 없습니까, 아니면 당신이 알고 있는 범위 내에서 무슨 친척 관계라도?"

브라이언은 크래켄소프 집안이 방탕한 사람들은 아니라고 말했다.

"해롤드는 존경을 받을 만한 결혼을 했습니다. 얌전한 여자로, 어느 가난한 귀족의 딸이지요. 앨프리드는 여자를 그다지 좋아하지 않는 것 같습니다. 지금 껏 살아오는 동안 대부분의 시간을, 결국엔 끝이 좋지 않은 수상쩍은 거래에 열중을 해서 보냈습니다. 세드릭은 이비사에서 몇몇 스페인 아가씨들을 애태웠던 걸로 알고 있습니다. 여자 쪽에서 오히려 더 열을 올렸지요. 언제나 면도도 잘하지 않고, 게다가 잘 씻지도 않는 것 같은데 말입니다. 도대체 왜 그런 면들이 여자들한테 매력적으로 보이는지 알 수 없지만, 분명히 사실인 것 같단 말입니다. 난 별로 도움이 되지 못한 것 같군요."

그가 그들을 향해서 머쓱한 듯이 히쭉 웃었다.

"우리 알렉산더에게 일을 맡기는 편이 오히려 나을 겁니다. 그 애와 제임스 스토더트웨스트는 여기저기로 단서를 찾으러 돌아다니고 있답니다. 틀림없이 뭔가를 찾아낼 거라고 생각합니다."

크래독 경감은 자기도 그러기를 바란다고 말했다. 그러고 나서 그는 브라이언 이스틀리에게 고맙다는 인사를 하고 에마 크래켄소프 양과 이야기를 나누고 싶다는 말을 했다.

3

크래독 경감은 아까 보았을 때보다도 더 주의를 기울여 에마 크래켄소프를 관찰했다. 그는 점심식사 전에 자기를 놀라게 했던 그녀의 표정에 대해서 아직도 의아심을 품고 있었다.

조용한 여자다. 어리석지는 않지만, 특별히 똑똑한 것도 아니다. 남자들이 자연스럽고 부담 없이 받아들이는 편안하고 유쾌한 여자, 집을 가정으로 만들고, 거기에 휴식과 조용한 조화의 분위기를 연출해 내는 기술을 가진 여자.

에마 크래켄소프는 그런 여자라고 그는 생각했다. 그런 종류의 여자들은 종종 실제의 가치 이하로 평가 받기 쉽다. 그들의 차분한 외모 뒤에는 마땅히 염두에 두어야 할 만한 강한 성격이 숨겨져 있다. 어쩌면 석관 속에 죽어 있던 여자의 비밀의 단서는 에마의 마음 깊숙한 곳에 숨겨져 있을지도 모른다고 크래독은 생각했다.

이러한 생각들이 그의 머릿속을 스치고 지나가는 동안, 크래독은 그다지 중요하지 않은 몇 가지 질문들을 하고 있었다.

"베이컨 경감에게 이미 얘기하신 것 이외에 별달리 하실 얘기가 많으리라고 생각지는 않습니다. 따라서 많은 질문을 해서 괴롭혀 드릴 생각은 없습니다."

"뭐든지 물어보시고 싶은 게 있으면 물어보세요."

"윔번 씨가 당신에게 말씀하셨듯이, 우리는 그 죽은 여자가 이 고장 사람이 아니라는 결론에 도달하게 되었습니다. 그건 어떤 의미로는 당신에게는 다행스런 일이 될지도 모르겠군요(윔번 씨는 그렇게 생각하고 있는 듯했습니다). 하지만 우리들에게는 일이 더 어렵게 된 겁니다. 신원을 파악하기가 더 어려우니까요."

"하지만 그 여자가 뭐라도 좀 가지고 있지 않았나요—이를테면 핸드백이라도? 아니면, 서류 같은 것이라도요."

크래독이 고개를 저었다.

"핸드백은 없었습니다. 호주머니 속에도 아무것도 없었고요."

"그녀의 이름을 전혀 짐작할 수도 없나요? 그 여자가 어디서 왔는지도요? 전혀요?"

크래독은 속으로 생각했다.

'이 여자는 알고 싶어 하고 있어. 매우 열심히 그 여자가 누구인지 알고 싶어 하는군. 처음부터 죽 그랬을까? 베이컨은 내게 그런 것을 비치지 않았는데. 그는 빈틈없는 사람인데도 말이야……'

"우리는 그 여자에 대해서 아무것도 아는 바가 없습니다. 그래서 여러분 가운데 누구든지 우리를 도와주셨으면 하는 겁니다. 분명히 아무것도 모르십니까? 그 여자를 알아볼 수는 없다 할지라도, 어떤 여자일지도 모른다든가 하는 생각도 전혀 안 드십니까?"

어쩌면 그의 생각이 잘못된 건지도 모르지만, 그녀가 대답하기 전에 매우 미미한 간격을 두었다고 그는 생각했다.

"분명히 말씀드리지만 전 아무것도 모르겠어요." 그녀가 말했다.

눈에 들어나지 않게 크래독 경감의 태도가 변했다. 그의 어조가 약간 딱딱해진 것 말고는 거의 알아차릴 수 없을 정도였다.

"살해된 여자가 외국인이라고 윔번 씨가 말했을 때 당신은 왜 프랑스인이라고 생각하셨습니까?"

에마는 당황해 하지 않았다. 그녀의 눈썹이 조금 추켜세워졌다.

"그랬었나요? 예, 그런 것 같군요. 왜 그랬는지는 잘 모르겠어요. 외국인이라고 하면, 그들의 국적이 밝혀지기 전까지는 그냥 프랑스인이라고 생각하는 경향이 있지 않나요? 이 나라에 사는 대부분의 외국인들은 프랑스인이잖아요, 안 그런가요?"

"꼭 그렇다고는 볼 수 없지요, 크래켄소프 양. 특히 요즘엔요. 이 나라엔 매우 많은 국적의 사람들이 있지요. 이탈리아인, 독일인, 오스트레일리아인, 스칸디나비아 반도의 여러 나라 사람들 등등 말입니다."

"예, 그런 것도 같군요."

"그 여자가 프랑스인 같다고 생각한 특별한 이유는 없었단 말이군요?"

그녀는 서둘러 그것을 부정하지는 않았다. 잠시 동안 생각에 잠겨 있다가 유감스러운 듯이 고개를 저으며 말했다.

"없어요. 그런 것 같지는 않아요."

그녀는 조금도 움찔거림이 없이 그의 시선을 받았다.

크래독은 베이컨 경감 쪽을 바라보았다. 베이컨 경감은 몸을 앞으로 숙여서 에나멜로 된 콤팩트를 꺼내놓았다.

"이걸 혹시 아십니까, 크래켄소프 양?"

그녀는 그것을 받아 들고는 살펴보았다.

"아니, 분명히 제 것은 아니에요."

"누구 것인지 혹시 짐작이 가지 않으십니까?"

"아니오."

"그렇다면 현재로선 더 이상 당신에게 피해를 줄 필요가 없을 것 같군요."

"고맙습니다."

그녀는 그들에게 살짝 미소를 짓고는 일어나서 방을 나갔다. 이번에도 역시 잘못 생각했을지는 모르나, 어떤 안도감이 그녀를 서두르게 만들기라도 한 것처럼 그녀가 다소 재빨리 몸을 움직였다고 크래독은 생각했다.

"저 여자가 뭔가를 알고 있다고 생각하나?" 베이컨이 물었다.

크래독이 씁쓸하게 말했다.

"어떤 시기에는 모든 사람들이 자네에게 말하는 것 이상으로 더 알고 있다는 생각이 들게 되기 쉽지."

"그리고 사실 대개가 그렇다네."

베이컨이 오랫동안의 경험에서 나오는 소리를 했다. 그가 말을 덧붙였다.

"단지, 거의 대부분이 본래의 사건과 별 관계가 없는 경우가 많지. 대개가 가족의 사소한 잘못이거나 세상에 드러날까 봐 두려워하는 어처구니없는 상처들 말일세."

"나도 알고 있네. 하지만 적어도……."

크래독 경감이 무슨 말을 하려고 했든지 간에 결국 하질 못했다. 왜냐하면 갑자기 문이 벌컥 열리고 크래켄소프 노인이 매우 화가 나서 발을 절룩거리며 들어섰기 때문이다.

"이런 고약한 일이 있나. 런던경시청에서 사람이 내려왔으면서 먼저 가장(家長)에게 알리지도 않다니! 이 저택의 주인이 누구요? 대답해 보시오, 누가 이곳의 주인이오?"

"물론 당신이지요, 크래켄소프 씨."

크래독이 몸을 일으키면서 달래듯이 말했다.

"하지만 이미 베이컨 경감에게 알고 계시는 걸 모두 말씀하신 걸로 알고 있어서요. 게다가 건강이 그다지 좋지 않으시다고 들었기 때문에 너무 많은 질문을 드리면 안 되겠다고 생각했지요. 큄퍼 박사가 말하기를……."

"암, 그럴 테지! 난 건강한 사람이 아니오. 큄퍼 박사로 말하자면 이건 딱 늙은 할망구요. 내 병을 잘 알고 있는 굉장히 유능한 의사이기는 하지만, 나를 마치 어린아이처럼 애지중지한단 말이오. 음식에 대해서도 지나치게 간섭을 하지. 크리스마스 때 한번 발작을 일으켰더니, 계속 내게 잔소리를 해대지 않겠소? 무엇을 먹었느냐, 언제였느냐, 누가 요리를 했느냐, 누가 시중을 들었느냐 하면서 온통 안달이지 뭐요! 하지만 내 건강이 그다지 좋지 못하다 할지라도 내가 할 수 있는 범위 안에서는 가능한 한 모든 도움을 줄 수는 있소. 내 집에서 일어난 살인사건 아니오—게다가 내 창고 안에서! 그건 아주 재미있는 건물이지. 엘리자베스 왕조 시대의 건물이라오. 이 지방 건축가들은 아니라고들 하지만, 그런 녀석들은 도무지 자기가 무슨 얘기를 하는지도 모른단 말이야. 1580년보다 하루도 더 지나지 않았을 거요—아, 그 얘기를 하던 게 아니었지. 무엇을 알고 싶소? 당신들은 지금 어떤 의견을 갖고 있소?"

"어떤 의견을 내세우기에는 아직 너무 이른 것 같습니다, 크래켄소프 씨. 아직까지 그 여자가 누군지를 밝혀내려고 노력하고 있으니까요."

"외국인이라고 했지 않소?"

"그렇게 생각하고 있습니다."

"적의 스파이요?"

"그런 것 같지는 않습니다."

"그럴 거요, 분명히 그렇겠지! 그런 사람들은 어디든지 침투되어 있소 몰래 숨어 들어오는 거지! 내무성 사람들은 어째서 그런 것들을 내버려 두어서 우리를 곤란하게 만드는지 모르겠단 말이오. 분명히 산업 스파이일 게요. 그게 그 여자가 하던 일이오."

"블랙햄프턴에서 말씀인가요?"

"공장은 어디나 있소 우리 집 뒷문 쪽에도 하나 있지."

크래독이 묻는 듯한 시선으로 베이컨을 흘끗 바라보자 그가 대답했다.

"금속 상자를 만드는 공장이네."

"그 사람들이 만드는 게 정말로 뭔지 어떻게 알겠소? 그 녀석들이 하는 말을 몽땅 믿어서는 안 돼요. 좋소, 그 여자가 스파이가 아니라면 누굴 거라고 생각하시오? 내 알량한 아들 녀석들 중 한 명과 무슨 관계라도 있는 게 아닐까 생각하고 있는 게요? 그렇다면 그건 앨프리드일 게요. 해롤드는 아니오— 그 녀석은 너무 조심스러우니까. 그리고 세드릭은 이 나라에선 살려고 하질 않아. 틀림없이 그 여자는 앨프리드의 여자일 게요. 그 여자가 앨프리드를 만나러 온다는 것을 알고서, 어떤 사나운 녀석이 뒤쫓아와 그녀를 죽인 게요. 이런 내 생각은 어떻소?"

크래독 경감은 예의를 갖춰 그것 역시 하나의 가설이 될 수 있을 것이라고 말했다. 하지만 앨프리드 크래켄소프는 그녀를 알아보지 못했노라고 말했다.

"흥, 정말 앨프리드답군그래! 앨프리드는 언제나 겁쟁이였소 하지만 기억해 두시오, 그 녀석은 언제나 거짓말쟁이이기도 했다는 걸! 공공연하게 거짓말을 해대지. 내 아들 녀석들은 하나같이 괜찮은 녀석이 없소 내가 죽기만 기다리는 독수리 떼 같은 녀석들. 그게 바로 그 녀석들이 진짜 바라는 일이오."

그가 비웃는 듯한 소리를 내며 기분 나쁘게 웃었다.

"기다리려면 얼마든지 기다리라지. 그 녀석들 좋은 일 시키자고 죽지는 않을 테니까! 그럼, 이제 내가 할 수 있는 일을 다한 거라면…… 난 피곤하오. 좀 쉬어야겠어."

그는 다시 다리를 끌며 방을 나갔다.

"앨프리드의 여자라고?" 베이컨이 의심스러운 듯이 말했다.

"내 의견으로는 저 노인이 지어낸 얘기 같은데." 그는 잠시 동안 망설였다.

"내 개인적인 생각으로는 앨프리드는 별 문제가 없는 것 같네. 어떤 면에선 좀 수상쩍은 사람이기는 하네만, 이번 사건에는 별 관계가 없을 것 같으니 말일세. 자네는 어떻게 생각할지 모르겠네만 난 그 공군 장교가 의심스럽다네."

"브라이언 이스틀리 말인가?"

"그렇네. 그런 타입의 남자들을 두어 번 만난 적이 있네. 그들은 소위, 세상을 떠돌아다니지. 인생에서 위험이나 죽음, 흥분 같은 것들을 너무나 빨리 알게 되는 거야. 이제 그들은 인생을 단조롭다고 생각하네. 단조롭고 불만족스럽다고. 어떤 의미에선 우리가 그들에게 좀 심하게 대하는지도 모르지. 그렇다고 해도, 난 우리가 어떻게 할 수 있는지 정말 모르겠네. 하지만 달리 말해서 그들에게는 과거도 미래도 없어. 그래서 그런 부류의 사람들은 기회주의자들이 많다네. 일반적인 사람들은 본능적으로 안전하게 행동하게 되자—신중함이라고 얘기하는 것까지는 좀 무리네만. 그러나 그런 사람들은 두려움을 모르네. 안전하게 행동한다는 말은 그들 사전엔 없지. 만일 이스틀리가 그 여자와 어떤 관계가 있었고, 그 여자를 죽이고 싶어 했다면……."

그는 갑자기 말을 멈추고는 무의미하다는 듯이 손을 내저었다.

"그런데 왜 그녀를 죽여야 했을까? 그리고 만일 자네가 여자를 죽였다면, 시체를 장인의 석관 안에다 밀어 넣을 수 있겠나? 아니, 자네가 내게 묻는다면 그런 일들은 이번 사건과 아무 관계가 없다고 말하겠네. 만일 무슨 관계가 있었다면, 시체를 자기 집 뒷문 층계까지 나르는 수고를 하지는 않았을 걸세."

크래독도 그것이 이치에 닿지 않는 일임을 시인했다.

"여기서 할 일이 더 남아 있나?"

크래독은 없다고 대답했다.

베이컨이 블랙햄프턴으로 돌아가 차라도 한잔하자고 권했으나 크래독 경감은 옛 지인(知人)을 찾아갈 예정이라고 말했다.

제10장

1

　마플 양은 마게이트에게서 선물 받은 중국제 도자기 개의 등에 몸을 꼿꼿이 세우고 앉아서 더못 크래독을 향해 만족스러운 듯이 미소를 지었다.

　"당신이 이 사건을 맡게 되어서 정말 기뻐요." 그녀가 말했다.

　"그렇게 되기를 바라고 있었어요."

　"부인의 편지를 받았을 때, 전 그것을 곧장 부총감에게로 가져갔습니다. 그때 마침 부총감은 블랙햄프턴 경찰이 우리에게 원조를 청했다는 소식을 듣고 있던 참이더군요. 그 친구들은 이 사건이 자기 고장의 범죄가 아니라고 여겼던 것 같습니다. 부인 얘기를 해 드렸더니 부총감께선 무척 흥미를 느끼시는 듯했습니다. 그분은 제 대부(代父)에게서 부인 말씀을 들은 적이 있다는 군요."

　"그리운 헨리 경."

　마플 양이 애정이 넘치는 표정으로 중얼거렸다.

　"그래서 저는 그분에게 리틀 패덕스 저택의 사건에 대해 모두 이야기해 드려야 했답니다. 그런데 그다음에 그분이 뭐라고 했는지 알고 싶지 않으세요?"

　"비밀을 깨뜨리는 일이 아니라면 말해 보세요."

　"그분이 이렇게 말씀하시더군요. '음, 이 사건은 아주 특이한 것 같군그래. 나이 든 두 부인이 짜맞춘 추리가 다른 가능성들을 뒤엎고 옳은 것으로 판명이 되었단 말이지? 그런데 그 노부인들 가운데 한 사람을 자네가 이미 알고 있다니, 이 사건은 자네에게 맡겨야겠군.' 그래서 제가 여기로 온 겁니다! 자, 그럼 이제 저는 여기서 어디로 가야 하는 건지요? 부인도 짐작하고 계시겠지만 이번 방문은 공식적인 것이 아닙니다. 제 부하도 데려오지 않았습니다. 제 생각엔 무엇보다도 먼저 함께 서로의 의견을 거리낌 없이 털어놓는 편이 좋을 것 같습니다."

마플 양이 그를 보고 웃고는 말했다.

"분명히 직업상으로만 당신을 아는 사람들은 당신이 이렇게 인간적인 분이라고는 아무도 생각지 못할 거예요. 게다가 오늘은 다른 어느 때보다도 더 멋져 보이는군요. 얼굴을 붉히지는 마세요……. 자, 정확히 지금까지 무슨 얘기를 들으셨나요?"

"모두 들었다고 생각합니다. 부인의 친구 맥길리커디 부인이 세인트 메리미드 경찰에서 한 첫 번째 진술, 그리고 기차 개찰원에게서 그 부인의 얘기를 확인했습니다. 블랙햄프턴 역장에게 짧은 메모를 보낸 것도 포함해서 말입니다. 모든 조사들이 각기 관련된 사람들에 의해서 행해졌습니다―철도국 직원이며 경찰들 말입니다. 하지만 부인이 정말로 놀랄 만한 어림짐작만으로 그들 모두를 앞질렀다는 사실에 대해서는 의심할 여지가 없지요."

"어림짐작은 아니에요." 마플 양이 말했다.

"게다가 나는 유리한 점이 있었어요. 나는 엘스퍼스 맥길리커디가 어떤 여자인지 알고 있었거든요. 다른 사람들은 아무도 믿으려 하지 않았죠. 그녀의 얘기에는 아무런 명확한 증거가 없었으니까. 게다가 실종신고가 들어온 여자가 아무도 없었으니, 당연히 사람들은 그 얘기가 단순히 나이 든 여자의 상상이라고만 생각하게 된 거지요―나이 든 여자들은 종종 그러니까. 하지만 엘스퍼스 맥길리커디는 그렇지 않았어요."

"엘스퍼스 맥길리커디 부인은 그런 분이 아니었군요." 경감이 동의했다.

"저도 그분을 좀 만나 뵈었으면 합니다. 아직 실론에 가지 않으셨으면 좋겠군요. 어쨌든 그곳에서도 뵐 수 있도록 저희가 조처를 취하고 있긴 합니다만."

"내 추리의 과정은 사실 그리 독창적인 건 아니랍니다." 마플 양이 말했다.

"모두 마크 트웨인 속에 있지요. 그 말을 발견한 소년 말이에요. 그 애는 단지 자기가 말이라면 어디로 갔을까 하는 걸 생각했을 뿐이고, 또 거기엘 갔더니 말이 정말 있었잖아요."

"그럼 부인은 자신이 그 잔인하고 냉혈한 살인자였다면 어떻게 했을까를 생각했단 말입니까?"

크래독은 생각에 잠겨서 마플 양의 핑크빛과 흰빛의 초로의 연약한 모습을 바라보며 말했다.

"정말로 부인의 정신은……."

"부엌의 개수대 같다고 내 조카 레이먼드가 가끔 말하곤 하지요."

마플 양이 재빨리 고개를 끄덕이며 동의했다.

"하지만 내가 언제나 그 애에게 말했듯이, 개수대란 필수적인 가사도구인데다가 사실은 굉장히 위생적이랍니다."

"그럼 좀더 나아가 부인이 살인자의 입장이 되어서 그가 지금 어디에 있는지를 말씀해 주실 수는 없겠습니까?"

마플 양이 한숨을 쉬었다.

"그럴 수 있다면 얼마나 좋겠어요. 모르겠어요—전혀. 하지만 그 집에 살고 있는 누군가이거나, 그 집 사정을 잘 알고 있는 사람임에는 틀림없어요."

"저도 같은 생각입니다. 하지만 범위가 너무 넓어집니다. 매일매일 와서 일을 해주는 여자들의 숫자도 많은데다가, 부인회의 여자들이며, 그 이전에는 방공감시원도 있었습니다. 그들은 모두가 긴 창고와 그 석관에 대해 잘 알고 있고, 열쇠가 어디에 걸려 있는지도 또한 알고 있습니다. 그곳 사정에 대해서는 그 지방 사람들이 거의 모두 알고 있는 것 같더군요. 그 주위에 사는 사람들이라면 누구라도 그곳이 자기 의도에 꼭 맞는 곳이라고 점을 찍을 만합니다."

"정말 그래요. 당신의 어려움을 정말 이해할 것 같아요."

"시체의 신원을 확인할 때까지는 아무것도 할 수가 없을 것 같습니다."

"그 일도 역시 어렵겠지요?"

"아, 하지만 결국엔 알아내게 되겠지요. 그 나이 또래에 그런 외모를 한 여자들을 실종자 명단에서 훑어보고 있습니다만, 특히 두드러지게 요건을 충족시킬 만한 사람은 없었습니다. 경찰의가 추정한 바에 의하면, 그 여자는 나이가 대략 35세쯤 되었고, 건강한 기혼녀로서, 최소한 아이가 하나는 있을 것 같다더군요. 그녀의 모피코트는 런던의 상점에서 산 값싼 것이었답니다. 지난 3개월 동안에 런던에서는 그런 코트가 수백 벌 팔렸으며, 그들 가운데 60퍼센트가 금발의 여자였다더군요. 여점원들 가운데 어느 누구도 그녀의 사진을 알아보지 못했답니다. 크리스마스 직전에 구입한 거라면 그럴 만도 하지요.

그녀의 다른 옷들은 주로 외국제인 것 같았는데, 파리에서 구입한 거였다더군요. 영국 세탁소의 표시는 아무 데도 없었답니다. 우리가 파리에 연락을 취해서, 그들이 우리 대신 조사를 해주고 있습니다. 물론 조만간 누군가가 실종된 친척이나 하숙인을 신고하러 오겠지요. 다만 시간이 문제일 따름입니다.

"그 여자의 콤팩트는 아무런 도움이 되지 않았나요?"

"불행히도 별 도움이 안 됐습니다. 그것은 리볼리 가(街)에서 수없이 많이 팔리는 물건입니다. 매우 값싼 것이지요. 그때 즉시 부인이 경찰에 보냈더라면 좋았을 텐데요. 아니면, 아일리스배로 양이라도 그랬어야 했습니다만."

마플 양이 고개를 저었다.

"하지만 그때는 범행이 저질러졌다는 사실을 증명할 만한 것이 아무것도 없었어요." 그녀가 지적했다.

"골프 샷을 연습하던 젊은 아가씨가 잔디 위에서 별 가치도 없는 낡은 콤팩트 하나를 주웠다고, 그것을 들고 경찰서로 곧장 달려가리라고 생각하세요?"

마플 양은 잠시 사이를 두었다가 확고한 어조로 덧붙였다.

"무엇보다도 먼저 시체를 찾아내는 편이 훨씬 현명하리라고 생각했어요."

크래독 경감이 겸연쩍은 듯이 웃었다.

"시체가 발견되리라는 사실을 전혀 의심하지 않으셨던 것 같군요?"

"난 분명히 발견될 거라고 확신했어요. 루시 아일리스배로는 매우 유능하고 똑똑한 사람이니까."

"저도 역시 그렇게 생각합니다. 제 직업상의 생명을 위협하는 여자지요. 소름이 끼칠 만큼 똑똑합니다. 어떤 남자도 그런 여자와 결혼하려 하지 않을 겁니다."

"꼭 그렇지만은 않을 거예……, 물론 좀 특별한 남자여야 되겠지만."

마플 양은 잠시 동안 이 생각에 빠져 있었다.

"그녀는 지금 러더퍼드 저택에서 어떻게 지내고 있나요?"

"제가 아는 한 그 집 사람들은 완전히 그녀에게 의존하고 있습니다. 그녀의 양육을 받고 있다—이 말 그대로입니다. 그들은 그 아가씨가 부인과 관계가 있다는 것을 모르고 있습니다. 우리가 아무 말 않고 덮어두었으니까요."

"사실 지금은 나완 아무 관계가 없어요. 내가 요청한 일은 다 완수했으니까."

"그러면 스스로 원하기만 한다면 언제든지 손을 털고 떠날 수 있겠군요?"

"그럼요."

"그런데 그녀는 계속 머물고 있단 말입니다, 왜 그럴까요?"

"이유를 내게 설명해 주지는 않았어요. 그녀는 매우 똑똑해요. 내 생각엔 그 아가씨가 흥미를 느끼지 않았나 싶군요."

"이 사건에요? 아니면 그 가족에게요?"

"아마도 그 두 가지를 분리해서 말하기는 어려울 거예요."

크래독은 의심스러운 눈길로 그녀를 바라보았다.

"뭔가 특별한 생각을 갖고 계시는 건 아닙니까?"

"오, 아니에요."

"그런 것 같지 않은데요."

마플 양이 고개를 저었다.

더못 크래독이 한숨을 쉬었다.

"그렇다면 제가 할 수 있는 일이라고는 조사를 성실히 수행하는 것뿐이로군요. 좀 전문적인 얘기가 되겠습니다만, 경찰의 생활은 이렇게 고달픈 거랍니다!"

"분명히 좋은 성과를 거둘 거예요. 난 확신해요."

"도움이 될 만한 좋은 얘기를 해주시겠습니까? 좀더 영감이 깃든 어떤 암시라도요."

"난 극장에 관계되는 일들을 생각하고 있었어요."

마플 양이 다소 모호한 어조로 말했다.

"이곳에서 저곳으로 공연을 다니고, 가족이나 친척관계도 별로 없는 그런 사람들 말이에요. 그런 젊은 여자들이라면 실종된다 하더라도 별로 알아차리지 못하리라 여겨지니까."

"허, 그런 생각을 하셨군요. 그 각도에 초점을 맞춰 특별히 주의를 기울여보겠습니다." 그가 말을 덧붙였다.

"무엇 때문에 웃으십니까?"

"난 단지 생각하고 있었을 뿐이에요." 마플 양이 말했다.

"우리가 시체를 발견했다는 얘기를 들으면 엘스퍼스 맥길리커디의 표정이 어떻게 될까 하고 말이에요!"

2

"어머나!" 맥길리커디 부인이 말했다.

"세상에!"

더 이상 그녀는 말을 하지 못했다. 그녀는 공식 신분증명서를 가지고 자기를 방문한 잘생기고 언변이 좋은 유쾌한 젊은이를 바라다보고는, 그가 그녀에게 건네준 사진을 내려다보았다.

"틀림없이 그 여자예요." 그녀가 말했다.

"그래요, 그 여자가 맞아요. 가엾은 사람. 시체를 찾았다니 다행스런 일이라고 해야겠군요. 내가 한 말을 아무도 믿지 않았어요! 경찰도, 철도국 사람들도, 그 어느 누구도요. 아무도 믿어주지 않는다는 건 정말 애가 타는 일이더군요. 하지만 최선을 다하지 않았다고는 아무도 말하지 않았을 거예요."

친절한 젊은이는 그녀에게 호의적인 감사의 인사말을 했다.

"어디서 시체가 발견되었다고 했죠?"

"러더퍼드 저택이라는 곳에 있는 창고 안에서요. 블랙햄프턴 바로 외곽지역입니다."

"전혀 들어본 적이 없군요. 그런데 어떻게 시체가 그곳에 있게 되었는지 모르겠군요?"

그 젊은이는 대답을 하지 않았다.

"제인 마플이 찾아냈을 거예요. 제인 말을 믿으세요."

"시체는……." 젊은이는 기록한 노트를 참고로 해서 말했다.

"루시 아일리스배로 양이 발견했습니다."

"그 이름은 들어본 적이 없는데." 맥길리커디 부인이 말했다.

"하지만 분명히 제인 마플과 무슨 관계가 있을 거라고 생각해요."

"맥길리커디 부인, 어쨌든 이 사진은 부인이 기차 안에서 본 그 여자의 사진이 분명하지요?"

"어떤 남자에 의해서 목이 졸리고 있었어요. 분명해요."

"그러면 이번엔 그 남자에 대해서 설명해 주시겠습니까?"

"키가 큰 남자였어요."

"그리고요?"

"짙은 머리칼이었어요."

"그리고요?"

"그것밖에는 할 얘기가 없네요. 그 사람은 내 쪽으로 등을 돌리고 있었으니까, 얼굴은 보이지 않았어요."

"그 사람을 보면 알아보실 수 있겠습니까?"

"아니, 알 수 없어요! 등을 돌리고 있었다니까. 그런 상태에선 결코 얼굴을 볼 수 없잖아요."

"나이도 짐작이 가지 않으십니까?"

"아니, 정말 모르겠어요. 내 말은……, 확실히 모르겠단 얘기예요……. 내가 짐작하건대, 아주 젊지는 않았어요. 어깨가, 뭐랄까, 그 느낌이 아주 침착했어요. 내 말뜻을 아시겠어요?"

젊은이가 고개를 끄덕였다.

"서른 살 그 이상이었던 것 같아요. 그 이상은 뭐라고 더 말할 수가 없네요. 난 그 남자를 보고 있었던 게 아니었으니까. 난 그 여자를 보고 있었어요. 그녀의 목 둘레에 감겨 있던 그 손과, 그리고 그 여자의 얼굴—완전히 새파랗게 변해가던……. 아직도 가끔 꿈을 꾸곤 한답니다……."

"정말로 끔찍스런 경험이었을 겁니다." 젊은이가 동정적으로 말했다.

그가 노트를 덮고 말했다.

"언제 영국으로 돌아가실 예정입니까?"

"앞으로 3주일 동안은 돌아가지 않을 거예요. 내가 꼭 돌아가야 할 필요는 없겠지요?"

그는 재빨리 그녀를 안심시켰다.

"아, 아닙니다. 지금으로서는 하실 일이 아무것도 없습니다. 물론 범인을 체포하게 되면……."

이야기는 이렇게 끝났다.

편지 한 통이 마플 양에게서 그녀의 친구에게 우편으로 배달되었다. 필적은 마치 거미가 기어 다니는 것 같이 비뚤비뚤했고, 잔뜩 밑줄이 그어져 있었다.

그러나 오랜 경험으로 인해 맥길리커디 부인은 쉽게 읽을 수 있었다. 마플 양은 친구에게 매우 자세한 설명을 써서 보냈으며, 맥길리커디 부인 또한 크게 만족해하며 한마디 한마디를 음미해 가며 읽었다.

그녀와 제인은 사람들에게 제대로 보여준 것이다.

제11장

1

"난 당신이란 사람을 이해할 수가 없습니다."

세드릭 크래켄소프가 말했다.

그는 몹시 낡고 길쭉한, 다 허물어져 가는 돼지우리의 벽에 기대어 서서 루시 아일리스배로를 물끄러미 바라보고 있었다.

"무엇을 이해할 수 없단 말씀이죠?"

"여기서 무얼 하고 있는지를 말입니다."

"생활을 위해 돈을 벌고 있어요."

"하녀일로 말인가요?" 그가 야유하듯이 말했다.

"당신은 구식이군요." 루시가 말했다.

"하녀라니요! 저는 집안일을 돕는 가정부예요. 주부들의 소원을 들어준다고 할 수 있는 전문적인 직업인이에요."

"당신이 해야 하는 모든 일들을 다 좋아한다고 말할 수는 없을 겁니다. 요리며, 침구 정돈이며, 법석을 떨며 여기저기를 돌아다니고, 당신이 그걸 뭐라고 부르든지 간에 기름이 둥둥 뜬 물속에다 팔꿈치까지 손을 담그기도 하는 그런 일들이 모두 말입니다."

루시가 웃었다.

"속속들이 다 좋아한다고 할 수는 없죠. 하지만 요리는 제 창조본능을 충족시켜 주고, 게다가 제겐 어질러진 곳을 정돈하는 걸 즐기는 품성이 있답니다."

"나는 언제나 어질러진 곳에서 생활하지요." 세드릭이 말했다.

"난 그게 좋습니다." 그가 도전적인 말투로 덧붙였다.

"그러실 것 같아요."

"이비사에 있는 내 오두막은 정말로 간소합니다. 접시 세 개, 컵 두 개와

받침접시, 침대 하나, 탁자 하나와 의자 몇 개, 어디에나 먼지와 그림물감의 얼룩, 그리고 돌 조각뿐이지요—그림만 그리는 게 아니라 조각도 하거든요. 그리고 아무도 손대지 못하게 하지요. 가까이에 여자를 들이지도 않을 겁니다."

"어떤 능력을 소유한 여자일지라도요?"

"그건 무슨 뜻입니까?"

"그런 예술적인 취향을 가진 분은 틀림없이 애정생활 같은걸 필요로 하지 않을까 하고 생각했을 뿐이에요."

"당신이 말하는 그 애정생활이라는 건 내 개인적인 문제요."

세드릭이 거드름을 피우며 말했다.

"내가 들이지 않겠다는 여자는 무엇이든지 다 치워버리면서 내 일을 방해하며, 사람을 쥐고 흔드는 능력을 가진 여자를 뜻한 거요."

"정말로 당신 오두막에 꼭 한번 가보고 싶군요. 아마도 일종의 도전이라고 할 수 있겠는데요!"

"아마 그럴 기회는 없을 겁니다."

"저 역시 그러리라고 생각해요."

벽돌 몇 장이 돼지우리에서 떨어졌다.

세드릭은 고개를 돌려 쐐기풀이 무성한 깊은 웅덩이를 들여다보았다.

"매지 할머니로군그래." 그가 말했다.

"아주 잘 기억하고 있지요. 아주 귀여운 암퇘지인데 새끼를 아주 많이 낳았습니다. 마지막으로 새끼를 뺐을 땐 아마 열일곱 마리를 낳았을 겁니다. 날씨가 화창한 오후면 우리는 가끔 이곳에 와서 매지의 잔등을 막대기로 긁어주곤 했지요. 그걸 무척 좋아했으니까."

"어째서 이 저택은 모든 곳들이 이렇게 조금도 손을 대지 않고 방치된 상태죠? 단지 전쟁 때문만일 수는 없잖겠어요?"

"여기도 깨끗이 치우고 싶은 거로군요? 당신은 정말 재미있는 여자군요. 이젠 정말 왜 당신이 시체를 발견한 사람이 되었는지 알 것 같습니다. 그 그레코로만형의 석관조차도 그냥 내버려둘 수가 없었겠지요."

그가 잠시 사이를 두었다가 말을 이었다.

"물론 전쟁 때문만은 아니지요. 우리 아버지 때문입니다. 그런데 당신은 우리 아버지를 어떻게 생각하고 있지요?"

"별로 생각할 시간이 없었어요."

"말을 요리조리 피하지 마십시오. 아버지는 지독한 구두쇠인데다가, 내 생각에는 약간 머리가 돌았습니다. 아버지는 우리들 모두를 미워하고 있지요—에마는 제외해도 될 겁니다만, 할아버지의 유언 때문이지요."

루시가 무슨 뜻이냐는 듯이 그를 쳐다보았다.

"할아버지는 갑작스럽게 부자가 된 분이었습니다. 과자나 크래커 잭, 코지 크리스프 같은 것들로 말입니다. 오후에 차와 곁들여 먹는 과자들이지요. 그러다가 선견지명이 있었던지 일찍 치즈나 카나페(얇고 잘게 썬 빵이나 크래커 위에 채소, 고기, 생선, 달걀 따위를 얹어 만든 서양 요리)로 바꾸었습니다. 요즘 우리가 칵테일파티 같은 데서 많이 볼 수 있는 그런 것들 말입니다. 그런데 그 당시 아버지는 쿠키 같은 것들보다 좀더 수준 높은 것들에 관심을 갖기 시작했던 겁니다. 아버지는 이탈리아, 발칸 제국, 그리스 등지를 여행하시면서 미술품에 손을 댔지요. 그 때문에 할아버지는 화가 잔뜩 나셨답니다. 할아버지는 아버지를 사업가의 재목도 못 되는데다가 예술에 대한 안목도 빈약한 사람이라고 판단을 내리게 된 겁니다(두 가지 생각이 모두 옳았지만 말입니다).

그래서 마침내 전 재산을 손자들을 위해 신탁 형식으로 남기신 겁니다. 아버지는 평생 동안 수입을 받게 되긴 했지만 재산에는 손을 댈 수 없게 된 거지요. 그래서 아버지가 어떻게 하신 줄 아십니까? 돈 쓰는 걸 아예 포기해 버린 겁니다. 이곳에 오셔서 돈을 저축하기 시작했지요. 아마 지금까지 할아버지가 남기신 만큼의 큰 재산을 모으셨을걸요. 그런데 우리 모두는 그동안—해롤드도 나도 앨프리드도, 그리고 에마도 할아버지 돈을 단돈 1페니도 받지 못했습니다. 나는 완전히 빈털터리 화가지요. 해롤드는 사업에 뛰어들어 지금은 런던 금융가의 저명인사가 되었습니다—돈 버는 수완이 있는 애라서 말이죠. 비록 요즘은 좀 궁지에 몰려 있다는 소문이 돌기는 하지만. 앨프리드는—뭐랄까, 우리 집안사람들끼리의 얘깁니다만 앨프리드는 주로 겉만 번지르르한 '허풍쟁이 앨프'로 통합니다."

"왜요?"

"당신은 정말 알고 싶은 것도 많군요! 우리 집안에선 마치 미운 오리 새끼 같은 녀석이니까요. 사실 아직까지 감옥에 들어간 적은 없습니다만 거의 갈 뻔했었지요. 전쟁 중에는 군수성에 근무했었는데, 묘하게 어정쩡한 상황에서 그곳을 떠난 적도 있었고요. 그 이후에는 과일 통조림 거래와 관계가 있는 이상한 일을 했었는가 하면 달걀로 물의를 일으키지를 않나, 별의별 게 다 있었답니다. 큼직한 일들은 아니었지만, 모두 한 구석이 의심스러운 일투성이였으니까 말입니다."

"그런 일들을 낯선 사람에게 모두 얘기한다는 건 좀 현명하지 못한 일이 아닐까요?"

"왜요? 당신이 경찰의 스파이입니까?"

"그럴지도 모르지요."

"난 그렇게 생각지 않습니다. 당신은 경찰이 우리에게 관심을 갖기 이전부터 이곳에서 일해 왔으니까요. 내 생각엔……."

그는 여동생 에마가 채소밭의 문으로 들어서자 말을 멈추었다.

"오, 에마, 뭔가 걱정거리라도 있는 것 같구나."

"그래요. 할 말이 있어요, 오빠."

"저는 이만 부엌으로 돌아가 봐야겠어요." 루시가 재치 있게 말했다.

"가지 마시오." 세드릭이 말했다

"실질적으로 살인사건이 당신을 우리 가족의 일원으로 만들어 버렸으니까."

"해야 할 일이 너무 많아요." 루시가 말했다.

"전 단지 파슬리를 좀 따러 왔을 뿐이에요."

루시는 재빨리 채소밭에서 나갔다.

세드릭은 그녀의 뒷모습을 눈으로 좇았다.

"상당한 미인이군그래. 저 여자는 정말로 누구지?"

"오, 저 여자는 정말로 유명해요." 에마가 말했다.

"이런 종류의 일들에 대해서는 특별한 재질이 있답니다. 루시 아일리스배로 양에 대해선 신경 쓰지 마세요, 세드릭 오빠. 난 정말 걱정이 돼요. 경찰은 그 죽은 여자가 외국인이라고, 그것도 프랑스인이라고 여기는 모양이에요. 세드릭 오빠, 오빠 그 여자가 혹시, 마르틴일지도 모른다는 생각이 들지 않으세요?"

2

잠시 동안 세드릭은 무슨 소린지 이해할 수가 없다는 듯이 그녀를 쳐다보았다.

"마르틴이라고? 그런데 도대체 그 여자가 누구……, 아, 그 '마르틴'을 말하는 거냐?"

"예, 오빠 그렇게 생각하지……."

"도대체 그 여자가 왜 마르틴일 거라는 거냐?"

"글쎄요, 뭐랄까, 가만히 생각해 보면 그 여자가 보낸 그 전보가 이상하지 않아요? 게다가 공교롭게도 대략 시기도 비슷하고 어쩌면 여기 내려왔다가……."

"말도 안 되는 소리 말아라. 어떻게 마르틴이 여기엘 내려와서 긴 창고로 가는 길을 찾아낼 수가 있었겠니? 그리고 무엇 때문에? 그건 내겐 도무지 있을 법하지 않은 일이라 여겨지는구나."

"아마도 오빠 내가 그 얘기를 베이컨 경감이나 다른 분한테 해야 한다고 생각지는 않겠죠?"

"뭘 말한다고?"

"음, 마르틴에 대해서요. 그리고 그 편지에 대해서도"

"지금 넌 이 사건과 아무 관계도 없는 성가신 일들을 들춰내서 문제를 복잡하게 만들 셈이냐? 어쨌든 난 그 마르틴에게서 온 편지를 결코 믿지 않으니까."

"난 믿었어요"

"넌 언제나 아침식사 전에는 불가능한 일들을 믿어버리는 습관이 있더구나. 네게 충고를 한다면, 똑바로 앉아서 가만히 입을 다물고 있거라. 자기들의 귀중한 시체의 신원을 밝히는 일은 경찰의 일이야. 그리고 장담하지만 해롤드도 분명 같은 말을 할 게다."

"해롤드 오빠가 그렇게 말할 줄은 나도 알고 있어요. 앨프리드 오빠도요. 하지만 나는 걱정스러워요, 오빠. 정말 걱정이 되어 견딜 수가 없어요. 난 어떻게 해야 좋을지 모르겠어요."

"아무것도 할 필요가 없다." 세드릭이 재빨리 말했다.

"넌 그저 입을 다물고 있기만 하면 돼, 에마. 도중에서 문제를 복잡하게 만들지 말 것, 이게 내 신조다."

에마 크래켄소프는 한숨을 쉬었다. 그녀는 편치 못한 기분으로 천천히 저택으로 돌아갔다. 그녀가 차도 안으로 들어섰을 때, 큄퍼 박사가 저택에서 나와 낡아빠진 그의 오스틴 자동차의 문을 열고 있었다. 그는 그녀를 보고 잠시 머뭇거렸다가 자동차 옆을 지나 그녀에게로 다가왔다.

"저, 에마." 그가 말했다.

"당신 아버님의 상태는 매우 좋습니다. 살인사건이 그분의 취향에 맞는 모양입니다. 생활에 활기를 주고 있는 셈이랄까. 좀더 많은 환자들에게 살인을 권해 봐야겠습니다."

에마는 기계적으로 미소를 지었다. 큄퍼 박사는 언제나 사람들의 반응을 읽는데 재빠르다.

"뭔가 특별한 문제라도 있나요?" 그가 물었다.

에마는 그를 올려다보았다. 그녀는 이 의사의 친절과 호의에 많이 의지하고 있음을 느끼고 있었다.

그는 의학적인 치료자일 뿐만 아니라 기대어 의지할 수 있는 친구가 되어 주곤 했다. 그의 계산된 무뚝뚝함은 그녀를 결코 속이지 못했다―그녀는 그 뒤에 숨겨져 있는 친절함을 알고 있었으니까.

"예, 걱정거리가 있어요." 그녀가 인정했다.

"내게 말해 주겠어요? 하고 싶지 않다면 하지 말고."

"아니, 말씀드리고 싶어요. 어느 정도는 박사님도 이미 아시는 일이에요. 중요한 건 제가 어떻게 하면 좋을지 모르겠다는 사실이에요."

"당신의 판단은 대개 믿을 만했다고 생각합니다. 문제가 뭐죠?"

"기억하고 계실지(어쩌면 기억이 안 나실지도 모르겠군요), 제가 언젠가 한번 저의 오빠에 대해 말씀드렸던 일 말이에요. 전쟁에서 돌아가신 오빠에 대해서요.

"프랑스 여자와 결혼했다던가, 하려고 했다던가 하는 그 오빠 말입니까? 뭐 그런 종류의 얘기가 아니었던가요?"

"그래요. 제가 그 편지를 받은 거의 직후에 오빠가 전사하셨어요. 그 여자에 대해서는 아무 얘기도 들은 적이 없었지요. 그때 우리가 알고 있는 거라곤 그 여자의 세례명뿐이었으니까요. 우린 언젠가는 그 여자가 편지를 보내주거나 우리 앞에 나타나 주기를 기대했었지만 그녀는 그렇게 하지 않았어요. 정말로 우린 아무것도 들은 게 없었어요—한 달 전까지만 해도요. 크리스마스 직전까지는 말이에요."

"기억하고 있어요. 편지 한 통을 받았었지요?"

"예, 내용인즉, 자기는 영국에 있으며 우리를 만나러 이리로 오고 싶다는 거였어요. 그래서 약속을 다 해놓고서 준비를 하고 있었는데, 마지막 순간에 예기치 못한 일로 프랑스에 돌아가야 한다는 전보를 보내왔지 뭐예요."

"그래서요?"

"경찰은 살해된 여자가 프랑스인이라고 생각하고 있어요."

"그렇습니까? 내가 보기에는 영국인에 가깝다는 생각이 듭니다만 정확히 판단할 수는 없지요. 그렇다면 당신이 걱정하는 건 어쩌면 그 죽은 여자가 그 오빠의 여자일지도 모른다는 바로 그 점입니까?"

"예."

"난 그럴 것 같지 않습니다."

큄퍼 박사가 말하고는 이어서 이렇게 덧붙였다.

"하지만 어쨌든 당신 기분은 이해할 것 같군요."

"전 그 일에 대해서 경찰에 이야기해야 할지 말아야 할지 의심스러워요. 세드릭이나 다른 오빠들은 불필요한 일이라고 말하지만요. 선생님은 어떻게 생각하세요?"

"음_."

큄퍼 박사가 입술을 오므렸다. 그는 잠시 동안 잠자코 깊은 생각에 잠겨 있었다. 그러고 나서 그가 거의 마지못해 입을 열었다.

"물론 아무 얘기도 하지 않는다면 일은 훨씬 간단해지겠지요. 당신 오빠들의 기분도 잘 알 것 같습니다. 그래도 역시……."

"예?"

큅퍼는 그녀를 바라보았다. 그의 눈 속에는 애정이 반짝거리고 있었다.

"내가 가서 얘기하겠어요." 그가 말했다.

"하지 않는다면 당신은 계속 걱정을 할 테니 말이오. 난 당신이 어떤 사람인지 알아요."

에마가 살짝 얼굴을 붉혔다.

"아마 전 바보인가 봐요."

"당신은 당신 하고 싶은 대로 하세요. 그리고 나머지 가족들에 대해서는 신경 쓰지 말아요! 언제라도 난 그들 모두에게 맞서서라도 당신 의견을 지지할 테니까."

제12장

1

"아가씨! 이봐요, 아가씨! 이리 들어와 보시오."

루시는 깜짝 놀라서 고개를 돌렸다. 크래켄소프 노인이 문 바로 안쪽에서 그녀를 열심히 손짓해 부르고 있었다.

"저를 부르셨나요, 크래켄소프 씨?"

"너무 떠들지 마시오, 이리 안으로 들어와 봐요."

루시는 그 명령조의 손짓에 따랐다. 크래켄소프 노인은 그녀의 팔을 잡아 문 안쪽으로 끌어들이고는 문을 닫았다.

"보여줄 게 있소." 그가 말했다.

루시가 주위를 둘러보았다. 그들이 있는 곳은 필시 서재로 사용되도록 설계 된 방인 듯했으나, 매우 오랫동안 그렇게 쓰이지 않았음이 틀림없었다. 책상 위에는 먼지가 쌓인 서류철들이 놓여 있었고, 천장의 구석구석에는 거미줄이 걸려 있었다. 공기는 축축하고 곰팡내가 났다.

"이 방을 깨끗이 치울까요?" 그녀가 물었다.

크래켄소프 노인이 완강하게 고개를 저었다.

"아니, 그런 게 아니오. 난 이 방을 언제나 잠가두지. 에마가 이 방을 살펴 보고 싶어 했지만 내가 허락하지 않았소. 여기는 내 방이오. 이 돌들이 보이 오? 이것들은 지질학적인 표본들이라오."

루시는 열 두서너 개쯤 되는 돌덩이들의 수집품을 바라보았다. 어떤 것들은 윤이 나게 다듬어져 있었고, 어떤 것들은 거친 원석 그대로였다.

"예쁘군요." 그녀가 상냥하게 말했다.

"아주 흥미로워요."

"옳은 말이오. 아주 흥미로운 것들이지. 아가씨는 똑똑한 여자요. 난 아무에게나 이것을 보여 주지 않소. 몇 가지를 더 보여 주지."

"매우 친절한 말씀입니다만, 정말 전 하던 일로 되돌아가야 해요. 이 집 안에는 여섯 명의 식구들이……."

"내 재산을 먹어 없애는 것……. 그게 그 녀석들이 이곳에서 하는 일의 전부지! 통째로 집어삼키려고. 자기들이 먹는 값도 지불하려고 들지 않소. 거머리 같은 녀석들! 모두들 내가 죽기만 기다리고 있지. 천만에, 아직은 죽지 않을 게요. 그 녀석들을 '기쁘게 해주려고' 죽지는 않을 거란 말이오. 난 에마가 생각하는 것보다 훨씬 더 건강하오."

"저도 그렇게 생각해요."

"게다가 그렇게 늙지도 않았소. 그 애는 나를 그렇고 그런 늙은이로 취급하지만 난 그런 늙은이가 아니란 말이오. 아가씨는 나를 늙은이라고 생각진 않겠지?"

"물론이죠." 루시가 말했다.

"지각 있는 아가씨요, 당신은. 이걸 좀 보시오."

그는 벽에 걸린 크고 빛이 바랜 도표를 가리켰다. 크래켄소프 노인이 가리킨 것은 계보였다. 그 일부분은 너무도 흐릿해서 이름을 읽는데 확대경을 써야 할 정도였다. 그러나 먼 조상들은 이름 위에 왕관이 붙어 있는, 크고 화려한 대문자로 쓰여 있었다.

"왕의 후예들이오……." 크래켄소프 노인이 말했다.

"내 어머니 쪽의 족보자—아버지 쪽은 아니었소. 내 아버지는 그저 보통사람이었소! 일반적인 늙은이에 지나지 않았지! 나를 좋아하지도 않았소. 내가 언제나 아버지보다 한 수 위였으니까. 나는 어머니 쪽을 닮아 예술과 고전적인 조각품에 대해서 타고난 소양이 있었지. 아버지는 아무것도 그 방면엔 아는 바가 없었소—어리석은 늙은이였지. 어머니는 기억이 잘 나지 않소—내가 두 살 때 돌아가셨거든. 어머니는 그쪽 계보의 마지막 분이셨소. 어머니 집안의 재산이 채권자에 의해서 경매에 붙여지고, 어머니는 아버지와 결혼하게 된 게요. 하지만 여기를 좀 보시오. 참회왕 에드워드, 에설레드 2세—모두가 그런 인물들이오. 게다가 이때는 노르만인들이 침입하기 전이오. 노르만 전기(前期)

라, 뭔가 의미심장하지 않소?"

"정말 그렇군요."

"이젠 다른 걸 보여 주겠소."

그는 방을 가로질러서 검은색 떡갈나무로 된 커다란 가구 쪽으로 그녀를 데려갔다. 루시는 자신의 팔을 감아 쥔 그의 손가락이 다소 강한 힘으로 잡아 끄는 것을 어렴풋이 느낄 수 있었다. 오늘 크래켄소프 노인에게서는 전혀 약한 면이 느껴지지 않았다.

"이게 보이시오? 러싱턴산(産)이오—그곳이 우리 어머니 조상들의 땅이지. 이건 엘리자베스 왕조 때의 것이오. 움직이려면 장정 넷이 필요하지. 이 안에 뭘 간직하고 있는지 알겠소? 보고 싶소?"

"예, 보여 주세요." 루시가 얌전하게 대답했다.

"아가씨는 호기심이 많군그래, 응? 하긴 모든 여자들이 다 호기심이 많지."

그는 주머니에서 열쇠를 꺼내서는 아래쪽 벽장의 문을 열었다. 거기서 그는 놀랄 만큼 최신형의 금고를 꺼냈다. 그러고는 또다시 열쇠로 뚜껑을 열었다.

"여길 좀 보시오. 이것들이 뭔지 알겠소?"

그는 종이로 둘러싸인 작은 통을 집어들고서는, 한쪽 끝에서부터 종이를 벗겨냈다. 금화 몇 잎이 그의 손바닥 위로 떨어졌다.

"이걸 좀 보시오, 젊은 아가씨. 한번 자세히 손에 들고 만져보시오, 뭔지 알겠소? 분명 모를 게요. 아가씨는 너무 젊으니까. 바로 이게 파운드 금화요. 아주 질 좋은 금화지. 이 더러운 지폐쪽지들이 나돌아다니기 이전에 우리가 사용하던 것들이오. 그 우중충한 종이보다는 훨씬 값어치가 있지. 아주 오래전에 모은 게요. 이 금고 속에는 다른 것들도 있소. 많은 것들을 이 안에다 쓸어 담았지. 모두 장래를 위해서 준비한 게요. 에마도 모르지—아니, 아무도 모른다오. 이건 우리만의 비밀이야, 알겠소? 내가 왜 이런 것들을 아가씨에게 보여 주고, 또 이런 얘기를 하는지 아시오?"

"무엇 때문이죠?"

"난 아가씨가 나를 지쳐빠지고 병든 늙은이로 생각지 않게 하고 싶기 때문이오. 늙기는 했지만 아직 살 날이 많이 남아 있소. 내 아내는 아주 오래전에 죽었소 언제나 모든 일에 투덜거리기만 했지. 내가 아이들에게 지어준 이름을 마음에 들어 하지 않았소. 훌륭한 색슨 가(家)의 이름들인데, 가문의 계통 같은 것에는 관심조차 없었으니까. 하지만 나는 내 아내가 하는 말에 한 번도 귀를 기울인 적이 없었소. 게다가 그녀는 영혼이 메마른 여자였으니까. 난 언제나 중간에서 아예 말을 그만둬 버렸지. 그런데 당신은 생기가 넘치고 발랄한 아가씨요—정말로 활기찬 말괄량이 같단 말이야. 몇 가지 충고를 해주겠소. 젊은 녀석들한테 마음을 쏟지 마시오. 젊은 녀석들은 어리석은 것들이오! 장래를 생각할 줄 알아야지. 그러니 '기다리시오…….'"

그의 손가락이 루시의 팔을 파고들었다. 그는 그녀의 귀에다 몸을 기울였다.

"그 이상은 말하지 않겠소. '기다리시오.' 저 어리석은 바보들은 내가 곧 죽을 거라고 생각하고 있지. 천만에. 내가 그 녀석들보다 더 오래 산다고 해도 놀랄 건 없소. 그걸 잘 알게 될 게요! 그럼, 그렇고말고. 어디 두고 보라지. 해롤드는 아이가 없소. 세드릭과 앨프리드는 결혼하지 않았어. 에마는, 당장은 결혼하지 않을 게요. 큄퍼에게 어느 정도 마음을 두고 있는 듯하지만, 큄퍼는 에마와 결혼할 생각조차 않을 게요. 아, 물론 알렉산더가 있지. 그래, 알렉산더가 있지……. 하지만 난 그 녀석이 좋단 말이야……. 그건 곤란한 일이군그래. 난 그 애가 마음에 들어."

그는 잠시 동안 얼굴을 찡그리고는 사이를 두었다가 말했다.

"이봐요, 아가씨. 이 일을 어떻게 생각하시오? 어떻게 하면 좋겠소?"

"아일리스배로 양……."

에마의 목소리가 닫힌 서재 문을 통해서 희미하게 들려왔다.

루시는 그 기회를 감사하는 마음으로 붙잡았다.

"크래켄소프 양이 부르고 있네요. 가봐야겠어요. 이 모든 걸 제게 보여 주셔서 감사합니다."

"잊지 마시오, 우리의 비밀을……."

"잊지 않겠어요."

루시는 이렇게 말하고 서둘러 홀 밖으로 나갔다. 그녀는 자신이 조건부의 구혼을 받아들인 것인지, 아니면 거절한 것인지 확실히 알 수가 없었다.

더못 크래독은 런던경시청의 자기 방 책상 앞에 앉아 있었다. 그는 편안한 자세로 비스듬히 의자에 깊숙이 기대앉아서 한쪽 팔꿈치를 테이블에 괴고 손에 든 수화기를 통해 이야기하고 있었다. 불어로 이야기하고 있었는데, 그는 그 나라 말에 아주 능숙했다.

"그건 단지 하나의 가정에 지나지 않습니다." 그가 말했다.

"하지만 분명 기발한 생각이지요."

파리 경시청의 상대방 목소리가 말했다.

"이미 그 계통의 선들을 중심으로 조사에 착수했습니다. 내 부하들의 보고에 의하면 두세 가지 정도의 희망적인 조사선이 있다고 합니다. 가족관계나 애인이 없다면 그런 여자들은 매우 쉽게 관심권 밖으로 벗어나기 마련이며, 아무도 그들에게 신경 쓰지 않지요. 순회공연을 떠나거나 새로운 남자가 생긴 거라고 여겨지겠지요. 그런 것들은 어느 누구도 간섭할 성질의 일이 아니니 말입니다. 유감스럽게도 당신이 우리한테 보내주신 사진은 누구라도 식별하기가 매우 힘듭니다. 교살이란 건, 외모를 보기 흉하게 만드니까요. 아직까지는 사진이 별 도움이 안 되고 있습니다. 지금 이 문제에 대해서 부하에게서 들어온 최근의 보고를 검토할 생각입니다. 아마 뭔가가 있겠지요. 그럼 안녕히 계십시오."

크래독이 정중하게 인사를 하고 있을 때 종이쪽지 한 장이 그의 책상 앞에 놓여졌다. 거기엔 이렇게 적혀 있었다.

에마 크래켄소프 양이 크래독 경감님에 면담 요청.
러더퍼드 저택 사건에 대해서

그는 수화기를 내려놓고 경관에게 말했다.

"크래켄소프 양을 들여보내게."

기다리는 동안 그는 의자에 등을 기대고 앉아 생각에 잠겼다. 역시 그가 틀린 게 아니었다. 에마 크래켄소프는 뭔가를 알고 있었다. 아마도 많지는 않다 하더라도 적어도 뭔가 하나쯤은 알고 있었던 것이다. 그리고 그녀가 그에게 털어놓기로 결심을 한 것이다.

그녀가 안으로 들어서자, 그는 벌떡 일어나 악수를 하고 의자에 자리를 잡아주고는 담배 한 대를 권했으나 그녀는 거절했다. 그러고 나서 잠시 동안 침묵이 흘렀다.

그녀가 적당한 말을 고르느라 애쓰고 있는 거라고 그는 생각했다. 그는 몸을 앞으로 기울였다.

"우리에게 하실 말씀이 있어 오셨다고요, 크래켄소프 양? 내가 도와드릴 일이라도 있습니까? 무슨 걱정거리라도 있으신가요? 꼭 그 사건과 아무 관계가 없을 거라고 여겨지는 사소한 것일지라도, 어느 면에선 관계가 있을지도 모르는 일입니다. 여기에 오신 건 그런 말씀을 하기 위해서지요, 아닙니까? 아마도 그 죽은 여인의 신원을 확인하는 데 관계된 얘기겠지요. 그 여자가 누군지 아실 것 같습니까?"

"아니, 아니에요. 꼭 그렇다고는 할 수 없어요. 전 사실 그건 굉장히 있을 법하지 않은 일이라고 생각은 하고 있어요. 하지만……."

"하지만 당신을 걱정하게 만드는 몇 가지 가능성이 있겠지요. 그것에 대해서 말해 주시는 편이 나을 겁니다. 우리가 들어보고 당신을 안심시켜 드릴지도 모르는 일이니까요."

에마는 말하기 전에 잠시 사이를 두었다. 그러고 나서 이윽고 그녀가 입을 열었다.

"제 세 오빠들은 이미 보셨겠지요? 그 오빠들 말고 제게는 또 다른 오빠 한 분이 있었지요. 에드먼드라고, 전쟁 때 돌아가셨어요. 오빠가 돌아가시기 바로 얼마 전에 프랑스에서 제게 편지를 보내셨었어요."

그녀는 자신의 핸드백을 열고 닳아빠지고 빛이 바랜 편지 한 장을 꺼냈다. 그녀는 그걸 소리 내어 읽었다.

"난 이 편지가 너에게 갑작스러운 충격을 주지 않기를 바란다, 에마. 난 곧 결혼을 할 예정이다—프랑스 여자와. 모든 것이 너무 순식간에 일어난 일이라 생각하겠지만, 난 네가 마르틴을 좋아하게 되리라고 여긴다. 그리고 만일 내게 무슨 일이 생기면 네가 그녀를 보살펴주겠지. 그 밖에 모든 상세한 일들은 다음 편지로 알려주겠다—그때쯤이면 난 이미 기혼자가 되어 있겠지. 아버지껜 네가 너무 충격을 드리지 않게 잘 말씀드려 주겠니? 분명히 매우 화를 내실 게다."

크래독 경감이 손을 내밀었다. 에마는 잠시 망설였으나, 이내 편지를 그의 손에 넘겨주었다.

그녀는 빠른 말투로 이야기를 계속했다.

"이 편지를 받은 지 이틀 뒤에 우린 에드먼드 오빠가 '실종되었으며, 전사한 것으로 추정된다'는 내용의 전보를 받았어요. 나중에 오빠는 확정적으로 전사한 것으로 보고되었지요. 덩케르크(프랑스의 도버 해협 쪽에 면한 해안도시) 전투 직전이었어요—매우 혼란한 시기였지요. 제가 알 수 있는 한 종군기록도 없었고, 결혼했다는 걸 증명해 주는 기록도 없었어요. 하지만 말씀드렸듯이 그 땐 혼돈의 시기였으니까요. 전 그 여자에게서 아무런 소식도 듣지 못했어요. 전쟁이 끝난 뒤에 몇 가지 조사를 해보려 했지만, 아는 거라곤 그녀의 세례명뿐이었던데다가, 프랑스의 그 지방이 독일군에 의해 점령당한 적이 있었던 터라 그 여자의 정확한 이름이나 그 밖의 좀더 상세한 부분을 알지 않고서는 무엇이든 알아내기가 힘들었어요. 그래서 결국 저는 그 결혼은 이루어지지 않았고, 그 여자는 전쟁이 끝나기 전에 다른 남자와 결혼했거나, 아니면 그 여자도 전쟁 때 죽었을지도 모른다는 결론에 이르고 말았던 거예요."

크래독 경감은 고개를 끄덕였다.

에마가 말을 계속 이었다.

"그러니 바로 한 달 전에 '마르틴 크래켄소프'라고 서명이 된 편지를 받았을 때 제가 얼마나 놀랐겠는지를 상상해 보세요."

"그랬습니까?"

에마는 핸드백에서 그걸 꺼내서는 그에게 건네주었다. 크래독은 흥미 있게 편지를 읽었다. 그것은 비스듬한 프랑스어로 씌어져 있었다—교육을 많이 받은 것처럼 보이는 글씨체였다.

친애하는 마드모아젤

이 편지를 받고 너무 충격을 받지 않기를 바랍니다. 난 당신의 오빠가 우리가 결혼한 사실을 당신에게 알렸는지조차도 모르고 있습니다. 그이는 알리겠노라고 말했었는데요. 그이는 결혼한 지 불과 며칠 뒤에 전사했고, 거의 동시에 독일군이 우리 마을을 점령했답니다. 전쟁이 끝난 뒤에 난 당신에게 편지를 쓰거나 가까이 가는 일은 하지 않겠다고 결심했어요. 에드먼드는 내게 그렇게 하라고 했었지만 말입니다. 하지만 그때 이후로 난 새 생활을 시작했으니 그럴 필요가 없었지요. 그런데 지금은 모든 사정이 변했어요. 난 아들을 위해서 이 편지를 쓰고 있습니다. 그 애는 당신 오빠의 아들인데, 난 더 이상 그 애에게 마땅히 받아야 할 이익을 줄 수가 없게 되었어요. 난 다음 주초에 영국엘 갈 예정입니다. 내가 그곳에 가서 당신을 만나도 좋은지 알려 주겠어요? 내게 편지를 보낼 주소는 엘버스 크레센트 126번지 10호예요. 이 편지가 당신을 놀라게 하지 않았기를 다시 한 번 진심으로 바랍니다.

진심을 다하여 마르틴 크래켄소프

크래독은 잠시 동안 아무 말이 없었다. 그는 그 편지를 되돌려주기 전에 다시 한 번 주의를 기울여 읽어보았다.

"이 편지를 받고 어떻게 하셨습니까, 크래켄소프 양?"

"제 형부 브라이언 이스틀리가 그때 마침 저의 집에 머무르고 있었기 때문에 이 일을 얘기했어요. 그리고 나서 런던에 있는 해롤드 오빠에게 전화를 걸어 의논을 했지요. 해롤드는 그 얘기들에 대해서 다소 회의적이었기 때문에 제게 조심하라고 충고를 해주었어요. 제게 이 여자의 말이 신빙성이 있는지를 신중하게 조사해 봐야 한다고 했지요."

에마는 잠깐 사이를 두었다가 계속 말을 이었다.

"물론 그건 당연한 일이었기에, 저 역시 오빠 말에 동의했지요. 하지만 이 여자가 정말로 에드먼드 오빠가 제게 편지를 통해 알려준 바로 그 마르틴이라면, 우린 그 여자를 반갑게 맞아야 하리라고 생각했지요. 그래서 저는 그녀가 알려준 그 주소로, 러더퍼드 저택으로 내려와서 우리를 만나라는 내용의 초대 편지를 띄웠어요. 그런데 며칠 뒤에 전 런던에서 온 전보 한 통을 받았지요. '부득이한 일로 갑작스레 프랑스로 돌아가야 하게 되어서 매우 유감입니다, 마르틴.'이라는 내용이었어요. 그 이후로는 어떤 종류의 소식이든 편지든 받지 못했답니다."

"그런 일들이, 언제 일어난 겁니까?"

에마가 얼굴을 찡그렸다.

"크리스마스 직전이었어요. 제가 그녀에게 우리와 함께 크리스마스를 보내자고 하고 싶었기 때문에 잘 알고 있어요. 하지만 아버지는 그 말을 들어주지 않으셨지요. 그래서 결국 크리스마스가 지난 주말, 가족들이 아직 그곳에 모여 있을 때 오라고 해야겠다고 마음먹었었지요."

"그래서 당신은 그 석관 속에서 발견된 시체가 마르틴일지도 모른다고 생각하시는 겁니까?"

"아니, 물론 그렇지는 않아요. 하지만 경감님이 죽은 여자가 외국인일 거라고 말씀하셨을 때—뭐랄까, 이상한 생각이 들지 않을 수가 없었어요. 만일 혹시……."

그녀의 목소리가 줄어들었다.

크래독이 재빨리 말을 꺼내 그녀를 안심시켰다.

"이 일을 내게 말씀해 주신 건 정말 잘한 일입니다. 우리가 조사해 보겠습니다. 당신에게 편지를 쓴 여자가 정말로 프랑스로 돌아갔는지, 그리고 지금까지 살아 있는지에 대해서는 의심할 여지가 많습니다. 그리고 또 한편으로는, 당신이 이내 알아차렸듯이 시기가 일치하기도 하고요. 검시 재판에서도 들으셨듯이, 경찰의의 증언에 따르면 그 여자가 죽은 게 대략 3~4주 전이라고 하니까 말입니다. 이젠 걱정하지 마십시오, 크래켄소프 양. 그냥 우리에게 맡겨 두시기만 하면 됩니다." 그가 아무렇지도 않게 덧붙였다.

"해롤드 크래켄소프 씨와 의논을 했다고 하셨지요? 그럼 아버님과 다른 오빠들과도 의논을 하셨습니까?"

"물론 아버지께는 말씀드렸지요. 매우 화를 내시더군요."

그녀가 희미하게 미소를 지었다.

"아버진 그 얘기가 우리한테서 돈을 빼내려고 조작된 거라고 하셨어요. 우리 아버진 돈에 대해서라면 매우 지독하시거든요. 아버진 자신이 매우 가난한 사람이라 될 수 있는 한 1페니라도 아껴서 저축을 해야 한다고 생각하세요. 어쩌면 그런 체하시는 건지도 모르겠지만 말이에요. 나이 드신 분들은 그런 종류의 강박관념을 종종 갖게 되나 봐요. 물론 사실은 그렇지 않지만요. 아버진 매우 큰 수입이 있는데, 사실은 그 수입의 4분의 1도 쓰지 않으세요. 어쩌면 소득세가 다소 높아진 요즈음까지는 거의 손대지 않으셨다는 편이 옳을지도 모르겠군요. 하지만 어쨌든 분명히 지금은 막대한 금액의 저축이 있어요."

그녀는 잠시 말을 멈추었다가 다시 계속했다.

"그리고 다른 두 오빠들에게도 역시 이야기를 했어요. 앨프리드는 그저 가벼운 농담 정도로 여기는 것 같았어요. 분명히 사기꾼이라는 거였요. 세드릭 오빠는 관심도 없었고요—그 오빠 자기중심적인 경향이 있거든요. 우리들의 생각은 일단 마르틴을 받아들이고, 변호사인 윔번 씨도 함께 모셔와야 한다는 거였어요. 그런데 그분과 이 문제를 의논할 만큼 일이 진행되지가 않았어요. 마르틴의 전보가 도착했을 때 막 그렇게 하려고 하던 참이었으니까요."

"그럼 그다음에는 아무런 조치도 취하지 않으셨습니까?"

"물론 했지요. 런던의 주소로 '수취인이 없을 때는 반송바람'이라고 써 보냈지만 아무런 회답이 없더군요."

"그것참 이상한 일이군……음……." 그가 그녀를 날카롭게 응시했다.

"당신은 그 일을 어떻게 생각하십니까?"

"별다른 생각이 없어요."

"그 당시 당신의 생각은 어땠습니까? 그 편지가 사실이라고 생각했습니까, 아니면 당신의 아버님이나 오빠들과 같은 의견이었습니까? 그리고 당신 형부의 생각은 어땠습니까?"

"아, 브라이언 형부는 그 편지가 사실이라고 생각했어요."

"그럼 당신은……"

"전, 확실히 알 수가 없었어요."

"그럼 그 일에 대한 당신의 감정은 어땠습니까—즉, 그 여자가 정말로 오빠 에드먼드의 미망인이었다면 말입니다."

에마의 표정이 부드러워졌다.

"전 에드먼드 오빠를 매우 좋아했어요. 누구보다도 제가 좋아한 오빠였지요. 그 편지는 마르틴 같은 여자가 그러한 상황에서라면 꼭 썼을 법한 그런 종류의 편지였다고 생각했어요. 그 여자가 말한 상황의 흐름은 정말로 당연하고 자연스러운 일이었으니까요. 제가 짐작하건대, 전쟁이 끝났을 때쯤 또다시 결혼을 했거나, 아니면 자신과 아이를 보호해 줄 수 있는 남자와 동거를 하지 않았나 싶어요. 그러다가 그 남자가 죽었거나 그녀를 떠나서, 아마도 그 여자에게는 남편의 가족에게 도움을 청하는 편이 좋으리라 여겨졌겠지요—에드먼드 오빠도 그렇게 하기를 원했었으니까요. 그 편지는 진실성이 있어 보였고, 제게는 또한 자연스럽게 여겨졌어요. 하지만 물론 해롤드 오빠가 얘기한 대로 그 편지가 사기꾼에 의해 쓰인 거라면, 마르틴과 그 밖의 모든 사실을 다 알고 있는 여자에 의해 쓰인 거겠지요. 그처럼 모든 면에서 그럴 듯하게 쓸 수 있었던 걸로 미루어봐서 말이에요. 저로서는 타당성을 인정할 수밖에 없었어요. 하지만 그래도……." 그녀가 말을 멈추었다.

"당신은 그 편지가 사실이기를 바랐습니까?" 크래독이 부드럽게 말했다.

그녀가 감사의 뜻을 나타내며 그를 바라보았다.

"예, 전 사실이기를 바랐어요. 에드먼드 오빠가 아들을 남겼다면 정말 기쁜 일일 테니까요."

크래독이 고개를 끄덕였다.

"당신 말마따나 그 편지는 언뜻 보기에 표면상으로는 정말 사실인 것 같습니다. 놀라운 것은 그다음의 결과입니다. 즉, 마르틴 크래켄소프가 갑작스럽게 파리로 돌아간 것과, 그 이후로는 그녀에게서 아무런 소식이 없다는 사실 말입니다. 당신은 그녀에게 친절한 답장을 보냈고, 그녀를 기꺼이 맞이할 준비를 하고 있었습니다. 그녀가 피치 못할 사정으로 프랑스에 돌아가야 했다고 하더라도 왜 또다시 당신에게 편지를 띄우지 않았을까요? 즉, 그녀가 정말 마르틴이라고 가정했을 때 말입니다. 그런데 그 여자가 사기꾼이라고 한다면—물론 그 편이 설명하기에 훨씬 쉽습니다만. 난 아마도 당신이 웜번 씨에게 의논을 해서, 그분이 그 여자에게 경계심을 일으키게 하는 어떤 일련의 조사를 했으리라고 생각했습니다. 하지만 당신이 말했듯이 사실은 그렇게 하지 않았습니다. 그러나 당신 오빠들 가운데 누군가가 그런 종류의 일을 했을 가능성은 아직 남아 있습니다.

그 마르틴에게 파헤쳐져서는 안 될 과거가 숨겨져 있을지도 모릅니다. 그 여자는 빈틈없고 의심이 많은 사업가가 아니라 상냥한 에드먼드의 누이동생만을 상대하려 했었을 수도 있지요. 그리 많은 질문을 받지 않고 아이를 위해서 (지금은 아이가 아니라, 아마도 15~16세가 된 소년이겠지) 얼마쯤의 돈을 당신에게서 받으려 했는지도 모릅니다. 그런데 그 대신에 전혀 다른 어떤 곤란을 당하게 될지도 모른다는 걸 알게 된 겁니다. 결국, 심각한 법률적 문제가 야기될지도 모른다는 생각을 하지 않을 수 없었던 거죠. 만일 에드먼드 크래켄소프가 아들을 남겼다면, 결혼생활 중에 출생한 적출을 남겼다고 한다면, 그 아이는 당신 할아버님의 유산 상속인 가운데 한 명이 되겠지요?"

에마가 고개를 끄덕였다.

"뿐만 아니라 내가 들은 바에 의하면, 그 아이가 언젠가는 러더퍼드 저택과 그 주변의 땅을 상속받게 될 거라는군요—매우 값이 나가는 영지라지요, 아마. 지금으로서는 말입니다."

에마는 다소 놀라운 표정을 지었다.

"그래요, 그 생각은 해보지 않았어요."

"걱정을 끼쳐 드리려고 한 건 아닙니다." 크래독 경감이 말했다.

"오셔서 내게 얘기하신 건 정말 잘하신 일입니다. 내가 조사를 해보겠습니다만, 편지를 쓴—가짜 편지를 이용해서 한밑천 잡아보려던 여자와 석관 속에서 발견된 여자와는 아무 관계가 없을 것 같습니다."

에마는 안도의 한숨을 내쉬며 자리에서 일어났다.

"말씀을 드려서 홀가분해요. 정말 친절히 대해 주시는군요."

크래독은 그녀를 문까지 바래다주었다. 그러고 나서 그는 벨을 눌러 웨더롤 형사계 경사를 불렀다.

"밥, 자네가 해줘야 할 일이 있네. 엘버스 크레센트 126번지 10호에 다녀오게. 러더퍼드 저택에서 죽은 여자의 사진도 함께 가지고 가도록 하게. 크래켄소프 부인이라고 자처하는 여자에 대해서 알아보도록—마르틴 크래켄소프라고, 그곳에 살았거나 거기에 편지를 찾으러 들렀던 여자일 걸세. 그러니까 12월 15일에서 말일 사이에 말일세."

"알겠습니다, 경감님."

크래독은 책상 위에 놓여 있는 신경 써야 할 그 밖의 여러 가지 문제들로 바빴다. 오후에는 친구가 근무하는 극장 관계 사무실을 찾아갔다. 그의 조사는 수확이 없었다.

저녁 무렵 사무실로 돌아왔을 때, 책상 위에 파리에서 온 전보가 놓여 있는 것을 보았다.

당신이 설명한 여러 세부 항목은 마르츠키 발레단의 안나 스트라빈스카와 비슷함. 이리로 건너와 주기 바람. 파리 경시청. 데생.

크래독은 안도의 한숨을 내쉬며 찌푸렸던 눈살을 폈다.

드디어! 마르틴 크래켄소프 사건도 진척이 되나 보다······.

그는 밤의 연락선으로 파리에 가기로 결정했다.

제13장

1

"이렇게 함께 차를 마시자고 초대를 해주다니 정말 친절도 하군요."

마플 양이 에마 크래켄소프에게 인사말을 했다.

마플 양은 유난히 포근하고 상냥해 보였다―온화한 노부인의 모습 그대로였다. 그녀는 주위를 둘러보면서, 잘 디자인된 거무스름한 양복을 입은 해롤드 크래켄소프와 매력적인 미소를 띠고 그녀에게 샌드위치를 건네주는 앨프리드와, 너덜거리는 트위드 윗도리를 입고 다른 가족들을 찌푸린 얼굴로 쳐다보면서 벽난로 장식 옆에 서 있는 세드릭을 향해 밝게 미소 지었다.

"와주셔서 정말 기뻐요." 에마가 예의를 갖춰서 말했다.

그날 점심식사가 끝난 뒤에 에마가 이렇게 외칠 때까지는 이런 장면이 연출될 기미조차 보이지 않았었다.

"어머나, 세상에, 깜박 잊고 있었네. 아일리스배로 양에게 오늘 그녀의 아주머니를 차 마시러 오시라고 초대하라고 말했었는데."

"뒤로 미뤄." 해롤드가 퉁명스럽게 말했다.

"우린 아직 의논할 일이 많아. 낯선 사람이 여기 오는 건 싫어."

"부엌이나 아니면 아무 데서나 그 여자와 차를 마시게 하면 되잖아."

앨프리드가 빈정거리며 말했다.

"아니, 안 돼요. 난 그럴 수는 없어요." 에마가 강경한 어조로 말했다.

"그건 너무 무례한 행동이에요."

"그래, 오시라고 해라." 세드릭이 말했다.

"그 멋진 루시에 대해서 좀더 알아낼 수 있을지 모르잖아. 난 그 여자에 대해서 좀더 알고 싶으니까. 그 여자를 믿어야 할지 어떨지 확실히 모르겠거든. 너무 똑똑해."

"그 여잔 아주 좋은 연줄을 갖고 있는데다가 아주 성실하지. 난 꼭 알아내고야 말겠어. 모두가 확실히 알고 싶어 하잖아. 왜 여기저기를 들쑤시고 다니면서 시체를 찾아냈는지를 말이야." 해롤드가 말했다.

"그 고약한 여자가 누구인지 알 수만 있다면……." 앨프리드가 말했다.

해롤드가 화난 목소리로 덧붙였다.

"에마, 경찰에 가서 그 죽은 여자가 에드먼드 형의 프랑스 여자일지도 모르겠다고 얘기를 하다니 정신이 나간 게로구나. 그렇게 되면 그 여자가 이곳에 내려왔다가 우리들 가운데 누군가에 의해서 살해된 거라고 생각하게 될 것 아니겠니."

"오, 아니에요, 해롤드 오빠, 너무 과장해서 말하지 마세요."

"해롤드 형 말이 맞아." 앨프리드가 말했다.

"네가 무슨 생각을 하고 있는진 모르겠다만, 난 어디를 가든지 가는 곳마다 사복형사가 내 뒤를 쫓아다니는 것 같은 기분이 든단 말이야."

"내가 그러지 말라고 일렀건만. 큄퍼가 부추긴 거겠지." 세드릭이 말했다.

"이건 그 사람이 상관할 일이 아니야." 해롤드가 화가 나서 말했다.

"알약이니 가루약이니 국가 건강보험 같은 일에나 매달려 있을 일이지."

"제발 다투는 건 그만두세요." 에마가 피곤하다는 듯이 말했다.

"난 그 미스 뭐라던가 하는 분이 차를 마시러 오신다는 게 정말 기뻐요. 여기에 새로운 사람을 맞이한다는 건 우리 모두에게 도움이 될 거고, 이런 일을 몇 번이고 반복하기만 하는 단조로움에서 벗어날 수도 있을 테니까요. 난 가서 옷매무새를 좀 깨끗이 하고 와야겠어요."

그녀가 방을 나갔다.

"루시 아일리스배로는……." 해롤드는 말을 잠시 멈췄다.

"세드릭 형이 말한 것처럼, 그녀가 창고 안을 냄새 맡고 다니다가 그 석관을 열어본 건 정말 기묘한 일이야—정말 대단한 힘을 요구하는 일이거든. 아마도 무슨 조처를 취해야 할 것 같아. 내 생각엔 점심식사 때 그녀의 태도가 다소 우리를 적대시하는 것 같던데."

"그 여자 일은 내게 맡겨둬." 앨프리드가 말했다.

"무슨 일을 꾸미고 있는지 곧 알아낼 테니까."

"내 말은, 도대체 그 여자가 무엇 때문에 석관을 열었을까 하는 거야."

"어쩌면 그 여자가 진짜 루시 아일리스배로가 아닐지도 모르지."

세드릭이 새로운 의견을 내놓았다.

"그러면 대체 어떻게 되는 거지?"

해롤드는 완전히 의기소침해 있는 것같이 보였다.

"이런, 빌어먹을!"

그들은 걱정스러운 얼굴로 서로를 바라보았다.

"게다가 이번엔 또 귀찮은 노부인이 차를 마시러 온다고? 우리가 생각해야 할 것이 많은 이때에 말이야?"

"오늘 오후에 다시 이야기하기로 하지." 앨프리드가 말했다.

"어쨌든 그동안 그 노부인한테서 루시에 관한 얘기나 들어야지 어쩌겠어."

그렇게 해서 마플 양은 천천히 루시의 부축을 받아 벽난로 옆에 자리를 잡고 앉아서는 지금 자기에게 샌드위치를 건네준 앨프리드를 향해서, 잘생긴 남자에게는 언제나 보여 주곤 하는 감사의 미소를 띠고 있는 것이다.

"정말 고마워요. 저걸 좀 주시겠어요……? 오, 그래요. 달걀과 정어리면 돼요. 맛있을 것 같군. 난 차를 마실 때면 언제나 음식에 욕심을 내는 것 같아요. 누구나 그렇게 되기 쉽지 않나요. 물론 저녁때에는 가벼운 식사를 주로 하지요—음식을 조심해야 하거든요."

그녀는 이 저택의 안주인을 다시 한 번 돌아보았다.

"정말 아름다운 집에 사시는군요. 아름다운 것들도 많고, 저 동상들을 보니 우리 아버님이 사오신 것들이 생각나는군요—파리의 전람회에서였지요. 정말로 당신 할아버님이 사오신 건가요? 고전적인 양식이죠? 훌륭해요. 오빠들과 함께 모이니 얼마나 즐거우세요? 가족들이 흩어져 사는 경우가 얼마나 많은지 몰라요. 이를테면 인도 같은 곳 말이에요. 그래도 거긴 그런대로 요즘은 견딜 만하대요. 아프리카는, 특히 서부 해안은 지독한 기후라나 봐요."

"제 두 오빠들은 런던에 살고 있어요."

"당신에게는 매우 잘된 일이군요."

"하지만 세드릭 오빠는 화가로 이비사에 살고 있어요, 발라아릭 제도 가운데 하나지요."

"화가들은 섬을 좋아하나 봐요, 그렇죠?" 마플 양이 말했다.

"쇼팽이 살았던 곳은 마조르카였지요? 하지만 그는 음악가였어요. 내가 생각하고 있던 사람은 고갱이에요. 그는 정말 슬픈 생애를 살았지요―낭비라는 생각이 들어요. 나 자신은 원주민 여인들의 그림을 결코 좋아한다고 할 수 없어요. 그가 그 사람들에게서 매우 큰 숭배를 받았다는 건 알고 있지만, 그 야하고 짙은 황색 빛을 난 결코 좋아해 본 적이 없으니까요. 그 사람의 그림을 보고 있노라면 담즙질(膽汁質)인 느낌이 들어요."

그녀는 세드릭에게 다소 불만스러워하는 듯한 눈길을 던졌다.

"루시의 어린 시절에 대해서 얘기를 들려주시겠습니까, 마플 양?" 세드릭이 말했다.

그녀는 그에게 즐거운 미소를 보냈다.

"루시는 언제나 똑똑했어요." 그녀가 말했다.

"넌 정말 그랬단다, 얘야―아니, 가만 있거라. 수학을 유난히 잘했답니다. 그래요, 푸줏간에서 최고급 쇠고기 값을 비싸게 불렀을 때가 생각나는군요……."

마플 양은 루시가 어렸을 때의 추억담을 물이 흐르듯 막힘없이 이야기했고, 이어서 자신의 마을 생활에서의 경험 이야기로 옮겨갔다. 이 회고담은 브라이언과 함께 두 소년이 등장함으로써 중단되었다. 그들은 너무 열성적으로 단서를 찾아다닌 결과 옷이 흠뻑 젖고 더러워져 있었다.

차가 날라져 들어왔고, 그와 함께 큄퍼 박사가 나타났다. 그는 노부인에게 소개된 뒤에 눈썹을 살짝 추켜세우며 주위 사람들을 둘러보았다.

"아버님의 상태는 나쁘지 않겠지요, 에마?"

"오, 나쁘지는 않아요. 그러니까 제 말은, 사실은 아버지가 오늘 오후에 좀 피곤해하시는 것 같아요."

"손님들을 피하시는 거겠죠." 마플 양이 장난기 어린 미소를 띠며 말했다.

"우리 아버님 생각이 아직도 또렷이 나는군요. '늙은 고양이들이 다니러 온 모양이군그래?'라고 우리 어머님께 말씀하시곤 했지요. '내 차는 서재로 가져다 줘요.' 우리 아버님은 그런 면에 무척 장난기가 많으셨답니다."

"마음 쓰지 마세요."

에마가 계속 말을 하려고 했으나 세드릭이 중간에서 가로막았다.

"우리 아버진 사랑스런 아들들이 이곳에 내려올 때면 으레 차를 서재에서 드시지요. 심리학적으로 한번 생각해 봐야 할 문제겠지요, 박사님?"

큄퍼 박사는 평소에 식사를 제대로 할 수 있는 시간이 거의 없는 사람답게 솔직한 감사를 나타내며 샌드위치와 커피케이크를 열심히 먹고 있었다.

"심리학이란 건 심리학자들에게 맡겨졌을 때 비로소 확실한 거지요. 그런데 문제는 너나 할 것 없이 누구나 다 요즘엔 아마추어 심리학자들이라는 사실입니다. 내 환자들은 나한테 말할 틈도 주지 않고 자신들이 무슨 콤플렉스니, 무슨 노이로제로 고통받고 있노라고 정확하게 꼬집어 말을 한답니다. 고마워요, 에마. 한잔 더 주시겠소? 오늘은 점심식사를 할 시간도 없었답니다."

"의사의 생활이란 매우 고상하고 자기희생적인 거라는 생각을 늘 해왔답니다." 마플 양이 말했다.

"그래도 많은 의사들을 다 알지 못하셔서 그런 말씀을 하시는 겝니다."

큄퍼 박사가 말했다.

"소위 돌팔이 의사들이 무척 많으니까요! 어쨌든 우리들도 요즘엔 돈을 받게 되었습니다. 나라에서 맡아 처리해 주니까요. 돈을 치르기 힘든 청구서들이 날아 들어오는 경우도 없고요. 문제는 모든 환자들이 가능한 한 모든 편의를 '정부에게서' 받게 되어 있다는 겁니다. 그리고 그 결과로 꼬마 제니가 밤중에 기침을 두 번 했다고 해서, 꼬마 토미가 풋사과를 두 개 먹었다고 해서 불쌍한 의사가 한밤중에 달려나가야 하는 일이 생긴 겁니다. 오, 정말 근사한 케이크로군요, 에마. 당신은 정말 훌륭한 요리사입니다!"

"제가 만든 게 아니에요. 아일리스배로 양의 솜씨예요."

"당신도 이렇게 잘 만들 수 있습니다." 큄퍼가 충성심을 발휘해서 말했다.

"가셔서 아버지를 좀 봐주시겠어요?"

그녀가 자리에서 일어났고, 그가 그녀의 뒤를 따라나갔다.

마플 양은 그들이 방을 나가는 모습을 지켜보았다.

"크래켄소프 양은 매우 헌신적인 따님인 것 같아요."

"어떻게 그 노인한테 붙어 있을 수 있는지 난 도무지 상상조차 할 수가 없단 말이야."

본래 거리낌이 없이 말하는 성격을 가진 세드릭이 불쑥 말을 내뱉었다.

"에마는 여기서 아주 편안해하고 있어. 아버지도 그 애를 마음에 들어 하시고." 해롤드가 재빨리 말했다.

"에마는 분명히 노처녀가 될 팔자가 보다." 세드릭이 말했다.

"어머나, 그렇게 생각하세요?"

이렇게 물으면서 마플 양은 눈을 약간 깜박거렸다.

해롤드가 재빨리 말했다.

"형은 노처녀라는 말을 나쁜 뜻으로 쓴 게 아닙니다, 마플 양."

"오, 기분이 상한 게 아니에요." 마플 양이 말했다.

"난 단지 그 말이 과연 맞는 걸까 의심스러웠을 뿐이랍니다. 나는 크래켄소프 양이 노처녀 타입이라고는 생각지 않아요. 결혼을 늦게 할 것 같은 타입이기는 하지만 말이에요—하지만 성공할 거예요."

"여기에 있는 한은 가능성이 거의 없을 겁니다." 세드릭이 말했다.

"결혼할 상대를 만나지 못할 테니까."

마플 양은 여느 때보다 더 의미가 담겨 있는 듯 눈을 깜박거렸다.

"목사님들은 어디에나 있지요—그리고 의사도."

그녀의 부드럽고도 장난기가 어린 눈길이 한 사람에게서 다른 사람으로 천천히 옮겨갔다. 그들이 결코 생각해 본 적도 없으려니와, 또한 그리 달가워하지도 않을 일에 대해서 그녀가 살짝 암시해 준 것만큼은 틀림없었다.

마플 양은 자리에서 일어나면서, 작은 모직 스카프 몇 장과 핸드백을 떨어뜨렸다. 세 형제들은 조심스럽게 그것들을 집어들었다.

"친절도 하셔라." 마플 양이 노래하듯 말했다.

"아, 예, 내 작은 파란 머플러. 예, 아까도 말했듯이 이곳에 초대해 줘서 정말 고마워요. 이곳은 내가 머릿속에 그려본 그대로예요. 루시가 여기서 일하면서 내게 여러 가지를 설명해 줬었거든요."

"완벽한 가정의 조건이지요, 살인사건까지 곁들여졌으니." 세드릭이 말했다.

"세드릭 형!" 해롤드의 목소리에는 노기가 어려 있었다.

마플 양이 세드릭을 향해서 미소 지었다.

"당신을 보면 누가 생각나는지 아세요? 토머스 이드 청년이에요. 우리 마을 은행장의 아들이지요. 언제나 사람들을 놀라게 하곤 했답니다. 은행 계통의 일은 잘 못했기 때문에 서인도로 갔지요. 그의 아버지가 돌아가시자 고향으로 돌아왔는데, 상당한 액수의 유산을 상속받았어요. 그 사람한테는 아주 잘된 일이었어요. 언제나 돈을 버는 것보다는 돈을 쓰는데 더 수완이 좋았으니까."

2

루시는 차로 마플 양을 집에까지 바래다주었다. 저택으로 돌아오는 길에 그녀가 막 뒤쪽 오솔길로 접어드는데, 어둠 속에서 사람 그림자가 걸어나와 밝은 헤드라이트 불빛 속에 멈춰 섰다.

그가 손을 들어 올리자 루시는 그가 앨프리드 크래켄소프임을 알아차렸다.

"이젠 좀 낫군요." 그가 자동차 안으로 들어오면서 말했다.

"어휴, 추워! 난 기운을 북돋아주는 멋진 산책을 기대했었는데, 그게 아니더군요. 아주머니는 잘 모셔다 드렸습니까?"

"예, 매우 즐거워하셨어요."

"내가 봐도 그러신 것 같더군요. 노부인들이 아무리 지루한 모임이라도 온갖 종류의 사교활동을 즐긴다는 건 정말 재미있는 취향입니다. 게다가 정말로 어느 곳도 러더퍼드 저택만큼 지루하지는 않을 겁니다. 여기서 내가 견뎌낼 수 있는 건 고작 해야 이틀이지요. 당신은 어떻게 그리 여기 오래 붙어 있을 수 있습니까, 루시? 루시라고 불러도 괜찮겠지요?"

"괜찮아요. 전 지루하게 생각되지 않아요. 물론 제게는 이곳이 영구적으로 머물 곳이 아니긴 하지만요."

"난 당신을 죽 지켜봐 왔습니다. 당신은 똑똑한 아가씨입니다, 루시. 요리나 청소를 하면서 자신을 낭비하기에는 너무 똑똑하단 말입니다."

"고마워요. 하지만 전 사무실 책상 앞에 앉아 있는 것보다는 요리며 청소를 더 좋아해요."

"나도 그렇습니다. 하지만 사는 데는 다른 방법들도 있지요. 자유계약으로 일을 할 수도 있잖겠습니까?"

"지금 그렇게 하고 있잖아요."

"이런 일이 아니고 내 말은 당신 자신을 위해서 하는 얘깁니다. 당신의 재능이나 기지를 발휘해서……."

"무엇에 대해서 말이죠?"

"존재하고 있는 여러 가지 권력들에 대해서지요! 온갖 어처구니없는 궤변을 늘어놓은 규칙들이며 법규들 말입니다. 그런 것들은 지금 우리 모두를 속박하고 있습니다. 한데 재미있는 것은, 그걸 찾아낼 수 있을 만큼 똑똑하기만 하다면 언제나 빠져나갈 길이 있다는 겁니다. 그런데 당신은 똑똑합니다. 자, 뭔가 감이 잡히십니까?"

"조금은."

루시는 뒤뜰로 자동차를 몰아넣었다.

"한번 해보지 않겠습니까?"

"좀더 상세한 말씀을 들어봐야겠어요."

"솔직히 말해서 당신을 쓰고 싶습니다. 당신은 무한한 가치를 지닌 태도를 소유하고 있습니다. 신뢰감을 갖게 하는 그런 태도 말입니다."

"저에게 황금 벽돌 파는 일을 도우라는 말씀인가요?"

"위험한 것은 하나도 없습니다. 단지 법을 살짝살짝 비켜가는 거지요. 그 이상은 아닙니다." 그의 손이 그녀의 팔 위로 스르르 올라왔다.

"당신은 굉장히 매력적인 여잡니다, 루시. 난 당신을 내 동업자로 삼고 싶은 겁니다."

"칭찬이 지나치시군요."

"그럼, 하지 않겠다는 겁니까? 생각해 보십시오. 모든 근엄하고 점잖은 체하는 사람들의 허를 찌르는 기쁨과 즐거움을. 문제는 자본이 필요하다는 거지요."

"제겐 그런 게 없어요."

"오, 그건 당신이 걱정할 일이 아닙니다! 머지않아 약간의 자금은 융통할 수 있을 겁니다. 나의 존경하는 아버님도 영원히 사실 수는 없겠지요. 아무리 인간 같지 않은 지독한 구두쇠 영감일지라도 말입니다. 아버지가 쓰러지는 날엔 나도 돈 같은 돈을 한번 만져볼 수 있겠지요. 어떻습니까, 루시?"

"그 말은 무슨 뜻이죠?"

"당신이 그 생각을 하는 거라면 결혼하는 것도 괜찮겠지요. 여자들이란 아무리 진취적이고 자립할 수 있는 능력이 있다 하더라도 그런 생각을 하는 것 같더군요. 게다가 결혼한 여자는 남편에게 불리한 증언을 할 수 없지요."

"너무 말씀이 지나치시군요!"

"너무 허세부리지 마세요, 루시. 내가 당신에게 완전히 빠져 있다는 걸 모르겠습니까?"

다소 놀라긴 했으나, 루시는 뭔가 기묘한 매력을 느끼고 있었다. 앨프리드에게는 매혹적인 기질이 있었는데, 아마도 단순한 동물적인 매력 때문일 거라고 루시는 생각했다. 그녀는 웃고서 감겨 있는 팔에서 몸을 빼냈다.

"장난을 하고 있을 시간이 없어요. 저녁식사 준비를 생각해야 돼요."

"아, 그렇군요, 루시. 당신은 사랑스러운 요리삽니다. 저녁식사엔 뭐가 나오지요?"

"기다려 보세요! 마치 어린아이처럼 짓궂은 사람이군요!"

그들은 함께 저택으로 들어갔고, 루시는 서둘러 부엌으로 갔다. 저녁식사를 준비하려고 하는데 해롤드 크래켄소프가 그녀를 부른 것은 좀 놀라운 일이었다.

"아일리스배로 양, 나하고 잠깐 얘기를 나눌 수 있겠소?"

"나중에 하면 안 될까요, 크래켄소프 씨? 전 지금 손이 모자라요."

"아, 그렇겠군요. 저녁식사 뒤엔 어떻겠소?"

"예, 괜찮을 거예요."

저녁식사는 제시간에 준비되었고, 모두들 맛을 음미해 가며 먹었다. 루시는 저녁 설거지를 마치고 해롤드 크래켄소프가 그녀를 기다리고 있는 홀로 나갔다.

"무슨 일이세요, 크래켄소프 씨?"

"안으로 들어갈까요?"

그가 응접실 문을 열고 그녀를 이끌었다. 그가 그녀의 뒤로 문을 닫았다.

"난 내일 아침 일찍 떠날 예정이오." 그가 설명하듯 말했다.

"하지만 내가 당신의 능력에 얼마나 놀랐는지 말해 두고 싶었소."

"감사합니다." 그녀가 다소 놀라서 말했다.

"난 당신의 재능이 이곳에서 낭비되고 있다는 생각이 듭니다. 분명히 이건 인력의 낭비요."

"그렇게 생각하세요? 전 그렇게 생각지 않는데요."

어쨌든 '이 사람은' 내게 결혼 신청을 하지는 않을 거라고 루시는 생각했다. 이미 아내가 있는 사람이니까.

"이 기묘한 상황에서 우리 모두에게 친절히 대해 주셨으니, 나중에 런던에 있는 내 사무실로 찾아와 주는 게 어떨까 생각하오. 전화를 걸어서 약속만 해 주면 내 비서에게 말을 해두겠소. 사실 우리 회사로서도 당신처럼 탁월한 능력을 가진 사람이라면 고용할 생각이 있소. 어떤 분야의 일에 종사해야 당신의 재능이 가장 잘 발휘될 수 있는지를 함께 의논해 볼 수도 있을 거요. 전도도 유망할 뿐만 아니라 보수도 넉넉히 주겠소, 아일리스배로 양. 좀 놀라긴 하겠지만 기분 좋은 일일 거요."

그가 너그러운 미소를 지었다.

루시가 예의를 갖추어 말했다.

"고맙습니다, 크래켄소프 씨. 생각해 보겠어요."

"너무 오래 걸리지 않도록 하시오. 이 사회에서 출세하려는 열망을 가진 젊은 여자라면 절대로 놓쳐서는 안 될 좋은 기회니까."

또다시 그의 이가 드러나며 반짝 빛났다.

"안녕히 주무시오, 아일리스배로 양."

"세상에……." 루시가 혼자서 중얼거렸다.

"정말……, 아주 재미있는 일이야."

침실로 올라가는 길에 루시는 계단에서 세드릭과 마주쳤다.

"잠깐만요, 루시, 할 말이 있는데요."

"제게 결혼해서 이비사에 가 당신을 보살펴 달라는 말씀인가요?"

세드릭은 불시에 공격을 받은 듯한 표정이었고, 다소 경계하는 것 같아 보였다.

"그런 생각은 한 적도 없습니다."

"죄송해요. 제가 잘못 생각했군요."

"난 단지 이 집에 기차시간표가 있는지 알고 싶었을 뿐입니다."

"그것뿐인가요? 홀의 탁자 위에 하나 있어요."

"이걸 압니까?" 세드릭이 힐난하는 듯한 태도로 말했다.

"모든 사람들이 다 당신과 결혼하고 싶어 한다고 착각하는 건 금물입니다. 당신은 꽤 예쁜 얼굴이긴 합니다만 생각하는 만큼 대단한 미인은 아니라고요. 그런 사람을 나타내는 또 다른 말이 있습니다—그 자만심이 당신에게서 자라면 사람을 망치고 맙니다. 솔직히 말해서 당신은 내가 결혼을 고려해 볼 수 있는 최후의 여잡니다. 최후의 여자란 말이오!"

"그래요?" 루시가 말했다.

"그걸 그렇게 되풀이해 말씀하실 필요는 없어요. 아마도 제가 당신의 계모가 되는 편을 더 좋아하시겠죠?"

"그건 또 무슨 소립니까?"

세드릭은 바보스런 표정으로 루시를 쳐다보았다.

"들었을 텐데요?"

루시는 이렇게 말하고는 자신의 방으로 들어가 문을 닫았다.

제14장

1

　더못 크래독은 파리 경시청의 아르망 데생과 친하게 사귀고 있었다. 두 남자는 한두 사건에서밖에 만나지 않았으나 함께 잘 지내고 있었다. 크래독이 프랑스어를 유창하게 할 수 있었기 때문에, 그들 대화의 대부분은 프랑스어로 이루어지고 있었다.

　"이건 단지 하나의 가능성일 뿐이오." 데생이 그에게 미리 단서를 달았다.

　"여기 발레단 사진이 있소. 왼쪽에서 네 번째가 그 여자지. 좀 알아볼 수 있겠소?"

　크래독 경감은 그렇지 못하다고 대답했다. 교살된 젊은 여자는 얼굴을 알아보기가 쉽지 않은데다가, 이 사진에서는 모든 젊은 여자들이 짙은 화장에 지나칠 만큼 요란한 머리장식을 하고 있었으니 말이다.

　"그렇겠지." 그가 말했다.

　"하지만 그 이상은 알 수가 없소. 그 여자가 누구였소? 그녀에 대해 뭘 알고 있소?"

　"거의 아무것도 모르오." 상대가 명쾌하게 말했다.

　"그 여잔 그리 중요한 인물이 아니었소. 그리고 마르츠키 발레단은—그것 역시 별로 알려진 발레단이 아니었고, 변두리 극장에서 공연을 하거나 순회공연을 떠나기도 하지만 명성도 없고, 스타나 유명한 발레리나도 없지요. 하지만 경영자인 마담 줄리엣을 만나도록 해주겠소."

　마담 줄리엣은 사업가 타입의 기운찬 프랑스 여자로서, 날카로운 눈매에 엷은 콧수염까지 나 있었으며, 살이 쪄서 비대해진 몸집이 마치 비곗덩어리 같아 보였다.

　"난 경찰을 좋아하지 않아요!"

그녀는 그들이 찾아온 것에 대한 혐오감을 감추지 않고 날카롭게 쏘아붙였다.

"언제나 날 귀찮게 만드니까."

"아니, 천만에요, 마담. 그런 말씀 마십시오."

데생이 말했다. 그는 키가 크고 여윈, 우울해 보이는 인상을 풍기는 남자였다.

"언제 내가 당신을 성가시게 만든 적이 있습니까?"

"그 어린 바보가 석탄산을 마셨을 때였죠." 마담 줄리엣이 재빨리 말했다.

"그건 그 애가 교향악 단장하고 사랑에 빠졌었기 때문이었지요. 그 남자는 여자를 마음에도 두지 않았던 데다가 한창 다른 여자를 좋아하고 있었으니까 말이에요. 그 일 때문에 당신이 얼마나 법석을 떨었는지! 우리 같은 멋진 발레단으로서는 그다지 좋은 일이 못 되잖아요."

"그와 정반대로, 그 덕분에 인기가 올랐다고 해야 옳겠지요. 게다가 벌써 3년 전의 일이잖습니까, 그렇게까지 적의를 품으실 필요는 없지요. 자, 그럼 이젠 이 여자에 대해서 얘길 좀 해주십시오. 안나 스트라빈스카라는 여자 말입니다."

"안나가 뭘 어쨌다는 거죠?" 마담이 조심스럽게 물었다.

"그 여자는 러시아인인가요?" 크래독 경감이 물었다.

"아니, 그렇지 않아요. 안나의 이름 때문에 그러시나요? 하지만 그런 여자들은 모두 제 마음대로 그런 식으로 이름을 지어 부르는걸요. 그 앤 그렇게 중요한 아이가 아니었어요. 춤도 그리 잘 추지 못했고, 특별히 외모가 뛰어났던 것도 아니었고요. 그저 그런대로 괜찮은 정도였어요. 그뿐이에요. 우리 발레단에서 단체로 춤을 출 때는 괜찮은 편이었지만, 솔로는 못했지요."

"그럼 프랑스인이었나요?"

"그럴 거예요. 프랑스 여권을 가지고 있었으니까. 하지만 언젠가 한번 영국인 남편이 있다는 얘기를 한 적이 있어요."

"영국인 남편이 있다고 했다고요? 살아 있습니까, 아니면 죽었습니까?"

마담 줄리엣이 어깨를 으쓱했다.

"죽었던가 아니면 버림을 받았겠지요. 어느 쪽인지 내가 어떻게 알겠어요? 이런 곳에 있는 여자들이란 언제나 남자들과 말썽을 일으키곤 하잖아요."

"그 여자를 마지막으로 본 게 언제였습니까?"

"6주 동안 런던에 단원들을 이끌고 갔었어요. 토케이와 본머스, 이스트본과, 어딘가 이름을 잊어버린 한 곳과 해머스미스에서 공연을 했어요. 그러고 나서 프랑스로 돌아왔는데, 안나는, 그 애는 돌아오지 않았어요. 단지 우리 발레단을 떠나겠다는 얘기와, 남편의 가족들과 함께 살게 될 거라는 둥, 뭐 그런 종류의 말도 안 되는 얘기들이 적힌 쪽지만 보내왔을 뿐이었어요. 나는 그 말이 사실이라고 생각진 않았지만요. 난 오히려 새 남자를 만났으려니 생각했지요. 왜 아시잖아요."

크래독 경감이 고개를 끄덕였다. 그는 언제나 마담 줄리엣이 생각하는 것은 그런 식일 것이라고 짐작했다.

"내겐 별로 손해 될 게 없어요, 신경 안 쓰니까. 우리 발레단에 와서 춤출 아이들이라면 얼마든지 구할 수 있는걸요. 그러니까 난 한 번 어깨를 으쓱하고는 더 이상 그 생각을 안 해요. 왜 그런 일에 신경을 써야 하죠? 그런 여자들은 왜 모두 하나같이 남자들이라면 사족을 못 쓰나 몰라요."

"그때가 며칠이었습니까?"

"우리가 프랑스로 돌아온 날 말인가요? 가만있자, 그러니까 그날이―예, 크리스마스 직전의 일요일이었어요. 그리고 안나가 떠난 건 그보다 이틀인가, 아니면 사흘 전이었을걸요? 정확히는 기억이 나지 않아요……. 하지만 해머스미스에서 공연한 그 주가 끝날 무렵에는 그 애 없이 춤을 춰야 했어요. 즉, 다시 말해서 춤출 때의 대형을 바꿨으니까……. 안나는 정말 말썽꾸러기였어요. 그런 여자들이란, 남자만 만났다 하면 모두 한결같다니까. 그래서 난 모두에게 이렇게 말한답니다. '흥, 그 애는 다시 받아들이지 않을 거야. 그런 여자는 절대로!'"

"당신으로서는 정말 성가신 일이겠군요."

"오, 나요? 난 신경 안 써요. 틀림없이 자기가 주운 남자와 크리스마스 휴가를 보냈겠지요. 그건 내가 상관할 일이 아니에요. 난 얼마든지 다른 아이들을 찾을 수 있어요. 마르츠키 발레단에서 춤추려고 좋아라 달려올 아이들을 말이에요. 안나 정도는 출 수 있는―아니, 그보다 훨씬 더 잘 출 수 있는 아이들이 얼마든지 있으니까."

마담 줄리엣은 말을 멈추고 갑작스럽게 흥미로움을 나타내며 물었다.

"왜 그 애를 찾으려는 거죠? 혹시 그 애가 돈줄이라도 잡았나요?"

"그와 정반대지요." 크래독 경감이 정중하게 말했다.

"우리는 그녀가 혹시 살해되지 않았나 생각하고 있습니다."

마담 줄리엣은 다시 무관심한 태도로 돌아갔다.

"그렇게 된 거로군! 그런 일이 일어나다니, 세상에! 그 애는 열렬한 가톨릭 신자였어요. 주일마다 교회엘 나갔고, 틀림없이 고백성사도 했을 거예요."

"그녀가 아들에 대해서 말한 적이 있습니까, 부인?"

"아들이라고요? 그 애한테 아이가 있었다는 말인가요? 그건 나로서는 도저히 있을 법하지 않은 얘기로 들리는군요. 그런 아이들은, 이런 곳에 있는 아이들은 모두가 그런 종류의 일은 잘 처리할 줄 알고 있는데. 데생 씨도 나만큼은 잘 아실 텐데요?"

"무대 생활을 하기 전에 아이를 낳은 적이 있을지도 모르잖습니까? 예를 들면 전쟁 중에 말입니다." 크래독이 말했다.

"아! 전쟁 중에. 언제나 그런 일은 있을 수 있지요. 만일 그렇다고 해도 난 그 일에 대해서는 아무것도 아는 게 없어요."

"다른 여자들 가운데서 그녀와 가장 친했던 친구는 누굽니까, 마담?"

"두세 명 정도 이름을 가르쳐 드릴 수는 있지만, 그 애는 어느 누구와도 그다지 친하게 지내지 않았어요."

그들은 마담 줄리엣으로부터 그밖에 도움이 될 만한 것이라고는 아무것도 얻어내지 못했다.

콤팩트를 보여 주자, 그녀는 안나가 그런 종류의 것을 하나 가지고 있기는 했지만 대부분의 다른 아이들도 그와 비슷한 것을 많이 가지고 있노라고 대답했다. 안나가 런던에서 모피코트를 하나 샀는지는 모르겠지만—그녀는 정확히 알지는 못했다.

"난 리허설이다, 무대 조명이다, 그 밖에 내 사업에 필요한 일들로 무척 바빠요. 내 무용수가 무슨 옷을 입고 있는지까지 알아차릴 시간이 없다니까요."

마담 줄리엣과의 대화가 끝난 뒤, 그들은 그녀가 가르쳐준 이름의 여자들과 이야기를 나눴다. 그들 가운데 한둘은 안나를 꽤 잘 알고 있었으나, 그들 모두가 한결같이 안나는 자신에 대해서 그다지 말을 하는 편이 아니었으며, 가끔 이야기를 하는 때가 있으면 그것은 대부분이 거짓말이라고 했다.

"그 애는 늘 모든 일들을 과장해서 말하는 걸 좋아했답니다. 대공(大公)의 애인이었다는 둥 아니면, 영국인 대부호의 애인이었다느니, 전쟁 중에 레지스탕스에서 무슨 일을 했다는 등등 뭐 그런 얘기들뿐이었으니까요. 심지어는 할리우드에서 영화배우였다는 얘기까지 했었으니 말이에요."

다른 여자가 말했다.

"제 생각엔 그 애가 매우 평범한 중산층 가정에서 자란 것 같아요. 그 애가 발레단에 들어오고 싶어 했던 건 이 일이 낭만적이라고 생각했기 때문일 거고요. 하지만 그 앤 뛰어난 무용수는 아니었어요. 생각해 보세요, 만일 그 애가, '우리 아버진 아미앵에서 포목상인을 하고 있어.'라고 말을 한다면 그건 조금도 낭만적이질 못하잖아요! 그래서 그 대신에 그 앤 얘기를 꾸며내는 거예요."

"런던에서도 말이에요." 첫 번째 아가씨가 말했다.

"자기를 보니까 자동차 사고로 죽은 딸아이가 생각난다면서 자기를 세계 일주 여행에 데리고 가겠다는 큰 부자가 있었다나 하면서 넌지시 이야기를 비추지 않겠어요? 얼마나 우습던지!"

"그 애는 제게 스코틀랜드에서 부유한 귀족과 함께 살 거라고 말했어요. 거기서 사슴 사냥을 할 거라나요." 두 번째 아가씨가 말했다.

이런 것들은 아무런 도움도 주지 못했다. 그 이야기들로부터 얻을 수 있었던 것이라고는 안나 스트라빈스카가 능란한 거짓말쟁이였다는 사실뿐이었다.

그 여자는 스코틀랜드에서 귀족과 사슴 사냥을 하지는 않았을 것이다. 마찬가지로 햇볕이 내리쬐는 여객선의 갑판 위에서 세계를 여행하고 있지는 더더욱 않을 것이다. 그러나 그 여자의 시체가 러더퍼드 저택의 석관 속에서 발견된 것이라고 생각할 만한 특별한 이유 또한 전혀 없었다. 발레단의 아가씨들과 마담 줄리엣에 의해 확인된 것들은 모두가 매우 부정확하고 모호한 것들뿐이었다. 어쩌면 안나일지도 모르겠다고 그들 모두는 의견을 같이 했다.

그러나 과연 정말 그럴까! 시체는 잔뜩 부어 있었다. 따라서 그건 어느 누구일 수도 있었던 것이다!

확실히 밝혀진 유일한 사실이라고는 12월 19일에 안나 스트라빈스카가 프랑스로 돌아가지 않겠다고 결정했고, 12월 20일엔 그녀와 닮은 여자가 나타나서 블랙햄프턴으로 가는 4시 33분 열차로 여행을 하다가 교살되었다는 것뿐이다.

석관 속에 있었던 여자가 안나 스트라빈스카가 아니라면, 안나는 지금 어디에 있는 것일까? 그 점에 대해선 마담 줄리엣의 대답만큼 간단하고도 단정적인 것은 없었다.

"남자와 함께 있겠죠!"

사실 그것이 정확한 대답일 것이라고 크래독은 씁쓸한 기분으로 인정했다.

또 다른 하나의 가능성이 고려되어야 한다—안나에게 영국인 남편이 있었다는 평범한 말이다. 그 남편이 에드먼드 크래켄소프였을까?

그녀를 알고 있던 사람들로부터 들은 바로 상상해 볼 때 그럴 것 같지는 않았다. 오히려 안나가 한때 마르틴이라는 여자를 알아서, 어느 정도 편지를 쓸 수 있을 정도의 필요한 부분을 알아냈으리라는 쪽이 더 그럴 듯한 추측이었다. 에마 크래켄소프에게 편지를 쓴 여자는 '안나일지도' 모른다. 만일 그렇다면 안나는 어떠한 종류의 조사이든지 겁을 집어먹었을 만하다. 어쩌면 마르츠키 발레단과 인연을 끊는 편이 더 확실하다고 생각했을지도 모른다. 그렇다해도 역시 그녀는 지금 어디에 있는 걸까?

그리고 또다시 불가피하게 마담 줄리엣의 대답이 가장 그럴듯했다.

"남자와 같이 있겠죠……."

2

파리를 떠나기 전에 크래독은 마르틴이라는 이름의 여자 문제에 대해서 데생과 의견을 나누었다. 데생 역시 그 문제가 석관 속에서 발견된 여자와는 아무 관계가 없을 것 같다는 영국인 동료의 의견에 동의하는 것 같았다. 어쨌든 그 문제는 조사를 해야 한다고 그가 인정했다.

데생은 파리경시청이 제4남부주연대 소속의 에드먼드 크래켄소프 중위와 마르틴이라는 세례명을 가진 프랑스 여자와의 결혼 기록이 실제로 있었는지를 조사하는데 최선을 다하겠다고 말해 크래독을 안심시켰다. 시기는 덩케르크 함락 직전이다.

그러나 그는 결정적인 확인은 어려울지 모르겠다고 크래독에게 양해를 구했다. 문제의 지역은 거의 그 시기에 독일인에게 점령되어 있었을 뿐 아니라 그 이후로도 프랑스의 그 지역은 심각한 침략의 전재(戰災)를 입었던 곳이다. 따라서 많은 건물들과 기록이 파괴된 상태다.

"하지만 그 나머지 일은 염려 마시오. 최선을 다할 테니."

이렇게 그와 크래독은 작별을 했다.

3

크래독이 돌아와 보니 웨더롤 경사가 우울한 표정으로 보고하기 위해 기다리고 있었다.

"호텔 같은 숙박업소의 주소였습니다—엘버스 크레센트 126번지 말입니다. 제법 고상한 곳이더군요."

"신원은 밝혀졌나?"

"아니오, 그 사진의 여자가 편지를 찾으러 왔던 여자인지 알아보는 사람은 아무도 없었습니다. 물론 역시 그러리라고 기대하지는 않았습니다만, 거의 한 달 전의 일인데다가 그곳을 사용하는 사람들이 매우 많았으니까요. 학생들을 위한 하숙집이었습니다."

"어쩌면 다른 이름으로 그곳에 묵었을지도 모르네."

"그렇다고 해도 그 여자를 사진 속의 여자로 알아보는 사람은 없었습니다."

그가 덧붙여 말했다.

"호텔들도 죽 돌아보았습니다만, 어느 곳에도 마르틴 크래켄소프라고 숙박계에 등록된 사람은 없었습니다. 경감님께서 파리에서 전화를 받은 뒤 안나 스트라빈스카에 대해서도 확인을 해보았습니다. 브룩 그린이라는 곳의 변두리에 있는 싸구려 호텔에 단원들의 이름과 함께 등록되어 있더군요. 대부분의 극장 관계자들이 머무는 곳이지요. 그녀는 공연이 끝난 뒤 19일 목요일 밤에 떠났습니다. 그 이상의 기록은 없었습니다."

크래독은 고개를 끄덕였다. 그는 다른 쪽으로 좀더 조사를 해보라고 지시를 내렸다—거기서 성과를 거두리라는 기대는 거의 하지 않았지만.

잠깐 동안 생각에 잠겨 있다가 '웜번, 핸더슨 앤드 카스테어스 법률사무소'에 전화를 걸어 웜번 씨에게 만나자고 했다. 이렇게 해서 그는 웜번 씨가 먼지투성이인 서류 다발로 덮인 커다란 구식 책상 앞에 앉아 있는, 유난히 통풍이 잘 안 되는 방으로 안내되었다. 故(고) 존 폴디스 경, 레이디 데린, 조지 로보덤 등의 다양한 쪽지가 써 붙여진 증서 상자들이 벽을 둘러싸고 있었다. 지나간 시대의 유물로서 보존하는 것인지, 요즘 법률문제의 일부분인지는 경감으로서는 알 수가 없었다.

웜번 씨는 자신의 손님을 가정변호사가 경찰에 대해서 갖는 예의 경계심을 가지고 바라보았다.

"무슨 도와드릴 일이라도 있습니까, 경감님?"

"이 편지를……"

크래독은 마르틴의 편지를 책상 건너편으로 밀었다.

웜번 씨는 마지못해 편지에 손을 대었으나, 집어들지는 않았다. 그의 얼굴빛이 살짝 붉어지기 시작하고 입술은 굳게 다물어졌다.

"그렇게 된 거로군요." 그가 말했다.

"그랬구먼! 어제 아침에 크래켄소프 양한테서 편지를 받았는데, 자신이 런던경시청을 찾아간 일이며, 뭐랄까, 그 밖의 모든 상황에 대해서 알려왔더군요. 나로서는 이해하기가 무척 힘듭니다. 정말 난처하군요. 왜 편지가 온 그 당시에 내게 의논을 하지 않았는지 모르겠습니다! 그럴 수가 있습니까? 즉시 내게 알려줬어야 했는데……."

크래독 경감은 웜번 씨를 차분한 상태로 끌어내리기 위해서 계산된 상투어로 달래듯이 되풀이했다.

"에드먼드가 결혼했다는 얘기는 들은 적이 없습니다."

웜번 씨가 감정이 상한 목소리로 말했다.

크래독 경감이 말했다.

"전쟁 중이었으니까요……." 그러고는 말끝을 흐렸다.

"전쟁 때문입니다!"

웜번 씨가 통렬하게 비난하는 듯한 어조로 날카롭게 말했다.

"예, 정말 그렇습니다. 우리는 전쟁이 일어났을 때 런던 법학원(법정 변호사 협회)에 있었는데, 바로 옆 건물에 직격탄이 떨어져서 많은 기록들이 소실되었지요. 물론 정말로 중요한 기록들은 파괴되지 않았지만 말입니다—그것들은 안전을 위해서 지방으로 옮겨놓았었거든요. 하지만 그 때문에 큰 혼란이 일어났습니다. 물론 그 당시 크래켄소프 가문의 일은 우리 아버지가 맡고 계셨지요. 6년 전에 돌아가셨습니다. 어쩌면 돌아가시기 전에 소위 '에드먼드의 결혼' 건에 대해서 한 번쯤 언급하신 적이 있을지도 모릅니다만—외관상으로는 그 결혼이 예정되어 있었을는지는 몰라도 실제로 행해지지는 않았던 것 같습니다. 분명히 우리 아버님은 그 얘기를 하나도 중요하지 않게 여겼던 모양입니다. 내게는 그 여자의 얘기가 매우 수상하게 들리는군요. 이렇게 세월이 지난 뒤에 자진해서 나타나서는 결혼을 했었으니 정당한 아들이 있으니 하면서 권리를 요구하다니 말입니다. 정말 아주 이상한 일이잖습니까? 도대체 그 여자가 무슨 증거라도 가지고 있는지 그게 알고 싶군요."

"만일 그렇다고 하면 그 여자의 입장은 어떻게 되는 겁니까, 그 아들의 입장은 또 어떻게 되는지 말입니다."

"내 생각에는 그 여자와 아들에게도 크래켄소프 가(家)의 재산의 일부가 분배되는 걸로 알고 있습니다."

"그렇겠지요. 하지만 제 말은 정확히 어떠한 권리가 그 여자와 아들에게 주어지느냐 하는 겁니다—법적으로 말해서 그녀가 자신의 주장을 증명할 수 있다면 말입니다."

"오, 알았습니다."

웜번 씨는 방금 전에 흥분해서 옆에 벗어 놓았던 안경을 집어들어서 다시 쓰고는 빈틈없는 눈으로 주의를 기울여 크래독 경감을 응시했다.

"글쎄요, 지금 당장으로서는 아무것도 없습니다. 하지만 그 아이가 에드먼드 크래켄소프와의 법률적인 혼인 상태에서 태어난 아이라는 사실을 그 여자가 증명할 수만 있다면, 그 아이는 루서 크래켄소프 씨가 세상을 떠난 뒤에 조시아 크래켄소프의 신탁의 일부를 받을 권리가 주어지는 겁니다. 그뿐 아니라 러더퍼드 저택 또한 상속받게 되지요. 장자의 아들이 되니까."

"누군가 그 집을 상속받고 싶어 하는 사람이 있을까요?"

"거기서 살기 위해서요? 분명히 그러기 위해서는 아닐 겁니다. 하지만 그 대지는 상당한 액수의 가치가 있습니다. 매우 막대한 액수의 돈이 되지요. 산업용 건물의 용도로 쓰이기에는 안성맞춤인 땅이니까요. 블랙햄프턴의 중심부에 위치한 땅이잖습니까? 아, 예, 매우 상당한 액수의 상속분이지요."

"만일 루서 크래켄소프 씨가 죽으면, 세드릭이 그 땅을 받게 될 거라고 당신이 말씀하신 걸로 알고 있는데요?"

"그가 부동산을 상속받게 됩니다. 예, 살아 있는 아들 가운데 장남으로서 말입니다."

"세드릭 크래켄소프는, 제가 지금까지 보아온 바로는 돈에 그다지 흥미가 없는 것 같던데요?"

윔번 씨가 크래독을 냉랭한 눈초리로 바라보았다.

"그렇게 보셨습니까? 나로 말하자면 그런 성질의 얘기는 내 나름대로 새겨서 듣는 경향이 있어서요. 하긴 돈에 무관심한 탈속적인 사람들이 분명히 있긴 있겠지요. 나는 한 사람도 만난 적이 없긴 합니다만."

윔번 씨는 자신이 한 그 말이 무척 마음에 드는 것 같았다.

크래독 경감은 황급히 이 한 줄기 햇살을 유리하게 이용했다.

"해롤드와 앨프리드 크래켄소프는……." 그는 모험을 해보기로 했다.

"이 편지가 도착했을 때 무척 충격을 받은 것 같더군요."

"글쎄요, 그랬을지도 모르지요." 윔번 씨가 말했다.

"그랬을 겁니다."

"그렇게 되면 그들의 실제적인 상속분이 줄어들게 되겠지요, 윔번 씨?"

"그렇습니다. 에드먼드 크래켄소프의 아들은, 아들이 있다고 가정하면 말입니다, 신탁금액의 5분의 1을 받게 되니까요."

"그렇다면 그건 정말 큰 손실이 아닙니까?"

윔번 씨가 그에게 날카로운 눈길을 던졌다.

"만일 그런 뜻으로 말한 거라면, 그건 살인의 동기로는 완전히 부적당합니다."

"하지만 그들은 둘 다 경제적으로 꽤 곤란한 지경에 놓인 것 같던데요?"

크래독이 머뭇거리며 말했다. 그는 윔번 씨의 날카로운 시선을 완전히 태연한 척하며 받아넘겼다.

"오! 경찰은 그런 식으로 조사를 해왔군요? 그렇죠, 앨프리드는 거의 언제나 돈에 궁색하게 지내고 있습니다. 때때로 잠깐 동안 경기가 좋을 때도 있긴 합니다만, 곧 다 사라져버리고 말지요. 해롤드는 당신도 알아차렸듯이 현재 다소 불안정한 상태에 놓여 있습니다."

"겉으로 보기에는 경제적으로 호황을 누리고 있을 것 같은데도 말입니까?"

"외양일 뿐입니다. 모두 표면적으로 보아 그럴듯할 뿐이지요! 이곳 런던 금융가 사람들의 절반은 자신들이 실제로 지불능력이 있는지 없는지조차도 모르고 있습니다. 대차대조표는 비전문가의 눈에 그럴 듯하게 보이도록 꾸며지지요. 하지만 거기에 기록된 재산은 진짜 재산이 아닙니다. 그런 재산이 막 무너져 내리려는 찰나에 있다면, 어떻게 되겠습니까?"

"그렇다면 해롤드 크래켄소프는 틀림없이 무척 돈이 필요한 상황이겠군요."

"그렇지만 자신의 죽은 형의 여자를 목 졸라 죽이면서까지 그 돈을 얻으려고 하지는 않았을 겁니다." 윔번 씨가 말했다.

"게다가 가족들에게 어떤 도움이라도 주게 될지 모르는 루서 크래켄소프의 살인은 누구에 의해서도 저질러지지 않았습니다. 따라서 경감님, 나는 경감님이 도대체 무슨 생각을 하고 있는지 알 수가 없군요."

무엇보다도 가장 난처한 일은 자기 자신도 그것을 정확히 알 수가 없다는 사실이라고 크래독 경감은 생각했다.

제15장

1

크래독 경감은 해롤드 크래켄소프와 그의 사무실에서 만날 약속을 하고, 웨더롤 경사와 함께 시간에 맞춰 그곳에 도착했다. 그의 사무실은 시티(런던의 금융중심지)의 사무실이 늘어서 있는 큰 블록의 5층에 있었다. 내부는 모든 것들이 호화로움과 현대적 취향의 극치를 보여 주고 있었다.

말끔하게 차려입은 젊은 여자가 크래독의 명함을 받아들고서 낮고 조심스러운 목소리로 인터폰에 대고 이야기를 하고는, 자리에서 일어나 그들을 해롤드 크래켄소프의 방으로 안내했다.

해롤드는 윗부분에 가죽을 댄 책상 앞에 앉아 있었는데, 그 모습이 그 어느 때보다도 완벽하고 자신감에 차 있어 보였다. 경감의 개인적인 사전 지식으로 미루어 짐작한 것처럼 비록 그가 돈에 궁색해서 궁지에 몰려 있다고 해도, 그런 기색은 조금도 보이지 않았다.

그는 솔직하고 호의적인 흥미를 나타내며 그를 올려다보았다.

"안녕하십니까, 크래독 경감님. 마침내 우리에게 결정적인 소식이라도 전해 주려고 오신 겁니까?"

"거의 아무것도 없습니다, 크래켄소프 씨. 단지 몇 가지 질문을 더 드릴까 해서 왔습니다."

"질문이 더 있다고요? 지금까지 상상할 수 있는 범위 내에서는 모든 대답을 다 해 드렸는데요."

"당신으로서는 분명 그런 생각이 드시겠지요, 크래켄소프 씨. 하지만 이건 그저 우리가 의례적으로 하는 사소한 질문일 뿐입니다."

"대체 이번에는 뭡니까?" 그가 견딜 수 없다는 듯이 말했다.

"지난 12월 20일 오후와 밤에 무엇을 하고 있었는지 정확히 말씀해 주셨으면 좋겠는데요—즉, 오후 3시에서 자정 사이에 말입니다."

해롤드 크래켄소프의 얼굴은 화가 나서 자줏빛으로 변했다.

"그런 것을 내게 물으시다니 정말로 이상한 일이군요. 무슨 뜻으로 물으시는 건지 내가 알아도 되겠습니까?"

크래독이 부드럽게 미소 지었다.

"단지 12월 20일 금요일 오후 3시부터 자정 사이에 당신이 어디에 있었는지 알고 싶다는 뜻일 뿐입니다."

"이유가 뭡니까?"

"수사 범위를 좁히는 데 도움이 될까 해서지요."

"수사 범위를 좁힌다고요? 그럼 특별한 정보라도 얻은 겁니까?"

"좀더 사건의 핵심에 다가서기를 바라고 있을 뿐이지요."

"당신의 질문에 꼭 대답해야 하는지 확신이 서질 않는군요. 즉, 내 말은 변호사가 입회하지 않은 자리에서 말입니다."

"물론 그 문제는 전적으로 당신 결정에 달렸습니다." 크래독이 말했다.

"어떠한 질문에도 꼭 대답해야 할 의무가 있는 건 아니니까요. 그리고 그렇게 할 때는 변호사를 입회시킬 수 있는 것도 정당한 권리입니다."

"정확히 말해서 어떤 식으로든 내게 경고를 하는 건 아니겠지요?"

"오, 천만에요." 크래독 경감이 적당히 놀란 체하며 부인했다.

"그런 뜻은 전혀 없습니다. 여기서 지금 하는 질문들은 다른 사람들에게 하는 것과 똑같은 질문입니다. 이 질문에 어떤 직접적인 개인적 이유는 없습니다. 단지 가능성을 하나하나 제거해 나갈 필요성이 있어서지요."

"물론, 나도 가능한 한 도와드리고 싶습니다. 생각을 좀 해보겠습니다. 그런 일은 즉시 대답하기가 쉽지 않아서요. 하지만 여긴 매우 조직적입니다. 내 생각엔 엘리스 양이 도와줄 수 있을 것 같군요."

그가 자신의 책상 위에 있는 인터폰으로 간단히 뭐라고 말하자 거의 즉시에 잘 디자인된 검은색 정장을 입은 늘씬한 젊은 여자가 노트를 들고 들어왔다.

"내 비서인 엘리스 양입니다, 크래독 경감님. 자, 엘리스 양, 경감님께서는 오후부터 자정에 걸친 내 행동을 알고 싶으시다는데—그날이 며칠이었죠?"

"12월 20일 금요일입니다."

"12월 20일 금요일이오. 그날의 기록을 갖고 있겠지?"

"아, 예."

엘리스 양은 방을 나가서 사무실의 메모용 캘린더를 가지고 돌아와 페이지를 펼쳤다.

"12월 20일 아침에는 사무실에 계셨습니다. 크로마티 합병 문제로 골디 씨와 회의를 하셨고, 그 이후에 버클리에서 포스빌 경과 점심식사를 하셨어요."

"아, 그날이었군, 그랬어."

"오후 3시경에 돌아오셔서 편지를 여섯 통 구술하셨어요. 그러고 나서 그날 경매장에 내놓기로 되어 있던 희귀한 필사본에 관심을 갖고 계셨기 때문에 그곳에 참석하기 위해 떠나셨어요. 다시 사무실에 돌아오시지는 않았지만 그날 저녁때 캐터링 클럽 만찬에 참석하시기로 되어 있는 걸 기억시켜 드리려고 메모를 해두었었습니다."

그녀가 더 필요하냐고 묻듯이 그를 올려다보았다.

"고맙소, 엘리스 양."

엘리스 양이 방에서 나갔다.

"이제 뚜렷이 기억이 납니다." 해롤드가 말했다.

"그날 오후에 난 소더비 경매에 갔었습니다만, 내가 원하는 품목들은 모두 가격이 너무 높았습니다. 그래서 저민 가(街)에 있는 작은 곳에서 차를 마셨지요. '러셀스'라고 부르는 곳이었던 것 같습니다. 한 30분쯤 뉴스 극장에 들렀다가 집으로 돌아갔습니다—난 카디건 가든스 43번지에 살고 있습니다. 캐터링 클럽의 만찬은 캐터러스 홀에서 7시 30분에 열렸고, 그 뒤 집으로 돌아와 잠자리에 들었습니다. 내 생각엔 이게 내 대답의 전부인 것 같군요."

"모두 매우 분명하군요, 크래켄소프 씨. 당신이 집으로 돌아와 옷을 갈아입은 건 정확히 몇 시였습니까?"

"정확히 기억나지는 않는데요. 6시 조금 지나서였겠지요."

"만찬이 끝난 뒤에는?"

"집에 도착했을 때가 11시 30분쯤 되었을 겁니다."

"남자 하인이 문을 열어 주었습니까? 아니면 앨리스 크래켄소프 부인이……."

"내 아내 앨리스는 12월 초부터 남프랑스에 가 있습니다. 그날은 내가 직접 여벌 열쇠로 열고 들어갔습니다."

"그렇다면 당신이 집에 돌아온 사실을 증명해 줄 사람은 아무도 없는 셈이로군요."

해롤드가 차갑게 그를 노려보았다.

"아마 하인들이 내가 안으로 들어가는 소리를 들었을 겁니다. 하인 부부를 두고 있으니까. 하지만, 경감님, 정말로……."

"크래켄소프 씨, 이런 질문들이 정말로 귀찮으시리라는 것쯤은 압니다만, 이제 거의 다 끝나갑니다. 당신은 자신의 차를 가지고 계시지요?"

"예. 험버 호크가 한 대 있습니다."

"직접 모십니까?"

"그렇습니다. 주말을 제외하고는 거의 사용하지 않지만요. 런던에서 차를 몬다는 건 요즘엔 거의 불가능하니까요."

"아마 블랙햄프턴에 아버님과 누이동생을 만나러 갈 때는 사용하시겠지요?"

"어느 정도 오랫동안 머무르지 않으면 사용하지 않습니다. 그저 하룻밤 정도를 지낼 예정이면(예를 들어 요 전날 검시 재판에 갔었을 때처럼 말입니다) 언제나 기차로 갑니다. 기차 서비스도 매우 훌륭한데다가 자동차로 가는 것보다 훨씬 빠르니까요. 누이동생이 미리 빌려놓은 자동차가 역에서 대기하고 있지요."

"차는 어디다 두십니까?"

"카디건 가든스 뒤쪽의 마구간 거리의 차고를 빌려 사용하고 있습니다. 질문하실 게 더 있습니까?"

"지금으로서는 이것뿐인 것 같군요."

크래독 경감이 웃으며 말하고는 자리에서 일어났다.

"폐를 끼쳐 드려서 죄송합니다."

그들이 밖으로 나왔을 때, 사람을 볼 때 으레 깊은 의심을 품는 버릇이 있는 웨더롤 경사가 흥미 있는 듯이 말했다.

"그는 그 질문을 좋아하지 않더군요—전혀 좋아하지 않았습니다. 무척 당황해 하더군요."

"자네가 살인을 저지르지 않았는데도, 만일 누군가가 자네가 한 짓이라고 생각하는 것 같다면 당연히 기분이 언짢지 않겠나?"

크래독 경감이 부드럽게 말했다.

"해롤드 크래켄소프처럼 지나치리만큼 도도한 사람일 경우엔 특히 더하겠지. 그 점엔 그리 이상할 게 없네. 지금 우리가 찾아내야 하는 건 누군가가 경매장이나 찻집에서 그를 본 사람이 있느냐 하는 점일세. 그는 손쉽게 4시 33분 열차로 여행을 하다가 열차 밖으로 여자를 밀어 떨어뜨리고는 시간에 맞춰 런던으로 기차를 잡아타고 돌아와서 만찬에 모습을 나타낼 수도 있었을 거야. 마찬가지로, 그날 밤 자신의 차를 몰고 가서 시체를 석관 속에 넣고 다시 돌아올 수도 있었지. 마구간 거리를 조사해 보게."

"알겠습니다. 그렇다면 경감님은 그가 한 짓이라고 생각하시는 겁니까?"

"내가 어떻게 알겠나?" 크래독 경감이 되물었다.

"그는 키가 크고 짙은 머리칼을 가지고 있네. 그는 그 기차에 타고 있었을 수도 있고, 러더퍼드 저택과도 관계가 있네. 이 사건에서 유력한 용의자지. 이젠 동생 앨프리드에게로 가보세."

2

앨프리드 크래켄소프는 웨스트 햄스테드에서 플랫식 아파트(한 층에 한 세대씩 있는 아파트) 하나를 빌려 쓰고 있었다. 어느 정도 날림 공사를 한 듯이 보이는 크고 현대적인 건물로, 커다란 안뜰이 있어 아파트에 살고 있는 사람들이 다른 사람들에게 신경 쓰지 않고도 차들을 주차시켜 놓을 수 있었다.

그 아파트는 현대풍으로 지어진 것으로, 분명히 가구가 딸린 채로 세를 놓은 듯싶었다. 벽으로부터 펼쳐서 내리게 되어 있는 긴 합판 테이블 하나, 기다란 안락의자 겸 침대가 하나, 그리고 이상하게 균형이 잡히지 않은 의자들이 있었다.

앨프리드 크래켄소프는 그런대로 호의적인 태도로 그들을 맞이하긴 했으나, 약간 긴장하고 있는 듯한 느낌을 경감은 받았다.

"무척 흥미로운 일입니다." 그가 말했다.

"마실 것을 드릴까요, 크래독 경감님?"

그는 무엇을 원하느냐고 묻듯이 여러 개의 술병들을 들어 올려 보았다.

"아니, 괜찮습니다, 크래켄소프 씨."

"그렇게 일이 잘 안 풀리십니까?"

그는 자신이 한 작은 농담에 소리 내어 웃고서는 도대체 무슨 일로 왔느냐고 물었다.

크래독 경감은 해롤드에게도 한 짧은 질문을 했다.

"12월 20일 오후와 저녁에 내가 뭘 했느냐고요? 그걸 내가 어떻게 알겠습니까? 이미 3주일도 더 전인데."

"형님인 해롤드 씨는 매우 정확하게 말씀해 주셨습니다."

"해롤드 형이라면 그럴 수 있겠지요. 하지만 난 그렇지 못합니다."

그가 어쩐지 질투에서 나온 악의 같은 느낌을 주는 말투로 덧붙였다.

"해롤드 형은 우리 가족들 가운데서 가장 성공한 사람이지요—바쁘고, 유능하며, 완전히 일에 빠져 있습니다. 무슨 일에나 시간마다 스케줄이 꽉 짜여 있는데다가 제시간에 맞춰 모든 일이 이루어지지요. 만일 형이 살인을 하려 했다면, 신중하게 시간을 재서 정확히 했을 겁니다."

"그런 가정을 하는 특별한 이유라도 있습니까?"

"오, 아닙니다. 그냥 단지 갑자기 머릿속에 떠올랐을 뿐입니다. 완전히 터무니없는 얘기지요."

"이젠 당신 자신에 대해서 말해 주시지요."

앨프리드는 어깨를 으쓱하며 양손을 펴 보였다.

"이미 말씀드린 대롭니다. 난 시간이나 장소를 잘 기억하는 타입이 못 됩니다. 지금 크리스마스 날 있었던 일에 대해서 말하라면 대답해 드릴 수 있지요—그날은 그래도 기억에 남을 만한 날이니까. 크리스마스 날에는 어디 있었는지 알고 있습니다. 블랙햄프턴에서 아버지와 함께 지냈지요. 왜 그랬는지는 모르겠지만. 아버지는 우리가 그곳에 가면 늘 돈이 든다고 불평하시고, 또 가지 않으면 찾아오지 않는다고 투덜대십니다. 우리가 거길 가는 건 단지 누이동생을 기쁘게 하기 위해섭니다."

"그래서 이번에도 갔었습니까?"

"예."

"하지만 불행히도 아버지께서 병이 나셨군요. 그랬지 않았습니까?"

크래독은 자신의 직업을 통해서 종종 활용한 바 있는 일종의 직감에 의지하여 얘기를 슬쩍 옆으로 비켜서 신중하게 이끌어나갔다.

"병이 나셨었지요. 경제적이라는 근사한 명분 아래 참새처럼 사시다가 갑자기 우리가 실컷 먹고 마시고 하니까 그런 결과가 생긴 겁니다."

"단지 그것 때문이었습니까?"

"물론이죠. 그밖에 무슨 이유가 있겠습니까?"

"주치의는 매우 걱정스러워했던 것 같던데요."

"오, 그 바보 같은 늙은이 큄퍼 말이시군요." 앨프리드가 재빨리 경멸하는 듯한 어조로 말했다.

"그 사람 말은 들을 필요도 없습니다. 그는 공연한 소동이나 일으키는 사람이니까요."

"그렇습니까? 내게는 분별 있는 사람으로 보이던데."

"그 사람은 완전히 바보 명청이입니다. 사실 아버지는 환자가 아닙니다. 심장에도 아무 이상이 없는데, 아버지는 큄퍼의 말이라면 완전히 곧이듣는단 말입니다. 그래서 아버지가 정말 편찮으시기라도 하면, 온통 야단법석을 떨면서 왔다 갔다 하며 질문을 해대고 먹고 마신 것까지 다 캐묻고 다닌단 말입니다. 모두가 우스꽝스럽기 짝이 없습니다!"

앨프리드가 유난히 열을 내며 말했다.

크래독은 잠시 동안 그가 더 많은 말을 하도록 내버려두었다.

앨프리드는 안절부절못하고 있다가 재빨리 크래독을 한번 흘긋 보고는 성급하게 말을 이었다.

"그런데, 도대체 무슨 일입니까? 왜 벌써 3~4주일 전의 특정한 금요일에 내가 어디에 있었는지를 알고 싶어 하시는 겁니까?"

"그럼 그날이 금요일이었다는 건 기억나시는 모양이죠?"

"경감님이 그렇게 말했던 것 같은데요."

"그랬는지도 모르죠." 크래독 경감이 말했다.

"어쨌든 내가 물어보는 날이 12월 20일 금요일입니다."

"왜죠?"

"그저 단순한 조사일 뿐입니다."

"그건 말도 안 됩니다. 그 여자에 대해서 뭔가 더 발견한 거라도 있으신가요? 그 여자가 어디서 왔는지?"

"우리가 얻은 정보는 아직 확정적인 게 못 됩니다."

앨프리드가 그에게 날카로운 눈길을 던졌다.

"그 여자가 에드먼드 형의 미망인일지도 모른다는 에마의 어처구니없는 이론에 당신이 현혹되지 않기를 바랍니다. 그건 완전히 터무니없는 얘기니까요."

"그 마르틴이라는 여자가 당신에게 어떤 도움을 청해 오지는 않았습니까?"

"내게요? 세상에, 맙소사, 천만에요! 그런 일이 있었다면 정말 우스운 일이 겠지요."

"아니면 해롤드 형에게 갔을 확률이 더 크다고 생각합니까?"

"그랬을 수도 있겠지요. 형의 이름은 신문에 자주 오르내리니까요. 게다가 부자고, 그 여자가 형님 마음을 떠보려 했다고 해도 난 그리 놀라지 않을 겁니다. 그 여자가 뭔가를 얻을 거라는 뜻은 아닙니다. 해롤드 형은 아버지만큼이나 구두쇠니까요. 에마는 가족들 중에서 가장 마음이 여린데다가 에드먼드 형을 무척 따랐었습니다만, 마찬가지로 그 애도 사람을 잘 믿는 편은 아니지요. 그 여자가 진짜가 아닐지도 모르는 가능성에 대해서 이모저모로 조사를 해봤거든요. 그 애는 그 문제에 대해서 의논을 하기 위해 전 가족을 그곳에 모이게 했습니다—그 완고한 변호사까지도 말이지요."

"매우 현명한 분이로군요." 크래독이 말했다.

"그 모임을 위해서 확실히 날짜가 정해졌었습니까? 정확히 언제지요?"

"크리스마스 직후였습니다—주말인 27일로……." 그가 말을 멈추었다.

"아, 그랬군요." 크래독이 명랑하게 말했다.

"그럼 당신이 기억이 남을 만큼 중요한 날도 있군요."

"말씀드렸지 않습니까, 정확한 날짜는 모릅니다."

"하지만 방금 말했지 않습니까? 언제라고요?"

"정말 기억이 나지 않습니다."

"그럼 12월 20일 금요일에 자신이 무엇을 하고 있었는지 말할 수 없다 이거로군요."

"죄송합니다. 머릿속이 완전히 텅 비어버렸나 봅니다."

"메모용 노트도 갖고 있지 않은가요?"

"그런 일들은 도무지 적성에 맞질 않아서."

"크리스마스 바로 전주 금요일이라면 기억하기에 그리 어렵지 않을 것 같은데요."

"하루는 장래성이 있을 것 같은 손님과 함께 골프를 친 적이 있긴 합니다만." 앨프리드가 고개를 저었다.

"아니, 그건 그 전주였습니다. 분명히 그냥 이리저리 빈둥거리며 돌아다녔을 겁니다. 난 그렇게 하면서 시간을 보내는 때가 많으니까요. 난 다른 어느 곳에서보다도 술집에서 일을 처리하곤 합니다."

"어쩌면 이곳에 있는 사람들이나, 몇몇 당신 친구들이 도와줄 수 있을지도 모르겠군요?"

"그럴지도 모르지요. 내가 물어보겠습니다. 최선을 다하지요."

앨프리드는 이젠 처음보다 훨씬 자신감을 얻은 듯싶었다.

"그날 정확히 내가 무엇을 하고 있었는지는 말씀드릴 수 없지만, 내가 무엇을 하지 않았는지는 말씀드릴 수 있습니다. 긴 창고에서 누군가를 살해하지는 않았습니다."

"왜 그런 말을 하시지요, 크래켄소프 씨?"

"이것 보십시오, 경감님. 당신은 그 살인사건을 수사하고 있지 않습니까? 그리고 당신이 '어느 날 어느 시각에 당신은 어디에 있었습니까?'라고 묻기 시작하면 그건 수사의 범위를 차츰차츰 좁혀가고 있다는 얘기가 되지요. 난 당신이 왜 시각을 20일 금요일(그러니까 그게 언제였지요?) 점심 무렵부터 자정까지로 한정하는지 그 이유를 무척 알고 싶습니다. 의학적인 증거 때문일 리는 없겠지요? 이렇게 시간이 많이 지났으니 말입니다. 그날 오후 그 여자가 긴 창고 안으로 숨어 들어가는 걸 누가 보기라도 했답니까? 들어갔다가 다시는 나오지 않았다던가 하는 등등의 얘기 말입니다. 그렇게 된 겁니까?"

날카로운 검은 눈동자가 그를 곁눈질로 쳐다보았으나, 크래독 경감은 그런 종류의 일에 반응을 할 만큼 어수룩한 사람이 아니었다. 그는 너무나 노련한 전문가였으니 말이다.

"그건 상상에 맡겨야겠는데요." 그가 경쾌한 어조로 말했다.

"경찰 분들은 비밀이 무척 많으시군요."

"경찰뿐만이 아니지요. 내 생각에는, 크래켄소프 씨, 하려고만 하면 그 금요일에 당신이 뭘 했는지 기억해 낼 수도 있을 것 같은데요. 물론 기억해내고 싶지 않은 나름대로의 이유가 있을지도 모르겠습니다만."

"그런 식으로 나를 몰아세우지 마십시오, 경감님. 내가 기억해내지 못하므로 정말로 매우 의심스럽긴 하겠지만, 이건 사실입니다. 아, 잠깐 기다려 보십시오. 난 그 주에 리즈에 갔었습니다. 시청 근처에 있는 호텔에 묵었었지요. 이름은 잘 기억이 나질 않는군요. 하지만 쉽게 찾아낼 수는 있을 겁니다. 그날이 '금요일이었을지도' 모릅니다."

"조사해 보지요." 경감이 아무 표정 없이 무감각하게 말했다.

그가 자리에서 일어났다.

"좀더 협조적으로 나와주시지 않아서 유감입니다, 크래켄소프 씨."

"내게도 불행한 일입니다! 세드릭 형에게는 이비사에서의 완전한 알리바이가 있고, 해롤드 형은 틀림없이 사업상의 약속이나 공식적인 만찬 따위가 있어서 매시간 확인이 될 수 있겠지요. 그런데 나는 전혀 알리바이가 없습니다. 그러니 매우 유감스러운 일이지요. 게다가 모든 것들이 너무나 어처구니가 없습니다. 내가 이미 말씀드렸듯이 난 사람들을 죽이지는 않습니다. 게다가 내가 무엇 때문에 알지도 못하는 여자를 죽이겠습니까? 무슨 이득이 있다고요? 설사 그 시체가 에드먼드 형의 미망인의 시체라고 한다 하더라도, 왜 우리들 가운데 누군가가 그 여자를 없애려고 하겠습니까? 만일 그 여자가 전쟁 중에 해롤드 형과 결혼했었다가 어느 날 갑자기 다시 형 앞에 나타난 거라 한다면, 그건 아마도 사회적으로 어느 정도 지위가 있는 형으로서 두려운 일이 될 수도 있겠지요—이중 결혼 같은 게 될 테니까요. 하지만 에드먼드 형의 여자잖습니까! 차라리 여자를 받아들여서 아이를 훌륭한 학교에 보내고는 아버지를 괴롭히며 즐기는 편이 낫지 않을까요? 아버진 몹시 언짢아하시겠지만 체면상 마다하지는 못하시겠지요. 가시기 전에 뭘 좀 마실 것을 드릴까요? 어떻습니까, 경감님? 도와드리지 못해서 정말 유감입니다."

3

"경감님, 그걸 아시겠습니까?"

크래독 경감은 흥분해 있는 경사를 바라보았다.

"무슨 말인가, 웨더롤?"

"그 사람이 누군지 알아냈습니다, 경감님. 바로 그 녀석입니다. 내내 누군지 생각해 내려고 했는데, 갑자기 머릿속에 떠오르지 않겠습니까? 디키 로저스와 같이 통조림 관계의 일에 연루되어 있었던 녀석 말입니다. 저 녀석한테서는 꼬투리가 잡히지 않았습니다—아주 빈틈없는 녀석이거든요. 그리고 가끔씩 소호 가(街)의 무리들과도 관계를 갖지요. 시계나 이탈리아 금화 따위의 일로 말입니다."

그렇다! 크래독은 이제 왜 처음부터 앨프리드의 얼굴이 어렴풋이나마 눈에 익은 듯한 느낌이 들었었는지 깨달았다. 언제나 그것은 좋지 않은 일들뿐이었다—결코 증거 따위를 남기는 법이 없다.

앨프리드는 언제나 깊이 말려 들어가는 일이 없도록 그럴 듯하고 죄가 되지 않는 이유를 앞세워서 암거래의 언저리에서 맴돌고 있었다. 하지만 분명히 그 거래로부터 나름대로 작지만 짭짤한 수입을 벌어들이고 있다고 경찰은 확신하고 있었다.

"한 줄기 빛이 비쳐오는 것 같군." 크래독이 말했다.

"그 녀석이 한 짓이라고 생각하시는 겁니까?"

"그 녀석은 살인을 할 타입은 아니라고 할 수 있지. 하지만 그 밖에 다른 설명이 있을 수가 있겠지. 어째서 알리바이를 제대로 댈 수 없는지 그 이유를 말일세."

"그렇습니다. 그로서는 매우 난처한 일이겠지요."

"그렇게 대단한 일은 아닐 테지." 크래독이 말했다.

"영리한 짓이야—그냥 기억나지 않는다고만 말하다니 말일세. 많은 사람들이 불과 일주일 전의 일인데도 자기가 무엇을 했으며 어디에 있었는지 기억하지 못하는 수가 많이 있다. 특히 자신이 시간을 보내는 일에 대해서 주의를 기울이지 않는다면 더욱 쓸모 있는 말이지. 예를 들어 디키 로저스 일당과 주차장에서 흥미로운 모임이 있었을 경우 같은 때 말이지."

"그럼 그가 결백하다는 말입니까?"

"아직까지는 누가 결백하고 않고는 잘라서 말할 생각이 없네. 자네가 이 일을 좀 맡아 조사해 줘야겠어, 웨더롤."

자신의 책상으로 돌아간 크래독은 얼굴을 찌푸리고 앉아서 앞에 놓여 있는 메모지에 짤막하게 적어 넣었다.

범인(그는 그렇게 썼다)— 키가 크고 짙은 머리의 남자!
피해자?
마르틴 크래켄소프일지도 모름. 에드먼드 크래켄소프의 미망인 아니면 애인. 그렇지 않으면 안나 스트라빈스카일 수도 있음. 비슷한 시기에 순회공연 도중 사라짐. 비슷한 나이와 용모, 옷 등등. 현재까지는 러더퍼드 저택과 아무 관련이 없는 것으로 보임.
해롤드의 첫 번째 아내일 수도! 이중 결혼!
해롤드의 정부(情婦). 공갈 협박?
앨프리드와 관련이 있다면 협박일 가능성이 큼. 그를 형무소에 보낼 어떤 정보라도 가지고 있었을까?
세드릭이라면? 외국에서 그와 어떤 관계를 갖고 있었을지도 모름—파리? 발리아릭 군도?

그렇지 않으면 피해자는 마르틴으로 가장한 안나 S일 수도 있음.

또, 그렇지 않으면 피해자는 알 수 없는 남자에 의해 살해된 알 수 없는
제3의 여자?

"후자의 경우일 가능성이 큰데." 크래독이 큰소리로 말했다.

그는 우울한 기분으로 상황을 되새겨보았다. 동기를 제대로 발견할 때까지
는 이 사건이 더 이상 진전되지 않을 것 같군. 지금까지의 모든 동기들은 부
적당하거나 납득되기 어려운 것들뿐이었다.

차라리 이번 사건이 크래켄소프 노인의 살해사건이라면 동기가 훨씬 많을
텐데…….

무엇인가가 그의 기억 속에서 움직였다.

그는 써넣고 있던 메모지에 덧붙여 기입했다.

쾸퍼 박사에게 크리스마스 때의 크래켄소프 노인의 질환에 대해서 물어
볼 것.

세드릭— 알리바이.

M 양에게 최근의 소문에 대해 조언을 구할 것.

제16장

　크래독이 메디슨 가 4번지에 도착했을 때, 그는 루시 아일리스배로가 마플 양과 함께 있는 것을 보았다. 그는 잠시 동안 자신의 계획대로 해야 하나 말 아야 하나 망설였으나, 루시 아일리스배로가 어쩌면 유능한 지원군이 되어 줄 지도 모른다는 결론을 내렸다.

　인사를 나눈 뒤에 그는 점잖게 지갑을 꺼내서, 3파운드짜리 지폐에 3실링을 보태어서는 마플 양이 앉아 있는 쪽의 테이블로 밀어 보냈다.

　"이게 뭔가요, 경감님?"

　"상담 비용입니다. 부인은 고문(顧問) 의사인 셈이지요―살인사건에 관한 한 말입니다! 소위 살인사건에 있어서의 맥박이며 체온, 국부적인 반응, 깊은 곳 에 자리 잡는 가능한 병의 원인 같은 것들을 찾아내시지요. 저는 단지 곤란에 빠진 한 일반 개업의에 불과하니까요."

　마플 양이 그를 바라보고 눈을 깜박거렸다.

　그는 그녀를 향해 빙긋이 웃었다. 루시 아일리스배로가 희미하게 놀란 듯한 소리를 지르고는 웃었다.

　"어머나, 크래독 경감님, 당신도 결국은 평범한 인간이시군요."

　"오, 글쎄요. 엄밀히 말해서 나는 지금 업무상으로 온 것이 아닙니다. 오늘 오후에는 일이 없습니다."

　"내가 이분과 전에 만난 적이 있다고 당신한테 말하지 않았던가요?"

　마플 양이 루시에게 말했다.

　"헨리 클리더링 경이 이분의 대부셨답니다―매우 오래된 내 친구지요."

　"아일리스배로 양, 내 대부께서 마플 양에 대해서 뭐라고 말씀하셨는지 듣 고 싶지 않으십니까? 내가 대부님을 처음 뵀을 때 말입니다. 그분은 마플 양을 하나님이 창조하신 가장 뛰어난 탐정이라고 표현하셨답니다. 가장 적합한 토양에서 길러진 천부적인 재능이라고 말입니다. 그분은 제게 그 뭐랄까……."

그렇게 말하다가 더못 크래독은 '늙은 고양이들'이란 말의 동의어를 찾아내느라 잠시 말을 멈추었다.

"음, 나이 드신 노부인들을 우습게 보지 말라고 말씀하셨답니다. 그분들은 무슨 일이 일어날 수 있는지, 또 무슨 일이 일어났어야 했는지, 그리고 실제로 무슨 일이 일어났는지를 말해 주실지도 모른다고 말이죠. 그리고 왜 그런 일이 일어났는지 그 이유도 말해 줄 수 있을지 모른다고 하셨지요."

그가 말을 덧붙였다.

"이 아주 특별한, 음, 노부인은 그러한 부류의 부인들 가운데서도 최고라고 말입니다."

"어머나! 그건 정말 틀림없는 추천장인 것 같군요." 루시가 말했다.

마플 양은 볼이 핑크 빛으로 물들고 약간 당황하고 평소보다 흥분한 듯싶었다.

"친절한 헨리 경." 그녀가 나직이 중얼거렸다.

"언제나 그분은 정말로 친절해요. 사실 난 조금도 똑똑한 편은 아니랍니다. 단지 인간의 본성에 대해 약간의 지식을 가지고 있을 따름이겠지요. 알다시피 난 오랫동안 한 시골마을에서 살아왔으니까 말이에요."

그녀가 아까보다는 침착함을 되찾은 태도로 말을 덧붙였다.

"물론 어떤 면에서 약간 불리한 점이 있기는 해요—언제나 현장에 있을 수 없다는 점에서 말이지요. 언제나 느끼는 일이지만, 어떤 사람을 보고 그와 비슷한 사람이 연상된다는 건 매우 도움이 되는 일이랍니다. 사람들은 어디서나 대개 그 부류가 비슷비슷하니까요. 그 점이 매우 유능한 안내자가 되지요."

루시는 무슨 뜻인지 잘 이해하지 못하는 것 같았으나, 크래독은 알겠다는 듯이 고개를 끄덕였다.

"그곳에서 차를 마신 적이 있으시죠?" 그가 말했다.

"예, 그랬어요. 정말로 재미있었답니다. 크래켄소프 노인을 보지 못해서 좀 실망을 하긴 했지만, 사람은 언제나 모든 것을 다 만족하게 가질 수는 없잖겠어요?"

"그럼 살인을 저지른 사람을 보면 그 사람일 거라고 느끼실 수 있겠어요?"

루시가 물었다.

"오, 그렇다고 말할 수는 없어요, 아가씨. 사람들은 대개 추측을 하지요. 하지만 추측이란 건 살인이라는 중대한 문제에선 매우 위험한 거랍니다. 단지 할 수 있는 건 관련된 사람들을, 아니면 관련되어 있을지도 모른다고 생각되는 사람들을 자세히 관찰하고, 그들이 누구를 연상시키는지를 알아내는 일뿐이지요."

"세드릭과 은행장처럼 말이죠?"

마플 양이 루시의 말을 고쳐주었다.

"은행장의 아들이에요. 이드 씨는 해롤드 쪽을 훨씬 더 많이 닮았어요. 매우 신중한 사람이지요. 하지만 분명히 돈을 지나치게 좋아하기는 해요. 그런 종류의 남자는 쓸데없는 추문을 피하기 위해서는 멀더라도 길을 돌아서 가지요."

크래독이 빙긋 웃으며 말했다.

"그럼 앨프리드는요?"

"자동차 정비소의 젠킨스를 닮았어요." 마플 양이 재빨리 대답했다.

"엄밀히 말해서 그는 연장들을 훔치지는 않았을 거예요. 하지만 망가지거나 질이 낮은 나사들을 좋은 것들과 종종 바꿔치기를 했거든요. 그리고 내가 생각하기에는 배터리에 관해서도 거짓말을 많이 했을 거예요—이런 일들에 대해서 잘은 모르지만 말이에요. 레이먼드도 그 사람을 제대로 다룰 수가 없어서 그곳을 떠나 밀체스터 가(街)에 있는 정비소로 옮긴 거로 알고 있으니까요. 에마에 대해서 말하자면……."

마플 양이 생각에 잠긴 채로 말을 이었다.

"제랄딘 웨브가 생각난답니다. 언제나 조용하고 촌스러운 여자였는데, 늙은 어머니한테서 매우 심하게 들볶이면서 살았답니다. 하지만 모두가 놀란 건 그녀의 어머니가 갑자기 죽자, 제랄딘은 꽤 많은 액수의 돈을 물려받았다는 거예요. 그 뒤 그녀는 머리를 자르고 파마를 한 채로 유람선을 타고나가서는 매우 훌륭한 변호사와 결혼을 해서 돌아왔다는 사실이에요. 아이가 둘이 있었지요, 아마."

그 비교는 매우 분명했다. 루시가 다소 불편한 듯이 말했다.

"에마의 결혼문제에 대해서 꼭 그렇게 말씀하셨어야 할까요? 오빠들의 마음이 무척 상한 것 같던데."

마플 양이 고개를 끄덕거렸다.

"그래요. 남자들이란 그래요—바로 눈 아래에서 무슨 일이 일어나고 있는지를 도무지 모른다니까. 당신조차도 알아차리지 못한 것 같더군."

"그랬어요." 루시가 인정했다.

"그런 종류의 일은 생각해 본 적이 없어요. 제가 보기에 그들은 둘 다……."

"너무 나이가 들었다고?" 마플 양이 살짝 미소를 지으며 말했다.

"하지만 큄퍼 박사는 마흔을 그리 많이 넘진 않았어요. 관자놀이께에 흰 머리가 약간 있기는 하지만 말이에요. 게다가 가정생활을 원하고 있는 게 분명해요. 그리고 에마 크래켄소프는 마흔이 아직 안 됐고요—결혼을 해서 가정을 갖지 못할 정도로 나이가 들진 않았어요. 큄퍼 박사의 부인은 젊어서 아이 하나를 남기고 죽었단 얘기를 들었어요."

"저도 그렇게 알고 있어요. 에마가 언젠가 그런 얘기를 한 적이 있는 것 같아요."

"그분도 틀림없이 외로울 거예요." 마플 양이 말했다.

"바쁘고 힘든 일을 하는 의사는 아내가 필요하지요. 그리 젊지 않고 마음이 넓은 여자 말이에요."

"들어보세요, 부인. 우리가 지금 범죄를 조사하고 있는 건가요, 아니면 중매를 하고 있는 건가요?" 루시가 말했다.

마플 양이 눈을 깜박거렸다.

"난 아마 좀 낭만적인 편인가 봐요. 이렇게 나이가 들었는데도 말이에요. 루시, 내가 알고 있는 한 당신은 계약을 충실히 이행했어요. 다음에 약속된 장소로 가기 전에 외국에서 휴가를 보내고 싶다면, 아직 짧은 여행 정도를 할 시간은 있을 거예요."

"그럼 러더퍼드 저택을 떠나라고요? 천만에! 전 지금까지 완전히 탐정 노릇을 해왔어요. 그 저택의 소년들만큼이나 열심히 말이에요. 그 아이들은 시간을 온통 단서를 찾아다니는데 보내고 있어요. 어제는 쓰레기통들을 모조리 뒤지고 다녔답니다. 정말 고약한 냄새가 나더군요. 그런데도 그 아이들은 자기들이 찾는 게 뭔지도 사실은 모른답니다. 크래독 경감님, 만일 그 아이들이 '마르틴 —목숨이 아깝거든 긴 창고 근처에 가지 마라'라고 쓰인 찢어진 종이쪽지를 갖고 의기양양하게 경감님을 찾아가면, 그 애들이 너무 불쌍해서 그런 종이를 제가 돼지우리에 숨겨둔 걸로 아세요!"

"왜 하필 돼지우리지?" 마플 양이 흥미를 나타내며 물었다.

"돼지를 키우고 있나요?"

"아, 아니에요. 요즘은 기르지 않아요. 단지, 제가 가끔 그곳엘 가거든요."

무슨 이유에선지 루시의 얼굴이 붉어졌다.

마플 양이 점점 더 흥미롭다는 듯이 그녀를 바라보았다.

"지금은 누가 집에 있습니까?"

"세드릭이 있고, 브라이언도 주말을 보내려고 내려와 있어요. 해롤드와 앨프리드는 내일 내려올 거예요. 오늘 아침에 전화가 왔었거든요. 어쩐지 경감님께서 그들을 좀 긁어놓지 않으셨나 하는 느낌을 받았어요."

크래독이 웃었다.

"내가 그들을 좀 흔들어 놓았지요. 12월 20일 금요일에 한 그들의 행동에 대해서 질문을 했었거든요."

"그래, 대답을 하던가요?"

"해롤드는 했습니다. 앨프리드는 하지 못했고—아니, 하지 않으려고 했다는 편이 옳을지도 모르지요."

"알리바이를 제대로 대기란 무척 어려운 일일 거예요." 루시가 말했다.

"시간이며 장소며 날짜 같은 것들 모두가 말이죠. 그들도 역시 찾아내기가 어려웠을 거고요."

"시간과 인내가 필요하겠지요. 하지만 해낼 겁니다."

그가 손목시계를 흘끗 쳐다보았다.

"난 지금 세드릭과 몇 마디 얘기를 나누러 러더퍼드 저택에 갈 예정인데,

그전에 먼저 큄퍼 박사와 연락이 됐으면 합니다."

"시간을 정확히 맞추셨군요. 그 의사는 6시에 진찰을 하러 오는데 대개 30분쯤이면 끝나요. 저도 돌아가서 저녁식사를 준비해야 해요."

"한 가지 당신의 의견을 듣고 싶습니다, 아일리스배로 양. 마르틴의 일에 대한 가족들의 의견은 어떻습니까?"

루시가 재빨리 대답했다.

"그들은 모두 에마가 경감님께 가서 그 일에 대해 말씀드린 데 몹시 화를 내고 있어요. 그리고 그녀가 그렇게 하도록 옆에서 부추겼으리라 여겨지는 큄퍼 박사에 대해서도요. 해롤드와 앨프리드는 그 편지가 그저 한번 시험 삼아 떠본 것에 불과하고 결코 진짜로 쓰인 것이 아니라는 거예요. 에마는 확신하고 있지 않았고요. 세드릭도 또한 가짜라고 생각하고 있었지만, 다른 두 사람처럼 그 문제를 그렇게 심각하게 생각지는 않고 있어요. 그러나 반대로 브라이언은 그게 진짜라고 생각하고 있었던 것 같아요."

"왜요?"

"글쎄요, 브라이언은 그런 사람이에요. 사물을 눈에 보이는 그대로 받아들이지요. 그는 그 여자가 에드먼드의 부인(아니, 미망인이라는 편이 옳겠지만요)이며, 갑자기 일이 생겨 프랑스로 돌아가긴 했지만 언젠가는 다시 소식을 보내올 거라고 생각하나 봐요. 그 여자가 지금까지 편지나 뭐 그런 종류의 소식을 전해 오지 않았다는 사실도 그에겐 너무나 당연한 일로 받아들여지는 모양이에요. 자기 자신도 거의 편지를 쓰지 않는다나요. 브라이언은 다정다감한 편이에요. 산보에 데려가 달라고 조르는 강아지 같다고나 할까요."

"그래서 산책에 데려가 주었나요?" 마플 양이 물었다.

"돼지우리에라도?"

루시가 그녀에게 날카로운 눈길을 던졌다.

"그 저택에는 정말 많은 신사들이 오고 가는구먼."

마플 양이 생각에 잠겨서 말했다. 마플 양이 신사들이라는 말을 발음할 때면 언제나 그 말 가득히 빅토리아 왕조 시대의 향취를 풍겼다―그녀가 살아온 시기보다 훨씬 전 시대의 메아리가 말이다. 그 말은 듣는 이들로 하여금 씩씩

하고 혈기가 충만한 그리고 아마도 구레나룻을 기른 남자들을, 때때로 야수 같지만, 언제나 여자들에게는 친절하고 상냥한 그런 사나이들을 떠올리게 했다.

"당신은 그처럼 매력적인 아가씨이니만큼……"

마플 양은 루시를 평가하듯이 뜯어보면서 말했다.

"꽤 많은 주목을 받을 것 같은데, 그렇지 않나요?"

루시가 살짝 얼굴을 붉혔다. 단편적인 기억들이 그녀의 마음을 스쳐 지나갔다. 돼지우리 벽에 기대어 서 있는 세드릭. 쓸쓸한 표정으로 부엌 식탁에 앉아 있던 브라이언. 커피 잔들을 모으는 그녀를 도우며 슬쩍 건드리던 앨프리드의 손가락.

마플 양이 어떤 이질적이고도 위험스러운 종류에 대해서 이야기하는 듯한 어조로 말했다.

"신사들이란 어떤 면에선 모두 매우 비슷하답니다―심지어 굉장히 늙은 사람이라 할지라도"

"오, 세상에―" 루시가 소리를 질렀다.

"100년 전이었다면 부인은 분명히 마녀라 해서 화형에 처해졌을 거예요!"

루시는 크래켄소프 노인의 조건부 결혼신청에 대해 이야기를 했다.

"사실은, 그들은 모두 저마다의 방식으로 부인이 말하는 접근이란 걸 해왔어요. 해롤드는 매우 그럴 듯한 방법을 썼지요. 시티에서 경제적으로 유리한 자리를 주겠다는 거였어요. 전 제가 매력적인 외모를 가져서라는 생각은 안 들어요. 아마 제가 뭔가를 알고 있다고 생각하고들 있기 때문일 거예요."

그녀가 살짝 웃었다. 그러나 크래독 경감은 웃지 않았다.

"조심하십시오." 그가 말했다.

"어쩌면 당신에게 접근하는 방법 대신 당신을 죽이려고 할지도 모르니까."

"그게 훨씬 더 쉬울지도 모르지요."

루시가 동의했다. 그러고 나서 그녀는 몸을 약간 떨었다.

"잊어버리고 있었어요. 너무 마음을 놓았나 봐요." 그녀가 말했다.

"아이들은 이 일을 마치 게임이라도 되는 듯이 즐거워하고 있어요. 하지만 이건 게임은 아니잖아요."

"물론이지. 살인은 결코 게임이 아니랍니다." 마플 양이 말했다.

그녀는 말을 하기 전에 잠시 동안 사이를 두었다.

"곧 아이들은 학교로 돌아가지 않나요?"

"예, 다음 주에요. 방학의 마지막 며칠을 보내기 위해서 제임스 스토더트웨스트의 집으로 내일 떠난답니다."

"정말 잘된 일이에요." 마플 양이 심각하게 말했다.

"그 아이들이 그곳에 있는 동안 무슨 일이 일어나는 건 정말 원치 않아요."

"크래켄소프 노인에게 말씀이신가요? '그분'이 다음으로 살해될 거라고 생각하시는 건가요?"

"오, 아니에요." 마플 양이 말했다.

"그분은 아무 일도 없을 거예요. 난 아이들을 말한 거예요."

"아이들?"

"그러니까 알렉산더에게 말이죠."

"하지만 분명히……."

"단서를 찾으려고 여기저기를 기웃거리고 다니는 것 말이에요. 소년들은 그런 종류의 일들을 좋아하지요. 하지만 그건 매우 위험한 일일 수도 있답니다."

크래독이 생각에 잠겨서 그녀를 바라보았다.

"부인은 이번 일이 어떤 알지 못하는 남자에 의한 알지 못하는 여자의 살인사건이라고는 생각지 않으시는군요? 확실히 이 사건을 러더퍼드 저택과 연결시켜 생각하고 계십니까?"

"그래요, 확실히 관계가 있다고 난 생각해요."

"살인자에 대해서 우리가 알고 있는 거라곤, 키가 크고 짙은 머리의 남자라는 사실 밖엔 없습니다. 그게 부인 친구가 할 수 있었던, 그리고 실제로 한 이야기의 전부입니다. 러더퍼드 저택에는 키가 크고 짙은 머리의 남자가 셋 있습니다. 검시 재판이 있던 날, 전 밖으로 나와서 도로 가장자리에서 차가 와서 닿기를 기다리며 서 있는 세 형제를 봤습니다. 그들은 모두 제게 등을 돌리고 서 있었는데, 놀랍게도 두터운 오버코트를 입은 그들은 모두 비슷해 보이더군요. '세 명의 키가 크고 짙은 머리의 남자들'이었단 말입니다. 그런데 사실은 그들 셋 모두가 상당히 서로 다른 타입의 남자들인 겁니다."

그가 한숨을 쉬었다.

"그래서 어려운 거지요."

"혹시 모르겠어요—." 마플 양이 말했다.

"어쩌면 이 사건은 우리가 상상하고 있는 것보다 훨씬 단순한 사건일지도 모른다는 생각을 해봤어요. 살인사건은 종종 굉장히 단순할 때가 많답니다. 확실하고 그럴 듯한 동기만 있으면 말이에요……."

"부인은 그 수수께끼의 마르틴이라는 여자를 믿으십니까?"

"에드먼드 크래켄소프가 마르틴이라는 이름의 여자와 결혼을 했거나 혹은 하려고 했었다는 얘기는 사실인 것 같아요. 에마 크래켄소프가 당신한테 그의 편지를 보여준 걸로 알고 있는데, 내가 그녀를 보거나 루시에게서 이야기를 들은 바에 의하면, 에마 크래켄소프는 그런 종류의 일들을 꾸며낼 여자 같지는 않아요. 사실 꾸며낼 필요가 없잖겠어요?"

"마르틴의 일이 사실이라고 치면……."

크래독이 곰곰이 생각에 잠긴 채로 말했다.

"한 가지 동기가 생기기는 합니다. 마르틴이 아들을 데리고 나타나면 크래켄소프 씨의 유산분배 몫이 줄어들게 된다는 겁니다. 그것이 살인을 저지를 동기가 충분히 된다고는 볼 수 없습니다만, 모두들 돈에 쪼들리고 있고……."

"해롤드까지도요?" 루시가 믿기지 않는다는 듯이 물었다.

"화려해 보이는 해롤드 크래켄소프도 겉보기만큼 착실하고 견고한 재산가는 아닙니다. 뭔가 그다지 좋지 않은 투기에 연결되어 깊숙이 빠져 있는 것 같습니다. 웬만큼 큰돈이 있으면 파산은 피할 수 있겠지만 말입니다."

"하지만 그렇다고 해도……." 루시가 말을 하다가 멈추었다.

"예, 아일리스배로 양. 무슨 말을 하려는지 알아요." 마플 양이 말했다.

"빗나간 살인이라는 말이지요?"

"그래요. 마르틴의 죽음은 해롤드에게 아무런 도움이 되지 않아요. 다른 어느 누구에게도 아무 이익이 없어요. 적어도……."

"적어도 루서 크래켄소프 노인이 죽을 때까지는. 바로 그렇습니다. 나 역시 그 생각을 했습니다. 게다가 크래켄소프 노인은 의사에게서 들은 얘기로 미루어 보면, 외부 사람들이 상상하는 것 이상으로 상태가 좋은 것 같았습니다."

"몇 년은 더 살 거예요."

루시가 말했다. 그러고는 얼굴을 찡그렸다.

"그래요?" 크래독이 기운을 북돋아주듯이 말했다.

"크리스마스 때에는 몸이 좋지 않았다나 봐요." 루시가 말했다.

"의사가 그 일로 온통 법석을 떨었다고 하더군요. '그 의사가 법석을 떠는 걸 남들이 보면 내게 누가 독약이라도 먹인 줄 알겠구먼.'—이랬다더군요."

그녀가 묻듯이 크래독을 바라보았다.

"그랬군요." 크래독이 말했다.

"그게 바로 내가 큄퍼 박사에게 물어보려 했던 겁니다."

"전 이제 그만 가봐야겠어요." 루시가 말했다.

"어머나, 세상에, 늦었어요."

마플 양은 뜨개질하던 것을 내려놓고 반쯤 풀다가 놓아둔 낱말 맞추기 게임이 들어 있는 '타임스'지를 집어들었다.

"사전이 있었으면 좋겠네." 그녀가 혼잣말로 중얼거렸다.

"톤틴(Tontine)과 토케이(Tokay), 이 두 낱말을 난 언제나 혼동한단 말이야. 그 중의 하나가 헝가리산 포도주인 걸로 알고 있는데."

"그건 토케이예요." 루시가 문 앞에서 돌아보면서 말했다.

"하지만 하나는 다섯 글자고 다른 하나는 일곱 글자예요. 힌트에는 뭐라고 씌어 있지요?"

"오, 낱말 맞추기 게임 얘기가 아니에요. 그냥 머릿속에 떠올랐을 뿐이에요."

마플 양이 모호한 어조로 말했다.

크래독 경감이 날카로운 눈길로 그녀를 바라보았다. 그러고 나서 그는 작별 인사를 하고 나갔다.

제17장

1

크래독은 큄퍼 박사가 저녁 진찰을 마칠 때까지 기다려야만 했다. 그러고 나서 얼마 뒤에 의사가 그에게로 왔다. 그는 피곤하고 우울해 보였다.

그는 크래독에게 마실 것을 건네주고는, 그가 잔을 받아들자 자신의 잔에도 직접 따라 칵테일을 만들었다.

"가엾은 사람들."

그가 닳고 편안해 보이는 의자에 털썩 주저앉으며 말했다.

"그렇게 겁을 집어먹고 그렇게 어리석다니, 도무지 지각이 없는 사람들 같습니다. 오늘 저녁에는 몹시 힘든 환자가 있었습니다. 1년 전에 찾아왔어야 할 여자 환자였지요. 그때 오기만 했으면 성공적으로 수술할 수도 있었을 텐데 말입니다. 지금은 너무 늦었어요. 정말 화가 나서 견딜 수가 없습니다. 사람이란 영웅적 심리와 비겁함의 교묘한 혼합물이라고 하는 편이 옳을 겁니다.

그녀는 고통을 아무 말 하지 않고 견뎌왔는데, 그 이유는 단지 내게 와서 자신이 두려워하고 있던 일이 사실이라는 걸 발견하게 될까 봐 겁이 났기 때문이랍니다. 그와는 반대로 손가락에 끔찍한 고통이 오는데 혹시 암이 아니냐며 내 시간을 낭비하게 하는 사람들도 있습니다. 하지만 알고 보면 결국 보통의 흔해 빠진 동상에 불과한 것으로 진단이 나오게 마련이지요. 오, 신경 쓰지 마십시오. 난 단지 지금 울분을 풀고 있는 겁니다. 그런데 무슨 일로 나를 보자고 하셨습니까?"

"무엇보다 먼저 감사를 드려야 할 것 같군요. 크래켄소프 양에게 오빠의 미망인이라는 여자가 보냈다는 편지 얘기를 내게 가서 하라고 권유하셨다지요."

"아, 그 말씀입니까? 그 일에 무슨 중대한 단서라도 포함되어 있습니까? 경감님께 꼭 가라고 충고를 한 건 아닙니다. 그녀가 그걸 원했지요. 걱정을 하고 있었거든요. 다른 형제들은 물론 막으려고 했지만요."

"그들이 왜 그랬을까요?"

의사가 어깨를 으쓱했다.

"그 여자가 진짜로 판명이 될까 봐 두려워서였겠지요."

"당신은 그 편지가 진짜라고 생각하십니까?"

"그건 알 수 없지요. 사실은 본 적이 없으니까요. 내 생각에는 그런 사실을 아는 누군가가 시험 삼아 한번 써본 게 아닐까 합니다. 에마의 동정심을 한번 일깨워볼까 해서 말입니다. 그렇다면 완전히 잘못 본 거지요. 에마는 어리석은 여자가 아닙니다. 구체적으로 물어보지도 않고, 알지도 못하는 올케를 그냥 맞아들일 그런 여자는 아니란 말입니다."

그가 갑자기 궁금하다는 듯이 덧붙여 물었다.

"그런데 왜 내 의견을 물으시는 겁니까? 난 그 일과는 아무 관계가 없는데 말입니다."

"사실은 그 일과는 다른 일에 대해서 물어볼 게 좀 있어서 왔습니다. 그런데 그 얘기를 어떻게 꺼내야 할지 모르겠어서요."

큄퍼 박사는 흥미를 느끼는 듯 보였다.

"그리 오래전은 아닌 것 같습니다만―크리스마스 때 말입니다. 그러니까 내가 알기로는, 크래켄소프 노인의 병세가 다소 악화되었었다고 하던데요."

그는 이내 의사의 표정이 변하는 것을 보았다. 그의 표정은 딱딱하게 굳어져 있었다.

"그렇습니다."

"일종의 위장장애였다면서요?"

"그렇습니다."

"이해하기 힘든 일이군요……. 크래켄소프 노인은 건강에 대해서는 자신만만해 있었고, 다른 가족들보다도 제일 오래 살 거라며 장담을 했다는데 말입니다. 그분이 당신에 대해 말하기를……. 죄송합니다, 박사님."

"아, 나한테는 신경 쓰지 마십시오. 내 환자들이 내게 하는 얘기에는 그다지 신경 쓰지 않으니까요."

"그분이 당신에 대해, 하찮은 일에 법석을 떠는 늙은이라고 하더군요."

큄퍼가 빙긋이 웃었다.

"당신이 온갖 질문을 다 해댄다고 말입니다. 무엇을 먹었느냐부터 시작해서 누가 식사를 준비했으며, 누가 시중을 들었느냐에 이르기까지 말이지요."

의사가 웃음을 거두었다. 그의 표정이 다시 굳어졌다.

"계속하십시오."

"이런 말도 하더군요. '누군가 내게 독약이라도 먹인 것처럼 여기는 모양이 더군.' 하고 말입니다."

두 사람은 잠시 동안 아무 말도 하지 않았다.

"당신은, 그런 종류의 의심을 하고 있었습니까?"

큄퍼는 곧바로 대답을 하지 않았다. 그는 일어나서 이리저리 왔다 갔다 했다. 마침내 그가 크래독을 향해 돌아섰다.

"도대체 내가 무슨 말을 하기를 기대하시는 겁니까? 의사가 아무런 확실한 증거도 없으면서 여기저기 돌아다니면서 독약이 들었느니 어쩌니 하며 퍼뜨리고 다녀야겠습니까?"

"난 단지 알고 싶을 뿐입니다—이건 공식적인 일이 아닙니다. 만일, 그 생각이 당신의 머리에 떠올랐다고 한다면……?"

큄퍼 박사가 회피하듯이 말했다.

"크래켄소프 노인은 매우 검소한 생활을 해왔습니다. 가족들이 집으로 내려오면 에마는 음식을 많이 장만하지요. 그 결과로 위장염에 걸리게 되는 수가 많지요. 증상은 그 진단과 일치했었습니다."

크래독이 자신의 말을 고집했다.

"알았습니다. 그럼 당신은 아주 만족스러웠단 말이로군요? 전혀, 뭐랄까, 의아한 느낌이 들지 않았습니까?"

"그래요 그렇습니다. 난 아주 의아한 생각이 들었습니다! 이렇게 말하면 되겠습니까?"

"무척 흥미롭군요." 크래독이 빈정거리듯이 말했다.

"당신이 의심한 건(아니면 두려움이었던지) 정확히 어떤 것이었습니까?"

"위장병의 증세는 매우 다양합니다. 그러나 뭐라고 할까, 평범한 위장염이라기보다는 비소 중독에 더 일치하는 듯한 징후가 있었습니다. 이 두 가지 증상은 매우 비슷합니다. 나보다 더 실력 있는 의사들도 비소 중독을 정확히 판별해내는 데 종종 실패하고는 아무 의심 없이 사망진단서를 쓰는 수가 많습니다."

"그럼 당신이 진단해 본 결과는 어땠습니까?"

"내가 의심했던 바가 틀림없는 것같이 보였습니다. 크래켄소프 씨는 내가 그분을 돌봐 주기 전부터 비슷한 발작을 일으킨 적이 있었노라고 안심을 시키더군요—똑같은 이유 때문이었다나요. 언제나 음식이 너무 많을 때 일어났다고 말입니다."

"그때 집 안에는 어느 쪽 사람들이 많았습니까? 가족들이었습니까? 아니면 손님들이었습니까?"

"예, 그건 온당한 질문인 것 같군요. 하지만 난 솔직히 그때 전혀 기분이 유쾌하지 못했습니다. 난 결국 연로하신 모리스 박사님께 편지까지 썼답니다. 모리스 박사님은 내 선배님으로, 나와 함께 일하게 된 지 얼마 되지 않아서 은퇴를 했지요. 크래켄소프 씨는 원래 그분의 환자였거든요. 그래서 그 노인이 전에 일으켰던 적이 있다는 발작의 증세에 대해 물어보았지요."

"그래서 어떤 회답을 받았습니까?"

큄퍼가 빙긋 웃었다.

"듣기 싫은 소리만 들었죠. 바보라는 소리까지는 듣지 않았습니다만, 아니……, 분명히 난 바보였습니다." 그가 어깨를 으쓱했다.

"그럴까요."

크래독은 생각에 잠겨 있었다. 그러고 나서 그는 마침내 솔직히 말하기로 결정했다.

"그 일은 옆으로 젖혀두고, 박사님, 루서 크래켄소프의 죽음으로 꽤 상당한 이익을 얻을 만한 사람들이 있을 텐데요."

의사가 고개를 끄덕였다.

"그는 노인이긴 합니다만, 아직 정정하고 근력이 좋습니다. 아마 90세까지는 살지 않을까 싶습니다."

"충분히 그렇게 살 것 같더군요. 자기 생활을 엄격히 지키며 사는데다가 건강한 체질이니까요."

"그러면 그분의 아들들과 그리고 딸도 계속 나이를 먹어갈 것이고, 따라서 별 수 없이 계속 돈에 곤란을 느끼며 살아가야 되겠군요."

"에마는 제외시켜도 좋을 겁니다. 그녀는 독살을 할 여자가 아닙니다. 그분의 발작은 다른 사람들이 그곳에 올 때에만 일어났으니까요. 그녀와 노인만이 있을 때는 일어나지 않았습니다."

"1차적인 조심성―만일 그녀가 범인이라면."

경감은 잠시 생각했으나, 입 밖으로 소리를 내어 말하지는 않았다.

그는 조심스럽게 말을 고르면서 잠깐 사이를 두었다.

"사실 분명히(난 이런 문제에는 전혀 아는 바가 없습니다만) 비소가 투입되었다고 가정을 할 때, 크래켄소프 씨는 운이 좋아서 죽지 않은 거란 얘기군요?"

"그렇게 말한다면, 매우 기묘한 점이 있다는 걸 알게 되실 겁니다. 바로 그 사실 때문에 모리스 박사님이 생각하신 것같이 내가 어처구니없는 바보라고 생각이 된 겁니다. 아시다시피 이번 일은 소량의 비소를 규칙적으로 조금씩 투입한 경우가 아닙니다―이건 소위 비소 독살의 고전적인 방법이지요. 크래켄소프 노인은 만성적인 위장염의 통증은 없었습니다. 어떤 면에서는 바로 그 점이 갑작스러운 격심한 발작을 부자연스럽게 보이도록 만드는 거지요. 따라서 그것이 자연적인 원인에 기인한 것이라고 가정하면, 독살범이 매번 실수를 했다는 얘기가 되는 것같이 보입니다. 따라서 이건 얘기가 안 됩니다."

"즉, 양을 잘못 집어넣었단 말이군요?"

"그렇습니다. 다른 편에서 보면, 크래켄소프 씨의 체질이 워낙 강해서 다른 사람이라면 죽었을 양이 그에게는 치명적인 영향을 끼치지 않았다고도 볼 수 있지요. 언제나 고려해야 할 개인적인 특이성이라는 게 있으니까요. 하지만 지금까지의 예로 보아 독살범은 비정상적으로 겁이 많은 사람이 아닌 한 그 분량을 늘려서 집어넣었을 거라고는 생각지 않으십니까? 그런데 왜 그렇게 하지 않았을까요?"

그가 곧이어 말을 덧붙였다.

"다시 말해서, 독살범이 있다고 가정했을 때의 얘기이므로, 사실은 없다는 얘기가 되겠지요. 분명히 처음부터 끝까지 공연한 내 상상에 지나지 않았던 겁니다."

"참으로 이상한 문제로군요." 경감이 동의했다.

"이치에 맞지 않는 것 같습니다."

2

"크래독 경감님!"

진지하게 속삭이는 듯이 부르는 목소리에 크래독 경감은 깜짝 놀랐다.

그는 막 현관문의 벨을 누르려던 참이었다.

알렉산더와 그의 친구 스토더트웨스트는 조심스럽게 관목 숲에서 빠져나와 앞으로 다가왔다.

"경감님의 자동차가 도착하는 소리를 들었어요. 경감님을 뵙고 싶었습니다."

"그래, 안으로 들어가자."

크래독의 손이 다시 현관문의 벨로 뻗쳐졌으나, 알렉산더가 그의 코트자락을 마치 개가 앞발로 긁듯이 잡아당겼다.

"우리가 단서를 찾았어요." 그가 속삭였다.

"그래요, 우리가 단서를 발견했어요." 스토더트웨스트가 되풀이했다.

'그 고약스런 아가씨 같군.' 크래독은 생각했다.

"그것참 멋진 일이로구나." 그가 마지못해서 기계적으로 말했다.

"안으로 들어가서 그걸 보여 주지 않겠니?"

"안 돼요." 알렉산더가 고집을 부렸다.

"분명히 누군가가 방해할 거예요. 마구(馬具) 창고로 가세요. 제가 안내하겠습니다."

어쩔 수 없이 크래독은 그들의 안내를 받아 저택의 모퉁이를 돌아 뒤뜰을 따라 걸어갔다. 스토더트웨스트는 무거워 보이는 문을 밀어 열고 발돋움을 해서 다소 흐릿한 전등을 켰다.

그 마구 창고는 한때는 빅토리아 왕조 시대의 멋의 절정을 이루었을 듯싶었으나, 지금은 아무도 원할 것 같지 않은 온갖 잡동사니들의 수집소처럼 되어 있었다. 찌그러진 정원용 의자들, 녹슬어 버린 낡은 정원용 도구들, 낡아서 이젠 더 이상 사용할 수 없는 커다란 잔디 깎는 기계, 스프링이 녹슨 침대들, 해먹, 그리고 찢어진 테니스 네트 등이 있었다.

"우리는 여기에 자주 와요." 알렉산더가 말했다.

"여기 있으면 다른 사람들의 눈을 피할 수 있거든요."

정말로 누군가가 사용했던 흔적이 있었다. 고장 난 침대는 일종의 긴 의자처럼 포개어져 있고, 녹이 슨 탁자가 하나 놓여 있었는데, 그 위에는 커다란 초콜릿 비스킷 깡통이며 한 무더기의 사과, 토피 깡통, 그리고 조각 그림 맞추기 따위가 놓여 있었다.

"이건 정말 중요한 단서입니다, 경감님."

스토더트웨스트가 안경 뒤에서 눈을 반짝이며 진지하게 말했다.

"우린 이걸 오늘 오후에 발견했어요."

"며칠 동안은 이곳저곳을 마구 찾아 다녔답니다. 덤불 속이며."

"속이 빈 나무들 속이랑."

"쓰레기통도 모두 뒤졌어요."

"사실 그 안에는 몇 가지 재미있는 것들이 있었어요."

"그러고 나서는 보일러 실로 갔지요."

"힐먼 할아범이 온갖 못 쓰는 종이들로 가득 찬 휴지통을 갖고 있거든요."

"보일러가 꺼질 때를 대비해서, 다시 피울 때 쓰려고 모아 둔 거래요."

"여기저기 굴러다니는 종이들은 거기 다 있어요. 다 주워 모아서 거기다 쑤셔 박아 놓거든요."

"단서를 찾아낸 건 바로 거기였어요."

"무엇을 찾아냈단 말이냐?"

크래독이 두 아이들의 계속되는 말 사이에 끼어들었다.

"단서 말이에요. 조심해, 스토더스, 장갑을 껴."

아주 신중하게 스토더트웨스트는 탐정소설 속의 훌륭한 탐정처럼 약간 더러운 장갑을 끼고는 주머니에서 코닥 필름용 통을 꺼냈다. 그 안에서 그는 장갑 낀 손가락으로 구겨지고 더러워진 봉투 한 장을 조심스럽게 꺼내어 그것을 경감에게 신중히 건네주었다.

두 소년은 흥분해서 숨을 죽이고 가만히 있었다.

크래독은 짐짓 심각하게 그것을 받아들었다. 그는 소년들을 좋아했고, 언제나 사물의 핵심 속으로 들어갈 준비가 되어 있었다.

편지는 우체국을 거쳐온 것이었는데, 안에는 아무런 내용물도 없었다. 그것은 단지 '엘버스 크레센트 126번지 10호 크래켄소프 부인'이 수신인으로 되어 있는 찢어진 빈 봉투에 불과했다.

"아시겠습니까?" 알렉산더가 숨 가쁘게 속삭이듯이 말했다.

"그건 그 여자가 이곳에 왔었다는 걸 보여 주는 겁니다. 에드먼드 외삼촌의 프랑스인 아내 말입니다. 그 여자 때문에 온통 법석이거든요. 그 여자가 여기에 왔다가 어딘가에서 떨어뜨린 게 분명해요. 그런 것 같지 않으세요."

스토더트웨스트가 끼어들었다.

"살해된 사람은 바로 '그 여자' 같아요. 제 말은 그 석관 속에 있었던 여자가 바로 그 여자라는 생각이 들지 않으시냐는 거예요."

그들은 걱정스럽다는 듯이 그의 말을 기다렸다.

크래독도 그들의 열성 속에 끼어들었다.

"그래, 가능한 일이지." 그가 말했다.

"중요한 거지요, 그렇지 않나요?"

"지문 조사도 해보시겠죠, 경감님?"

"물론이지." 크래독이 말했다.

스토더트웨스트가 깊이 한숨을 쉬었다.

"우리에겐 놀라운 행운이었어요. 마지막 날에 말이에요."

"마지막 날이라고?"

"예—." 알렉산더가 말했다.

"내일은 방학의 마지막 며칠을 보내기 위해서 스토더스의 집으로 갈 거예요. 스토더스는 정말 근사한 집을 가지고 있어요. 경감님, 앤 여왕 시대의 건물인가?"

"윌리엄과 메리야." 스토더트웨스트가 말했다.

"내 생각엔 너희 어머니께서……."

"엄마는 프랑스인이셔. 사실은 영국 건축에 대해서는 거의 모르시거든."

"하지만 너희 아버지가 말씀하시길……."

크래독은 그 봉투를 자세히 살펴보았다.

똑똑한 루시 아일리스배로 어떻게 소인을 위조할 수가 있었을까?

그는 그것을 얼굴 가까이 대고 비춰보았으나, 불빛이 너무나 흐릿했다. 물론 아이들에게는 대단한 즐거움이었겠지만, 자신에게는 귀찮은 일일 뿐이다. 고약한 루시는 그 점을 생각지 않은 모양이다. 이게 진짜라면 행동방향을 제시해 줄 수도 있을 텐데, 게다가…….

그의 옆에서는 배운 지식을 토대로 건축 논쟁이 열띠게 전개되고 있었다. 그는 그 소리를 듣고 있지 않았다.

"자, 이제 그만 가자." 그가 말했다.

"집 안으로 들어가는 거야, 매우 도움이 되었다고 생각한다."

제18장

1

크래독은 두 소년의 안내를 받아 뒷문을 통해 집 안으로 들어갔다. 이것은 아마도 평소의 일반적인 그들의 통행방법인 듯했다. 부엌 안은 밝고 아늑했다.

커다란 흰 앞치마를 두른 루시는 파이 반죽을 하고 있었다. 조리대에 비스듬히 기대어 서서 개가 턱을 치켜들고 주인을 쳐다보듯이 그렇게 그녀를 물끄러미 바라보고 있는 사람은 바로 브라이언 이스틀리였다. 그는 한 손으로 자신의 크고 멋있는 콧수염을 쓰다듬고 있었다.

"아버지, 또 여기 나와 계세요?" 알렉산더가 부드럽게 말을 건넸다.

"난 이곳이 좋거든" 브라이언이 말을 하고는 이내 덧붙였다.

"아일리스배로 양만 괜찮다면."

"아, 전 괜찮아요 안녕하세요, 크래독 경감님."

"부엌에 조사라도 하러 오셨습니까?"

브라이언이 흥미를 나타내며 물었다.

"꼭 그렇다고는 할 수 없지요 세드릭 크래켄소프 씨는 아직 이곳에 있겠지요?"

"아, 예, 세드릭이라면 아직 있지요. 그를 만나고 싶으십니까, 경감님?"

"잠깐 말씀을 좀 나눌까 해서요. 부탁합니다."

"내가 가서 지금 있는지 보고 오겠습니다." 브라이언이 말했다.

"이 근방을 어슬렁거리고 있을지도 모르니까요."

그는 조리대에서 몸을 일으켰다.

"정말 고마워요." 루시가 그를 향해 말했다.

"손이 온통 반죽투성이라서요. 그렇지 않으면 제가 갈 텐데요."

"뭘 만들고 계세요?"

스토더트웨스트가 궁금한 듯이 열심히 물었다.

"복숭아 파이."

"아, 좋군요." 스토더트웨스트가 말했다.

"거의 저녁식사 시간이 다 되어가지요?" 알렉산더가 물었다.

"아니 좀더 있어야 해."

"이런! 전 지독하게 배가 고픈데요."

"벽장에 진저 케이크 남은 게 좀 있을 거야."

두 소년은 동시에 서둘러 뛰어나가다가 그만 문 앞에서 서로 부딪치고 말았다.

"꼭 메뚜기들 같군요." 루시가 말했다.

"축하 드려야겠군요." 크래독이 말했다.

"뭘요?"

"당신의 그 정교한 솜씨 말입니다―바로 이거지요!"

"그게 뭔데요?"

크래독은 편지가 들어 있는 필름 통을 가리켰다.

"매우 멋지게 해냈더군요." 그가 말했다.

"도대체 무슨 말씀을 하고 계신 거예요?"

"이것 말입니다."

그가 그것을 절반쯤 꺼내 보였다. 그녀는 그가 무슨 말을 하고 있는지 이해할 수 없다는 듯이 그를 물끄러미 응시했다.

크래독은 별안간 앞이 아찔해지는 듯한 현기증을 느꼈다.

"당신이 이 단서를 만들어놓은 게 아닙니까, 그리고 이걸 보일러실에 넣어두어서 소년들에게 발견하게 만든 게 아닙니까? 빨리 말해 보시지요."

"지금 도대체 무슨 말씀을 하고 계시는 건지 짐작조차 못하겠어요. 그럼 그 말씀은……?"

크래독은 브라이언이 돌아오는 것을 보자 홀더를 재빨리 다시 주머니 속에 집어넣었다.

"세드릭은 서재에 있습니다. 안으로 들어가 보십시오." 그가 말했다.

그는 또다시 조리대 앞의 자기 자리로 돌아갔다.

크래독 경감은 서재로 들어갔다.

2

세드릭 크래켄소프는 크래독 경감을 보자 반가워하는 것처럼 보였다.

"이곳에서 조사할 게 아직도 더 남아 있습니까?" 그가 물었다.

"뭔가 진전이 되었나요?"

"조금은 진전이 있었다고 볼 수 있겠지요, 크래켄소프 씨."

"시체가 누구의 것인지 알아냈습니까?"

"결정적인 신원 확인은 되지 않았습니다만, 대강은 짐작하고 있습니다."

"그거 잘된 일이군요."

"가장 최근의 정보로부터 얻은 일에 대해서 몇 가지 의견을 듣고 싶습니다. 마침 당신이 여기 계시니 당신부터 시작하도록 하지요, 크래켄소프 씨."

"난 그리 오래 머물지 않을 겁니다. 하루나 이틀 안에 이비사로 돌아갈 예정이니까요."

"그렇다면 때를 잘 맞추어 온 게로군요."

"말씀해 보십시오."

"12월 20일 금요일에 정확히 당신이 어디에 있었으며 무엇을 하고 있었는지 명확한 설명을 듣고 싶습니다."

세드릭이 재빨리 그를 흘깃 쳐다보았다. 그러고 나서 그는 뒤로 몸을 젖히고 하품을 하고는 완전히 무관심한 태도를 취했으므로, 기억을 더듬어 그때 일을 생각해 내려는 노력의 기미가 전혀 보이지 않는 듯했다.

"글쎄요, 이미 말씀드렸듯이 그때 난 이비사에 있었습니다. 문제는 언제나 그날이 그날이라는 데 있지요. 아침에는 그림을 그리고 오후 3시부터 5시까지는 낮잠을 잡니다. 햇빛이 그림 그리기에 적합하다고 생각될 때면 스케치를 하기도 하고요. 그리고 때대로 시장이나 의사와 함께 광장에 있는 카페에서 아페리티프(식사 전에 식욕을 돋우기 위해 마시는 셰리 주 따위)를 마시기도 합니다.

그러고 나서 간단한 종류의 식사를 하지요. 대부분의 저녁 무렵이면 스코터 바에서 하류 계급의 친구들과 보내곤 합니다. 이젠 됐습니까?"

"우린 정확한 사실을 알고 싶습니다, 크래켄소프 씨."

세드릭이 몸을 일으켰다.

"그거 대단히 기분 상하는 말이로군요, 경감님."

"그렇게 생각하십니까? 크래켄소프 씨, 지난번에 내게 말씀하길, 당신이 이 비사를 떠난 날이 12월 21일이었으며, 같은 날 영국에 도착했다고 하지 않았습니까?"

"그랬습니다. 엠! 이봐, 엠!"

에마 크래켄소프가 작은 거실로 이어진 문을 통해 안으로 들어섰다. 그녀는 무슨 일이냐고 묻듯이 시선을 세드릭에게서 경감에게로 옮겼다.

"내 말을 좀 들어봐, 엠. 내가 크리스마스 때, 바로 그 전주 토요일에 여기 도착하지 않았니? 공항에서 곧바로 왔지?"

"그랬어요." 에마가 의심스러운 듯이 말했다.

"점심때쯤 여기 도착했어요."

"그것 보십시오." 세드릭이 크래독에게 말했다.

"당신은 우리를 너무 우습게 보는 것 같군요, 크래켄소프 씨."

크래독이 경쾌한 어조로 말했다.

"우리는 모든 것들을 조사해 볼 수 있습니다. 죄송하지만 여권을 좀 보여 주시면……."

그가 대답을 기다리듯이 잠시 사이를 두었다.

"그걸 찾을 수가 없습니다." 세드릭이 말했다.

"오늘 아침 내내 찾아보았지만 없었습니다. 쿡 여행사에 보내려고 했었거든요."

"찾아낼 수 있으실 겁니다, 크래켄소프 씨. 하지만 사실은 그럴 필요까지는 없습니다. 기록이 당신이 실제로는 12월 19일 저녁에 이 나라에 입국했다는 사실을 보여 주고 있으니까요. 이제는 그때부터 이곳에 도착한 12월 21일 점심때까지의 당신 행동에 대해 설명해 주셔야겠습니다."

세드릭은 정말로 매우 불쾌해하는 것 같았다.

"요즘의 생활이란 정말 이렇게 끔찍하다니까." 그가 화가 나서 말했다.

"모두가 관료적 형식주의에만 치우쳐 있고 격식만 따지거든. 이게 바로 관료적 국가의 소산이야. 가고 싶은 데에 제대로 갈 수도 없고, 하고 싶은 대로 할 수도 없으니! 언제나 질문을 해대지. 도대체 왜 20일에 대해서 그렇게 법석을 떨며 질문을 해야 하는 겁니까? 20일에 무슨 특별한 뜻이라도 있는 겁니까?"

"살인이 저질러진 날이 그날이라고 생각하고 있기 때문이지요. 물론 답변을 거부해도 좋습니다만."

"누가 답변을 거부한다고 했습니까? 생각해 낼 시간을 좀 주십시오. 그리고 참, 검시 재판에서는 살인이 일어난 날짜에 대해서 상당히 모호한 의견을 갖고 있지 않았습니까. 그때 이후로 새로운 사실이라도 나타난 겁니까?"

크래독은 대답하지 않았다.

세드릭은 곁눈질로 에마를 쳐다보면서 말했다.

"다른 방으로 가시겠습니까?"

에마가 재빨리 말했다.

"제가 나가겠어요." 문께에서 그녀가 잠시 멈추어 섰다가 몸을 돌렸다.

"이건 정말 심각한 일이에요, 세드릭 오빠. 만일 20일이 살인이 일어났던 날이라면 크래독 경감님께 그때 오빠가 정확히 무엇을 하고 있었는지 말씀드려야 해요."

그녀는 옆방으로 나가서는 등 뒤로 문을 닫았다.

"착한 노처녀 엠." 세드릭이 말했다.

"그럼 이제 시작하지요. 그렇습니다. 분명히 난 19일에 이비사를 떠났습니다. 잠시 파리에 들러서 왼쪽 강가에 사는 친구들을 억지로 불러내서 한 이틀을 보낼 예정이었습니다. 하지만 사실은 비행기 안에 매우 매력적인 여자가 있었습니다─아주 예쁜 여자였지요. 쉽게 말해서 그 여자와 나는 비행기에서 같이 내렸습니다. 그 여자는 미국으로 가는 길이었는데, 이틀 동안 런던에서 볼 일이 있다던가 하더군요. 우리는 19일에 런던에 도착했습니다. 우리는 킹스

웨이 팰러스 호텔에 묵었지요. 당신의 정보원들이 아직 알아내지 못했을까 봐 얘기하는 겁니다! 존 브라운이라는 이름을 썼지요—그런 경우에 본명을 쓰는 사람은 없을 겁니다."

"20일에는요?"

세드릭이 얼굴을 찌푸렸다.

"아침에는 지독한 숙취로 고생했지요."

"그렇다면 오후에는요? 3시 이후에 말입니다."

"내가 뭘 했지? 글쎄요, 하릴없이 여기저기를 돌아다녔습니다. 국립박물관엘 갔었습니다—꽤 수준 높게 보냈지요. 그리고 영화를 봤습니다. '산속의 소녀'라는 제목이었지요. 난 서부극을 굉장히 좋아하거든요. 그 영화는 너무 허무맹랑했어요. 그러고 나서 바에서 술을 한두 잔 마시고 내 방으로 올라와 잠을 좀 잤지요. 그런 다음 10시쯤 그 여자친구와 함께 흥미로운 곳들을 여기 저기 돌아다녔습니다. 이름은 거의 기억하지 못하겠습니다만, 그중에 하나는 '점핑 프로그'였던 것 같습니다. 그 여자는 그런 곳들을 모두 알고 있더군요. 매우 아름답게 장식이 되어 있었습니다. 사실을 말씀드리자면 그 다음 날 아침에 잠에서 깨어날 때까지 그 이상의 얘기는 기억할 수가 없습니다—그 다음 날 아침엔 더 끔찍한 숙취로 고생했지요.

여자는 비행기를 타러 뛰어나갔고, 나는 머리에 찬물을 뒤집어쓰고는 약국에 가서 숙취 약을 사먹고 방금 히스로 공항에 도착한 것처럼 가장하고서 이곳을 향해 출발했습니다. 에마의 기분을 상하게 할 필요는 없다고 생각했으니까요. 아시다시피 여자들이란, 언제나 곧바로 집으로 돌아오지 않으면 그다지 좋아하지 않잖습니까? 난 그날 택시 요금을 지불하기 위해 에마에게서 돈을 빌려야 했습니다. 완전히 호주머니가 텅 비어 버렸으니까요. 아버지에겐 부탁해 봤자 소용이 없습니다. 결코 돈을 내주실 분이 아니거든요. 지독하게 구두쇠인 노인이니까요. 경감님, 이젠 만족하셨습니까?"

"지금 하신 말씀이 확인될 수 있는 겁니까, 크래켄소프 씨? 다시 말해서 오후 3시부터 7시까지 말입니다."

"그럴 것 같지 않은데요." 세드릭이 명랑한 어조로 말했다.

"국립박물관이란 곳은 사람들이 제각기 무관심한 눈길로 서로를 쳐다보는 곳이고, 영화관은 여러 사람들로 붐볐으니까요. 아마도 확인하기가 어려울 것 같군요."

에마가 다시 안으로 들어왔다. 그녀는 손에 작은 메모용 수첩을 들고 있었다.

"경감님은 모두가 12월 20일에 무엇을 하고 있었는지를 알고 싶어 하시는 거죠, 그렇지 않은가요, 경감님?"

"글쎄, 음, 예, 그렇습니다. 크래켄소프 양."

"방금 제 지나간 메모용 수첩을 찾아봤어요. 20일 날 저는 교회 재건자금 모금위원회의 모임에 참석하기 위해서 블랙햄프턴에 갔었지요. 그 모임은 약 1시 15분 전쯤에 끝났는데, 저는 레이디 애딩턴과, 역시 같은 위원회에 속해 있는 바틀렛 양과 함께 카데나 카페에서 점심식사를 했어요. 점심식사가 끝난 뒤에는 크리스마스 장식용품들이며 선물 등을 사러 여기 저기 좀 돌아다녔지요. 그린퍼드며 리올, 스위프트, 부츠 같은 곳 말이에요. 아마 그 밖에도 몇 군데 더 들렀을 거예요. 5시 15분 전까지는 섬록 찻집에서 차를 마셨고, 그러고 나서는 기차로 오기로 되어 있던 브라이언 형부를 마중하러 역으로 갔어요.

집에는 대략 6시쯤에 돌아왔는데, 아버지가 매우 언짢은 기분이 되어 계시다는 걸 알았죠. 점심을 준비해 드리고 집을 나왔었는데, 그날 오후에 와서 아버지께 차를 끓여 드리기로 되어 있던 하트 아주머니가 오지 않았기 때문이죠. 아버진 몹시 화가 나셔서 방에 틀어박힌 채 저를 안으로 들이시지도, 제게 말을 하시려고도 하지 않았어요. 아버지는 제가 오후에 외출하는 것을 좋아하지 않지만, 저는 가끔 그렇게 해야 한다고 우긴답니다."

"당신은 정말로 현명하군요. 고맙습니다, 크래켄소프 양."

그녀는 5피트 7인치(170cm)의 키를 한 여자이므로 그날 오후의 그녀의 행동은 별 중요성이 없다는 말을 크래독은 차마 입 밖에 내어 말할 순 없었다. 그 대신에 그는 이렇게 말했다.

"다른 두 오빠들은 나중에 내려오셨나 보죠?"

"앨프리드 오빠는 토요일 저녁 늦게 내려왔어요. 오후에 제게 전화를 걸었었는데 아무도 받지 않더라더군요. 아버지는 기분이 언짢으실 땐 절대로 전화를 받지 않으시니까요. 해롤드 오빠는 크리스마스 이브까지 내려오지 않았어요."

"고맙습니다, 크래켄소프 양."

"이런 걸 물어봐선 안 되는 줄 알지만……." 그녀가 머뭇거렸다.

"이런 질문을 하시는 걸로 봐서 뭔가 새로운 사실이 드러난 건가요?"

크래독은 주머니에서 필름 통을 꺼냈다.

그는 손가락 끝으로 봉투를 빼냈다.

"만지지 마십시오. 이걸 알아보시겠습니까?"

"그런데……." 에마는 그를 어리둥절한 표정으로 바라보았다.

"그건 제 필적이에요. 제가 마르틴에게 보낸 편지에요."

"그럴 줄 알았습니다."

"그런데 그것을 어디서 찾아내신 거지요? 그 여자가? 그녀를 찾으셨나요?"

"그녀를 찾을 수 있을 것 같습니다. 이 빈 봉투는 이곳에서 발견된 겁니다."

"이 집 안에서요?"

"예, 뜰에서 발견했지요."

"그렇다면, 그녀가 여기엘 왔었던 거로군요! 그녀는……. 그렇다면 석관 속에 있었던 그 여자가, 마르틴이었나요?"

"그럴 확률이 매우 높은 것 같습니다, 크래켄소프 양."

크래독이 예의를 갖추어 말했다.

그가 시내로 다시 돌아왔을 때 그럴 가능성은 더욱 커졌다. 아르망 데생으로부터 온 전갈이 그를 기다리고 있었던 것이다.

발레단의 여자 친구들 가운데 한 사람이 안나 스트라빈스카에게서 엽서를 받았음. 분명히 여객선 얘기는 사실인 듯함! 그녀는 자메이카에 도착해서, 당신의 표현을 빌자면 멋진 시간을 보내고 있음!

크래독은 그 종이쪽지를 구겨서 쓰레기통 속에 던져 넣었다.

3

"틀림없이 오늘은 그 어느 때보다도 멋진 날이었어요. 진짜 단서를 찾아냈으니까요!"

알렉산더가 침대 위에 일어나 앉아 생각에 잠긴 채로 스틱 초콜릿을 빨아먹으며 말했다. 그의 목소리는 경외스러운 듯한 느낌을 담고 있었다.

"사실은 방학 동안 내내 즐거웠어요." 그가 만족한 표정으로 덧붙였다.

"그런 일이 앞으로 다시는 일어날 것 같지는 않으니까요."

"나로선 그런 일이 다시는 일어나지 않았으면 좋겠어."

알렉산더의 옷들을 가방에 챙겨 넣으면서 루시가 말했다.

"이 우주 공상소설들을 모두 가져갈 생각이에요?"

"맨 위에 있는 두 권은 빼고요. 벌써 읽었거든요. 축구공하고 축구화, 그리고 장화는 따로 싸주세요."

"남자아이들은 여행할 때 별 거추장스러운 것들을 다 가지고 다니네."

"별 문제 없어요. 우리한테 롤스로이스를 보내주실 거니까요. 그리고 신형 메르세데스 벤츠도 한 대 갖고 계시답니다."

"아주 부자인가 보네."

"굉장해요! 그것도 아주 멋져요. 그래도 우린 이곳을 떠나고 싶지 않아요. 또 다른 시체가 나타날지도 모르니까요."

"그런 일이 일어나지 않기를 진심으로 바라요."

"책에서는 종종 그런 일이 일어나잖아요. 제 말은 누군가가 무언가를 보았다거나 들었다거나 하면, 그 사람도 역시 죽게 된다는 거죠. 당신이 될지도 모르죠." 그가 두 번째 스틱 초콜릿의 껍질을 벗기며 덧붙였다.

"고마워요!"

"전 당신에게 그런 일이 일어나지 않기를 바라요."

알렉산더가 그녀를 안심시켰다.

"전 당신이 무척 좋아요. 스토더스도 그렇고요. 당신은 요리사가 되기 위해서 태어난 사람 같아요. 정말로 맛있는 음식을 만드니까요. 모든 면에서 사려가 깊은 분이시기도 하고"

그 마지막 말은 분명히 높은 수준의 평가를 나타내는 표현이었다. 루시는 그 말을 그렇게 받아들이고 말했다.

"고마워요. 하지만 두 사람을 기쁘게 하기 위해서 살해되고 싶은 생각은 없답니다."

"그래도 조심하시는 편이 좋을 겁니다." 알렉산더가 그녀에게 말했다.

그는 초콜릿을 빨아먹느라 잠시 말을 멈추었다가 아무렇지도 않은 듯이 무관심한 투로 말을 꺼냈다.

"아버지가 가끔 이곳을 방문하시면 잘 보살펴 주시겠지요, 그렇죠?"

"그럼요, 물론이지요." 루시가 약간 놀라서 말했다.

"아버지한테서 문제가 되는 건……."

알렉산더가 그녀에게 슬쩍 귀띔을 해주듯이 말을 꺼냈다.

"런던에서의 생활에 잘 적응이 안 된다는 겁니다. 아버진 지금 잘 어울리지도 않는 타입의 여자와 사귀고 있답니다."

그가 걱정스럽다는 듯이 고개를 저었다.

"전 아버지를 무척 좋아하고 있어요." 그러고 나서 그가 덧붙였다.

"하지만 아버지는 돌봐 줄 수 있는 사람이 필요해요. 그래서 여기저기를 방황하고 다니시며, 좋지 않은 여자들과 어울리는 거랍니다. 어머니가 돌아가셔서 정말 가엾어요. 아버지는 제대로 된 가정생활이 필요하니까요."

그는 심각한 얼굴로 루시를 바라보고는 또 하나의 스틱 초콜릿으로 손을 뻗었다.

"네 깨째는 안 돼요, 알렉산더." 루시가 말렸다.

"배탈이 나요."

"아니, 괜찮아요. 계속해서 여섯 개를 먹은 적도 있었는데요 뭘. 그래도 아무 일 없었거든요. 전 탈이 잘 나지 않아요."

그가 잠시 말을 멈추었다가 다시 말했다.

"아버진 당신을 좋아해요, 잘 아시겠지만요."

"그분은 아주 좋은 분이세요."

"하지만 어떤 면에서 보면 약간 바보 같으세요. 그래도 한때는 아주 훌륭한 공군 조종사였답니다. 굉장히 용감하셨죠. 게다가 천성이 아주 착하시고요."

그가 말을 멈추었다. 그러고 나서 천장을 향해 시선을 보내고는 혼자서 생각에 잠긴 채로 말했다.

"제 생각에는 아버지가 다시 결혼하시면 좋을 것 같습니다. 누군가 고상하신 분과…… 저는 새어머니가 생겨도 전혀 상관이 없거든요. 제 말은 고상하고 품위 있는 그런 여자분이라면 괜찮을 것 같다는 거예요."

갑자기 루시는 알렉산더의 말 속에서 뭔가 결정적인 요점을 깨닫고는 깜짝 놀랐다.

"계모들이 아이를 못살게 군다는 말은 이미 시대에 뒤떨어진 얘기라고 생각합니다." 그가 계속 천장을 바라보면서 말을 이었다.

"스토더스와 제 친구들 중에도 계모가 있는 녀석들이 무척 많아요—이혼을 했거나 뭐 그런 것 때문이지요. 하지만 그런대로 함께 잘 지내고들 있거든요. 물론 계모도 계모 나름이지만요. 학교 운동회나 뭐 그런 곳에 갈 때에는 좀 복잡한 일이 생기겠지요. 어머니가 둘이 될 테니까 말입니다. 그래도 역시 수표를 현금으로 바꿀 때에는 도움이 될 겁니다!"

그가 현대생활의 여러 문제들에 당면하자 잠시 말을 멈추었다.

"물론 자신의 가정이며 친부모를 가진다는 것은 더할 나위 없이 좋은 일이기는 하지요. 하지만 어머니가 돌아가셨을 경우—제 말뜻을 이해하시겠어요? 새로 맞을 어머니가 고상하고 품위 있는 분이기만 하다면……."

알렉산더는 이 말을 세 번이나 했다.

루시는 그의 마음 씀에 감동했다.

"정말 생각이 깊네, 알렉산더. 아버님을 위해서 훌륭한 아내를 찾아 드려야겠어요."

"그래요." 알렉산더가 모호한 말투로 대답했다.

그가 다시 아무렇지도 않은 듯한 어조로 덧붙였다.

"제가 방금 말씀드렸던 것 같은데요. 아버진 당신을 무척 좋아하신다고요. 아버지는 제게 직접 그렇게 말씀하셨거든요……."

루시는 속으로 생각했다.

'정말이지 여기엔 중매쟁이가 많기도 하네. 처음엔 마플 양이더니 이번엔 또 알렉산더라니!'

어떤 이유에선지 몰라도 그녀의 마음속에 갑자기 돼지우리 생각이 떠올랐다.

그녀가 자리에서 일어났다.

"잘 자요, 알렉산더. 세탁물과 잠옷은 내일 아침에 꾸려 넣기만 하면 돼요. 잘 자요."

"안녕히 주무세요." 알렉산더가 말했다.

그는 침대 속으로 기어 들어갔다. 베개 위에 머리를 얹고 눈을 감은 그의 모습은 잠자는 천사 그대로였다―그러고는 이내 잠이 들었다.

제19장

1

"결정적이라고 말할 것은 못 됩니다."

웨더롤 경사가 언제나처럼 우울한 표정으로 말했다.

크래독은 12월 20일의 해롤드 크래켄소프의 알리바이에 관한 보고서를 읽고 있는 중이었다. 3시 30분쯤 소더비 경마장에서 그를 본 사람이 있기는 했으나 그 뒤 얼마 지나지 않아 그곳을 떠난 듯했다. 그의 사진을 러셀 찻집에서 알아보는 사람은 없었으나, 차 마시는 시간쯤 되어서는 언제나 매우 바쁘므로 늘상 오는 손님이 아닌 다음에야 그 사진을 알아보지 못한다는 것도 그리 놀라운 일은 아니었다. 7시 15분 전쯤 되어서 그가 만찬 파티에 참석하기 위해 옷을 갈아입으러 카디건 가든스에 돌아왔다는 사실은 그의 남자 하인에 의해 확인되었다.

그날 저녁 그가 들어오는 소리를 들은 기억은 잘 나지 않으나, 어느 정도 시간이 지난 뒤이므로 정확히 기억할 수는 없다고 그는 말했다. 어쨌든 그는 종종 크래켄소프 씨가 들어오는 소리를 듣지 못하는 때가 있었다는 것이다. 그와 그의 아내가 가능하면 언제나 일찍 물러가기를 원했으니까 말이다.

해롤드가 차고로 사용하는 마구간은 그가 세를 내어 잠그고 다니기 때문에 특별히 어느 날 저녁에 누가 왔다 갔는지 하는 것 등은 아무도 기억하지 못했다.

"모두가 부정적인 것들뿐이군." 크래독이 한숨을 쉬며 말했다.

"그는 캐터러스의 만찬 파티에 분명히 참석하기는 했지만, 연설이 끝나기도 전에 다소 일찍 그곳을 떠났답니다."

"철도국 쪽은 어떻게 됐나!"

그러나 그쪽 또한 아무 소득이 없었다. 블랙햄프턴에서도, 그리고 패딩턴에서도 그는 아무것도 얻지 못했다. 그 일은 거의 4주일 전의 일이었기에, 무엇이든 기억에 남아 있으리라고 기대하기는 어려운 일이었다.

크래독은 한숨을 쉬고 나서 손을 뻗어서 세드릭에 관한 보고서를 집어들었다. 그것 역시 부정적이었다. 그러나 한 택시 운전사가 그날 오후의 어느 시각에 머리가 헝클어지고 더러운 바지를 입었으며, 지난번 영국에 있었을 때보다 요금이 더 올랐다고 불평을 해대던 남자한테서 택시 요금을 받았다고, 확실하지는 않지만 어렴풋이나마 인정을 했다. 그가 그날을 기억한 것은 크롤러라는 이름의 말이 경마에서 우승을 했는데, 그는 거기에다 꽤 많은 액수의 돈을 걸었기 때문이다. 그래서 라디오로 그 소식을 듣고는, 그 사이비 신사를 내려준 직후 축배를 들기 위해 집으로 곧장 돌아갔다는 것이다.

"경마에게 감사를 드려야겠군그래!"

크래독이 보고서를 옆으로 밀어 놓으며 말했다.

"그리고 이건 앨프리드에 대한 보고서입니다." 웨더롤 경사가 말했다.

그의 목소리에서 풍기는 다소 이상한 느낌 때문에 크래독은 날카로운 눈길로 고개를 들어 그를 바라보았다. 웨더롤은 마지막까지 재미있는 이야깃거리를 숨겨두는 사람처럼 즐거워하고 있었다.

전체적으로 보아 조사는 불만족스러웠다. 앨프리드는 자신의 아파트에서 혼자 생활하고 있었으며, 일정치 않은 시간에 마음대로 나갔다 들어오곤 했다. 그의 이웃들은 그다지 호기심이 많은 사람들이 아닌데다가, 대부분이 회사에 출근하는 사람들이라 온종일 밖에 나가 있었다.

그러나 보고서의 끝부분쯤 가서 웨더롤 경사의 커다란 손가락이 마지막 문구를 가리켰다. 화물자동차 도난사건의 조사를 맡고 있던 리키 경사가 패딩턴과 블랙햄프턴 사이의 가도에 위치한 화물자동차 휴게소인 '로드 오브 브릭스'에서 몇몇 혐의가 가는 운전사들을 감시하고 있었다. 그때 그는 자신의 옆 테이블에 디키 로저스 일당 중 한 명인 칙 에반스가 앉아 있는 것을 알아차렸다. 그와 함께 있었던 사람이 바로 앨프리드 크래켄소프로서, 언젠가 디키 로저스 사건 때 그가 증언하는 것을 본 적이 있었으므로 얼굴을 알고 있던 터였다. 그래서 그는 그들이 과연 또 무슨 계획을 꾸미고 있는 것일까 의아하게 생각했던 것이다.

시간은 12월 20일 금요일 밤 9시 30분이었다. 앨프리드 크래켄소프는 몇 분 뒤에 블랙햄프턴 방향으로 가는 버스에 올라탔다. 블랙햄프턴 역의 개찰원인 윌리엄 베이커 씨는 패딩턴 행 11시 55분발 열차가 출발하기 바로 직전에 언뜻 보아 크래켄소프 집안 형제들 가운데 한 사람이라고 여겨지는 사람에게 펀치를 눌러 주었다고 했다. 그날이 바로 어떤 정신 나간 것 같은 노부인이 오후에 누군가가 열차 안에서 살해되는 것을 목격했다고 떠들어대던 날이라 그는 그것을 기억하고 있었다.

"앨프리드라고!" 크래독이 보고서를 내려놓으며 큰소리로 말했다.

"앨프리드? 어딘지 좀 이상하군그래."

"바로 그 녀석이 현장에 있었을 겁니다." 웨더롤이 지적했다.

크래독이 고개를 끄덕거렸다. 그렇다.

앨프리드가 블랙햄프턴으로 내려가는 4시 33분발 열차를 타고 가다가 중간에서 살인을 했을 수도 있다. 그러고 나서 로드 오브 브릭스로 버스를 타고 갈 수 있다. 9시 30분에 그곳을 떠나 러더퍼드 저택으로 가서 둑에 떨어져 있는 시체를 석관 속에 옮겨놓은 다음 런던으로 돌아오는 11시 55분 열차를 잡아타기 위해 제시간에 블랙햄프턴으로 되돌아가기에는 충분한 시간이 있다. 디키 로저스 일당 가운데 한 명이 시체를 옮기는 일을 거들어주었을지도 모를 일이었다. 그것만큼은 크래독으로서도 의심스러운 일이었지만 말이다. 확실히 불쾌한 녀석임에는 틀림없었지만, 살인자 타입은 아니었던 것이다.

"앨프리드인가?" 그는 다시 의심스러운 듯이 되풀이해 말했다.

2

러더퍼드 저택에서는 크래켄소프 가족들의 모임이 이루어지고 있었다. 해롤드와 앨프리드가 런던에서 내려오더니, 이내 목소리가 높아지고는 흥분한 분위기가 마침내 고조되고 있었다. 루시가 자발적으로 얼음을 넣어 칵테일을 만들어서는 주둥이가 큰 주전자에 담아 들고 서재 쪽으로 가져갔다.

사람들의 목소리가 홀에까지도 뚜렷이 들려왔는데, 혹독한 비난들이 모두 에마를 향해 쏟아지고 있다는 것을 알아차릴 수 있었다.

"모두가 네 탓이야, 에마."

해롤드의 낮은 베이스 음성이 화난 목소리로 울려왔다.

"넌 어째서 그렇게도 앞일을 생각할 줄 모르니? 정말 질려버렸다. 그 편지를 런던경시청에 가져가지만 않았어도, 그 때문에 일이 모두 이렇게 되어버린 게 아니냐."

앨프리드의 높은 목소리가 말했다.

"정말 정신이 나갔었던 게 틀림없어, 그렇지 에마?"

"이젠 그 애를 좀 그만 들볶거라." 세드릭이 말했다.

"이미 엎질러진 물이 아니겠니? 그 여자가 실종된 마르틴이라고 신원이 판명된다면, 우리가 그녀에게서 편지를 받았다는 사실을 숨긴 게 더욱더 수상스러워 보이지 않겠느냐."

"형한텐 아주 잘된 일이겠군." 해롤드가 화가 나서 말했다.

"경찰이 조사하고 있는 날은 20일인 것 같은데, 그날 형은 이 나라에 없었으니까 말이에요. 하지만 나나 앨프리드에게는 무척 성가신 일이란 말입니다. 다행이 난 그날 오후에 어디에 있었으며 무엇을 하고 있었는지 알아낼 수 있었으니 망정이지."

"분명히 해롤드 형이라면 그럴 수 있었겠지." 앨프리드가 말했다.

"만일 형이 살인을 계획했었다면, 알리바이 정도는 매우 신중하게 계산에 넣어두었을 테니까."

"너는 아마도 그다지 운이 좋지 않았던 게로구나."

해롤드가 차가운 어조로 말했다.

"반드시 그렇다고만은 할 수 없지. 경우에 따라 다르니까. 철벽같은 알리바이를 제시한다고 해도, 사실상 철벽도 아무것도 아니라면 차라리 안 하는 편이 낫지 않겠수. 경찰은 그런 것들쯤은 쉽게 깰 수 있을 만큼은 똑똑하니까."

"만일 네가 그 여자를 죽인 게 나라고 빗대어 말하고 있는 거라면……."

"오, 제발 모두 그만둬요." 에마가 소리쳤다.

"물론 오빠들 중에 어느 누구도 그 여자를 죽이진 않았어요."

"그리고 네가 들은 것처럼 20일에 나는 외국에 있었던 게 아니야."

세드릭이 말했다.

"경찰도 그걸 알고 있더구나! 따라서 우리 모두가 다 의심을 받고 있는 셈이지."

"에마가 그런 짓만 하지 않았다면……."

"아, 다시 시작하지 말아요, 해롤드 오빠." 에마가 소릴 질렀다.

큄퍼 박사가 크래켄소프 노인의 진찰을 마치고 노인의 서재에서 나왔다. 그의 시선이 루시의 손에 들린 칵테일 주전자에 와서 멎었다.

"그건 뭡니까? 축하주인가요?"

"저 혼란 상태를 가라앉히려는 술이라고 하는 편이 옳겠지요, 지금 저쪽에서는 온통 야단법석이거든요."

"남한테 죄를 뒤집어씌우는 겁니까!"

"주로 에마에게로 비난이 쏟아지고 있어요."

큄퍼 박사의 눈썹이 추켜세워졌다.

"정말입니까?"

그는 루시의 손에서 칵테일 주전자를 받아들고는 서재 문을 열고 안으로 들어갔다.

"안녕하십니까?"

"아, 큄퍼 박사, 당신에게 하고 싶은 말이 있소."

그것은 높고 성난 해롤드의 목소리였다.

"사적인 가정문제에 끼어들어 내 누이동생으로 하여금 런던경시청에 가도록 부추긴 건 도대체 무슨 저의가 있었던 건지 알고 싶소."

큄퍼 박사가 조용한 어조로 말했다.

"크래켄소프 양은 내게 조언을 요청해 왔습니다. 그래서 해줬을 뿐이지요. 내 생각으로는 에마의 행동이 올바른 것 같습니다."

"그렇다면 당신은……."

"아가씨!" 그것은 크래켄소프 노인의 귀에 익은 목소리였다.

그는 루시의 바로 뒤에 있는 자신의 서재 문을 열고 그 사이로 반쯤 몸을 내밀었다. 루시는 다소 머뭇거리며 몸을 돌렸다.

"예, 크래켄소프 씨!"

"오늘 밤엔 저녁식사 때 뭘 내놓을 생각이오? 난 카레를 먹고 싶소. 당신은 카레 솜씨도 좋겠지. 우리 카레를 먹지 못한 것도 꽤 오래 되었다고"

"아이들은 카레를 별로 좋아하지 않는 것 같던데요."

"아이들, 그저 아이들뿐이군. 도대체 아이들이 뭐가 중요하단 말이오? 중요한 사람은 바로 나요. 게다가 아이들은 어차피 가버린 거 아니오. 잘된 일이지. 나는 뜨겁고 맛있는 카레를 먹고 싶소, 알겠소?"

"알겠어요, 크래켄소프 씨. 만들어 드리겠어요."

"좋소, 당신은 친절한 아가씨요, 루시. 당신이 날 보살펴주면, 나도 당신을 보살펴주겠소."

루시는 부엌으로 돌아갔다. 미리 계획했던 닭고기 프리카세(닭고기, 송아지, 양고기 등을 잘게 썰어 조리한 걸쭉하고 덩어리가 있는 스튜)를 포기하고 그녀는 카레 재료를 준비하기 시작했다.

현관문이 벌컥 열리고, 창문을 통해서 그녀는 큄퍼 박사가 집에서 나와 화가 난 모습으로 성큼성큼 자신의 차로 걸어가 타고 사라지는 모습을 바라보았다.

루시는 한숨을 쉬었다. 그녀는 아이들이 보고 싶었다. 그리고 어쩐지 브라이언도 보고 싶어졌다. 오, 그래. 그녀는 앉아서 송이버섯을 다듬기 시작했다. 어쨌든 그녀는 가족들에게 훌륭하고 맛있는 저녁식사를 만들어줘야 했다. 짐승들에게 먹이를 주는 것이다!

3

큄퍼 박사가 차를 차고에 집어 넣고 문을 닫은 다음 다소 지친 모습으로 현관문을 등 뒤로 밀듯이 닫고 들어온 것은 새벽 3시였다. 조시 심프킨스 부인은 현재의 여덟 명의 가족에 보태어 아주 건강한 한 쌍의 쌍둥이를 낳았다. 심프킨스 씨는 쌍둥이가 태어난 사실에 대해서 전혀 기뻐하는 듯한 기색을 보이지 않았다.

"쌍둥이라고요." 그가 우울하게 말했다.

"쌍둥이라고 무슨 이익이 있겠습니까? 네쌍둥이라면 어떤 면에서는 좋은 점이 있을지도 모르지만. 여기저기서 갖가지 선물을 받을 수도 있고, 기자들이 신문사에서 나와 기웃거리며 사진을 찍어 신문에 내주기도 하고 말입니다. 여왕 폐하께서 축전을 보내주시기도 하지요. 하지만 그냥 두 쌍둥이는 입 하나가 아니라 먹여 살려야 할 입이 하나가 더 는다는 것 말고는 달라지는 게 아무것도 없잖습니까? 우리 가문에는 쌍둥이가 태어난 적이 없고, 아내의 집안에서도 마찬가지입니다. 어쩐지 공평치가 못한 것 같습니다."

큄퍼 박사는 2층 침실로 올라가서 옷을 벗어 던지기 시작했다. 그는 손목시계를 흘끗 들여다보았다. 3시 5분이었다. 쌍둥이를 이 세상에 태어나도록 하는 일이 뜻밖에도 어려운 일임이 다시 증명된 셈이다. 그러나 모든 것들이 다 잘되어갔다. 그는 하품을 했다. 피곤했다―매우 피곤했다. 그는 고마워하는 마음으로 침대를 바라보았다.

그때 전화벨이 울렸다. 큄퍼 박사는 욕설을 중얼거리면서 수화기를 들었다.

"큄퍼 박사님이신가요?"

"그렇소."

"러더퍼드 저택의 루시 아일리스배로예요. 이곳엘 좀 와주셔야 할 것 같아요. 모두가 몸의 상태가 좋지 않아요. 병이 난 것 같아요."

"병이 났다고? 어떻게요? 증상이 어떻습니까?"

루시가 자세한 설명을 했다.

"곧 그리고 가겠소. 그동안……."

그가 그녀에게 할 일을 간단히 지시했다. 그러고 나서 그는 벗어놓았던 옷들을 재빨리 다시 입고는 왕진용 가방에 여분의 것들을 쑤셔 넣고서 서둘러 자동차 차고로 내려갔다.

4

의사와 루시가 완전히 지친 몸으로 부엌의 식탁 앞에 앉아서 큰 컵으로 블랙커피를 마신 것은 그로부터 대략 세 시간쯤이 지난 뒤였다.

"아─."

큄퍼 박사가 컵을 비우고는 받침접시 위에 쨍그랑 소리를 내며 내려놓았다.

"이게 필요했습니다. 자, 이제 아일리스배로 양, 현실 문제로 들어가 볼까요."

루시가 그를 바라보았다. 얼굴에 뚜렷하게 드러난 피곤의 기색이 마흔 네 살이라는 그를 실제보다 더 나이가 들어 보이게 했다. 관자놀이 부근의 검은 머리에 회색 빛 머리카락이 드문드문 섞이고 눈 밑에도 주름이 두드러져 보였다.

"내가 판단하기로는 지금 상태라면 모두 괜찮습니다. 하지만 도대체 어떻게 된 겁니까? 내가 알고 싶은 건 바로 그 점입니다. 누가 저녁식사를 만들었습니까?"

"제가 준비했어요." 루시가 말했다.

"무슨 요리였습니까? 상세하게 설명해 주시지요."

"송이버섯 수프하고 닭고기 카레예요. 밀크 술(우유 또는 크림에 포도주, 사과주 등을 섞고 설탕과 향료를 넣어 거품을 일으킨 다음 굳힌 것)과 닭간 베이컨말이도 있었고요."

"카나페 다이언이었군." 큄퍼 박사가 뜻밖이라는 듯이 말했다.

루시가 희미하게 미소 지었다.

"그래요, 카나페 다이언이었어요."

"좋습니다, 그럼 죽 한번 검토해 봅시다. 송이버섯 수프라, 통조림이었겠죠?"

"천만에요. 제가 직접 만들었어요."

"당신이 만들었다고요? 재료는?"

"송이버섯 반 파운드, 닭 뼈, 우유, 버터와 밀가루, 그리고 레몬주스예요."

"아, 사람들은 이렇게 말하겠군요 '틀림없이 송이버섯이 잘못된 게 분명해.'라고 말입니다."

"송이버섯 때문은 아니에요. 저도 그 수프를 조금 먹었지만 아무렇지도 않은걸요."

"그렇군요 '당신은' 아무렇지도 않죠. 그걸 깜빡 잊어버렸었습니다."

루시의 얼굴이 붉어졌다.

"박사님이 말씀하시는 뜻은……."

"그런 뜻으로 말씀드린 건 아닙니다. 당신은 굉장히 똑똑한 여잡니다. 만일 내가 당신이 생각하는 그런 뜻으로 말했다면 아마 당신도 2층에서 신음을 하고 있었겠지요. 게다가 어쨌든 난 당신이 어떤 여자인지 잘 알고 있습니다. 난 힘들더라도 사실을 꼭 밝혀내고야 말 겁니다."

"도대체 왜 박사님이 그 일을 하시려는 거지요?"

큄퍼 박사의 입술이 단호하게 다물어졌다.

"그건 이곳에 와서 정착하고 살아가는 사람들에 대해서 알아내는 걸 내 일로 여기고 있기 때문입니다. 당신은 이러한 특수한 직업을 살아가는 수단으로 삼고 있는 매우 성실한 아가씨입니다. 게다가 이곳에 오기 전까지는 크래켄소프 집안사람들과 아무런 관련도 갖고 있지 않은 걸로 여겨지고요. 따라서 당신은 세드릭이나 해롤드, 그리고 앨프리드 중 어느 누구의 여자친구도 아니겠지요. 그들을 도와 이런 더러운 일을 하지는 않을 거란 말입니다."

"정말로 박사님은 그런 생각을 하고 계신 건가요?"

"사실은 여러 가지 생각을 하고 있습니다." 큄퍼가 말했다.

"하지만 신중히 해야겠지요. 이런 일은 의사로선 최악의 일이니까요. 자, 그럼 시작해 봅시다. 아일리스배로 양, 닭고기 카레는 어땠습니까? 당신도 좀 드셨습니까?"

"아뇨, 박사님이 카레 요리를 했다면 냄새에 질려버릴 거예요. 물론 맛은 봤지요. 전 수프와 밀크 술만 조금 먹었어요."

"밀크 술은 어떻게 식탁에 내놓았습니까?"

"각각 개인 잔에 따랐어요."

"그럼 그것들 가운데 깨끗이 치워버린 건 어떤 겁니까?"

"설거지를 다 했느냐고 물으시는 거라면, 모두 다 씻어서 치워놓았어요."

큄퍼 박사가 신음했다.

"그런 걸 보고 지나친 열성이라고 하는 걸 겁니다." 그가 말했다.

"예, 일이 이런 식으로 되고 보니, 무슨 말씀인지 알겠군요. 하지만 이젠 할 수 없잖겠어요?"

"지금까지 남아 있는 건 없습니까?"

"카레는 남은 게 조금 있어요. 찬장 안에 있는 그릇에요. 오늘 저녁때 카레 수프의 원료로 쓸 생각이었거든요. 송이버섯 수프도 조금 남아 있어요. 밀크 술과 간은 남은 게 없고요."

"카레와 송이버섯 수프는 내가 가져가겠습니다. 처트니(인도의 달콤하고 매운 양념)는 어떻습니까? 처트니는 음식에 사용하지 않았나요?"

"예, 썼어요. 저 단지들 가운데 하나에 들어 있어요."

"저것도 약간 가져가겠습니다." 그가 자리에서 일어났다.

"난 올라가서 다시 한 번 식구들을 살펴보겠습니다. 그 이후로 당신 혼자 아침까지 버텨낼 수 있겠습니까? 모두들에게 눈을 떼지 않고 말입니다. 8시까지는 간호사에게 완전한 지시를 내려 보내 드리지요."

"제게 확실히 말씀해 주셨으면 해요. 박사님은 누군가가 음식에 독을 넣었다는—즉, 다시 말하면 독살을 하려 했다는 생각을 하고 계신 건가요?"

"이미 얘기하지 않았습니까? 의사들이란 쉽게 짐작을 할 수 없는 겁니다. 확신이 서야 하지요. 이 음식물에서 확실한 결과가 얻어지면 나도 앞으로 나갈 수가 있겠지요. 그렇지 않으면……."

"그렇지 않으면?" 루시가 그의 말을 되풀이했다.

큄퍼 박사는 그녀의 어깨에 손을 얹었다.

"특별히 두 사람을 잘 보살펴 주십시오." 그가 말했다.

"에마를 잘 돌봐주세요. 난 에마에게 아무 일도 일어나지 않도록 하겠습니다……."

그의 목소리에는 꾸미지 않은 어떤 감정이 담겨 있었다.

"그녀는 아직 삶을 시작조차 하지 않았습니다. 알다시피 에마 크래켄소프 같은 사람은 이 세상의 소금입니다……. 에마는, 뭐랄까, 그녀는 내게 있어 매우 중요한 의미를 갖고 있는 사람입니다. 아직 한 번도 이런 말을 한 적은 없지만, 이제 할 겁니다. 에마를 잘 보살펴 주십시오."

"분명히 그렇게 하겠어요." 루시가 말했다.

"그리고 그 노인도 잘 보살펴 주십시오. 결코 내가 좋아하는 환자라고 말할 수는 없습니다만, 어쨌든 그분은 내 환자니까요. 게다가 그분이 이 세상에서 쫓겨나가는 모습을 그대로 보고만 있는다는 건 내 도리가 아니지요. 그 기분 나쁜 형제들 가운데 한 명이—아니, 어쩌면 그들 세 명이 다 함께 그 노인의 돈을 마음대로 하기 위해서 그분이 그렇게 사라져 주기를 바랄지도 모르니까 말입니다."

그가 갑자기 장난스러운 눈길을 그녀에게 던졌다.

"세상에, 내가 너무 말을 많이 한 것 같군. 눈을 크게 뜨고, 착한 아가씨, 입은 굳게 다물고 있어야 합니다."

5

베이컨 경감은 풀이 죽은 모습이었다.

"비소?" 그가 말했다.

"비소라고요?"

"그렇습니다. 카레 속에 들어 있었지요. 이게 바로 카레 남은 겁니다—당신 부하들에게 조사를 하게 하려고 조금 가져왔습니다. 난 단지 아주 약간의 양만을 덜어서 대충 검사를 해보았는데, 결과는 매우 확정적이었습니다."

"그렇다면 누군가 독살을 꾀한 자가 있다는 말인가요?"

"그런 것 같습니다." 큄퍼 박사가 무미건조한 목소리로 대답했다.

"그런데 그들 모두가 다 당했다고 하지 않았습니까—그 아일리스배로 양만을 빼고 말입니다."

"그렇습니다. 아일리스배로 양만을 제외하고 전부가 다 당했습니다."

"그녀가 좀 이상하군요."

"그녀가 무슨 동기로 그랬겠습니까?"

"정신이 좀 이상한 여자인지도 모르지요." 베이컨이 고집스레 말했다.

"대개가 겉으로는 멀쩡해 보이지만, 실제로는 머리가 돈 상태라고 하더군요."

"아일리스배로 양은 머리가 돈 여자가 아닙니다. 의사로서 말하건대, 아일리스배로 양은 경감님이나 나만큼이나 건강한 정신 상태지요. 만일 아일리스배로 양이 가족들에게 카레 속에 비소를 섞어 먹였다면 뭔가 이유가 있어서였을 겁니다. 게다가 굉장히 똑똑한 아가씨인 만큼 비소의 영향을 받지 않은 유일한 사람이 되지 않도록 신중을 기했을 겁니다. 다른 똑똑한 독살자들처럼 그녀라면 독이 든 카레를 조금 먹고는 그 증상을 과장해서 심한 체했을 거란 얘기지요."

"그렇다면 그건 알아낼 수 있겠습니까?"

"그녀가 다른 사람들보다 양을 적게 먹었느냐 하는 것 말입니까? 아마 분간해 낼 수 없을 겁니다. 사람들이 독물에 반응하는 모습은 제각기 다르니깐요. 똑같은 양일지라도 어떤 사람에게는 다른 사람들보다 더 치명적으로 작용할 수가 있으니까요. 물론—." 큄퍼 박사가 가벼운 농담조로 덧붙였다.

"일단 환자가 사망했을 경우엔 얼마만큼의 양이 투약되었는지 거의 정확하게 수치를 산출해 낼 수 있겠지만 말입니다."

"그렇다면 혹시……."

베이컨 경감은 자신의 생각을 정리하기 위해서 잠시 말을 멈추었다.

"가족들 가운데 누군가 필요 이상으로 요란법석을 떠는 사람이 있을지도 모르겠군요—혐의를 받는 걸 피하기 위해서 다른 사람들 속에 섞여서 허풍을 떠는 사람 말입니다. 어떻게 생각하십니까?"

"그 생각도 이미 해보았습니다. 그래서 당신한테 알리러 온 겁니다. 그 점에 대한 자세한 조사는 이제 당신 손에 달려 있습니다. 믿을 만한 간호사 한 명을 그 집에 붙여두었지만, 그녀가 한꺼번에 여러 명을 여러 곳에 다니며 보살필 수는 없지요. 내 생각으로는 아무도 죽을 만큼 많은 양을 먹지는 않은 것 같습니다."

"독살하려 한 자가 실수를 했다는 겁니까?"

"아니오. 식중독 증세를 일으킬 정도의 양을 카레 속에 넣었다고 하는 편이 좀더 그럴 듯한 것 같습니다—송이버섯 탓으로 돌리게 하기 위해서 말입니다. 사람들은 대개가 송이버섯 속에 든 독 때문이라고 하면 쉽게 납득을 하니까요. 그러다가 틀림없이 한 사람이 병세가 악화되어 죽게 되겠지요."

"두 번째로 독약을 투입한다 이 말입니까?"

의사가 고개를 끄덕였다.

"즉시 알려드리러 달려온 것도 바로 그 때문입니다. 그 일에 특별한 간호사를 붙여놓은 것도 그 때문이고요."

"그렇다면 그 간호사도 비소가 들어 있었다는 사실을 알고 있습니까?"

"물론이지요. 그녀도 아일리스배로 양도 알고 있습니다. 당신의 일에 대해서 누구보다도 당신이 잘 알고 있으리라 믿습니다만, 내가 당신이라면 그곳으로 가서 모든 사람들에게 그들이 비소 중독으로 고생하고 있다는 사실을 명확히 알려줄 겁니다. 그러면 우리의 그 친애하는 살인자 양반에게 하나님에 대한 공포심을 심어주는 효과도 가져오게 될 테고, 감히 자신의 계획을 수행할 엄두를 내지 못하게 될 게 아니겠습니까? 아마 그저 식중독에서 일을 그치게 되고 말겠지요."

경감의 책상 위에 있는 전화벨이 울렸다. 그가 수화기를 집어들고 말했다.

"알겠네. 그녀를 바꿔주게." 그가 큄퍼에게 말했다.

"당신 간호사의 전홥니다. 예, 여보세요, 전화 바꿨습니다. 무슨 일입니까? 병세가 다시 심각해졌다고요?……그렇습니다……큄퍼 박사님은 지금 나와 함께 있습니다……그분과 통화를 하고 싶으면……."

그가 수화기를 의사에게로 건네주었다.

"큄퍼요. 알겠소……그래요……좋아……그렇게 해요. 우리가 함께 그리로 갈 테니까."

그는 수화기를 내려놓고 베이컨에게로 몸을 돌렸다.

"누구입니까?"

"앨프리드입니다." 큄퍼 박사가 말했다.

"그가 죽었답니다."

제20장

1

수화기를 통해 들려오는 크래독의 목소리는 도저히 믿을 수 없다는 투였다.

"앨프리드? 앨프리드가 죽었다고?"

베이컨 경감은 수화기를 바꿔 쥐고 말했다.

"전혀 예상치 못한 일이었나?"

"정말 그런 일이 일어나리라고는 꿈에도 생각지 못했네. 사실 나는 그를 살인자로 의심하고 있었으니까 말일세!"

"나도 기차 개찰원에 의해서 그가 확인되었다는 말을 들었네. 분명히 그 녀석한테는 불리한 얘기였지. 음, 이번엔 사람을 제대로 잡아냈다고 생각했는데."

"그런데, 우리가 틀렸네." 크래독이 풀이 죽어서 말했다.

잠시 동안 침묵이 흘렀다. 그러고 나서 크래독이 조용히 물었다.

"담당하고 있는 간호사가 있었다고 하지 않았나. 그런데 어떻게 그런 실수를 하게 된 건가?"

"그 여자를 탓할 수는 없네. 아일리스배로가 완전히 지쳐 버려서 잠깐 눈을 붙이러 갔었거든. 그래서 간호사가 한꺼번에 그 노인과 에마, 세드릭, 해롤드, 앨프리드까지 돌봐야 했네. 한 번에 여기저기에 다 있을 수는 없지 않겠나. 게다가 크래켄소프 노인이 요란스럽게 법석을 떨기 시작했던 것 같아. 죽을 것 같다고 했다나. 그래서 그 노인에게 가서 진정을 시키고 돌아와서 앨프리드에게 포도당이 든 차를 마시게 했다는군. 그걸 마시고는 그렇게 된 걸세."

"이번에도 비소였나?"

"그런 것 같네. 물론 병세가 악화된 결과라고 생각할 수도 있네만, 큄퍼는 그렇게 생각지 않더군. 존스톤 역시 같은 의견이고."

"내 추측이네만." 크래독이 의심스럽다는 듯이 말했다.

"앨프리드는 잘못된 피해자가 된 건 아닐까?"

베이컨은 흥미를 느끼는 것 같았다.

"자네 말은 앨프리드의 죽음이 어느 누구에게도 이익을 줄 수 없는 데 비해서, 노인의 죽음은 모두에게 이득을 가져다줄 수 있다는 건가? 내가 생각하기에도 이번 일은 실수였을지도 모르겠네—그 차가 노인에게 가지고 갈 차라고 잘못 생각했을지도 모른다는 말일세."

"독이 그런 식으로 투입되었다고 모두들 믿고 있나?"

"아니, 그들은 그렇게 생각지 않네. 그 충실한 간호사는 모든 도구들을 깨끗이 치워버렸다는군. 컵이며 스푼이며 찻주전자 모두를 말일세. 그러니 그 방법만이 유일하게 있을 법한 방법일세."

"자네 말은……." 크래독이 생각에 잠겨서 말했다.

"환자들 가운데 어느 한 사람이 다른 사람에 비해서 증세가 약하다는 뜻인가? 그래서 기회를 보았다가, 컵 속에 비소를 몰래 넣었다는 말이로군?"

"하지만 앞으로는 더 이상 이런 일이 없을 걸세."

베이컨 경감이 단호한 어조로 말했다.

"아일리스배로는 말할 것도 없고, 그 밖에 간호사 두 명을 더 붙여놨네. 경관도 두 명 배치해 놓았고. 자네도 오겠나?"

"가능한 한 빨리 가도록 하겠네."

2

루시 아일리스배로는 홀을 가로질러 와서 크래독 경감과 만났다. 그녀는 창백하고 다소 굳은 얼굴을 하고 있었다.

"아주 힘든 시간을 보냈군요." 크래독이 말했다.

"소름 끼치는 긴 악몽을 꾼 기분이에요." 루시가 말했다.

"정말로 어젯밤엔 모두들 다 죽는 줄로만 알았어요."

"그 카레 속에……."

"카레였나요?"

"그렇습니다. 매우 교묘하게 비소를 섞었습니다—보르지아식으로 말입니다."

"그 말씀이 사실이라면 틀림없이 가족들 가운데 한 명이 한 짓일 거예요."

"다른 가능성은 없습니까?"

"없어요, 그 문제의 카레를 만들기 시작한 건 아주 저녁 늦게였어요—6시 이후였을 거예요. 크래켄소프 노인이 특별히 만들어 달라고 한 음식이었으니까요. 게다가 카레 가루는 새 통조림을 따야만 했어요. 따라서 거기에 손을 미리 쓸 수는 없었을 거예요. 제가 생각하기엔 카레라면 맛을 속일 수도 있잖겠어요?"

"비소는 아무 맛도 없습니다." 크래독이 무감각한 표정으로 말했다.

"그럼, 이젠 기회를 따져봅시다. 그들 가운데 누가 카레를 만드는 동안에 손을 쓸 기회를 가질 수 있었을까요?"

루시가 생각에 잠겼다.

"정말, 제가 식당에서 식탁 준비를 하는 동안에는 누구라도 부엌에 숨어 들어올 수 있었겠군요."

"알겠습니다. 그럼, 그때 집 안에는 누가 있었습니까? 크래켄소프 노인, 에마, 세드릭……."

"해롤드와 앨프리드도 있었어요. 그들은 오후에 런던에서 왔어요. 오, 브라이언, 브라이언 이스틀리도 있었군요. 하지만 그분은 저녁식사 바로 전에 떠났어요. 블랙햄프턴에서 만날 사람이 있다고 하더군요."

크래독이 곰곰이 생각에 잠긴 채로 말했다.

"이 일은 아무래도 크리스마스 때 노인의 증세와 연관성이 있는 것 같군요. 큄퍼 박사는 그때 그것이 비소 때문이 아니었나 의심하고 있던데. 저 사람들이 어젯밤에 똑같이 아파하던가요?"

루시는 잠시 생각에 잠겼다.

"크래켄소프 노인이 제일 병세가 심했던 것 같아요. 큄퍼 박사님이 정신없이 간호해야만 했으니까요. 그분은 정말 좋은 의사예요. 세드릭이 가족들 중에서도 제일 법석을 떨었어요. 물론 건강한 체질을 가진 사람들이 대개가 그렇긴 하지만요."

"에마는 어땠습니까?"

"상태가 꽤 나쁜 편이었어요."

"왜 하필이면 앨프리드였을까? 난 그 점이 의심스럽습니다."

"무슨 말씀인지 알겠어요. 저 역시 원래 앨프리드가 목표가 아니었을지 모른다는 생각이 들어요."

"재미있군요. 나 역시 똑같은 질문을 했었습니다!"

"다소 표적이 빗나간 게 아닐까 싶은 생각이 드네요."

"이 사건들의 정확한 동기만 확실히 알 수 있다면…… 도무지 앞뒤가 제대로 맞지 않습니다. 석관 속에 있었던 교살된 여자는 에드먼드 크래켄소프의 미망인 마르틴이었다고 일단 가정을 해보지요. 지금으로서는 꽤 뚜렷이 증명이 된 상태니까. 그 사건과 계획적인 앨프리드 독살사건 사이에는 어떤 연관성이 있는 게 틀림없습니다. 모두 이 집 안 어딘가에 있습니다. 그렇다고 그들 가운데 한 명이 미치광이라고 생각할 수도 없는 노릇이고 말입니다."

"그렇게 생각할 수는 없을 거예요." 루시도 동의했다.

"당신도 조심하십시오." 크래독이 경고하듯이 말했다.

"이 집 안에 독살자가 있으니까. 그걸 명심하십시오. 2층에 있는 환자들 가운데 한 사람은 분명히 겉으로 가장하고 있는 것만큼 아프진 않을 겁니다."

루시는 크래독이 떠난 뒤 다시 천천히 2층으로 올라갔다. 병 때문에 다소 약해지기는 했으나 여전히 명령조의 거만한 목소리가 크래켄소프 노인의 방을 지날 때 그녀를 불러세웠다.

"아가씨, 당신이오? 이리로 와보시오."

루시가 안으로 들어갔다. 크래켄소프 노인은 베개를 높이 받쳐 세우고 침대에 비스듬히 누워 있었다. 아픈 사람치고는 눈에 두드러질 만큼 재미있어하는 것처럼 보인다고 루시는 생각했다.

"집이 온통 그 몹쓸 간호사들로 꽉 차 있어."

크래켄소프 노인이 투덜거렸다.

"중요한 임무라도 맡은 사람처럼 여기저기 살랑거리고 돌아다니면서 내 체온을 재고, 먹고 싶다는 건 주지도 않고—이것저것 돈이 꽤 들겠지. 에마에게 말해서 돌려 보내라고 해주시오. 당신이 날 잘 돌봐 줄 수 있지 않소"

"모두가 다 몸이 불편한 상태예요, 크래켄소프 씨." 루시가 말했다.

"아시다시피 저 혼자서 모든 분들을 다 보살펴 드릴 수는 없어요."

"송이버섯 때문일 게요." 크래켄소프 노인이 말했다.

"참으로 위험한 음식이오, 송이버섯은. 우리가 어젯밤에 먹은 그 수프 때문이오. 당신이 만들지 않았소?" 그가 비난하듯이 덧붙여서 말했다.

"송이버섯은 아무렇지도 않았어요, 크래켄소프 씨."

"당신 탓을 하는 게 아니오, 아가씨. 당신 잘못이 아니오. 전에도 이런 일이 있었지. 독버섯이 하나 끼어들어갔을 게요. 아무도 모르지. 당신이 좋은 아가씨라는 건 잘 알고 있소. 의도적으로 그렇게 한 건 아니겠지. 에마는 어떻소?"

"오늘 오후엔 다소 기분이 좋아진 것 같아요."

"아, 그렇소? 해롤드는?"

"그분도 나아지셨어요."

"앨프리드가 죽었다니 그게 무슨 일이오?"

"아무도 그 말씀을 드리지 않았을 텐데요, 크래켄소프 씨."

크래켄소프 노인은 굉장히 즐거운 듯 높고 가는 목소리로 소리 내 웃었다.

"난 모든 걸 다 듣지. 나이 든 사람에겐 숨길 수가 없는 법이오. 사람들은 숨기려고 하지. 하지만 앨프리드는 죽었어, 그렇지 않소? 그 녀석은 이제 더이상 나한테 기식(寄食)할 수도, 내게서 돈을 뜯어낼 수도 없을 테지. 그 녀석들은 내내 내가 죽기만을 기다리고 있었어─특히 앨프리드는 더욱더. 그런데 이제 그 녀석이 죽은 게요. 장난치고는 이건 너무 잘 된 게지."

"정말로 냉혹하시군요, 크래켄소프 씨." 루시가 싸늘한 어조로 말했다.

크래켄소프 노인은 다시 한 번 크게 소리 내어 웃었다.

"난 그 녀석들 어느 누구보다도 오래 살 게요." 그가 의기양양하게 말했다.

"정말인지 아닌지 어디 두고 보시오. 그럼 알게 되겠지."

루시는 자기 방으로 돌아가 사전을 꺼내서는 '톤틴'이라는 말을 찾아보았다. 그녀는 생각에 잠긴 채로 사전을 덮고는 허공을 물끄러미 쳐다보았다.

"어째서 나를 찾아오셨는지 모르겠군요."

모리스 박사가 다소 흥분해서 말했다.

"박사님은 오랫동안 크래켄소프 집안과 친분관계를 가져오신 걸로 아는데요?" 크래독 경감이 말했다.

"그렇습니다. 그래요, 난 크래켄소프 집안사람들을 모두 알고 있습니다. 조시아 크래켄소프 노인이 생각나는군요. 그분은 성미가 다소 과격한 분이었습니다. 하지만 빈틈없고 약삭빠른 사람이기도 했지요. 그래서 많은 재산을 모았습니다."

그는 의자 안에서 늙은 몸을 움직여 숱이 많은 눈썹 밑에서 크래독 경감을 뚫어지게 응시했다.

"그럼 당신은 그 젊은 얼간이 큄퍼의 말을 듣고 온 게로군. 그런 젊은 의사들이란 지나치게 열성적이란 말이야! 언제나 머릿속에 온갖 생각들을 쓸어 넣고 다니지. 그 사람은 누군가가 크래켄소프 노인을 독살하려 하고 있다는 생각에 사로잡혀 있습디다. 말도 안 되는 소리! 마치 멜로드라마 같은 얘기 아닙니까! 물론 위장염으로 인한 발작이 있었지요. 내가 치료를 했습니다. 그리 자주 일으키지는 않았지요. 증세에 특별히 이상한 점은 없었습니다."

"큄퍼 박사는 이상한 점이 있다고 생각했었던 것 같던데요."

"의사는 그저 생각하는 것만으로 결론을 지을 순 없습니다. 결국 눈으로 직접 확인한 뒤라야 비소 중독인지 아닌지 판단할 수 있는 게지요."

"꽤 많은 유명한 의사들도 알아차리지 못한 경우가 많았다던 데요."

크래독이 지적했다.

"언제였던가……." 그가 기억을 더듬었다.

"그린배로 사건 때였지요. 레니 부인, 찰스 리즈 그리고 웨스트베리 집안의 세 사람이 그들을 진찰했던 의사들에게 조금의 의혹도 받지 않고 멋지고 깨끗하게 매장되었습니다. 그들은 모두 훌륭하고 평판이 좋은 의사들이었지요."

"아, 좋아요." 모리스 박사가 말했다.

"내가 오진했을 수 있다는 말이시겠지? 글쎄요, 하지만 난 그렇게 생각지 않습니다."

그는 잠시 사이를 두었다가 다시 말을 이었다.

"큄퍼는 누가 그런 짓을 했다고 생각한답니까? 정말 그런 일이 있었다고 한다면 말이오."

"그도 모르고 있었습니다." 크래독이 말했다.

"그는 무척 걱정스러워하고 있습니다. 요컨대 이미 아시는 바와 같이, 상당한 액수의 돈이 관련되어 있잖습니까?"

"그건 그렇지요. 그 점은 나도 잘 알고 있소. 루서 크래켄소프가 죽으면 그들이 돈을 물려받게 될 겁니다. 그리고 사실상 그들은 그 돈을 몹시 원하고 있지요. 분명히 사실이긴 합니다만, 그 돈을 얻기 위해서 그 노인을 죽이는 일까지는 할 수 없을 겁니다."

"그렇다고 볼 수도 있지요." 크래독 경감이 동의했다.

"어쨌든 확실한 근거도 없이 모든 사물을 의심하지 않는다는 것이 내 신조입니다. 확실한 근거 말이오."

모리스 박사가 다시 한 번 되풀이 해 강조했다.

"당신이 방금 내게 한 말이 날 조금 놀라게 한 것은 인정합니다만, 아직도 당신이 어째서 날 찾아왔는지 알 수가 없습니다. 분명히 많은 양의 비소였단 말이지요? 내가 말할 수 있는 건, 그때 내겐 의심스런 생각이 전혀 들지 않았다는 것뿐입니다. 어쩌면 일단 의심을 품었어야 옳았을지도 모르지요. 루서 크래켄소프의 위장염 발작을 훨씬 심각한 것으로 받아들여야 했을지도 모른단 말입니다. 하지만 이미 너무 시간이 지나버렸군요."

크래독이 동의했다.

"우리가 정말 필요로 하는 것은 크래켄소프 집안에 대해서 좀더 많은 것을 아는 겁니다. 그들 가운데 혹시 이상한 정신병적인 유전성을 가진 사람은 없는지요. 어떤 종류의 괴벽 같은 기질이라도 말입니다."

짙은 눈썹 아래서 그의 눈동자가 날카롭게 크래독을 응시했다.

"그래요, 당신이 그런 쪽으로 생각을 몰고 갈 거라고 짐작했소. 조시아 노인은 분명히 건강한 정신의 소유자였습니다. 손톱만큼이나 온건했지요. 바로 그랬습니다. 그의 아내는 신경질적이고 우울증 증세가 있었습니다. 부인 쪽의 유전이었지요. 그녀는 둘째 아들이 태어난 직후 죽었답니다. 말하자면 루서 크래켄소프는 약간의 불안정한 기질을 어머니에게서 물려받은 셈이지요. 젊었을 때는 그저 평범한 사람이었지만 언제나 아버지와 사이가 좋지 않았습니다. 그의 아버지는 그에게 실망했고, 그래서 그는 아버지를 원망하고 그 사실에 대해 앙심을 품고 나중에는 일종의 강박관념까지 갖게 된 것 같습니다. 그는 그러한 관념을 결혼생활에까지 끌어들였지요. 그와 조금이라도 대화를 나누게 되면 그가 자신의 아들들을 정말로 미워하고 있다는 사실을 알아차릴 겁니다. 차라리 딸들을 좋아했지요. 에마와 에디 말입니다—그 애는 죽었지요."

"왜 아들들을 그렇게 미워했을까요?" 크래독이 물었다.

"그걸 알려면 요즘 한창 인기가 있는 정신과 의사에게 가야 할 겁니다. 다만 내가 생각하기에 루서는 자신이 남자로서 한 번도 충분한 대우를 받은 적이 없다고 느끼고 있으며, 자신의 경제적인 위치에 대해 무척 분노를 느끼고 있었던 것 같습니다. 그는 어느 정도의 수입을 가지고 있었으나 재산에 대해서는 처분권이 없었으니까요. 만일 그가 아들들에게 상속을 하지 않을 권리라도 가지고 있었다면 그들을 그렇게 미워하지는 않았을 겁니다. 그런 면에서 무기력하다는 점이 그에게 굴욕감을 가져다주었겠지요."

"그 때문에 그들보다 오래 산다는 생각에 그토록 희열을 느끼고 있는 거로군요." 크래독 경감이 말했다.

"그렇습니다, 그 또한 그 사람이 그렇게 극도로 인색한 원인이 되겠지요. 하지만 모르긴 몰라도 그의 수입에서 꽤 많은 돈을 저축해 놓았을 겁니다—물론 요즘처럼 엄청난 액수의 상속세가 나오기 이전에 모은 것일 테지만 말입니다."

하나의 새로운 생각이 크래독 경감의 머릿속에 문득 떠올랐다.

"그분이 저축한 돈 역시 유언장을 통해서 누군가에게 남겨 놓았을 텐데요? 그것은 가능한 일일 테이니까요."

"오, 물론이지요. 하지만 그걸 누구에게 남겼는지 누가 알겠습니까? 어쩌면 에마에게 남겼을지도 모릅니다만 도무지 확신할 수는 없지요. 그녀도 할아버지의 유산 가운데 한 몫을 받게 될 테니까. 어쩌면 외손자 알렉산더에게 남겼을지도 모르겠군요."

"외손자는 좋아하나 보지요?" 크래독이 말했다.

"그런 것 같더군요. 물론 그 앤 아들의 아이가 아니라 딸의 아이지요. 바로 그 점에 차이가 있는 겁니다. 그리고 또한 에디의 남편인 브라이언 이스틀리에게 상당한 애정을 갖고 있는 편이지요. 사실 난 브라이언 이스틀리에 대해선 잘 모릅니다. 내가 그 집안사람들을 본 지도 벌써 몇 년이 지났으니까. 하지만 그가 전쟁이 끝난 뒤 일정한 직업없이 그저 놀고 지낸다는 소리를 듣고는 마음이 아팠습니다. 그 사람은 전쟁 시에 필요한 자질을 갖춘 사람이었으니까요. 용기와 박력, 그리고 앞일을 운에 맡기고 돌진할 수 있는 낙천적인 성격 같은 것들을 말입니다. 하지만 정신적으론 약간 불안감이 있는 것 같더군요. 어쩌면 그는 여기저기 떠돌아다니는 사람이 되어 있을지도 모르겠군요."

"당신이 아는 바로는 자식들 가운데에는 어떤 종류의 유전적 괴벽 같은 걸 가진 사람이 없습니까?"

"세드릭은 좀 특이한 타입으로서, 흔히 말하는 천성적인 반항아지요. 완전히 정상적이라고는 말할 수 없겠지만, 그렇게 따지자면 누가 완전하다고 할 수 있겠습니까? 해롤드는 매우 전통적인 보수적인 성격을 가진 사람이긴 하지만, 소위 유쾌한 인물이라고는 볼 수 없지요. 냉정한 성격에 언제나 큰 기회를 노리고 있으니까 말입니다. 앨프리드에게서는 범죄자 같은 인상이 풍기지요. 언제나 못된 짓만 하고 다녔습니다. 언젠가 한번은 교회의 홀 안에 언제나 놓아두는 헌금함에서 돈을 꺼내는 걸 본 적이 있습니다. 바로 그런 녀석입니다. 아, 참 불쌍하게도 죽었다지요. 죽은 사람 험담은 안 하는 게 좋겠구먼."

"그런데……." 크래독이 잠시 망설였다.

"에마 크래켄소프는 어떻게 생각하십니까?"

"좋은 여자지요. 조용하고 그녀가 무슨 생각을 하고 있는지는 도무지 알 수가 없다니까. 나름대로 계획과 생각을 갖고 있기는 하지만, 쉽게 말하지 않고 혼자만 간직하는 경향이 있으니까요. 그녀는 일반적인 외모에서 풍겨 나오는 것보다는 좀더 강한 개성을 갖고 있습니다."

"그럼 에드먼드도 알고 계시겠군요? 프랑스에서 전사했다는 그 아들 말입니다."

"그렇소. 아들들 가운데서 제일 뛰어난 사람이었지. 성품이 착하고 좋은 사람이었습니다."

그가 전사하기 바로 직전에 어느 프랑스 여자와 결혼을 할 예정이었다거나 결혼을 했다고 하는 얘기에 대해 들어보신 적이 있으신지요?"

모리스 박사가 얼굴을 찡그렸다.

"그런 비슷한 얘기를 들은 적이 있는 것 같기도 하군요. 하지만 이미 오래 전의 일이라……."

"전쟁 초기에 있었던 일이었지요, 아마?"

"그렇소. 하지만 그가 만일 외국 여자와 결혼했다면 평생 후회를 하며 살았을 겝니다."

"그가 외국 여자와 결혼을 했다고 믿을 만한 이유가 있습니다."

그는 최근에 일어났던 일에 대해서 간략한 말로 설명했다.

"어떤 여자의 시체가 석관 속에서 발견되었다나 하는 내용의 기사를 신문에서 읽은 기억이 납니다. 그럼, 그게 바로 러더퍼드 저택이었군?"

"그리고 그 여자가 에드먼드 크래켄소프의 미망인이라고 생각할 만한 이유도 있습니다."

"호, 참으로 특이한 사건인 듯하군요. 실제 생활에서 일어난 일이라기보다는 꼭 소설 같은 얘기란 말입니다. 하지만 도대체 누가 그 가엾은 여자를 죽이려고 했겠소. 내 말은 그 사건과 크래켄소프 집안의 비소 중독사건 사이에 무슨 연관성이 있겠느냐는 말입니다."

"두 가지 중 하나겠지요. 하지만 두 가지 다 억지로 둘러댄 것에 불과합니다. 아마 누군가가 돈에 눈이 멀어서 조시아 크래켄소프의 재산을 송두리째 집어삼키려는 모양입니다."

"그렇다면 그는 엄청난 바보지." 모리스 박사가 말했다.

"그로부터 얻어지는 수입에 엄청난 상속세만 물어야 할 테니까."

"송이버섯이란 건 정말 처치 곤란한 음식이에요." 키더 부인이 말했다.

키더 부인은 지난 며칠 동안 이 똑같은 말을 열 번쯤은 되풀이해 왔다. 루시는 아무런 대꾸도 하지 않았다.

"난 그런 것들은 결코 손대지 않아요." 키더 부인이 말했다.

"너무 위험하거든요. 한 사람밖에 죽지 않은 건 자비로우신 하나님의 뜻이에요. 난 모두 다 죽는 줄 알았지 뭐예요. 그리고 아가씨, 당신은 정말 다행스럽게도 위험을 모면했군요."

"송이버섯 때문이 아니었어요." 루시가 말했다.

"그건 아무런 이상이 없었어요."

"내 말을 믿지 못하는군요. 송이버섯은 원래 위험한 거예요. 많은 것들 가운데 한 개의 독버섯만 섞여 있어도 큰일 나는 거라니까요."

키더 부인이 개수대에서 접시며 쟁반을 덜그럭거리며 씻으면서 말을 이었다.

"참 이상한 일이에요. 좋지 않은 일들은 한꺼번에 몰아닥치는 경우가 많거든요. 내 여동생의 큰 아이가 홍역에 걸리더니 우리 집 어니가 넘어져서 팔이 부러지질 않나, 게다가 우리 남편까지 온몸에 부스럼이 나지 않겠어요? 단 한 주일 동안에 말이에요! 정말 믿기가 어려운 얘기지요? 이곳도 역시 마찬가지랍니다. 처음엔 끔찍한 살인사건이더니, 이번엔 앨프리드 씨가 송이버섯 중독으로 죽다니 말이에요. 도대체 다음엔 누굴까? 그게 궁금해요."

루시는 다소 오싹한 느낌이 들면서, 자신도 그걸 알고 싶다고 생각했다.

"우리 남편은 내가 여기 오는 것도 싫어해요. 재수 없는 집이라나요. 하지만 난 크래켄소프 양을 오랫동안 알고 지내온데다가, 그녀는 참으로 좋은 여자라고 말했지요. 내게 많이 의존하고 있는 게 사실이라고 말이에요. 게다가 가엾은 아일리스배로 양이 집 안에서 모든 일을 혼자 도맡아 하도록 놔둘 수는 없다고 했지요. 이 쟁반들만 하더라도 당신에게는 꽤 힘겨운 일일 테니까요."

루시는 인생이 엄청나게 많은 쟁반으로 채워져 있다는 의견에 동의하지 않을 수 없었다. 지금 그녀는 여러 환자들에게 가져다줄 쟁반들을 각각 분류하고 있는 중이었다.

"간호사들은 조금도 일손을 거들어줄 생각을 안 한답니다. 그들이 원하는 거라고는 그저 진한 차를 마시는 게 전부라고요. 준비해 주는 식사나 받아먹고 말이에요. 난 정말 완전히 지쳐버렸답니다."

그녀는 매우 불만족스러운 어조로 투덜거렸지만 사실상 평상시 아침 일보다는 훨씬 적은 양의 일을 한 셈이었다.

루시가 진지하게 말했다.

"아주머니는 언제나 그저 가만히 앉아서 손을 놓고 계시는 법이 없어요."

키더 부인은 기뻐하는 것같이 보였다. 루시는 쟁반들 가운데서 첫 번째 것을 집어들고는 위층으로 올라갔다.

"그건 뭐요?" 크래켄소프 노인이 책망하는 듯한 어조로 말했다.

"비프 티하고 구운 커스터드예요." 루시가 말했다.

"도로 가져가시오. 그런 건 손도 대지 않겠어. 난 비프 스테이크가 먹고 싶다고 간호사에게 분명히 말했는데."

"큄퍼 박사님이 아직은 비프 스테이크를 드실 수 없다고 하셨어요."

크래켄소프 노인은 화가 나서 코를 씨근거렸다.

"난 이제 완전히 멀쩡하단 말이오. 내일이면 툭툭 털고 일어날 게요. 다른 녀석들은 어떻소?"

"해롤드 씨는 훨씬 나아지셨어요. 내일 런던으로 돌아간다고 하시더군요."

"그것참 잘된 일이군. 없어지면 시원할 게요. 세드릭은 어떻소? 내일 자기가 살던 섬으로 돌아간다고는 하지 않았소?"

"아직은 떠나지 않으실 거예요.

"유감스러운 일이군그래. 에마는 어떻게 하고 있소? 그 앤 왜 나를 보러 오지 않는 게요?"

"아직 누워 있어요, 크래켄소프 씨."

"여자들은 언제나 자기 몸을 너무 애지중지한단 말이야. 하지만 당신은 강하고 훌륭한 여성이오." 그러고 나서 그는 비난하듯이 덧붙여 말했다.

"그런데 당신은 하루 종일 여기저기 뛰어다니는 것 같더군, 응?"

"좋은 운동이 돼요." 루시가 말했다.

크래켄소프 노인이 만족스러운 듯이 고개를 끄덕거렸다.

"당신은 강하고 훌륭한 여성이야. 그리고 전에 내가 한 얘기를 내가 벌써 잊었으리라고 생각지는 마시오. 조만간 알게 되겠지. 에마도 자기 뜻대로 일을 이루지는 못할 게요. 그리고 다른 녀석들이 나에 대해서 인색한 늙은이라고 헐뜯어도 귀 기울이지 마시오. 난 돈에 대해서는 매우 신중한 사람이니까. 내겐 저축해 놓은 돈도 꽤 있고, 언젠가 때가 오면 그 돈을 누구에게 쓸 것인지도 잘 알고 있소."

그는 애정이 담긴 눈길로 그녀를 흘끗 쳐다보았다.

루시는 노인이 팔을 뻗어 손을 잡으려는 것을 피해 재빨리 밖으로 나왔다. 그다음 쟁반은 에마에게 가져갈 것이었다.

"오, 고마워요, 루시. 이젠 정말 제정신으로 돌아온 느낌이에요. 배가 고파요. 이건 좋은 징조겠죠?"

루시가 쟁반을 그녀의 무릎 위에 놓아주자, 에마가 말을 계속했다.

"당신 아주머니 생각을 하면 정말 죄송스런 마음이 들어 견딜 수 없어요. 그분을 뵈러 갈 기회가 거의 없었겠죠?"

"예, 사실은 가 뵙지 못했어요."

"아주머니가 당신을 보고 싶어 하시겠군요."

"오, 걱정하지 마세요, 크래켄소프 양. 그분은 우리가 요즘 얼마나 끔찍한 시간을 보냈는지 잘 알고 계실 거예요."

"전화를 걸어보셨나요?"

"아뇨, 요즘은 하지 못했어요."

"그럼, 전화를 해보세요. 매일 말이에요. 나이 든 분들이란 소식을 받는 것과 받지 못하는 것에 대해 큰 차이를 둔답니다."

"정말 친절하시군요." 루시가 말했다.

그녀는 다음 쟁반을 가지러 아래층으로 내려가며 약간 양심의 가책을 느꼈다. 집 안에 환자가 여러 명 생기는 바람에 그녀는 완전히 거기에 정신을 빼앗겨 다른 일에는 신경을 쓸 시간이 없었던 것이다. 그래서 그녀는 세드릭에게 식사를 가져다준 뒤, 곧바로 마플 양에게 전화를 걸기로 마음먹었다.

지금 집 안에는 간호사 한 명밖에 없었는데, 층계참에서 루시와 마주치자 그녀와 인사를 교환했다.

세드릭은 믿을 수 없을 만큼 말쑥하고 단정하게 보였는데, 이미 침대에 똑바로 앉아서 종이 위에 뭔가를 열심히 쓰고 있었다.

"안녕하시오, 루시. 오늘은 도대체 어떤 몹쓸 음식을 내게 가져온 겁니까? 난 당신이 그 고약스런 간호사를 좀 내쫓아주었으면 좋겠소. 말버릇이 짓궂기 짝이 없거든. 무슨 이유인지 몰라도 나를 꼭 '위(we: 아이나 환자들을 위로하거나 격려할 때 쓰는 '당신'이라는 뜻)'라고 부르는 거요. '이봐요, 오늘 기분이 어때요? 당신(we), 잘 잤나요? 오, 세상에, 당신(we)은 정말 잠버릇이 고약하군요. 이렇게 이불을 차버리다니 말이에요.'"

그는 높은 목소리로 간호사의 고상한 악센트를 흉내 냈다.

"굉장히 기분이 좋으신 것 같군요. 뭘 하느라 그렇게 바쁘세요?"

"계획을 짜는 중입니다. 저 노인네가 죽으면 이곳을 어떻게 할까 하는 계획 말입니다. 아실지 모르지만 이곳은 꽤 쓸모 있는 땅이지요. 일부를 내가 직접 개발을 해볼까, 아니면 한꺼번에 몽땅 팔아치울까, 도무지 결정을 못 내리겠군요. 산업적인 목적으로는 매우 가치가 있는 땅이지요. 집은 보육원이나 학교로 사용하면 될 거고, 절반의 땅만 팔고, 그 돈을 이용해서 나머지 절반의 땅으로 뭔가 특이한 사업을 하면 어떨까 하는 생각도 듭니다. 당신 생각은 어떻습니까?"

"아직 그 땅을 받지도 않으셨잖아요." 루시가 냉랭한 어조로 말했다.

"하지만 내가 받게 될 겁니다. 이 땅만큼은 다른 것들처럼 분배되지 않을 거니까. 내가 모두 갖게 되는 겁니다. 그리고 그걸 비싼 가격으로 팔아치우면, 그 돈은 수입이 아니라 자본금이 되므로 거기에 따로 세금을 물지 않아도 되지요. 주체할 수 없을 만큼 큰돈이란 말입니다. 그걸 한번 생각해 봐요."

"전 당신이 언제나 돈을 경멸하는 줄로 알고 있었는데요." 루시가 말했다.

"물론 내게 돈이 한 푼도 없을 때는 돈을 경멸했지요." 세드릭이 말했다.

"체면을 지키기 위해서는 그럴 수밖에 없었으니까. 당신은 정말 사랑스러운 여자로군. 아니면 내가 오랫동안 미인을 만나지 못해서 그런 생각이 드는 걸지도 모르지만."

"그 말이 맞는 것 같군요." 루시가 어깨를 으쓱하며 말했다.

"아직도 모두를 챙겨주고 모든 것들을 치워놓고 하느라 바쁩니까?"

"누군가가 당신을 말쑥하게 챙겨드렸나 보군요."

루시가 그를 바라보며 말했다.

"그 몹쓸 간호사가 그런 겁니다." 세드릭이 감정을 드러내며 말했다.

"앨프리드의 검시 재판은 벌써 한 겁니까? 어떻게 된 겁니까?"

"연기되었어요." 루시가 말했다.

"경찰은 신중하니까. 이런 집단중독사건으로 뭔가 수사 방향의 전환이라도 있었겠지요? 내 말은 정신적인 면을 의미하는 겁니다. 좀더 확실한 측면에 대해서는 언급하지 않겠습니다." 그러고 나서 그가 덧붙였다.

"당신도 조심하는 게 좋을 겁니다."

"조심하고 있어요." 루시가 말했다.

"알렉산더는 벌써 학교로 돌아갔습니까?"

"아직 스토더트웨스트의 집에 있을 거예요. 학교가 시작되는 날은 내일 모레인 걸로 알고 있으니까요."

루시는 식사하기 전에 전화기 있는 데로 가서 마플 양에게 전화를 걸었다.

"찾아뵙지 못해서 정말 죄송해요, 하지만 정말 너무나 바빴어요."

"그랬을 거예요, 예. 그랬을 테지. 게다가 지금 당장은 아무 일도 할 수가 없어요. 우린 단지 기다리는 수밖에 없지요."

"예, 그런데 우리가 지금 뭘 기다리고 있는 건가요?"

"엘스퍼스 맥길리커디가 곧 돌아올 거예요. 즉시 비행기를 타고 오라고 편지를 썼거든요. 그게 그녀의 의무라고 말했죠. 그러니 너무 걱정하지 말아요."

그녀의 목소리는 친절했고, 루시를 안심시키려는 듯했다.

"부인이 생각하시기에……." 루시가 말을 시작했으나 이내 멈췄다.

"더 이상 죽음이 없겠느냐고? 오, 물론 다시는 없기를 바라요. 하지만 누가 알겠어요? 내 말은 정말로 사악한 사람이 있을지도 모른다는 거예요. 그리고 그곳은 정말 온통 사악함으로 들끓고 있는 것 같다니까."

"사악함이 아니면 광기겠지요." 루시가 말했다.

"물론 그쪽이 사물을 보는 근대적인 견해라는 것은 알아요. 나 자신은 동의하지 않지만."

루시는 전화를 끊고 부엌으로 가서는 자신의 점심 쟁반을 집어들었다.

키더 부인은 앞치마를 벗고 막 떠나려는 참이었다.

"괜찮겠어요, 아가씨?" 그녀가 걱정스러운 듯이 말했다.

"괜찮고말고요." 루시가 야무지게 말했다.

그녀는 쟁반을 들고는 크고 어두침침한 식당으로 들어가지 않고 작은 서재로 들어갔다. 그녀가 막 점심식사를 끝냈을 때 문이 열리고 브라이언 이스틀리가 안으로 들어왔다.

"안녕하세요. 정말 뜻밖이군요." 루시가 말했다.

"그럴 겁니다." 브라이언이 말했다.

"모두들 어떻습니까?"

"훨씬 나아졌어요. 해롤드 씨는 내일 런던으로 돌아가실 거예요."

"당신은 이번 일에 대해서 어떻게 생각합니까? 정말로 비소였습니까?"

"분명히 비소였어요." 루시가 말했다.

"신문에는 아직 나지 않았더군요."

"예, 당분간은 경찰이 발표하지 않을 거라고 생각해요."

"누군가 이 집안에 원한을 품고 있는 사람이 있을지도 모릅니다. 누가 몰래 숨어 들어와서 음식에 그런 장난을 칠 수 있었을까요?"

"사실은 제가 제일 그럴 만한 사람이에요." 루시가 말했다.

브라이언은 근심스러운 듯이 그녀를 바라보더니 물었다.

"하지만 당신은 하지 않았죠, 그렇죠?" 그는 다소 충격을 받은 것 같았다.

"물론 전 하지 않았어요." 루시가 말했다.

아무도 카레에 손을 댈 수는 없었을 것이다. 그녀는 그것을 부엌에서 혼자 만들어서 식탁으로 가져갔으니, 거기에 손을 댈 수 있었던 사람은 식탁에 앉아 있었던 다섯 사람뿐이었다.

"내 말은, 당신이 그렇게 했을 이유가 어디 있느냐는 겁니다. 그들은 당신과 아무 상관도 없지 않소?" 그가 이어서 말했다.

"내가 이곳에 이렇게 다시 돌아와서 귀찮지 않은지 모르겠군요?"

"오, 아니에요. 천만에요. 여기 머무르실 건가요?"

"글쎄, 그렇게 하고 싶지만 당신한테 너무 폐가 되지 않을지⋯⋯?"

"아니에요, 저는 아무렇지도 않아요."

"아시겠지만, 난 지금 하는 일이 없습니다. 게다가 난 뭐랄까, 이 생활에 진절머리가 납니다. 그런데 정말로 성가시지 않겠습니까?"

"전 성가시고 어떻고를 말할 입장이 아닌걸요. 그건 에마가 결정할 일이죠."

"오, 에마는 괜찮습니다." 브라이언이 말했다.

"에마는 언제나 내게 잘해 주거든요. 그녀 나름대로 말입니다. 사실 그녀는 모든 일에 약간은 비밀주의자랍니다. 혼자 가슴속에 담아두니까요. 어떻게 보면 에마는 다크호스지요. 이런 곳에서 살면서 그런 노인네를 돌본다는 것은 대부분의 사람들을 지치게 만듭니다. 가엾게도 그녀는 결혼을 못했지요. 이젠 너무 늦지 않았다 하는 생각이 드는군요."

"전 그렇게 늦었다고 생각지 않아요." 루시가 말했다.

"글쎄요⋯⋯." 브라이언이 골똘히 생각에 잠겼다.

"아마 목사라면⋯⋯." 그가 기대하듯이 말했다.

"그녀는 교구일 같은 데는 꽤 유능한데다가, 어머니회 모임의 사람들과도 많은 교제를 갖고 있으니까. 왜 어머니회 모임 같은 거 있잖습니까? 나로서는 그게 정확히 어떤 건지 모릅니다만 가끔 책에서 읽어본 적이 있을 겁니다. 그리고 주일마다 교회에서는 꼭 모자를 쓰고 다니고요." 그가 덧붙여 말했다.

"저로서는 그분이 그렇게 될 것 같지는 않은데요."

루시는 자리에서 일어나 쟁반을 집어들었다.

"내가 하지요."

브라이언이 이렇게 말하고는 그녀에게서 쟁반을 받아들었다. 그들은 함께 부엌으로 들어갔다.

"그릇 닦는 걸 내가 도와드릴까요? 난 이 부엌이 아주 마음에 듭니다."

그러고는 열성적으로 말했다.

"사실 요즘 사람들이 좋아할 만한 집은 아니지만, 난 이 집 전체가 마음에 듭니다. 좀 악취미일지도 모르지만 사실이 그렇습니다. 정원에는 비행기도 아주 쉽게 착륙시킬 수 있을 겁니다."

그는 행주를 집어들고 스푼이며 포크를 닦기 시작했다.

"세드릭에게는 이런 것들이 모두 고물들로 보이겠지요. 그는 무엇보다도 제일 먼저 모두를 팔아치울 겁니다. 그리고 나서는 또다시 외국으로 날아가 버리겠지요. 나는 사람들이 왜 영국을 마음에 들어 하지 않는지 모르겠단 말입니다. 해롤드도 또한 이 집을 마음에 들어 하지 않을 테지요. 에마에게는 너무 크고 만일 이 집이 알렉산더에게로 돌아온다면 그 아이와 나는 모래 장난을 하는 소년 한 쌍처럼 함께 여기서 행복하게 살 텐데요. 물론 집에는 여자가 있는 게 좋겠지만 말입니다."

그는 생각에 잠긴 채로 루시를 바라보았다.

"오, 글쎄, 이런 말을 해봤자 무슨 소용이 있겠습니까? 알렉산더가 이 집을 받게 된다면 이런 것들 모두가 다 엉망진창이 될 거고, 또 사실 그렇게 될 리도 없잖습니까? 하지만 내가 보기에는 그 노인이 아마 백 살까지는 문제없이 살 것 같더군요. 그들 모두를 괴롭히기 위해서라도 말입니다. 내 생각에는 앨프리드의 죽음에도 그리 마음 아파 할 것 같지 않은데요, 그렇지 않나요?"

"예, 맞아요. 그다지 마음 아파하시지 않더군요."

루시가 짤막하게 대답했다.

"심술궂은 늙은 악마 같으니라고."

브라이언 이스틀리가 경쾌한 어조로 말했다.

제22장

"사람들이 여기저기서 수군거리는 소리를 듣자니 정말 끔찍해요. 될 수 있는 한 난 별로 귀 기울여 듣지 않지만요. 하지만 당신은 도저히 믿을 수 없을 거예요." 키더 부인이 대답을 기대하듯이 말을 끊었다.

"예, 짐작은 하고 있어요." 루시가 말했다.

"그 긴 창고에서 발견된 시체 말이에요."

키더 부인이 손과 무릎을 바닥에 대고, 게처럼 기어서 부엌 바닥을 문질러 대면서 말했다.

"전쟁 중에 만난 에드먼드의 첩이라는 둥, 그 여자가 이곳에 내려오는 것을 알고 질투심에 불타오른 그녀의 남편이 쫓아 내려와 그 여자를 죽인 거라는 등등 말이에요. 물론 외국인이라면 할 만한 짓이긴 하겠지만, 이렇게 오랜 세월이 지난 뒤에야 그랬을 리가 없잖겠어요?"

"나 역시 그랬을 것 같지는 않아요."

"하지만 그보다 더 지독한 얘기도 있어요." 키더 부인이 말했다.

"별별 얘기들을 다해요. 당신도 그 얘기를 들으면 놀랄 거예요. 해롤드 씨가 외국 어딘가에서 결혼을 했는데, 그 부인이 영국에 건너와서 그가 레이디 앨리스와 이중 결혼을 한 것을 알아내고는 그를 재판에 붙이려고 하자 해롤드는 그만 겁이 나서 그 부인을 이리로 불러서는 그녀를 죽이고 석관 속에 숨긴 거라고요. 정말 놀라운 얘기지요!"

"정말 충격적인 얘기군요."

루시가 모호하게 대답을 했으나, 그녀의 마음은 다른 곳에 가 있었다.

"물론 난 전혀 귀담아 듣지 않았어요."

키더 부인이 고상한 체하며 점잖게 말했다.

"나는 그런 이야기를 믿지 않거든요. 사람들이 그런 얘기들을 만들어내는 걸 보면 정말 놀라워요. 그런 사람들은 그저 자기네들끼리 얘기하라고 내버려 둬야 해요. 단지 내가 바라는 건 그런 소문들이 에마의 귀에 들어가지 않았으면 하는 것뿐이에요. 굉장히 마음 상해할 테니까. 난 그걸 바라지 않아요. 에마 양은 아주 훌륭한 여자거든요. 게다가 난 아직 그녀를 헐뜯는 말을 한 번도 들어본 적이 없어요. 단 한마디도. 물론 앨프리드도 이미 죽은 사람이니 지금은 아무런 험담을 하지 않지요. 그렇다고 좋게 평한다는 뜻은 아니지만. 하지만 정말 끔찍한 일이잖아요? 온통 악담이 떠돌고 있으니."

키더 부인은 아주 신이 나서 떠들어댔다.

"아주머니가 들으시기에 아주 고통스러우셨겠군요." 루시가 말했다.

"오, 그래요. 정말 그랬어요. 우리 남편에게 어떻게 그렇게들 얘기할 수 있느냐고 말했답니다."

그때 벨이 울렸다.

"의사 선생님이에요. 문을 좀 열어 주시겠어요, 아니면 내가 나갈까요?"

"내가 나갈게요." 루시가 말했다.

그러나 찾아온 사람은 의사가 아니었다. 현관문의 층계에는 밍크코트를 입은 키가 크고 우아한 여인이 서 있었다. 구부러진 자갈길 위에 세워져 있는 것은 롤스로이스였는데, 그 안에 운전사가 앉아서 엔진 소리를 내고 있었다.

"에마 크래켄소프 양을 만날 수 있을까요?"

매력적인 목소리로, 'R' 발음이 약간 뚜렷하지 않은 듯했다. 그 여인의 모습 또한 매혹적이었다. 35세쯤 되어 보이는 여자로, 검은 머리에 고급스럽고 아름답게 치장을 하고 있었다.

"죄송합니다만, 크래켄소프 양은 병으로 누워 있기 때문에 아무도 만날 수가 없어요." 루시가 말했다.

"예, 몸이 불편한 건 알고 있어요. 하지만 내가 만나고자 하는 일은 매우 중요한 일이에요."

"제 생각엔……."

루시가 말을 하려고 했다. 그때 그 방문객이 그녀의 말을 가로막았다.

"아일리스배로 양이시죠?" 그녀가 미소를 지었다. 매우 매력적인 미소였다.

"우리 아들이 당신 얘기를 하더군요. 그래서 알게 됐어요. 난 레이디 스토더트웨스트예요. 알렉산더가 지금 우리 집에 묵고 있답니다."

"오, 알겠어요." 루시가 말했다.

"그리고 정말로 중요한 일 때문에 크래켄소프 양을 만나봐야 해요. 몸이 불편하다는 건 잘 알고 있어요. 그리고 분명히 말씀드리지만 이건 단순한 사교적인 방문이 아닙니다. 아이들이 얘기해 준 어떤 일 때문이에요—우리 아들이 내게 말하더군요. 내 생각엔 이건 대단히 중대한 문제라고 여겨져서 그 일에 대해 크래켄소프 양과 얘기를 나누고 싶은 거예요. 그러니 그분께 말씀드려 주겠어요?"

"들어오세요." 루시는 홀을 거쳐서 그녀를 응접실로 안내했다.

"올라가서 크래켄소프 양에게 얘기하지요."

그녀는 2층으로 올라가 에마의 방문을 두드리고는 안으로 들어갔다.

"레이디 스토더트웨스트가 오셨어요. 매우 특별한 일로 당신을 좀 만나고 싶답니다."

"스토더트웨스트 부인이?" 에마는 놀라는 것 같았다.

경계하는 듯한 표정이 그녀의 얼굴에 나타났다.

"아이들에게 무슨 나쁜 일이라도……, 알렉산더에게?"

"아니, 그런 게 아니에요." 루시가 그녀를 안심시켰다.

"틀림없이 아이들은 잘 지내고 있을 거예요. 아이들한테서 들은 어떤 얘기 때문인 것 같아요."

"아, 그래요……." 에마가 망설이며 말했다.

"아마도 만나봐야겠지요? 나, 옷차림이 괜찮아요, 루시?"

"아주 근사해 보여요." 루시가 말했다.

에마는 침대에 일어나 앉아 부드러운 핑크빛 숄을 어깨에 두르고 엷은 장밋빛 볼 연지를 발랐다. 그녀의 검은 머리는 간호사에 의해서 단정하게 빗겨져 있었다. 루시가 그 전날 화장대 위에 가을 화초를 꽂은 꽃병을 놓아두었기 때문에 그녀의 방은 매력적으로 보였으며, 결코 병실 같아 보이지는 않았다.

"일어나 앉을 수 있을 만큼은 충분히 상태가 좋아요." 에마가 말했다.

"큄퍼 박사님이 내일이면 일어날 수 있을 거라고 했거든요."

"이젠 정말로 제 모습을 되찾은 것 같아요." 루시가 말했다.

"레이디 스토더트웨스트를 올려 보내 드릴까요?"

"그렇게 해요." 루시는 다시 아래층으로 내려왔다.

"크래켄소프 양의 방으로 올라가시겠어요?"

그녀는 손님을 2층으로 안내해서 안으로 들어갈 수 있도록 문을 열어주고는 다시 문을 닫았다.

레이디 스토더트웨스트는 손을 내밀며 침대 곁으로 다가섰다.

"크래켄소프 양이시죠? 이렇게 갑작스레 찾아와서 정말 죄송해요. 내가 기억하기로는 학교 운동회에서 뵌 적이 있는 것 같군요."

"그래요. 아주 잘 기억하고 있어요. 앉으세요." 에마가 말했다.

침대 옆에 놓인 의자에 스토더트웨스트 부인은 편안하게 앉았다.

그녀는 조용하고 낮은 목소리로 이야기를 시작했다.

"이렇게 내가 이곳을 찾아온 걸 이상하게 생각하시겠지만, 사실은 이유가 있답니다. 난 아주 중요한 이유라고 생각해요. 아이들이 내게 어떤 이야기를 들려주었어요. 아이들이 이곳에서 있었던 살인사건에 대해 무척 흥분하고 있었다는 건 잘 알고 있으시겠죠? 사실은 그 당시에 나는 그걸 그다지 탐탁하게 여기지 않았어요. 약간 신경이 쓰였었거든요. 그래서 즉시 제임스를 데려오고 싶었죠. 하지만 남편이 웃더군요. 그 사건은 분명히 이 집이나 가족들과는 아무 상관이 없을 것이며, 자신의 소년시절을 떠올려보더라도, 그리고 제임스의 편지로 미루어보아도 그 애나 알렉산더 모두 매우 즐겁게 보내고 있는 것 같으니 그 애를 불러들이는 건 너무 심한 처사라고 하더군요. 그래서 내가 양보하여 제임스가 알렉산더를 데리고 오기로 한 날까지 머무르게 하자는 의견에 동의했지요."

"저희가 아드님을 좀더 일찍 보내 드렸어야 한다고 생각하시는 건가요?"

"아니, 천만에요. 그건 내가 말하려고 하는 게 아니에요. 오, 사실 이건 나로서는 무척 힘든 이야기랍니다! 하지만 해야 할 말은 해야겠지요. 그 애들은 아주 많은 얘기들을 주워 모았더군요. 그 애들이 말하기를 그 여자, 살해된 그 여자가 당신의 큰오빠, 전사하셨다는 그분이 프랑스에서 알았던 프랑스 여자라는 생각을 경찰이 하고 있다더군요, 그런가요?"

"그럴 가능성이 있어요." 에마가 말했다.

그녀의 목소리가 갑자기 변했다.

"염두에 두지 않을 수 없는 가능성이에요. 어쩌면 사실일지도 모르고요."

"그 시체가 마르틴이라는 여자의 것이라고 믿을 만한 이유가 있나요?"

"말씀드렸다시피, 그건 하나의 가능성이에요."

"하지만 왜, 도대체 무슨 이유로 그 애들이 그 여자를 마르틴이라고 생각하게 되었을까요? 편지라도 가지고 있었나요, 아니면 서류 같은 거라도?"

"아니에요. 그런 종류의 것들은 전혀 없었어요. 하지만 제가 그 마르틴에게서 편지를 받았거든요."

"편지를 받으셨다고? 마르틴에게서?"

"그래요. 자신이 영국에 있으며 저를 만나러 오고 싶다는 내용의 편지였어요. 전 그녀를 이리로 초대했지만 곧 프랑스로 돌아간다는 내용의 전보 한 통만을 띄우곤 아무런 연락도 없었죠. 어쩌면 정말로 프랑스로 돌아갔을지도 모르고요. 그건 정말 우리도 몰라요. 하지만 그 이후로 제가 그녀에게 보낸 편지의 봉투가 이곳에서 발견되었어요. 그건 그녀가 여기에 왔다는 걸 보여 주는 사실이 아니겠어요? 하지만 전 정말 이해할 수가……" 그녀가 말을 멈췄다.

레이디 스토더트웨스트가 재빨리 말을 받았다.

"그 일이 나와 무슨 관계가 있는지 모르겠다는 말이겠죠? 물론 당연하죠. 사실 나는 이곳에 오고 싶지 않았어요. 하지만 이런 이야기를, 멋대로 고쳐진 그런 이야기를 듣고서 사실은 이렇다는 걸 확실히 하기 위해서 오지 않으면 안 되었어요. 왜냐하면 만일 이것이……"

"예?" 에마가 놀란 듯이 말했다.

"그럼 결코 당신에게 말하려 하지 않았던 일을 얘기해야겠군요. 내가 바로 '마르틴 뒤부아'예요."

에마는 그 말뜻을 거의 이해할 수 없다는 듯 손님을 물끄러미 바라보았다.

"부인이! 부인이 마르틴이라고요?"

상대방이 진지하게 고개를 끄덕였다.

"정말이에요. 놀라셨겠지만 틀림없는 사실이에요. 난 전쟁 초기에 당신의 오빠 에드먼드를 만났어요. 그분은 우리 집에 묵고 있었거든요. 나머지 얘기는 알고 있겠지요? 우린 사랑에 빠졌어요. 물론 결혼하려고 했었는데, 그 뒤 얼마 안 있어 덩케르크 전투에서 후퇴하게 되었을 때 에드먼드가 실종되었다는 보고가 왔지요. 그러고 나서 전사통지를 받았어요. 그때 일은 당신한테 얘기하지 않겠어요. 이미 오래전의 일이고, 또 끝난 일이니까요. 하지만 내가 정말로 당신 오빠를 매우 사랑했었다는 것만은 말해야겠군요…….

그러고 나서 냉혹한 전쟁의 현실이 다가왔어요. 독일군이 프랑스를 점령했지요. 난 레지스탕스를 위해 일하게 되었어요. 영국인들이 프랑스를 통과해서 본국으로 돌아가도록 도와주는 임무를 맡은 사람들 가운데 하나였지요. 그런 일을 하다가 지금의 남편을 만났어요. 그이는 특수 임무를 수행하기 위해서 낙하산으로 프랑스 영토에 내린 공군 장교였어요. 전쟁이 끝난 뒤 우린 결혼했지요. 난 한두 번쯤 당신한테 편지를 띄우거나 방문을 해야 할까 망설였지만 결국은 그만두기로 마음먹었어요. 아무런 도움도 되지 않을뿐더러 과거의 기억만 들추어내는 결과가 될 거라고 생각했으니까요. 난 새로운 생활을 하고 있었고, 과거를 불러일으키고 싶지도 않았거든요."

그녀는 잠시 멈추었다가 다시 말을 이었다.

"하지만 학교에서 제임스와 가장 친한 친구가 에드먼드의 조카라는 사실을 알게 되었을 때, 난 야릇한 기쁨 같은 걸 느꼈어요. 당신도 그렇게 생각하겠지만 알렉산더는 에드먼드를 아주 많이 닮았더군요. 제임스와 알렉산더가 그런 친구가 되었다는 사실이 내게는 아주 행복한 일로 여겨졌어요."

그녀는 몸을 앞쪽으로 기울여 에마의 팔에 손을 얹었다.

"하지만, 에마, 내가 이 살인사건에 대한 얘기를 들었을 때, 그 죽은 여자가 에드먼드와 알았던 마르틴이라고 추정된다는 얘기를 듣고서는 여기에 와서 사실을 밝혀야겠다고 생각하게 된 거예요. 당신이나 나 둘 중에서 누군가가 경찰에 가서 알려야 해요. 그 살해된 여자가 누구이든 간에 마르틴은 아니에요."

"난 정말 뭐가 뭔지 모르겠어요." 에마가 말했다.

"에드먼드 오빠가 제게 편지로 말한 마르틴이 부인이라니."

그녀는 한숨을 쉬고 고개를 젓더니 당혹스럽다는 듯 얼굴을 찌푸렸다.

"전 도무지 이해할 수가 없군요. 그럼 제게 편지를 보낸 사람은 부인이었나요?"

레이디 스토더트웨스트는 단호하게 고개를 저었다.

"아뇨. 난 당신한테 편지를 쓴 적이 없어요."

"그렇다면······." 에마가 말을 멈추었다.

"그렇다면 누군가가 당신으로부터 돈을 받아내기 위해서 마르틴인 체했단 얘기로군요? 틀림없이 그런 걸 거예요. 도대체 누가 그랬을까요?"

에마가 천천히 말했다.

"그 당시에 부인의 일을 알고 있었던 사람들이 있지 않았을까요?"

상대방이 어깨를 으쓱했다.

"아마 그랬겠지요. 하지만 나와 그렇게 절친했던 사람은 없었어요. 내가 영국으로 건너온 이후로는 그 일에 대해서 말을 한 적도 없었고요. 게다가 왜 이토록 오랫동안 기다렸을까요? 이상해요, 정말 이상한 일이에요."

"저 역시 납득이 안 되는군요. 크래독 경감이 무슨 말을 할지 알아봐야겠군요." 그녀는 갑자기 부드러워진 눈길로 손님을 바라보았다.

"어쨌든 마침내 부인을 만나게 되어서 반가워요."

"나도 그래요······. 에드먼드는 당신 얘기를 아주 자주 했어요. 그분은 당신을 아주 좋아했거든요. 난, 내 새 생활 속에서 행복해요. 하지만 옛 추억을 아주 잊을 수는 없지요."

에마는 등을 뒤로 기대고 깊은 한숨을 쉬고는 말했다.

"이젠 정말 마음이 놓여요. 그 죽은 여인이 마르틴일지도 모른다고 생각하고 있는 한 이 사건은 우리 가족과 연관성이 있는 것같이 여겨졌으니까요. 하지만 이제, 정말로 무거운 짐을 등에서 내려놓은 것 같군요. 그 가엾은 여자가 누구인지는 모르지만 우리들과는 아무 관계가 없으니까!"

제23장

날씬한 비서가 여느 때처럼 오후의 차를 가져다주었다.

"고맙소, 엘리스 양. 오늘은 일찍 집으로 들어가야겠소"

"나오지 않으셨어야 할 걸 그랬어요, 크래켄소프 씨." 엘리스 양이 말했다. "아직 몹시 피곤해 보이세요."

"난 괜찮소" 해롤드 크래켄소프가 말했다.

그러나 사실 그는 피곤함을 느끼고 있었다. 그건 분명한 사실이었다.

그는 매우 화가 치밀었다. 아, 하지만 이젠 어쨌든 끝났으니까.

참 묘한 일이란 말이야. 그는 골똘히 생각에 잠겼다. 그 노인네는 잘 견디어냈는데 앨프리드가 죽어버리다니. 그런데 아버지가 몇 살이더라―일흔 셋, 일흔 넷? 벌써 여러 해 동안 앓고 있다. 만일 누군가 한 사람이 죽는다면 그건 틀림없이 그 노인일 거라고 모두들 생각했을 것이다. 그런데 아니었다. 앨프리드였던 것이다. 해롤드가 알고 있던 바로는 앨프리드 녀석은 건강하고 억센 체질이었다. 아무런 신체적 이상도 없었는데.

그는 한숨을 쉬면서 의자 속으로 깊숙이 등을 기댔다. 비서의 말이 옳았다. 아직 일을 시작할 만한 몸은 아니라고 생각은 했으나, 어쩐지 사무실에 나오고 싶었다. 일이 어떻게 돌아가고 있는지 알고 싶었기 때문이다. 아슬아슬한 고비. 이 모든 것들이(그는 주위를 둘러보았다) 설비가 잘된 사무실, 은근하게 빛이 나는 가구들, 값비싼 현대식 의자들, 그 모든 것들이 꽤나 호화스럽게 보였고 품질이 좋아 보이기도 했다!

바로 이 점이 해롤드가 언제나 잘못해 나간 점이다. 호화스럽게 보이도록 만들면 사람들은 호황을 누리고 있다고 여긴다. 아직까지는 그의 경제적인 안정성에 대해서 이렇다 하게 떠돌아다니는 소문은 없다. 그러나 그렇다고 해도 파산을 그리 오래 지체시킬 만한 형편도 아니었다. 지금 앨프리드 대신에 아버지만 돌아가셨어도 분명히 어떻게든 할 수 있었을 텐데. 그야말로 비소 덕분에 자리를 튼튼히 잡을 수 있었을 것이다! 그래, 아버지만 돌아가셨다면, 걱정할 일이 아무것도 없었을 텐데.

아직 파산 문제는 그리 걱정하지 않아도 될 것 같았다. 외관상으로는 호화스럽고 멀쩡하니까 말이다. 언제나 초라하고 풀이 죽어 있어서 정말 자신과 똑같은 꼴을 하고 있던 가엾은 앨프리드 같지는 않다. 그런 시시한 조무래기 사기꾼들이란 대담하게 큰돈을 위해서 전력투구할 수가 없는 법이다. 여기서 수상한 녀석들과 수군거리고, 저기서 의심받을 법한 거래를 해서 아슬아슬하게 구석에까지 몰리면서도 구속될 만한 짓에는 결코 끼어들지 않는다.

그래서 그가 얻은 것이 도대체 무엇이란 말인가? 잠깐 동안 반짝하다가는 이내 다시 초라하고 가엾은 몰골로 돌아와 버리곤 하지 않았던가. 앨프리드에게는 원대한 시야가 없었다. 모든 걸 잃어버렸다고 해도 앨프리드가 크게 손해를 본 거라고 말할 수는 없을 것이다. 그가 특별히 앨프리드를 좋아한 것도 아니었고, 이제 앨프리드까지 떨어져나가 버렸으니 그 심술궂은 늙은이, 즉 할아버지에게서 올 돈은 다섯 사람의 몫이 아니라 네 사람의 몫으로 분배될 것이다. 훨씬 잘된 일이다.

해롤드의 표정이 다소 밝아졌다. 그는 일어나서 모자와 코트를 집어들고는 사무실을 나왔다. 하루나 이틀쯤 마음을 편히 가지는 편이 나을 것 같다. 아직 완전히 기운을 차린 것 같지가 않으니 말이다. 그의 자동차가 아래에서 기다리고 있었고, 이내 그는 런던 시가지를 통과해서 집으로 돌아왔다.

그의 하인인 다윈이 문을 열어주었다.

"부인께서 막 도착하셨습니다." 그가 말했다.

잠시 동안 해롤드는 그를 바라보고 있었다. 앨리스! 세상에, 앨리스가 돌아오기로 한 날이 오늘이었던가? 그 일에 대해서는 완전히 잊어버리고 있었다.

다윈이 미리 그에게 알려준 것은 다행한 일이다. 그가 2층으로 올라갔을 때 그녀를 보고 놀란다면 그건 그리 썩 좋은 일이 아닐 테니까 말이다. 물론 그렇게 대수로운 일은 아닐 테지만. 앨리스도 그도 서로에 대한 감정에 대해서 특별한 환상을 갖거나 착각한 적은 없었다. 어쩌면 앨리스는 그를 좋아했는지도 모른다—하지만 그는 알 수가 없었다.

모든 면에서 앨리스는 그에게 커다란 실망을 안겨 주었다. 물론 그녀와 사랑에 빠진 적은 없었지만 그런대로 평범한 여자로서는 괜찮은 편이었다. 그리고 그녀의 가족이나 친척관계는 확실히 쓸모가 있었다. 어쩌면 실제로는 그리 유용하게 작용한 것도 아닐지 모르지만. 왜냐하면 앨리스와 결혼한 것은 장래에 생길 아이의 지위를 생각해서였으니까 말이다. 아이들에게 멋지고 근사한 친척들을 만들어주기 위해서.

하지만 그들에게는 아들도 딸도 생기지 않았고, 남은 것이라고는 서로에게 별로 말도 하지 않고, 상대방에게서 특별한 기쁨도 얻지 못한 채 그저 함께 늙어가는 두 사람뿐이었다. 그녀는 친척들과 멀리 떨어져 지낼 때가 많았고, 겨울은 대개 리비에라에서 보냈다. 그 편이 그녀에게도 편했고, 그 또한 걱정을 하지 않았다.

그는 2층 응접실로 올라가서 깍듯이 그녀를 맞이했다.

"그래, 이제 돌아왔구려. 마중을 나가지 못해서 미안하오. 하지만 사무실에 있어야 했기 때문에 어쩔 수가 없었소. 그래서 될 수 있는 한 빨리 집에 돌아온 거요. 생 라파엘은 어땠소?"

앨리스는 생 라파엘이 어땠는지에 대해서 그에게 얘기해 주었다.

그녀는 엷은 갈색 머리의 야윈 여자로, 보기 좋게 젖혀진 코와 흐릿한 담갈색의 눈을 가지고 있었다. 그녀는 고상하고 다소는 지친 듯한 목소리로 이야기했다. 돌아올 때는 멋진 여행이었으며, 도버 해협의 물결이 약간 거칠었을 뿐이라고 말했다. 세관은 언제나처럼 도버에서 무척 까다롭게 굴어서 그녀를 성가시게 했다는 말도 했다.

"비행기로 오지 그랬소." 해롤드가 늘 하던 대로 말했다.

"그 편이 훨씬 간단하지 않소."

"그렇겠지요. 하지만 난 비행기 여행을 좋아하지 않잖아요. 한 번도 타본 적이 없어요. 그걸 타면 불안해지거든요."

"시간이 많이 절약되잖소." 해롤드가 말했다.

앨리스 크래켄소프 부인은 아무 말도 하지 않았다. 살아가면서 그녀에게 문제가 되었던 것은 시간을 절약하는 것이 아니라 그 시간을 어떻게 보내느냐 하는 것이었을지도 모른다. 그녀는 예의를 갖추어 남편의 건강에 대해 물었다.

"에마의 전보를 받고 얼마나 놀랐는지 몰라요. 모두 병환이 나셨다면서요?"

"그렇소." 해롤드가 말했다.

"요 전날 신문에서 읽었어요." 앨리스가 말했다.

"어떤 호텔에서 한꺼번에 40명이 집단 식중독을 일으켰다는 기사를 말이에요. 냉동식품이란 건 모두 위험해요. 너무 오래 보관해 두는 경향이 있거든요."

"그럴 테지." 해롤드가 말했다.

비소에 대해서 얘기를 해야 하나 말아야 하나? 앨리스를 바라보면서 어쩐지 그는 도저히 할 수 없다는 느낌이 들었다. 앨리스의 세계에서는 비소에 의한 독살사건 따위가 비집고 들어갈 자리가 없다고 느껴졌기 때문이다. 신문 같은 데서나 읽을 만한 일일 테지. 그녀나 그녀의 가족에게는 결코 일어난 적이 없을 테니 말이다. 그러나 크래켄소프 집안에서는 일어난 것이다……

그는 자기 방으로 가서 저녁식사를 위한 옷으로 갈아입기 전에 두 시간 정도 누워 있었다. 저녁 식탁에서 그는 아내와 마주앉아 이야기를 나누었다. 그러나 대화는 계속해서 똑같은 화제에서 맴돌고 있을 뿐이었다. 그저 단편적이고 산만한, 그러나 예의를 갖춘 대화였다. 그녀는 생 라파엘에 있는 친구들과 친분이 있는 사람들에 대해서 이야기를 했다.

"거실 탁자 위에 당신 앞으로 온 소포가 있어요, 작은 거예요."

앨리스가 말했다.

"그래? 난 못 봤는데."

"좀 이상한 얘기긴 하지만 누군가가 제게 창고 안에서 발견된 살해된 여자에 대해서 말해 주더군요. 러더퍼드 저택이라고 했어요. 아마 어딘가 다른 곳에 있는 러더퍼드 저택이겠죠?"

"아니, 그렇지 않소. 사실은 우리 창고 안에서였소."

"정말인가요, 해롤드! 우리 러더퍼드 저택 창고 안에서 살해된 여자의 시체가 나왔단 말이에요? 그런 말은 내게 안 해주셨잖아요?"

"사실은 그럴 시간이 없었잖소. 게다가 그다지 유쾌한 일도 아니고. 물론 우리 가족과는 아무 관계도 없소. 기자들이 여기저기 떼를 지어 기웃거리며 수군거리고 있기는 하지만. 물론 우리도 경찰이니 뭐니 하는 그런 사람들과 접촉하지 않을 수 없었지만 말이오."

"아주 불쾌한 일이로군요." 앨리스가 말했다.

"누가 한 짓인지 밝혀졌나요?"

그녀가 그저 표면적일 뿐인 흥미를 나타내며 덧붙여 말했다.

"아직 알아내지 못했소." 해롤드가 말했다.

"그 여자는 어떤 부류의 여잔가요?"

"아무도 모르오. 아마 프랑스 여자일 거요."

"오, 프랑스 여자라고요."라고 앨리스는 말했는데 속해 있는 계층의 차이 때문이었는지 그녀의 어조는 베이컨 경감의 그것과는 사뭇 달랐다.

"당신이나 식구들 모두에게 무척 성가신 일이었겠군요." 그녀가 동의했다.

그들은 식당에서 나와, 그들이 혼자 있을 때면 늘상 앉아 있곤 하는 작은 서재 쪽으로 각기 헤어졌다. 해롤드는 몹시 피곤함을 느꼈다.

'일찍 잠자리에 들어야겠군.' 그는 생각했다.

그는 거실 탁자에서 아내가 방금 전에 알려준 작은 소포 꾸러미를 집어 들었다. 깨끗하고 꼼꼼하게 포장이 되어 있는 밀랍 종이 꾸러미였다. 해롤드는 그가 늘 사용하던 벽난로 옆의 의자로 가 앉아서 꾸러미를 풀었다.

안에는 작은 알약 갑이 들어 있었는데, 그 위에는 '취침 전 두 알 복용'이라고 쓰인 설명서가 붙어 있었다. 그것과 함께 '큄퍼 박사의 지시에 따라 우송함'이라고 쓰인 블랙햄프턴 약제사의 이름이 적혀 있는 작은 종이쪽지가 나왔다.

해롤드 크래켄소프는 얼굴을 찡그렸다. 그는 상자를 열고 알약을 들여다보았다. 그래, 그가 복용해 왔던 것과 똑같은 것 같다. 하지만 분명히 큄퍼는 더 이상 약을 먹을 필요가 없다고 했는데?

"이젠 복용하지 않아도 됩니다." 이것이 큄퍼가 한 말이었다.

"그게 뭐예요, 여보?" 앨리스가 말했다.

"걱정스러워 보여요."

"아, 그냥 알약 몇 개일 뿐이오. 밤에 이걸 죽 먹어 왔거든. 하지만 의사가 더 이상 먹지 않아도 된다고 했는데."

"아마도 먹는 걸 잊지 말라고 하셨겠지요." 아내가 조용히 말했다.

"그랬는지도 모르지." 해롤드는 의아하게 생각하면서 말했다.

그는 아내를 건너다보았다. 그녀는 그를 바라보고 있었다. 아주 잠시 동안 그는 그녀가 정확히 무슨 생각을 하고 있는지 궁금한 느낌이 들었다—사실 그는 앨리스에 대해서 뭔가 궁금하게 여겨본 적이 거의 없었다. 그녀의 온순한 눈길에서는 아무것도 알아낼 수가 없었다.

그녀의 눈동자는 마치 텅 빈 집의 창문 같았다. 앨리스는 자기에 대해서 어떻게 생각하고 있을까, 어떻게 느끼고 있을까? 그녀가 한때 자기를 사랑했던 적이 있었던가? 그는 그랬을 거라고 생각했다. 아니면 단지 그가 런던에서 일을 잘해 나가고 있으며, 그녀가 가난한 생활에 진력이 나 있었기 때문에 자기와 결혼한 것일까? 어쨌든 대체적으로 그녀는 꽤 성공적으로 그 가난으로부터 빠져나오기는 했다. 자동차와 런던의 집을 얻었으며, 원할 때면 외국을 여행할 수도 있었고, 값비싼 옷들도 몸에 걸쳤다.

그러나 사실상 그런 것들이 앨리스에게 무슨 의미가 있는지는 신만이 아실 일이다. 그렇다, 그녀는 대체적으로 풍족한 생활을 해왔다. 그는 그녀 또한 그렇게 생각하고 있을지 궁금했다. 물론 그녀는 그를 아주 좋아하지는 않았다. 그 또한 그녀를 그렇게 좋아한 것은 아니었다. 그들에게는 아무런 공통점도 없었고, 대화를 나눌 화제도 없었으며 함께 나눌 추억거리도 갖고 있지 않았다. 만일 아이들이라도 있었다면—그러나 그들에게는 아이도 없었다.

에디의 아들을 제외하고는 집안에서 아이가 하나도 없다는 사실도 묘한 일이다. 젊은 나이에 죽은 에디. 그 애는 어리석은 여자였다. 그 경황없는 전쟁 중에 바보 같은 결혼을 하다니. 좋은 충고를 해주었건만.

그가 말했었다.

"과감하고 용기 있는 젊은 공군 조종사라고? 용기니 매력이니 모두 다 좋아. 하지만 평상시에는 그런 녀석들, 아무 쓸모도 없어질 게다. 분명히 너를 제대로 먹여 살리기도 힘들 거다."

그러자 에디가 말했지.

"그런 게 뭐가 중요해요? 나는 브라이언을 사랑하고, 브라이언은 나를 사랑해요. 그리고 어쩌면 전사할지도 몰라요. 어째서 우린 잠시 동안의 행복도 누려선 안 된다는 거죠? 언제 폭력을 맞아 죽을지 모르는 이때, 미래를 생각한다는 것이 무슨 도움이 되겠어요?" 그리고 또다시 이렇게 말했다.

"앞으로의 일은 사실 그다지 문제될 게 없어요. 언젠간 어차피 할아버지의 유산을 받게 될 테니까."

해롤드는 안절부절못하며 의자에서 몸을 움직였다. 정말로 할아버지의 유언은 간사하기 그지없다! 한 가닥의 줄에 모두가 다 매달려 있지 않은가.

그 유언은 누구에게도 유쾌한 것이 아니었다. 그건 손자들을 불쾌하게 만들었고, 그들의 아버지로 하여금 그토록 격노하게 만들었다. 그것이 바로 그 노인네가 자기 몸을 그토록 애지중지하게 만든 이유다. 하지만 아버지도 곧 죽을 것이다. 분명히 곧 죽을 것이다. 그렇지 않으면—걱정이 또다시 해롤드에게 덮쳐왔고, 다시금 그로 하여금 아프고 피곤하고 현기증이 나게 만들었다.

앨리스가 여전히 자신을 쳐다보고 있다는 걸 그는 알아차렸다.

저 엷고 생각에 잠긴 듯한 눈동자. 그 눈동자가 그를 다소 불안하게 했다.

"이젠 자야 할 것 같소." 그가 말했다.

"오늘 난 런던으로 처음 출근했었소."

"그렇게 하세요." 앨리스가 말했다.

"좋은 생각이에요. 의사 선생님도 무엇보다도 몸과 마음을 편히 가지라고 했을 게 분명해요."

"의사들은 언제나 그렇게 말하지." 해롤드가 말했다.

"그리고 알약 드시는 거 잊지 마세요, 여보." 앨리스가 말했다.

그녀는 상자를 집어들어서 그에게 건네주었다. 그는 잘 자라는 인사를 하고 2층으로 올라갔다. 그렇다, 그는 알약이 필요했다. 약을 너무 빨리 끊어버리면 탈이 생길지도 모를 일이다.

그는 두 알을 꺼내서 물과 함께 삼켰다.

"내가 한 것보다 더 일을 엉망으로 만든 사람은 달리 없을 겁니다."

더못 크래독이 우울한 얼굴로 말했다.

그는 긴 다리를 뻗고 의자에 앉아 있었는데, 플로렌스 풍을 충실히 본뜬, 다소 가구가 지나치게 많은 응접실엔 그다지 어울리지 않는 것 같았다. 그는 완전히 지치고, 풀이 죽고, 낙담한 모습을 하고 있었다.

마플 양은 부드럽고 위로하는 듯한 목소리로 그 의견에 반대했다.

"아니에요, 당신은 훌륭히 임무를 수행했어요. 정말 훌륭하게 해냈어요."

"제가 일을 훌륭히 해냈다고요? 전 가족들 전부를 독살당하게 할 뻔했습니다. 앨프리드 크래켄소프는 죽었고, 이제 해롤드 역시 죽었습니다. 도대체 일이 어떻게 돌아가고 있는 겁니까? 거기서 무슨 일이 벌어지고 있는 거지요? 전 그게 알고 싶단 말입니다."

"독이 든 알약이라." 마플 양이 골똘히 생각에 잠겨서 말했다.

"그렇습니다. 악마처럼 간사한 녀석입니다. 그 알약은 그가 그때까지 복용해 오던 것과 똑같아 보였으니까요. 그 상자 안에는 '큄퍼 박사의 지시에 따라 우송함'이라고 씌어져 있는 종이쪽지가 함께 들어 있었습니다. 그런데 큄퍼 박사는 그런 지시를 내린 적이 없다고 했습니다. 약제사의 이름이 사용되기는 했습니다만, 그 약제사 역시 그 일에 대해서는 아무것도 모르고 있었습니다. 아니, 그 알약 상자는 러더퍼드 저택에서 나온 거였습니다."

"그게 러더퍼드 저택에서 나왔다는 것이 확실한가요?"

"그렇습니다. 우리가 조사를 해보았거든요. 사실 그 상자는 에마를 위해 조제한 진정제를 넣어 두던 것이었습니다."

"오, 알겠어요. 에마를 위해서라……."

"그렇습니다. 그 상자 위에는 에마의 지문이 묻어 있었으며, 간호사들과 그 약을 조제한 약제사의 지문들도 남아 있었습니다. 물론 당연히 다른 사람의 것은 없었지요. 그걸 보낸 녀석은 무척 조심성이 많은 놈인가 봅니다."

"그럼 진정제를 꺼내고, 대신 다른 것을 넣은 게로군요?"

"예, 바로 그게 악마와 같은 알약입니다. 알약은 모두가 대개 똑같아 보이니까요."

"당신 말이 맞아요." 마플 양이 동의했다.

"내가 어렸을 때의 일이 또렷이 기억나는군요. 검은색 물약, 갈색 물약(아마 기침약이었을 거예요) 그리고 흰색 물약, 이름은 잘 기억나지 않지만 어떤 박사님의 핑크색 물약, 사람들은 그런 것들을 결코 혼동한 적이 없었답니다. 사실, 우리 세인트 메리 미드에서는 그런 종류의 물약을 아직까지 복용하고 있지요. 그들은 알약이 아니라 물약을 원하니까요. 그런데 그 알약은 뭐였죠?"

"바곳(성탄꽃과(科)에 속하는 여러해살이풀, 독초)에서 뽑아낸 진통제였습니다. 흔히 극약용 병에 넣어두면서, 100배로 묽게 해서 외용약으로 바르는 알약이지요."

"그런데 그걸 해롤드가 먹고 죽었군요."

마플 양이 생각에 잠긴 채로 말했다. 더못 크래독은 신음소리 같은 걸 냈다.

"부인께 제 울분을 터뜨렸습니다만, 제 말엔 신경 쓰지 마십시오. 제인 아주머니께 가서 모든 걸 다 털어놓자—바로 이런 기분이었으니까요."

"오, 정말 괜찮아요. 그리고 그렇게 생각했다니 고마워요. 당신을 보면 헨리 경의 대자(代子)여서 그런지 다른 여느 경감들과는 아주 다르게 느껴진답니다."

더못 크래독은 살짝 이를 드러내며 가볍게 미소 지었다.

"하지만 제가 이 사건을 처음부터 계속 엉망으로 만들어놓았다는 사실만은 어쩔 수가 없습니다. 이곳 서장님이 런던경시청에 전화를 하면 뭐라고 할 것 같습니까? 분명히 상이라도 주어야 할 멍청이라고 할 겁니다."

"그렇지 않아요." 마플 양이 위로했다.

"아니, 사실이 그렇습니다. 전 누가 앨프리드에게 독을 먹였는지 모릅니다. 그리고 누가 해롤드를 독살했는지도 모릅니다. 게다가 맨 처음 살해된 여자에 대해서는 짐작조차 못하고 있습니다. 이 마르틴 일만큼은 완전히 틀림없다고 여기고 있었습니다. 모든 것들이 서로 단단히 그것에 연결되어 있는 것 같았으니까요. 그런데 도대체 지금 무슨 일이 일어났습니까? 진짜 마르틴이 나타나고, 그 여자가 사실은 로버트 스토더트웨스트의 부인임이 밝혀졌지요. 그렇다면 그 창고에 있던 여자는 도대체 누굽니까? 아무도 모릅니다. 처음엔 안나 스트라빈스카일지도 모른다는 생각으로 기울고 있었는데, 이젠 그것도 문제 밖으로 밀려나 버리고……."

말을 하다가 그는 마플 양의 그 독특하고 의미 있는 작은 헛기침 소리를 듣고 갑자기 멈추었다.

"그런데 정말 그 여자는……?" 그녀가 중얼거렸다.

크래독이 그녀를 바라보았다.

"자메이카에서 온 그 엽서가―"

"그래요." 마플 양이 말했다.

"하지만 그건 진짜 증거가 될 순 없잖아요? 다시 말해서 누구나 어디서나 엽서를 보낼 수 있을 거란 말이지요. 굉장히 심한 신경쇠약에 걸려 있던 브리얼리 부인이 생각나는군요. 결국엔 정신병원엘 가야한다고 사람들이 말하자, 그녀는 자기 아이들이 그 사실을 알게 될까 봐 두려워, 열네 장의 엽서를 써서 미리 준비를 해두었다가 외국의 각기 다른 장소에서 부치도록 해서는 엄마가 외국에서 휴양하고 있는 것처럼 보이게 만들었답니다."

그녀는 더못 크래독을 바라보면서 덧붙여 말했다.

"내 말이 무슨 뜻인지 알겠지요?"

"오, 물론 알고말고요." 크래독이 그녀를 응시하며 말했다.

"마르틴의 일이 그렇게 꼭 들어맞지 않았더라면, 당연히 그 엽서를 철저히 조사해 봤겠지요."

"아주 간단하답니다." 마플 양이 중얼거렸다.

"그건 분명히 관계가 있습니다." 크래독이 말했다.

"어쨌든 마르틴 크래켄소프라는 서명이 들어 있는 편지를 에마가 받았잖습니까? 레이디 스토더트웨스트는 그 편지를 보내지 않았으니, 누군가가 분명히 보냈습니다. 마르틴으로 가장하고, 가능하면 마르틴 행세를 하면서 돈을 뜯어 내려 했던 누군가가 말입니다. 그 점은 부인하지 않으시겠지요?"

"아니, 천만에요. 그건 인정해요."

"그리고 에마가 런던의 주소로 보낸 편지의 겉봉투가 있습니다. 그것이 러 더퍼드 저택에서 발견되었다는 건 그녀가 실제로 그곳엘 갔었다는 사실을 보 여 주는 겁니다."

"하지만 그녀는 그곳엔 가지 않았어요!" 마플 양이 지적했다.

"당신이 말하는 뜻으로는 말이에요. 그녀는 죽은 뒤에야 그 러더퍼드 저택 엘 갔던 거예요. 철로 연변의 둑 근처에서 기차 밖으로 떼밀려서 말이에요."

"예, 그랬지요."

"봉투가 정말로 증명해 주는 건 바로 살인자가 그곳에 있었다는 사실이에 요. 아마도 범인은 그녀의 다른 서류들이나 그 밖의 소지품과 함께 그것을 빼 냈겠지요. 그랬다가 우연히 그걸 떨어뜨렸거나, 아니면—이 점이 의심스러운 거예요. 그게 정말 실수였을까요? 분명히 베이컨 경감이나 당신의 부하들이 철저히 그곳을 조사하지 않았던가요? 그런데도 그걸 찾아내지 못했어요. 그런 데 나중에 그게 보일러실에서 나온 거예요."

"그건 있을 수 있는 일입니다." 크래독이 말했다.

"그 늙은 정원사는 평소에도 그 근처에 날아다니는 종이쪽지들은 아무거나 그러모아서는 그 안에 쑤셔 넣어 두곤 했다니까요."

"그 봉투가 발견된 곳은 아이들이 찾아내기에 아주 쉬운 장소였어요."

마플 양이 생각에 잠긴 채로 말했다.

"누군가가 찾아내도록 일부러 그렇게 했다고 생각하시는 겁니까?"

"글쎄요. 난 단지 혹시 그렇지 않을까 하고 생각해 봤을 뿐이에요. 아이들이 다음에 어디를 찾아볼까를 짐작하기란 아주 쉬운 일인데다가, 그 애들에게 넌 지시 귀띔을 해줄 수도 있잖겠어요? 그래요, 난 정말 의아한 생각이 들어요. 바로 그 봉투 때문에 당신은 안나 스트라빈스카에 대한 생각을 더 이상 않게 된 거잖아요?"

"그럼 부인은 처음부터 내내 그 여자일 거라고 생각하셨습니까?"

"난 단지 당신이 그 여자에 대해서 조사를 시작했을 때 누군가가 무척 그 사실을 경계하기 시작했을 거라고 생각해요. 그것뿐이에요…… 누군가가 그 조사가 이루어지는 걸 원치 않았을 거예요."

"누군가가 마르틴 행세를 하려고 했다는 기본적인 사실로부터 출발해 보지요. 그리고 나서 어떤 이유에선지 그 계획을 그만두었습니다. 왜 그랬을까요?"

"그건 아주 흥미로운 질문이군요." 마플 양이 말했다.

"누군가가 마르틴이 프랑스로 돌아간다고 전보를 띄웠고, 그녀와 함께 내려갈 준비를 하다가, 도중에서 그 여잘 죽였습니다. 여기까진 동의하십니까?"

"꼭 그렇다고만은 볼 수 없어요. 당신은 그 문제를 너무 단순하게 생각하고 있는 것 같군요."

"단순하다고요!" 크래독이 소리쳤다.

"부인은 저를 혼란시키려고 작정을 하신 것 같습니다." 그가 투덜거렸다.

마플 양은 난처한 듯한 목소리로 전혀 그럴 생각은 아니었다고 말했다.

"그럼, 말씀해 보십시오. 살해된 여자가 누구인지 알 것 같으십니까? 그렇지 않으면……"

마플 양은 한숨을 쉬었다.

"그건 아주 어려운 문제예요." 그녀가 말했다.

"그 문제에 제대로 된 대답을 낸다는 건 말이에요. 다시 말해서, 그 여자가 누구인지는 모르겠지만, 동시에 그 여자가 어떤 위치에 있는 여자인지에 대해서는 거의 확신을 하고 있어요. 내 말뜻을 이해하시겠어요?"

크래독은 갑자기 머리를 치켜들었다.

"무슨 뜻인지 이해하겠느냐고요? 짐작조차 못하겠습니다."

그는 창문 밖을 내다보았다.

"저기 루시 아일리스배로가 부인을 뵈러 오는군요. 그럼 전 이만 물러가겠습니다. 오늘 오후 제 자존심은 땅에 떨어졌고, 유능함과 성공으로 찬란하게 빛나는 젊은 여성이 오니, 더 이상 감당할 수가 없을 것 같습니다."

제25장

"사전에서 톤틴이라는 말을 찾아보았어요." 루시가 말했다.

처음 인사말을 마친 뒤, 루시는 방 안을 뚜렷한 목적없이 이리저리 걸어 다니면서 중국식 도자기 개를 쓸어보기도 하고, 의자 덮개를 만져보기도 하고, 창가로 가서 플라스틱 바늘 상자를 열어보기도 했다.

"그러리라고 생각했어요." 마플 양이 조용한 목소리로 말했다.

루시는 사전에 씌어 있던 말을 인용하면서 천천히 말했다.

"로렌조 톤틴. 이탈리아의 은행가. 1635년. 같은 조의 가입자가 죽었을 경우, 그 사람의 배당이 그 조의 생존자에게 덧붙여 교부되는 일종의 종신연금과 같은 형식을 창시한 사람." 그녀가 잠시 말을 멈추었다.

"이걸 말씀하신 거죠, 그렇죠? 아주 꼭 들어맞아요. 그런데 부인은 나중의 두 사람이 죽기 전에 이미 그 생각을 하고 계셨군요?"

그녀는 또다시 안절부절못하며 방 안을 서성거리기 시작했다.

마플 양은 그런 그녀를 바라보며 앉아 있었다. 이런 모습은 이제까지 알고 있었던 루시 아일리스배로와는 매우 달랐다.

"전 이 일이 스스로 자초한 일이라고 생각해요." 루시가 말했다.

"그런 종류의 유언은 만일 생존자가 단 한 명만 남게 되면 그 사람이 모든 돈을 다 받게 되는 거예요. 게다가, 아직은 꽤 많은 돈이 있잖아요? 다 나누어 가져도 될 만큼 충분히 있는데……."

그녀가 말끝을 흐렸다.

"문제는—." 마플 양이 말했다.

"사람들이 탐욕스럽다는 데 있는 거예요. 어떤 사람들은 말이에요. 일이 시작되는 건 언제나 그런 식이지요. 애초부터 살인으로 시작하는 건 아니랍니다.

살인을 하고 싶지도 않을뿐더러 생각조차 않지요. 단지 지나친 욕심이 생기고, 자기가 갖게 될 것보다 더 많은 걸 원하는 것. 바로 그게 시작이랍니다."

그녀는 뜨개질 감을 무릎 위에 내려놓고, 그녀 앞쪽의 허공을 물끄러미 응시했다.

"내가 처음에 크래독 경감을 우연히 만나게 된 것도 바로 그런 사건에서였지요. 시골에서 일어난 사건이었어요. 메던햄 온천 근처였지요. 그 사건 역시 똑같은 식으로 시작됐어요. 많은 돈을 탐냈던 유약하고 호감을 주는 타입의 사람이었답니다. 그 사람이 받도록 되어 있지 않은 돈이었지만, 그걸 얻을 수 있는 아주 쉬운 방법이 있는 것 같았어요. 그때는 살인이라는 방법이 아니었지요. 전혀 나쁜 짓으로 보이지 않을 것 같은 아주 쉽고 간단한 어떤 방법이 있을 것 같았거든요. 바로 그렇게 시작했는데……. 하지만 결국은 세 번의 살인으로 끝이 나고 말았답니다."

"이번 사건과 똑같군요. 이번에도 역시 세 사람이 죽었잖아요. 마르틴으로 가장하고 아들 몫의 유산을 요구하려던 여자와 앨프리드, 그리고 해롤드 말이에요. 그럼 이제 두 사람만 남은 셈이군요?"

"당신 말은 세드릭과 에마만이 남았다는 얘긴가요?"

"에마는 아니에요. 에마는 키가 크고 짙은 머리의 남자가 아니잖아요. 아니, 제 말은 세드릭과 브라이언 이스틀리를 뜻하는 거예요. 전 브라이언에 대해서는 생각해 본 적이 없어요. 왜냐하면 그는 금발이니까요. 엷은 콧수염과 푸른 눈을 하고 있고요. 하지만, 요 전날……." 그녀가 말을 멈추었다.

"그래요, 계속해 봐요." 마플 양이 말했다.

"말해 봐요. 무엇인가가 당신을 굉장히 괴롭히고 있군요. 그렇죠?"

"레이디 스토더트웨스트가 떠날 때의 일이었어요. 그녀가 제게 작별인사를 하고 나서 차 안으로 막 들어갔을 때 갑자기 제 쪽을 돌아보며 물었어요. '저기 키가 크고 머리가 거무스름한 남자가 누구지요? 내가 들어왔을 때 테라스에 서 있던 남자 말이에요.'

전 처음엔 그녀가 무슨 말을 하고 있는 건지 알 수가 없었어요. 세드릭은 아직 침대에 누워 있었으니까 말이에요. 그래서 전 약간 당황해서, '설마 브라이언 이스틀리를 말씀하시는 건 아니겠지요?'라고 물었어요. 그랬더니 그녀가 '아, 그분이 비행중대장이었던 브라이언 이스틀리였나요? 그분은 내가 레지스탕스 일을 하고 있을 때 한번 우리 다락방에 숨어 있었답니다. 그분이 서 있던 모습이며 어깨의 인상을 기억하고 있어요. 다시 한 번 뵙고 싶었지만 찾을 수가 없었답니다.'라고 말하잖겠어요?"

마플 양은 아무 말도 하지 않고 가만히 기다렸다.

"그러고 나서 나중에 전 그분을 쳐다봤어요. 저를 향해서 등을 돌리고 서 있었는데, 전 그때 전에 이미 깨달았어야 할 사실을 알아차렸어요. 비록 옅은 금발이라도 머릿기름을 발라 단정히 빗어 넘기면 검게 보일 수도 있다는 사실을 말이에요. 브라이언의 머리카락은 옅은 갈색이지만 어떻게 보면 거무스름하게 보일 수도 있어요. 따라서 부인의 친구분이 기차 안에서 보았다는 사람은 브라이언일 수도 있단 말이지요. 어쩌면……."

"그렇지요. 나도 그 생각을 해봤어요." 마플 양이 말했다.

"당신은 모든 걸 다 생각하시는 것 같군요!" 루시가 씁쓸하게 말했다.

"하지만 정말로 그래야 한답니다."

"하지만 전 브라이언 이스틀리가 살인을 해서 무슨 이득을 얻게 되는 건지 모르겠어요. 즉, 돈은 알렉산더에게 돌아가는 거지 그 사람한테가 아니잖아요. 물론 좀더 편안한 생활을 누리고 좀더 사치스러운 생활을 할 수는 있겠지만 자기 나름 계획을 위해서 재산을 마음대로 처분할 수는 없을 거란 얘기예요."

"하지만 알렉산더가 스물한 살이 되기 전에 그의 신변에 무슨 일이 생기면 브라이언이 그의 아버지로서, 그리고 가장 가까운 근친자로서 그 돈을 얻게 되는 거지요." 마플 양이 지적했다.

루시는 두려운 표정으로 그녀를 보았다.

"그분은 '그런 일'을 할 사람이 아니에요. 세상에 어느 아버지도 단지 돈을 얻기 위해서 그런 짓을 할 사람은 없을 거예요."

마플 양이 한숨을 쉬었다.

"그런데 그런 사람들이 있답니다. 정말 슬프고 끔찍한 일이긴 하지만 그렇게 한답니다."

"사람들은 정말 끔찍한 짓들도 한답니다." 마플 양이 말을 이었다.

"난 단지 약간의 보험금 때문에 자신의 세 아이들을 독살한 여자를 알고 있어요. 그리고 겉으로 보기에는 아주 훌륭해 보이는 노부인이었는데 휴가를 보내기 위해 집에 돌아온 아들에게 독을 먹인 적도 있어요. 그 늙은 스탠위치 부인 사건도 있었지요. 그 사건은 신문에도 났어요. 당신도 아마 읽었을 거예요. 그녀의 딸이 죽고, 아들이 죽고, 그녀 자신도 독을 먹었다고 말했죠. 오트밀 죽 속에 독이 들어 있었는데, 사실은 그녀가 그것을 넣었다는 사실이 밝혀졌어요. 그녀는 막내딸에게만 독을 먹일 생각이었대요. 그건 단지 돈 때문만은 아니었어요. 그녀는 그 딸이 자신보다 젊고 생기가 있다는 점에 질투를 느꼈어요(이건 말하기에도 소름 끼치는 일이지만 사실이에요). 그 애들이 자신이 죽은 뒤에도 즐겁게 잘살 것이라는 사실이 두려웠다고 하더군요. 그 부인은 언제나 돈주머니의 끈을 꼭 졸라매고 살았거든요.

그래요, 물론 그 여자는 약간 유별난 여자이긴 했지만, 나는 그게 아무런 변명도 되지 않는다고 생각해요. 즉, 사람은 누구나 각기 다른 여러 가지 형태로 조금씩은 유별난 데가 있거든요. 어떨 땐 단지 사람들을 도와주기 위해 자기가 가진 전 재산을 주어버리거나, 실제로는 존재하지도 않는 은행구좌로 수표를 쓰는 일도 있으니까요. 이런 경우는 그 유별남 뒤에 좋은 기질이 숨겨져 있다고 볼 수 있지요. 하지만 어떤 사람에게 괴상한 유별남이 있는데다가 그 뒤에 나쁜 기질까지 감추고 있는 경우라면—글쎄요, 어떻게 될까요? 자, 조금이라도 도움이 됐나요, 루시?"

"뭐가 도움이 됐다는 말씀이시죠?" 루시가 어리둥절해서 물었다.

"지금 내가 한 이야기 말이에요."

마플 양이 말했다. 그러고 나서 그녀가 조용히 덧붙여 말했다.

"당신은 걱정할 필요 없어요. 정말 걱정하지 않아도 돼요. 이제 조만간 엘스퍼스 맥길리커디가 돌아올 테니까."

"그 일이 이것과 무슨 관계가 있는지 모르겠군요."

"아마 없을지도 모르겠죠. 하지만 나는 무척 중요한 일이라는 생각이 든답니다."

"전 걱정하지 않을 수 없어요. 아시다시피 전 그 가족들한테 흥미를 갖게 되었거든요." 루시가 말했다.

"알고 있어요. 당신으로서는 아주 어려운 일이겠지요. 두 사람에게 각기 다른 식으로 강하게 끌리고 있으니까, 안 그런가요?"

"무슨 뜻으로 말씀하시는 거죠?"

루시가 말했다. 그녀의 목소리는 날카로웠다.

"그 집의 두 남자분에 대해서 하는 얘기예요." 마플 양이 말했다.

"다시 말하면 아드님과 사위지요. 그 집 식구들 중에서 그다지 유쾌하지 못한 사람들이 죽고 매력 있는 두 사람이 남았다는 사실은 불행한 일이에요. 세드릭 크래켄소프는 굉장히 매력적인 사람이라는 걸 알 수 있어요. 그 사람은 자신을 실제보다 더 좋지 않게 보이려는 경향과 사람을 화나게 하는 기질이 있더군요."

"정말 가끔 한바탕 싸우고 싶을 때가 있어요." 루시가 말했다.

"그럴 거예요. 그런데도 한편으로는 그걸 즐기고 있지 않나요? 당신은 이제 한창 활기가 넘치는 아가씨인 만큼 말다툼 같은 걸 좋아할 테니까. 그래요, 바로 그 점이 당신을 끄는 걸 거예요. 그에 비해서 브라이언 이스틀리는 불만투성이의 어린 소년처럼 연민을 느끼게 하는 타입이지요. 그런 점 역시 일종의 매력이 될 수 있어요."

"그런데 그들 가운데 한 명이 살인자겠죠." 루시가 씁쓸한 어조로 말했다.

"그리고 사실 둘 다 가능성이 있고요. 정말 둘 중에서 가려낼 만한 것이 거의 없어요. 먼저 세드릭은 동생들인 앨프리드와 해롤드의 죽음으로 전혀 마음 아파하고 있지 않아요. 그는 그저 등을 뒤로 기대고 앉아서 러더퍼드 저택을 어떻게 처분할 것인지 계획을 짜면서 즐거워하는 것 같아요. 그러면서 그 저택을 자기가 원하는 식으로 개발을 하려면 돈이 많이 들 거라는 얘기만 되풀이 하고 있다니까요. 물론 그 사람이 자신의 냉담함을 다소 과장하는 그런 타입의 남자라는 건 알고 있어요. 하지만 그것도 역시 일종의 연막일지도 몰라요. 제 말은, 사람들은 누구나 실제의 자신보다 더 냉담하다는 말을 듣기 쉬우니까 말이에요. 하지만 그렇지 않을 수도 있지요. 스스로 자기가 생각하는 것보다 더 냉정할지도 모르니까요!"

"오, 루시. 일이 이렇게 되어서 정말 유감이에요."

"그리고 브라이언 말이에요." 루시가 말을 이었다.

"좀 이상한 얘기겠지만, 브라이언은 정말로 그 저택에 살고 싶어 하는 것 같아요. 그는 자신이나 알렉산더에게 그곳이 아주 즐거운 곳이 될 거라고 생각하면서, 온갖 계획을 짜느라 머릿속이 꽉 차 있답니다."

"그 사람은 언제나 이런저런 계획들로 꽉 차 있는 사람 아닌가요?"

"예, 저도 그런 생각을 했어요. 그런 말들은 모두 어느 정도 멋있게 들리기도 하지만, 결코 정말로 실현되리라고는 여겨지지 않는 것들 같아서 좀 불편한 느낌이 들곤 했어요. 즉, 현실성이 없는 계획들이었단 말이지요. 구상은 아주 괜찮은 것 같았지만, 실제로 행동에 옮길 때의 어려움에 대해서는 생각해 본 적이 없는 것 같았으니까요."

"그러니까 모두 공중에 떠 있는 것같이 보였단 말이지요?"

"예, 어느 면에서 보나 그래요. 대개가 문자 그대로 공중에 떠 있어요. 모두 공중누각 같은 계획들이라니까요. 아마 훌륭한 비행사는 발을 땅에 붙이는 법이 없어서 그런지……." 그러고 나서 그녀가 덧붙여 말했다.

"게다가 그는 러더퍼드 저택을 아주 좋아해요. 그가 어렸을 때 살았던 크고 어디가 어딘지 분간할 수 없는 빅토리아 왕조 풍의 집을 연상시키기 때문이래요."

마플 양이 생각에 잠긴 채로 말했다.

"알겠어요. 예, 알겠어요……."

그러고 나서 그녀는 루시를 곁눈질로 흘끗 쳐다보고는 불쑥 캐묻듯이 물었다.

"하지만 그것 때문만이 아니죠? 뭔가 다른 게 있어요, 그렇죠?"

"오, 사실은 그래요. 다른 것 때문이기도 해요. 제가 이틀 전까지만 해도 알지 못했던 사실이지요. 사실은 브라이언도 그 기차에 타고 있었을지 모른다는 거예요."

"패딩턴발 4시 33분 기차에 말인가요?"

"그래요. 에마가 12월 20일에 한 그녀의 행동에 대해서 진술할 것을 요구받으리라고 여기고 그날의 일에 대해서 매우 자세하게 얘기해 줬어요—아침에 무슨 위원회의 모임이 있었고, 오후에는 쇼핑을 하고 나서는 '그린 셈록'에서 차를 마셨대요. 그런 다음에 '역으로 브라이언을 마중 나갔었대요.' 그녀가 마중 나간 기차는 패딩턴발 4시 50분 열차였지만 그 이전의 기차로 오고는 나중 기차로 온 것처럼 가장했을지도 모르잖아요. 그 사람은 정말 아무렇지도 않은 것 같은 목소리로 자동차가 부딪쳐 고장이 나서 수리 중이었기 때문에 기차로 내려와야 했다고 하더군요. 너무 지루하기 때문에 자기는 기차를 싫어한다고 했어요. 그런 얘기가 아주 자연스럽게 들렸어요……. 사실 그의 말이 맞을지도 몰라요. 어쨌든 전 그 사람이 기차로 오지 않았더라면 좋았으리라는 생각이 들거든요."

"그런데 사실은 기차로 왔단 말이로군요."

마플 양이 생각에 잠겨 말했다.

"그건 어떤 사실의 증명도 되지 않아요. 정말 끔찍한 건 이런 식으로 모두를 의심해야 한다는 사실이에요. 잘 알지도 못하면서 말이죠. 그리고 어쩌면 결코 알지 못할지도 몰라요!"

"틀림없이 알아내게 될 거예요." 마플 양이 힘주어 말했다.

"다시 말해서, 모든 일들이 지금 이 시점에서 그대로 멈추어 버리지는 않을 거란 얘기예요. 내가 살인자들에 대해서 제대로 알고 있는 건, 그들은 결코 잘 되게 내버려두지 않는다는 점이지요. 아니, 어쩌면 일을 불완전한 상태로 그냥 놔두지는 않는다는 편이 옳을지도 모르겠군. 어쨌든―."

마플 양이 단언을 내리듯 덧붙여 말했다.

"한 번도 아닌 두 번의 살인을 했으니까. 이제 너무 상심하지 말아요, 루시. 경찰이 최선을 다하고 있고, 모두를 잘 감시하고 있으니까요. 게다가 무엇보다도 잘된 일은 엘스퍼스 맥길리커디가 이제 곧 여기로 올 거란 얘기예요!"

제26장

1

"자, 엘스퍼스, 당신이 해주었으면 하는 일이 뭔지 이젠 알겠지요?"

"잘 알았어요." 맥길리커디 부인이 말했다.

"하지만 내가 하고 싶은 말은 이런 게 모두 아주 괴상해 보인다는 거예요."

"조금도 이상하지 않아요." 마플 양이 말했다.

"글쎄, 나는 이상한 것 같은데요. 남의 집에 가자마자 곧바로 2층을 써도 되겠느냐고(남의 집 화장실을 빌려 쓴다는 뜻) 물어보다니."

"아주 추운 날씨인걸요. 게다가 속에 잘 받지 않는 걸 먹어서 화장실을 가야 할 일도 있을 테니까. 그런 건 흔히 있을 수 있는 일이잖겠어요? 언젠가 한번은 가엾은 루이자 펠비가 우리 집에 나를 만나러 와서는 겨우 30분 동안 다섯 번이나 2층엘 올라가야 했던 적도 있었는걸요. 그건……."

마플 양은 참고적으로 이야기를 덧붙였다.

"콘월 풍으로 구운 과자 때문이었지."

"당신이 뭘 하려고 하는지 내게 말해주기만 한다면……."

"그것만큼은 안 돼요." 마플 양이 말했다.

"정말 나를 화나게 만들 생각인가 봐요, 제인? 처음엔 올 때도 되지 않았는데 영국으로 곧장 돌아오게 만들더니."

"그 점에 대해선 미안해요. 하지만 그 밖엔 다른 도리가 없었어요. 물론 그들 모두 나름대로 보호를 받고 있고, 경찰이 가능한 모든 예비조치를 취하고 있는 줄은 알고 있지만, 살인자들이란 아주 영리해서 언제나 생각 밖의 기회를 잡을 수도 있답니다. 그러니, 엘스퍼스, 돌아오는 건 당신의 의무였어요. 당신이나 나나 우리의 의무를 다하도록 교육을 받아왔잖아요?"

"물론이죠." 맥길리커디 부인이 말했다.

"우리가 젊었을 때에는 품행이 방정치 못한 일은 안 했으니까."

"그럼 이젠 됐어요." 마플 양이 말했다.

"자, 이젠 택시를 타는 거예요."

집 밖에서 희미한 경적 소리가 들리자 그녀가 덧붙여 말했다.

맥길리커디 부인은 희끗희끗한 무늬의 두꺼운 코트를 입었고, 마플 양은 질이 좋은 숄과 스카프로 몸을 감쌌다. 그리고 나서 두 노부인은 택시를 타고 러더퍼드 저택으로 갔다.

2

"자동차가 올라오는데 누굴까요?"

에마가 창 밖을 내다보다가 택시 한 대가 빠른 속도로 오는 걸 바라보며 물었다.

"분명히 루시의 나이 든 아주머니 같은데요."

"지겨운 일이군."

세드릭이 말했다. 그는 벽난로 장식 옆쪽에 다리를 올려놓고 긴 의자에 편한 자세로 누워 '시골 생활'이라는 잡지를 보고 있었다.

"가서 넌 집에 없다고 말하렴."

"내가 직접 나가서는 내가 집에 없노라고 말하란 얘기예요? 아니면 루시한테 아주머니에게 그렇게 말하라고 시키라는 건가요?"

"그 생각을 못했군." 세드릭이 말했다.

"우리 집에 집사며 하인이 있던 때를 생각하고 있었나 봐. 그런 사람들을 둔 적이 있었잖아. 전쟁이 일어나기 전에 있던 하인 녀석이 생각나는군. 그 녀석이 부엌 하녀와 연애를 하다가 한바탕 난리법석이 일어났었지. 지금 우리 집을 청소해 주는 저 할머니도 옛날에 그런 여자들 가운데 한 명이 아니었을까?"

바로 그 순간 오후에 놋쇠 가구를 닦으러 와 있던 하트 부인에 의해서 문이 열리고, 숄과 스카프로 몸을 감싼 날씬한 몸매의 마플 양이 키가 크고 완강해 보이는 부인을 뒤에 거느리고 안으로 들어섰다.

마플 양이 에마의 손을 잡으며 말했다.

"정말로 우리가 방해가 된 게 아니었으면 좋겠어요. 하지만 난 모레 집으로 돌아가야 하기 때문에 이곳에 와서 당신을 만나 작별인사도 하고 루시를 친절히 대해 준 데 대해 다시 한 번 감사의 뜻을 전하지 않을 수 없었답니다. 오, 깜박 잊었군요. 지금 나와 함께 머무르고 있는 친구인 맥길리커디 부인을 소개해도 되겠죠?"

"처음 뵙겠어요."

맥길리커디 부인이 아주 조심스러운 눈초리로 에마를 바라보다가, 이제 막 자리에서 일어난 세드릭을 향해서 시선을 돌리며 말했다.

바로 그때 루시가 안으로 들어왔다.

"제인 아주머니, 오실 줄 몰랐어요……."

"크래켄소프 양에게 작별인사를 하러 오지 않을 수 없었단다."

마플 양이 그녀 쪽으로 몸을 돌리며 말했다.

"네게 아주 잘 대해 주신 분이잖니, 루시."

"잘 대해 준 쪽은 오히려 루시지요." 에마가 말했다.

"정말 그렇습니다." 세드릭이 말했다.

"우린 루시를 마치 노예선의 노예처럼 부려먹었으니까요. 병실 시중을 들게 하는가 하면, 층계를 오르락내리락하면서 환자의 음식이나 만들게 했으니까요……."

마플 양이 중간에 끼어들었다.

"병환이 나셨다니 정말 유감이에요. 이젠 많이 회복되었나요, 크래켄소프 양?"

"이젠 모두들 많이 회복되었어요." 에마가 말했다.

"루시가 모두들 굉장히 편찮으시다고 일러주었답니다. 식중독이란 건 아주 위험한 거예요. 그렇죠? 송이버섯은 특히 그렇죠."

"그 원인엔 아직 다소 의문이 남아 있어요." 에마가 말했다.

"그 말을 믿으십니까?" 세드릭이 말했다.

"틀림없이 떠돌아다니는 소문을 들으셨을 텐데요, 미스, 음……?"

"마플이에요." 마플 양이 말했다.

"음, 어쨌든 떠도는 소문을 들으셨을 겁니다. 주위 사람들을 술렁거리게 만드는 데는 비소보다 더 적당한 게 없을 테니 말입니다."

"오빠, 그러지 말아요. 오빠도 알겠지만 크래독 경감님이……."

"맙소사. 모두 다 알고 있는 일인데 뭘 그러니? 두 분도 다 들으셨겠지요?"

그가 마플 양과 맥길리커디 부인 쪽으로 몸을 돌리며 물었다.

"난 그저께 막 외국에서 돌아왔어요." 맥길리커디 부인이 말했다.

"아, 그러시다면 이 지방 소문에 대해서 모르고 계시겠군요. 카레 속에 비소가 들어 있었다는 겁니다. 분명히 루시의 아주머니께서는 알고 계실 겁니다."

"글쎄요. 난 그저 언뜻 들었을 뿐이에요. 다시 말해서 약간의 암시 같은 것에 지나지 않았지요. 하지만 난 어떤 식으로든 여러분을 난처하게 하고 싶지는 않답니다, 크래켄소프 양." 마플 양이 말했다.

"저희 오빠한테 신경 쓰지 마세요." 에마가 말했다.

"오빠는 사람들을 불편하게 만드는 걸 좋아하는 경향이 있답니다."

그녀가 말하면서 그를 향해 애정 어린 미소를 지어 보였다.

문이 열리고 크래켄소프 노인이 지팡이 소리를 딱딱거리며 들어왔다.

"차(茶)는 어디 있소? 왜 차를 들여오지 않는 게요? 당신! 아가씨 말이요."

그가 루시에게 화가 난 목소리로 말했다.

"왜 차를 가지고 들어오지 않는 게요?"

"이제 막 준비가 되었어요, 크래켄소프 씨. 그래서 지금 들어가려고 하던 중이었어요. 식탁 준비를 이제 막 끝냈거든요."

루시가 다시 밖으로 나가고 크래켄소프 노인이 마플 양과 맥길리커디 부인에게 소개되었다.

"식사는 제시간에 하는 게 좋소. 시간엄수와 절약, 이것이 내 신조요."

크래켄소프 노인이 말했다.

"아주 필요한 일이지요, 분명히." 마플 양이 말했다.

"특히 세금이니 뭐니 하는 것들이 많은 요즘 세상에서는요."

크래켄소프 노인이 코웃음을 쳤다.

"세금이라니! 그런 강도 같은 놈들에 대해서는 얘기도 꺼내지 마시오. 비참한 가난뱅이—그게 바로 납니다. 게다가 점점 나아지기는커녕 어려워지겠지. 넌 기다리고 있겠지만." 그가 세드릭을 향해 말했다.

"네가 이곳을 얻게 될 때쯤이면 틀림없이 사회주의자들이 빼앗아 복지회관인가 뭔가로 바꿔버릴 게다. 게다가 네 수입까지도 그걸 유지하기 위해 몰수해 갈걸!"

루시가 찻쟁반을 들고 다시 나타났으며, 브라이언 이스틀리가 샌드위치와 빵, 그리고 버터와 케이크가 담긴 쟁반을 들고 따라 들어왔다.

"이건 뭐요? 이게 뭐지?" 크래켄소프 노인이 쟁반을 살폈다.

"프로스티드 케이크(설탕 옷을 입힌 케이크)잖소? 오늘 파티가 있소? 아무도 그런 얘기는 않던데."

희미한 홍조가 에마의 얼굴에 나타났다.

"큄퍼 박사님이 차를 드시러 올 거예요, 아버지. 오늘이 그분 생일이라……."

"생일이라고?" 노인이 코웃음을 쳤다.

"생일하고 무슨 상관이 있단 말이냐? 생일이란 그저 아이들한테만 있는 게다. 난 결코 내 생일을 찾아먹은 적도 없거니와, 다른 어느 누구의 생일도 축하해 줄 생각이 없다."

"돈이 훨씬 덜 들 테니까요." 세드릭이 비꼬듯이 말했다.

"아버진 생일 케이크에 꽂을 촛불 값도 아끼시는 분이니까요."

"너는 아무 말 말거라." 크래켄소프 노인이 말했다.

마플 양은 브라이언 이스틀리와 악수를 나누었다.

"당신 말은 듣고 있었어요. 루시에게서요. 당신을 만나보니까 세인트 메리 미드에서 내가 알고 지냈던 어떤 사람 생각이 나는군요. 난 그 마을에서 아주 오랫동안 살아왔답니다. 로니 웰스란 사람인데, 변호사의 아들이지요. 아버지의 사업을 이어받은 뒤에도 어쩐지 제대로 자리를 잡지 못하는 것 같았어요. 그러다가 동부 아프리카로 가서는 그곳에 있는 호수에서 몇 척의 화물선을 가지고 일을 시작했어요. 빅토리아 니앤자던가, 아니면 앨버트였던가? 어쨌든 유감스럽게도 그 일엔 성공하지 못하고 재산을 몽땅 날려버렸지 뭐예요. 정말

운이 나빴어요! 혹시 당신 친척 가운데 한 사람 아닌가요? 하도 많이 닮아서."

"아뇨. 웰스라는 이름의 친척은 없는 것 같은데요." 브라이언이 말했다.

"그는 아주 훌륭한 여자와 약혼을 했었답니다." 마플 양이 말했다.

"아주 지각 있는 여성이었지요. 그녀가 그를 무척 말렸지만, 그는 그녀의 말에 귀를 기울이지 않았어요. 물론 그가 틀렸던 거지요. 여자들이란 돈 문제에 있어서도 매우 분별력이 많답니다. 물론 고도의 경제 문제에 대해서는 그렇지도 않지만요. 어떤 여자도 그런 문제는 잘 이해할 수가 없다고 아버님께서 말씀하시곤 했거든요. 하지만 날마다 파운드니 실링이니 펜스니 하는 잔돈에 시달리고 있잖아요. 이 창문을 통해서 보면 정말 전망이 좋군요."

그녀가 방을 가로질러가 밖을 내다보면서 덧붙여 말했다.

에마가 그녀에게로 다가와 섰다.

"뜰이 이렇게 넓다니! 나무숲을 배경으로 서 있는 소가 그림 같아요. 도시 한가운데에서 이런 모습을 볼 수 있다는 걸 아무도 상상하지 못할 거예요."

"어떤 면에서 보면 우린 시대에 뒤떨어진 사람들이랍니다." 에마가 말했다.

"창문이 열려 있으면 도로의 소음이 아득히 들려오거든요."

"아, 그렇지요. 어디를 가나 소음이 많아요. 요즘엔, 세인트 메리 미드에서조차도. 이젠 공항과 아주 가까워져서 그 제트기가 날아다니는 항로가 되어버렸다니까! 어찌나 무섭던지! 요 전날에는 우리 집 작은 온실의 유리가 두 장이나 깨졌답니다. 그 말이 무슨 뜻인지는 모르겠지만, 음속인가 하는 게 벽을 뚫고 지나간다더군요."

"사실은 아주 간단한 거랍니다." 브라이언이 다가오며 상냥하게 말했다.

"그건 이런 식이지요."

마플 양이 그때 핸드백을 떨어뜨렸기 때문에 브라이언은 예절 바르게 그것을 주워 올렸다.

동시에 맥길리커디 부인이 에마에게 다가가 고민스러운 말투로 웅얼거리듯 속삭였다—이 고민스러운 목소리는 진짜였다. 왜냐하면 맥길리커디 부인은 그녀가 지금 연출하고 있는 역할이 정말 마음에 들지 않았기 때문이다.

"실례지만, 잠깐 2층을 써도 될까요?"

"물론이에요." 에마가 말했다.

"제가 모셔다 드릴게요."

루시가 말했다. 루시와 맥길리커디 부인은 함께 그 방을 떠났다.

"오늘은 차를 몰기에 너무 추운 날씨예요."

마플 양이 슬머시 변명하듯 말했다.

"음속에 대해서 말인데요." 브라이언이 말했다.

"그건 이런 식입니다……. 오, 저기 퀴퍼 박사가 오는군요."

의사가 자동차에서 내렸다. 손을 비비며 안으로 들어오는 그의 모습이 무척 추워 보였다.

"눈이 오겠군요. 이건 내 추측입니다만. 안녕하십니까, 에마. 몸은 어때요? 세상에, 이게 전부 뭡니까?"

"생일 케이크를 만들어 봤어요." 에마가 말했다.

"기억하고 계세요? 오늘이 박사님 생일이라고 말씀하셨잖아요."

"이건 정말 생각조차 안 해 봤는데." 퀴퍼 박사가 말했다.

"꽤 여러 해 되었거든요. 그러니까, 아마, 누군가가 내 생일을 기억해 준 게 16년쯤 되었나 봅니다."

그는 거의 민망스러우리만큼 감동하는 듯했다.

"마플 양을 아시죠?" 에마가 그를 소개했다.

"오, 그래요." 마플 양이 말했다.

"요 전날 이곳에서 내가 아주 지독히 독한 감기에 걸렸을 때 나를 진찰하러 와서 만나 뵈었어요. 아주 친절히 대해 주셨지요."

"이젠 괜찮아지셨겠죠?" 의사가 물었다.

마플 양은 이제는 다 나았다고 의사를 안심시켰다.

"요즘은 나를 봐주러 오지 않는군그래, 퀴퍼."

크래켄소프 노인이 심술궂게 말했다.

"당신이 신경을 쓰는 데도 불구하고 난 죽을 것 같소!"

"아직은 돌아가실 것 같지 않은데요." 퀴퍼 박사가 말했다.

"그런 뜻으로 말한 게 아니오." 크래켄소프 씨가 말했다.

"자, 이제 차나 들지, 도대체 뭘 기다리고 있는 게냐?"

"오, 모두들, 내 친구를 기다리지 말고 드세요. 이러시면 내 친구가 무척 무안해할 거예요." 마플 양이 말했다.

그들은 자리에 앉아서 차를 마시기 시작했다. 마플 양은 먼저 버터 바른 빵 한 조각을 먹고, 그다음 샌드위치를 집어들었다.

"이건—?" 그녀가 망설였다.

"생선입니다. 제가 만드는 걸 도왔지요." 브라이언이 말했다.

크래켄소프 노인이 큰 소리로 한바탕 웃었다.

"독이 든 피시 페이스트라. 바로 그런 거로군. 목숨을 걸고 드십시오."

"오, 그러지 마세요, 아버지!"

"오늘 이 집에서 드시는 건 조심해야 할 겁니다."

크래켄소프 노인이 마플 양에게 말했다.

"두 명의 내 아들 녀석들이 파리처럼 살해를 당했으니까. 도대체 누가 한 짓인지, 바로 그게 알고 싶단 말이오."

"아버지 말씀 때문에 너무 비위 상해하지 마십시오."

세드릭이 마플 양에게 다시 한 번 접시를 건네주며 말했다.

"약간의 비소는 안색을 좋게 해준답니다. 다시 말해서 지나치게 많이 드시지 않는 한은 말입니다."

"너부터 직접 먹어봐라." 크래켄소프 노인이 발끈해서 말했다.

"저더러 공식적인 시험 케이스가 되란 말입니까?" 세드릭이 말했다.

"자, 먹겠습니다."

그는 샌드위치를 하나 집어들고는 통째로 입 속에 집어넣었다. 마플 양은 부드럽고 숙녀다운 웃음을 짓고는 샌드위치를 집어들었다.

그녀가 한입을 베어 물고는 말했다.

"여러분 모두 이런 농담을 하시다니 정말 대담하신 것 같아요. 그래요, 정말 대담하세요. 난 용기를 무척 숭배한답니다."

그녀는 갑자기 숨이 막히는 듯 헐떡거렸다.

"생선뼈가……." 그녀가 숨이 차서 말했다.

"내 목구멍에."

큄퍼가 재빨리 일어섰다. 그는 그녀 쪽으로 건너와서 창문 쪽으로 몸을 젖히게 한 다음, 그녀에게 입을 벌리라고 말했다. 그는 주머니에서 상자 하나를 꺼내더니, 그 안에서 겸자(鎌子)를 골랐다. 직업적인 익숙하고 재빠른 솜씨로 그는 그녀의 목구멍을 들여다보았다.

바로 그 순간 문이 열리고, 루시를 따라서 맥길리커디 부인이 들어왔다. 맥길리커디 부인은 자신의 앞에서 벌어지고 있는 장면에 시선이 멎자 갑자기 헐떡거렸다. 마플 양은 몸을 뒤로 젖히고 있었고, 의사는 그녀의 머리를 치켜들고 목을 누르고 있었다.

"저 사람이에요." 맥길리커디 부인이 외쳤다.

"기차 안에 있었던 바로 그 남자야……."

믿을 수 없을 만큼 가벼운 동작으로 마플 양은 의사의 손에서 빠져나와 자신의 친구를 향해 다가갔다.

"당신이 알아보리라고 생각했어요, 엘스퍼스!" 그녀가 말했다.

"아니, 다른 말은 하지 말아요."

그녀는 의기양양하게 큄퍼 박사 쪽으로 몸을 돌렸다.

"당신은 몰랐을 거예요, 박사님. 당신이 그 여자를 기차 안에서 목 졸라 죽이고 있을 때, '누군가가 그걸 본 사람이 있었다'는 사실을 말이에요. 바로 여기 있는 내 친구랍니다. 맥길리커디 부인이지요. 이 친구가 '당신을 보았어요' 아시겠어요? '눈으로 직접 보았다'는 얘기예요. 당신이 타고 있던 기차와 평행으로 달리던 다른 기차 안에서요."

"도대체 무슨 터무니없는 얘깁니까?"

큄퍼 박사가 맥길리커디 부인을 향해 재빨리 걸음을 내딛었다.

그러나 다시 마플 양이 가볍게 둘 사이에 끼어들었다.

"그래요. 이 친구가 당신을 보았고, 지금도 당신을 이내 알아봤어요. 그리고 그 사실을 법정에서 진술할 거예요. 이건 흔한 일이 아니지요."

마플 양이 부드럽고 차분한 목소리로 말을 이었다.

"누구든 살인이 저질러진 모습을 실제로 본다는 건 말이에요. 바로 이런 걸 상황증거라고 하지요. 하지만 이번 경우는 그 상황이 아주 특이해요. '살인의 목격자'가 실제로 있었던 거예요."

"악마 같은 늙은이로군."

퀌퍼 박사가 말했다. 그가 마플 양을 향해 달려들려 했으나 이번에는 세드릭이 그의 어깨를 움켜쥐었다.

"그러고 보니 당신이 바로 살인마였군그래?"

세드릭이 그를 흔들어대며 말했다.

"난 네 녀석을 좋아한 적이 없었어. 언제나 잘못된 녀석이라고 생각해 왔지. 그러나 하나님도 아시겠지만, 널 살인자라고 의심한 적은 없었는데."

브라이언 이스틀리가 재빨리 세드릭을 도우러 다가갔다. 먼 쪽의 문으로 크래독 경감과 베이컨 경감이 방에 들어왔다. 베이컨이 말했다.

"퀌퍼 박사, 경고해 두겠는데……."

"경고 따윈 집어치우시오." 퀌퍼 박사가 말했다.

"머리가 돈 두 할머니 얘기를 누가 믿을 거라고 생각하시오? 기차에서 어쨌느니 하는 횡설수설하는 얘기들을 누가 믿을 것 같소? 정말 어처구니없는 노릇이군."

마플 양이 말했다.

"엘스퍼스 맥길리커디는 살인이 있었던 12월 20일에 즉시 경찰에 가서 보고하고, 그 남자의 인상착의에 대해서 설명했어요."

퀌퍼 박사는 갑자기 어깨를 확 젖혔다.

"억세게 재수 나쁜 놈이 여기 있군그래." 퀌퍼 박사가 말했다.

"하지만……." 맥길리커디 부인이 말했다.

"조용히 해요, 엘스퍼스." 마플 양이 말했다.

"그렇다면 내가 알지도 못하는 여자를 왜 죽여야 했겠소?"

퀌퍼 박사가 말했다.

"그 여잔 낯선 여자가 아니오." 크래독 경감이 말했다.

"그 여자는 다름 아닌 '당신 아내'였소."

제27장

"이젠 아시겠지요." 마플 양이 말했다.

"의심하기 시작했더니 이내 아주아주 단순한 문제로 변해 버리더군요. 가장 단순한 종류의 범죄였답니다. 세상에는 자기 아내를 죽이는 남자들이 그렇게 많은가 봐요."

맥길리커디는 마플 양과 크래독 경감을 바라보고 말했다.

"지금까지의 일에 대해서 설명을 좀더 해줬으면 고맙겠어요."

"그는 기회를 엿보고 있었던 거예요." 마플 양이 말했다.

"부유한 여자, 다시 말해서 에마 크래켄소프와 결혼할 기회를 말이에요. 그가 그녀와 결혼할 수 없었던 이유는 단지 그가 이미 결혼한 상태였기 때문이었죠. 그들은 이미 몇 년 동안 별거를 하고 있었지만 그녀는 그와 이혼하려고 들지를 않았어요. 크래독 경감님이 안나 스트라빈스카라고 불리는 여자에 대해 얘기해 주었을 때 난 그 얘기가 그 여자와 꼭 들어맞는다고 느꼈지요. '그 여자'는 영국인 남편이 있었노라고 친구들에게 말했고, 매우 독실한 가톨릭 신자라고도 했어요.

큄퍼 박사는 에마와 이중으로 결혼하는 위험을 무릅쓸 수는 없었죠. 그래서 무자비하고 냉혈한인 그 남자는 아내를 없애기로 마음먹은 거예요. 그 여자를 기차 안에서 죽이고 나중에 시체를 창고 안의 석관 속에 넣는다는 건 아주 기발한 착상이었지요. 그는 이걸 크래켄소프 가족과 연결시킬 생각이었던 거예요. 그래서 그전에 에드먼드가 결혼하려고 했다던 마르틴이라는 여자의 이름으로 에마에게 편지를 썼죠. 에마가 자신의 오빠에 대해서 모든 걸 얘기해 줬으니까. 그러고 나서 때가 되자 에마를 부추겨 경찰에 가서 그 얘기를 하게 했죠. 그는 그 죽은 여자가 마르틴으로 판명되기를 바랐으니까.

그러다가 그는 파리 경찰에 의해서 안나 스트라빈스카에 대한 조사가 이루어지고 있다는 얘기를 들었으리라고 생각해요. 그래서 자메이카에서 그녀가 보낸 것처럼 꾸민 엽서를 준비했겠지. 그로서는 런던에서 아내를 만나 그녀와 다시 화해를 하고 싶다고 하고는, 내려가서 '가족을 만났으면' 좋겠다고 제의하는 게 아주 쉬운 일이었을 거예요. 그다음 부분에 대해서는 더 이상 얘기를 안 하는 편이 좋겠어요. 생각하기에도 불쾌한 일이니까.

물론 그는 탐욕스런 남자였어요. 세금에 대해서 생각이 미치자, 그것 때문에 수입이 얼마나 줄어들까 하는 생각이 들어서, 좀더 많은 재산을 얻을 수는 없을까 궁리를 하기 시작했지요. 어쩌면 아내를 죽이기로 결심하기 이전부터 이미 그 생각을 하고 있었는지도 몰라요. 어쨌든 그는 그 배경을 만들기 위해 누군가가 크래켄소프 노인을 독살하려 한다는 소문을 퍼뜨렸고, 가족들에게 실제로 비소를 먹임으로써 그걸 완성했죠. 물론 많은 양은 아니었어요. 크래켄소프 노인이 죽는 걸 바라진 않았으니까."

"하지만 어떻게 실행에 옮겼는지 전 아직도 모르겠습니다. 카레가 준비될 때는 그 집에 없었는데 말입니다." 크래독이 말했다.

"오, 하지만 그때는 카레 안에 비소가 전혀 들어 있지 않았어요."

마플 양이 말했다.

"검사해 본다고 집으로 가져간 뒤에 넣은 거예요. 틀림없이 그보다 먼저 칵테일 주전자에 비소를 조금 넣었을 거예요. 그러고 나서 나중에 의사의 역할로서 앨프리드 크래켄소프에게 독약을 투입하기란 그로서는 아주 쉬운 일이었을 테고요. 더 이상 약을 먹을 필요가 없다고 해롤드에게 말을 해둠으로써 미리 자기방어막을 쳐놓고 해롤드에게 알약을 보낸 것 역시 쉬운 일이었고요. 그가 한 일은 무엇이나 다 대담하고 잔인하며 탐욕스러웠어요. 그리고……."

마플 양은 다정다감한 노부인이 지을 수 있는 가장 독한 표정으로 말을 이었다.

"사람들이 사형제도를 폐지했다는 게 아주아주 유감스러워요. 교수대에 매달려야 할 사람이 있다면 바로 큄퍼 박사일 거라는 생각이 드니까 말이에요."

"정말 그렇습니다." 크래독 경감이 말했다.

"이런 생각이 떠올랐어요." 마플 양이 말을 계속했다.

"누군가의 뒷모습만을 보았다 할지라도 거기엔 반드시 무언가 특징이 있을 거라는 생각이 말이에요. 그래서 만일 엘스퍼스가 기차 안에서 본 것과 똑같은 모습을 한 큄퍼 박사를 본다면, 즉 그녀를 향해 등을 돌리고 목 있는 데에 손을 댄 채로 여자 위로 몸을 굽히고 있는 모습을 본다면 그를 알아보거나, 아니면 놀라서 소리를 지르거나 할 거라고 생각했지요. 그 때문에 나는 루시의 친절한 도움을 받아서 작은 계획을 세워야 했던 거예요."

"사실을 말하면……." 맥길리커디 부인이 말했다.

"굉장히 놀랐어요. 미처 제정신이 되기도 전에, '바로 저 사람이야'라는 말이 무의식중에 튀어나오고 말았으니까. 하지만 당신도 알다시피, 사실 난 그 남자의 얼굴은 보지 못했잖아요."

"그것 때문에 내가 얼마나 마음을 졸였는지!" 마플 양이 말했다.

"그 사람은 당신이 정말로 그를 알아본 줄 알았으니까. 다시 말해서 그 사람은 당신이 사실은 자기 얼굴을 보지 못했다는 걸 몰랐다는 얘기지."

"그 말을 하지 않았던 건 정말 잘한 일이었네."

맥길리커디 부인이 농담조로 말했다.

"그래서 당신이 더 이상 말하지 못하도록 내가 막았던 거예요."

마플 양이 말했다.

크래독이 갑자기 웃음을 터뜨렸다.

"두 분은 놀라운 콤비로군요! 다음은 뭡니까, 마플 양? 행복한 결말은 없습니까? 예를 들어, 가엾은 에마 크래켄소프는 어떻게 되는 겁니까?"

"물론 그녀는 상처를 극복할 수 있을 거예요." 마플 양이 말했다.

"아버지가 돌아가시면(내가 생각하기엔 그분 스스로 자처하고 있는 것만큼 그다지 건강하진 못한 것 같더군요) 제랄딘 웨브처럼 여객선을 타거나 어쩌면 외국으로 나갈지도 모르지요. 그리고 뭔가 일이 생기겠지요. 큄퍼 박사보다 '훨씬 근사한' 남자였으면 좋겠어요."

"루시 아일리스배로는 어떻습니까? 거기에도 역시 웨딩 벨(결혼) 같은 게 있습니까?"

"글쎄요." 마플 양이 말했다.

"아마 그럴 가능성이 클 거예요. 조금도 이상할 게 없지요."

"그들 가운데 누구를 택하게 될까요?" 더못 크래독이 말했다.

"모르시겠어요?" 마플 양이 물었다.

"전 모르겠습니다." 크래독이 머리를 저으며 말했다.

"부인은 아시겠습니까?"

"아, 예. 알 것 같아요."

그리고 그녀가 그를 향해 눈을 깜박거려 보았다.

■ 작품 해설 ■

여기 소개하는 작품 《패딩턴발 4시 50분(4:50 from Paddington, 1957)》은 애거서 크리스티(Agatha Christie, 영국, 1890~1976)의 62번째 추리소설이며 49번째 장편이다. 이 소설의 제목을 처음에는 '패딩턴발 4시 15분'으로 정했으나 곧 '4시 30분'으로, 다시 '4시 50분'으로 바뀌었다가 1956년 크리스티의 대리인인 에드먼드 콕에게 초고가 넘겨질 때는 '4시 54분'으로 정했다.

이라크의 고대유물 발굴현장인 님러드에서 금석학자(金石學子)인 피터 헐린과 열차노선과 시간표를 놓고 깊은 상의를 한 끝에 헐린이 그 시간에 패딩턴역을 떠나는 기차가 없다고 한 의견을 받아들여 그렇게 정한 것이다. 그러나 그 뒤 여러 사람들과 출판사측이 미국 독자들은 패딩턴 역에 대해 모르지 않느냐는 등의 의견을 내세워 결국 '4시 50분'으로 결정하기에 이르렀다.

한편 이 책을 읽고 나서 많은 사람들이 크리스티 여사에게 편지를 써보냈다. 루시 아일리스배로 양이 두 남자 중 누구를 선택했는지에 대해서 말이다.

이 책에서는 어쩐지 브라이언 쪽으로 기우는 듯이 보인다. 그러나 세드릭의 예술적인 매력을 감안한다면 그것 역시 장담할 만한 것은 못 된다.

마플 양이 등장하는 장편은 다음과 같다.

《목사관 살인사건 (The Murder at the Vicarage, 1930)》
《서재의 시체 (The Body in the Library, 1942)》
《움직이는 손가락 (The Moving Finger, 1943)》
《예고 살인 (A Murder is Announced, 1950)》
《마술 살인 (They Do it with Mirrors, 1952)》
《주머니 속의 죽음 (A Pocket Full of Rye, 1953)》
《패딩턴발 4시 50분 (4:50 from Paddington, 1957)》
《깨어진 거울 (The Mirror Crack'd from Side to Side, 1962)》

《카리브 해의 비밀 (A Caribbean Mystery, 1964)》
《버트램 호텔에서 (At Bertram's Hotel, 1965)》
《복수의 여신 (Nemesis, 1971)》
《잠자는 살인 (Sleeping Murder, 1976)》